刚刚好

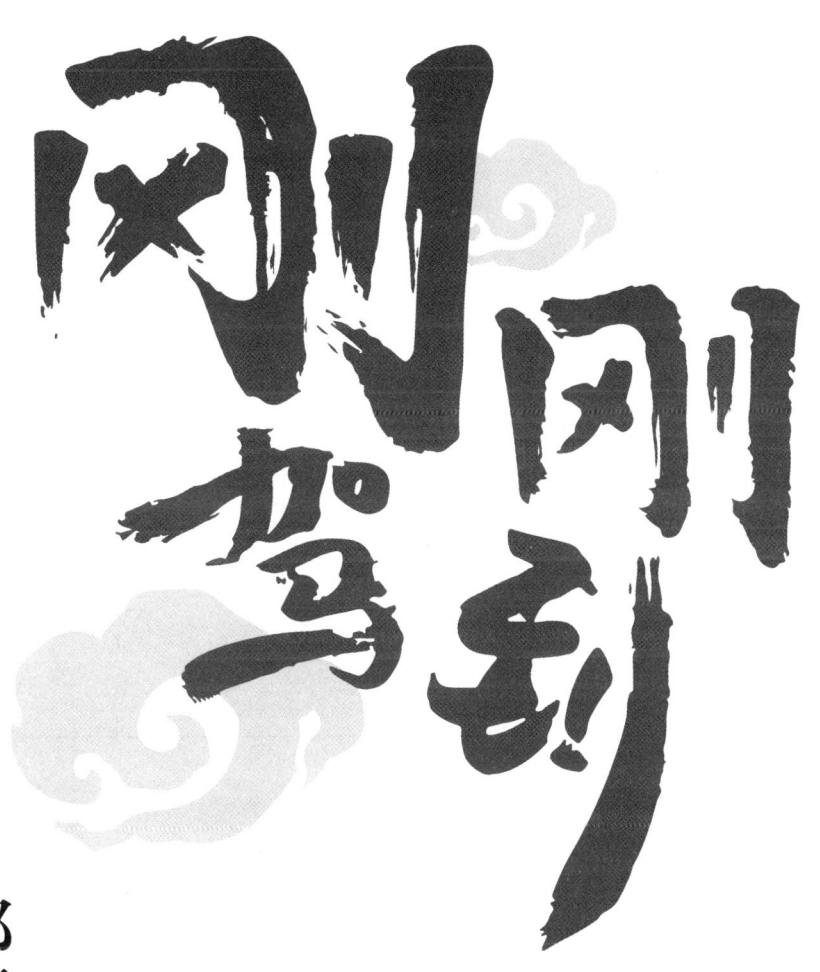

郭德纲 著

贵州出版集团
贵州人民出版社

图书在版编目（CIP）数据

刚刚驾到 / 郭德纲著. -- 贵阳 ：贵州人民出版社，2025.6. -- ISBN 978-7-221-18461-0

Ⅰ．I239.8

中国国家版本馆CIP数据核字第2025D6K679号

刚刚驾到
GANGGANG JIADAO

郭德纲/著

出 版 人	朱文迅
责任编辑	潘　媛
出版发行	贵州出版集团　贵州人民出版社
地　　址	贵阳市观山湖区中天会展城会展东路SOHO公寓A座
印　　刷	三河市中晟雅豪印务有限公司
版　　次	2025年6月第1版
印　　次	2025年6月第1次印刷
开　　本	787毫米×1092毫米　1/16
印　　张	24
字　　数	446千字
书　　号	ISBN 978-7-221-18461-0
定　　价	59.00元

如发现图书印装质量问题，请与印刷厂联系调换；版权所有，翻版必究；未经许可，不得转载。

自序

人心曲曲弯弯水，世路重重叠叠山。
好事总得善人做，哪有凡人做神仙。

咱们这本《刚刚驾到》，终于和读者朋友们见面了。

时间过得挺快，这一眨眼，出书也有些年头了。多亏各位的捧场，这些年我才不至于荒废笔耕。能力一般水平有限，大伙儿爱看，我也就乍着胆子写。

这本书跟以往的书不太一样，着眼的是大历史的背面——烟火气的市井江湖。专门写来为大伙儿江湖避坑的。既有五百年来江湖市井奇人奇事，又有我这些年一路走来的见闻与感悟。

市井江湖是个大杂烩，人上一百，形形色色，什么人您都能遇到，什么事您也都能碰到。这本书里，咱们不聊真事儿，但很多故事读着比真事儿还真。人教人百遍不听，事教人一次入心。读完之后啊，您咂摸咂摸滋味，拿网络话说就是"你品，你细品"，琢磨琢磨。故事背后或多或少，有一点儿对您有用的东西。

上至唐宋，下至明清，我也是借故事跟大伙儿聊聊人在江湖的处世之道。办事儿怎么才能办得干净利落？说话怎么才能说到人的心坎儿上？再一个就是，怎么辨忠奸、防小人？世相人心，往往就藏在方寸之间。比如说咱们书里提到的温州城首富姚大控，您亲眼瞧着他一步步被小人做局，掏空了家财，心底就设防了——损友勿交。大伙儿读懂了书里的人物，说话办事儿也有谱可依，闯荡江湖遇上坑了，您一眼就能认出来。

我也算是以文会友，跟大伙儿品一品各地风俗，跟您唠唠天南海北的美食、绣品、曲艺、建筑、交通……老百姓的生活比帝王将相更加鲜活可爱，您读起来也别有一番意趣。当然，为了把某些故事讲得更全面，也会顺带手提一提故事发生的朝代、在位的皇帝，不过这本书里多是以老百姓的视角来臧否历史人物，展现更多的也是市井人物的喜怒哀乐——早在开篇就说，这本书跟以往的书不太一样。

我自幼从艺，一路走来感悟颇多。"功名富贵，人间惊见白首；诗酒琴书，世外喜逢青眼"，生活不如意了，不顺心了，不开心了，就翻开闲白看看，天底下没有什么比自己开心更重要。

历史有轮回，故事是镜子，千人千面。

咱们闲话少说，书归正传。

目录

一 吴大人买橘子
一念入魔千金散　万事到头论德行　_001

二 珍珠翡翠白玉汤
明太祖遍寻饥饭　满朝臣难承皇恩　_023

三 皇上二大爷
托庇祖荫享富贵　倚恃皇恩铲不平　_043

四 杨老爷娶亲
陋质惊人频遭弃　何必珠玉夸富豪　_065

五 狐狸看书
枉物难消火烧身　天狐贻书戏王臣　_087

六 救人救己
种恶因害人害己　行好事莫问前程　_111

七 古册得失记
古刹珍卷运多舛　祸起福来命有因　_135

八 但行好事
多行义举存厚道　一念之善吉神随　_157

九　三试火龙单
弥天谎无外邪念　杀人刀皆出于贪　_179

十　好人王好仁
祸福相倚凭天定　吉运长庇积善人　_201

十一　东岳庙
举头三尺有神明　莫瞒天地莫瞒心　_223

十二　狄大人求雨
破巫不输西门豹　急智亚赛东方公　_245

十三　良人福
纯良人命途多舛　泰运至天不藏奸　_267

十四　一钗二凤
连理枝花开两朵　命中缘死生同衾　_289

十五　姚大控
亲诒佞万金散尽　落穷途悔醒前尘　_309

十六　啼笑拉郎配
事无常姻缘难定　人性幽翻手阴晴　_333

十七　天降福财
炎凉轮转岂无意　几番浮沉皆有因　_355

吴大人买橘子 （一）

【刚刚驾到】

一念入魔千金散　万事到头论德行

在本书的头一篇里，先跟大家聊点什么呢？就先聊点儿吃的吧。

说吃的要是能给人说得身临其境，我觉得不容易。曾经有几个朋友跟我说，晚上睡不着觉，十一二点就打开广播听我的节目。有的时候赶上我给大伙介绍吃的，他们听着可恨得慌！因为那会儿正是饿的时候，还得硬忍着不吃——怕吃完了长肉啊！想听点儿东西助眠吧，好家伙，一听净是怎么做、怎么吃，听完了可就难受了。这个就跟一些人晚上不睡觉，熬夜看吃播的道理是一样的。我有时候晚上睡觉前，也抱着 iPad 瞧一瞧视频网站。有时候看看也挺可乐，天南海北各式各样的，前些年爆火的韩国吃播我也看过。不看还真是不知道，怎么还有那样的人呢？大千世界无奇不有。我就看不了那吃东西出声儿的，实在是忍不了。

当然各地风俗不一样，有人可能就会说："我们家吃饭就得出声音，不出声音不香，非得吧唧嘴。"

要这么说的话，可能就是不一样，我打小我们家里人就立下规矩了——闭上嘴嚼。包括我小儿子郭汾阳，三四岁，在家吃东西也有他妈妈管着："闭上嘴嚼，不许出声音，出声音就得挨打。"

天津人吃早点，常吃豆腐脑、嘎巴菜、云吞之类。有次遇到过这么个人，给我的印象很深。我那时候上小学，天天在家门口吃早点。某天，有一主儿挨着我坐下，吃嘎巴菜。这嘎巴菜仅大津有，别的地方都没有。它是先拿绿豆面和好了之后摊出来，摊得像煎饼一样，这叫嘎巴。晾干了把它切成菱形块儿、柳叶块儿，再浇上卤子，搁上香菜、辣椒等各种调料，弄这么一碗，拿它当豆腐脑儿吃，这是天津特色。那主儿坐在我旁边只顾埋头吃，又嚼又吸溜。哎呀！我都快听不见旁边人说话了。他吃得是真香啊！眉飞色舞啊，吃得那个开心哪！就跟大赦刚放出来的似的。我酝酿好几次，恨不得把我这碗糊他脸上。那会儿还小，最后给我气得连早点都吃不下了。但这东西就是个生活习惯问题。咱也不能要求别人如何，人家这样挺好。但是大部分时候，我可能还是接受不了。看吃播的时候，我看人家特意弄一话筒。因为吃播要是不出声儿，老觉着差点儿什么似的。直播间里一群人还能津津有味地看下去，很厉害很厉害，这个可太厉害了。在我跟前这么吃的话，我估计能难受死。

闲话少说，书归正传。咱们这篇所讲的故事呢，也跟吃的有关。故事发生在南宋。发生在哪儿呢？发生在杭州。

杭州是个好地方啊，上有天堂，下有苏杭。我挺喜欢杭州这个地方。您看，一个杭州，一个成都，其实都是养老的地方。您就往那儿一站，四下里瞧瞧这个城市，能发现这里的人很慵懒。他也不赶路，也没事儿，就这样晃里晃荡，活得很舒服。要是去日本，出了东京站感受一下，你要是晕车，光站在那儿就能吐了。你看过非洲动物大迁徙吗？就这帮人哪，哗哗地来回那么跑，人跟人的活法儿就显出不一样来了。杭州就非常适合居住，尤其是以往南宋的时候，皇帝偏安都选在这儿。吃的喝的玩的乐的，一应俱全。现在也被打造成了一个网红城市，五湖四海的人都去杭州拍照打卡。

南宋年间，杭州清河坊一带有很多的客栈。其中一家客栈里，住了一个人，名叫吴约，是一个候补的官员，做官儿的。

他是哪儿的人呢？道州人。道州属于现在湖南永州地区。这人是道州人，做的官儿不大。什么官儿呀？宣教郎，文官里边的散官。几品呢？九品。不能再低了，再低就不是官儿了。小小的文官，末等的官员，很希望做大官。那么怎么办呢？在过去来说，无外乎这么几条道儿。第一是有大功劳，比方说救驾，举个例子——皇上出去打滑梯去了，结果好巧不巧从滑梯上掉河里了。因为滑梯的另一头儿在河里。这皇上也是缺心眼儿，上去之前也不看看吗？你跟那儿等着，给皇上救上来，从水里捞上来抖搂抖搂。皇上开心了，直接给你封个一品侯，这是升官的一个方法。功高莫过救驾嘛。

还有一个呢，就是慢慢地熬着。你本来是在村子里的一个小官儿，负责村东头第三棵树到第六棵树之间的卫生。这官儿是一百三十品，慢慢熬着吧。千个三年五载的，先是整个村的卫生都归你管了，再慢慢地，别的村的卫生也归你管了。一步一步熬，熬到全县的卫生都归你管了——你就累死了。一百三十品的官儿要想熬到一品，得多睡觉，梦里总能梦到，再不就这辈子可净想着这么一件事儿吧。这是熬着，按部就班地往前走。

还有的呢，就是有真才实学，上人见喜，突然间又立了大功劳，这么一点点来，最后也能当上大官。当然了，封建社会里还有一条道儿——买官。花钱入仕叫捐官儿，也叫捐班。有的时候官员起了争执，互相生气，就不服气地说一句："你拿我当捐班呢？"那意思是："我是正经的两榜进士的底子，参加过科考。我上过金殿，万岁爷考过我。我的老师是哪位哪位，主考官是谁是谁。我们这是科班出身的，你拿我当捐班了？就这个意思。你以为我这官位是买来的？不是！"

这个，就叫花钱买官。

但是那个年头儿不管大官小官吧，都想飞黄腾达，都希望往上走。士农工商他各走一条道。

这个吴约呢，你想他一个九品的宣教郎，文官的末等，他是很希望能够往上爬一爬的。所以说从家里出来的时候，准备了很多的金银细软，他得上下打点，得花钱买呀。清朝的时候，北京城就专门有花钱买官的地方。一个是油盐店，您听着都不像话，按现在的说法，就是超市小卖部，咱们买酱油、葱姜蒜，买点儿黄酱、打点儿芝麻酱的地方。清朝的时候，那个地方是卖官的。山西人开油盐店开得多，油盐酱醋什么都有，甜面酱也跟着卖。你去跟老板说我准备买官，那个山西老板手眼通天，过不了几天朝廷就下旨升你的官。所以在清朝，想买官就奔超市。除了这个之外呢，清朝时候有个白云观——当然北京现在还有白云观——白云观里的道士们也手眼通天，跟朝廷里的大小官员都有关系。他会给你介绍介绍王丞相，介绍介绍李大人，在一块儿见个面。这些都明码标价，包括见一面多少钱，回头给你说好话多少钱。白云观在当间给人干这个事儿。反正是鱼有鱼道儿，虾有虾道儿。

那么这个要买官儿的宣教郎，吴约吴大人，就带着金银细软，还有珍珠、翡翠、象牙之类的宝贝。有人问："怎么还带这个？"因为总不能个个都是花钱，有的得送礼，反正弄了一大堆值钱的东西。他打湖南老家出来，直奔临安。临安就是杭州，当年叫临安。到了临安，他就住进了清河坊这儿的一家客栈。这客栈还挺大，里头住的都不是一般人，都是憋着买官的人。全国各地的都来了，都跟这儿住着。他住哪儿呢？住在后院，后院有一个单独的小跨院，跨院里有这么两间干干净净的房子。来了之后呢，先进紧里边的那间屋子，把柜门摆弄开，金银细软都塞里边。上好了锁，把钥匙揣在身上。他就是一个人来的，没带一个下人。因为他到这儿他是有投奔的。而且这个事情，是越少让人知道越好。有事儿全靠自己亲力亲为，他就一个人住着这个小跨院。

他打来了就不闲着，每天忙活什么呢？天天吃饭，这个事情它就是吃饭哪。每天出去凑饭局，张大人、李大人、王老爷，不管是什么样的人都得见。这个人对你有利，就得见一见。这个店里边住的呢，也基本上都是这种人物。互相也都搞好关系，都留了联系方式，知道谁是谁。因为你不知道某人日后什么时候能够用上，这就是故事的背景。

这一天，他约好了去见朋友，今天又有饭局。清早起来之后，他洗脸漱口吃过早饭，打后院里出来奔前院。他站在大门口，看着来来往往的人，等着他朋友一会儿来这儿接他。

就在这个客栈的正对门，有一座宅子，宅门是开着的。吴约打眼一瞧，对门还是个富贵人家，这院里边雕梁画栋，还有个小假山。假山旁边还挂着个竹帘子。这个帘子分上下半截，上半截是竹子，下半截是块纱，是这么一个帘子。吴约就这么站着，这儿看看那儿看看，就看见对过的这家院子，看见院子里边的帘子。他站在客栈门口，一边看一边想事儿，就想今天要见这大人该怎么说话，给人带什么礼物才合适。

正想着呢，突然间对面的院子里边有动静，有人走到了帘子后边。

他余光一瞟，透过底下的纱帘瞧见一个女子的下半身，这个女子穿着一条马面裙，一看这条裙子，就知道不是帘子后面的一般人。这块马面上面绣得很讲究。戏台上的旦角也穿裙子，那裙子叫腰包。而这裙子正当中是一块长方形的绣花布，这叫马面裙，上面有各种刺绣。单从这一点来看，就看得出来这女子非同一般。因为现在我们要是想找一条清末或者民国时候的一条马面裙，即使品相一般的，要价一两万块钱也很正常。这裙子是条好裙子，不是一般的裙子。

而且，从马面裙下面露出的一双脚也引人注目。这是一对小脚，只有三寸左右。三寸左右什么概念？一根烟卷大小。那个年头的女人讲究裹脚，别管长得跟天仙似的，只要脚大就不行。旁人低头一看这脚一尺二，这是鲁智深的脚。过去对女人的首要要求就是脚小，脚要是小，脸上差点儿也都能凑合，也有人要她。

吴约就愣住了，能把脚裹得这么周正，就说明不是一般的人家。他得是有钱人家才能这么调教自己的孩子，裹脚的时候不敢有一丝一毫的松懈。这个过程很复杂，包括怎么训练这个孩子，教她怎么走道儿；包括怎么裹，白天怎么裹，晚上怎么缠等等。这不是一般人家能缠出来的脚。单看这脚，就知道对门是个大户人家。再看那条马面裙，吴约心说这得是个千金小姐。要是嫁了人，这也得是谁家的大夫人这个身份。他站这儿看着看着，就有点儿岔神儿，两眼就想往上看，看看人长什么样。但是他看不见，为什么呢？底下是块纱帘，太阳光一照就看见腿底下了，但是上面是竹子的，挡上了就真瞧不着了。他越瞧不见呢，就越想看。真是的，人都有好奇心哪。

他看半天，正看着呢，朋友来了。

"怎么在门口儿等我们呢？咱们走啊。"

"哦哦哦，好好。谢谢年兄，咱们去，咱们去。"他一回神，原来人家在这门口儿准备了轿子。

"走走走。"吴约临走的时候还回头看了一眼,这脚太棒了!

吴约上轿子跟着走,这一天谈完了事儿,见完了大人,再回来天也就黑了。他回来之后一直就想:"那个院里那是个谁呀?要是哪天能瞧一眼,哪怕一眼也挺好。"但他又不能冒冒失失地过去串门,私会妇道人家,那年头儿里不合适。

转天他又有事,跟昨儿一样,早上起来又站在那儿。站在那儿等着,就不由自主地瞧过去——没人。也是,人家家里的女人不能老出来呀。

"哎呀,今天要出来就好了,我瞧瞧得了。"他正想着呢,朋友接他来了。

"走吧,今儿带你见一个大人。这个大人对你的仕途大有帮助,咱们走。"

"哎哎哎。"

正要走呢,就听对门院里说话:"把那个赶紧拿过来,别耽误了。"

"哎。"

哎哟!出来了!吴约就站住了,但是呢,听见声音可没看见人。人家不是说非得出来,没事儿就跟那儿站会儿,跟展览似的,人没有。他这看半天,没人。

朋友还紧着催:"怎么着?"

"没事儿没事儿,咱走,咱走。"他就跟着朋友去了。

这一天下来也挺充实,见了大人该说话说话,该怎么着怎么着,但是他心里边老觉着有事儿。

这一晃,连着两三天还都挺忙。这天闲下来了,他上午没事儿,没事儿起得也挺早,习惯了。吃完了饭出来了,他又站在门口,就想:"哎呀,今儿我是不是能看见她?"

他刚站在那儿没五分钟,院子里出来人了。就站在那个帘子后边,而且是忽隐忽现。可能是跟那儿散步,也没准是拿东西。一会儿看见这脚了,一会儿又没有了。哎呀!人家越这样,他就越琢磨这脸到底长什么样,心里边一阵一阵犯痒痒!

就这会儿工夫,街边来了一卖橘子的,卖的是黄柑。一小孩儿拎着老大的一个提篮,提篮里边呢,有一个竹筒。竹筒里边放着竹签子,走过他身边。

"那个,您吃俩橘子吗?"

他一看,这橘子很好,大,而且这一筐个个都大。再一瞧筐里还有竹筒,知道了这是用来抽签的。

什么叫抽签呢?抽签这个玩意儿,南方北方都有,自古就有,一直到民国的时候还都有这个。比如说卖烧鸡的、卖烧饼果子的，挎着一个小筐沿街叫卖，里边都是烧饼啊、油条什么的。他们也放一个竹筒，里边有三十一根签子。你想抽签可以抽，得付钱，比如一毛钱抽一回。一毛钱你给他了，你抽吧，抽三根签子。签子上点着牌九的点儿，这三根签子加在一块儿，超过十三点了你就赢了，你就白拿他一套烧饼果子。甭管是烧鸡还是别的，反正你赢了就能白拿一个。你要买一个烧饼，可能得五毛、六毛。烧鸡可能一个得八毛、一块。一毛钱就到手，你不就赚了吗？但你要是抽完三根，点数不够，那你这一毛钱算白花，这就是一个赌博。当然你说抽完之后，要赶上一个顺儿，比如幺四、幺五、幺六，那就发财了。三个幺，再加四五六顺儿啊，他就翻着倍地给，是这么个意思。

过去净有这些个玩意儿，天津特别多。尤其是卖烧饼油条的，一上街就围了一群人抽签，有的人手气特别好，抽一把赢了，再抽一把又赢了。连抽十把，十把都赢了。这卖烧饼油条的就傻了，汗都下来了。人家抽签的这主儿乐了，掏出一块钱来。

"抽了十把，这一块钱给你。"

然后这主儿问问："家里怎么样？"

"是，您嘞，家里日子一般。我跟老娘一块儿过日子，就指着这个活着了，没想到您今儿手气太好了。"

这主儿拿起一套烧饼油条来："得了，那一块钱给你了，我就先吃这一套吧。剩下的存你那儿，多怎[1]想吃再说吧。"

"哎哟！谢谢您！大爷，还是您疼呵人。"

这就是好心人。就怕遇到那个一天到晚好占便宜的人。

"站着！"

"怎么的，大爷？您抽吗？"

"抽抽抽。"那人先拿起一个烧饼来，"太小了，几两一个？"

"二两。"

"二两一个？我们那儿都八斤一个。"

"您说的那是烧饼？"

"我说的是锅盖。"那人拿起油条，"是今儿新炸的吗？"

"是，您嘞。您别闻哪！入口的东西您闻完卖谁？"

"不闻不闻不闻。"

---

[1] 多怎：什么时候。——编者注（本文注释皆为编者注）。

"您抽不抽？"

"抽抽抽。"拿起签筒子来，搁在手里边，"啪啪啪啪"，先给筒子来四个嘴巴。这是过去人的特色，为了让你听话，先"啪啪"地给俩大嘴巴。

"走你！"抽出来一看，点儿太小，"这不算啊。"

净搞这个，玩儿赖嘛！

那就再来一次吧。

"走！"那人一看还是小，"哎呀！这不算。"

净搞这个！

还有一类人，一抽抽仨，抽完之后搁手里攥着，跑到边上看去。他先背过手，拿手摸签子上的点儿，然后一甩胳膊，把签子抽出来，抽出一张幺六，逢人就显摆：

"走！幺六，看见了吗？幺六，幺六！再走！看见了吗？看见了吗？大天儿！我要再来一个虎头，你就算砸我手里了。"

手里剩最后一根签子了，这人就背着手摸点儿，摸不出来，就等着凑个虎头。有好热闹的打他身后过，凑上去要看他能抽出什么点儿。

"走！"

噗，一出手正中红心——扎人家眼上了。

"哎哟！你出签儿也得看着点儿啊。"这倒霉蛋捂着眼嗷嗷乱叫。

"我哪儿知道你在后边看着呢！怨我倒霉，走走走，赶紧弄你上医院吧。"

"先别去，是虎头不是啊？"

过去到处有这种抽签儿的，吴约跟前这个卖橘子的也是如此。

"您抽吗？"

"抽啊。"

"来呀。抽多少？"

"抽仨，你这怎么抽？"

"一个子儿一回。"

"来来来。"

他抽半天都没中："该着我这个命是吃不上橘子，多少钱？"

"好，您给一万块钱。"

"太废物了！这一万把都没抽中。"他给完人钱自个儿心里就恨得慌，"这什么玩意儿这是？"

于是他转身回了客栈，回到屋里倚着床上的被垛，正倚着呢，门口有人说话："那个大爷，您在屋里吗？"

"谁呀？"

"邻居。"

"哦。"吴约坐起来了，心说谁呀？一开门，进来一个十四五岁的小孩，小书童的样子。

"大爷，您在屋呢？"

"我在屋呢，您是？"

"我是您对门的邻居。"

一听这个，他浑身来劲了，对着小孩点头哈腰道："大哥，来！大哥，您坐。"

"别别别！我问了小二，您是吴大人，是吧？"

"哎呀！不敢不敢，什么事情？"

"我给您拿点儿东西来。"孩子这手里边托一盘子，上面盖着一块小布单，打开了，"您看看。"

四个橘子，就是刚才的黄柑，挑了四个最大的给他了。

"给您这个。"

"这是怎么回事儿？"

"那个刚才您在门口抽签儿，我家夫人在院子里听了，她笑了。说没想到您抽这么些回，一个橘子都没吃上，让我给您送四个来解解渴。"

"谢谢谢谢！来，放在这儿。"吴约喜上眉梢，指着桌子，让小书童把橘子放在桌上。他转身上床头柜，打开柜子，拿出两匹绸缎来。"小兄弟，这个送给你，这是我的回礼。"

"哎哟！不敢不敢不敢！好家伙，夫人知道了得打死我呀！我怎么敢哪？我不敢不敢！"

"这都不叫事儿，日后咱们来往得多了，这点东西还算什么？你拿着拿着。"

"我不敢要。"

"你这样，你给你们家夫人，好不好？给夫人，夫人要说你，回来你再找我来。"

"哎呀！行，那我先谢谢您！"

"拿着，拿着拿着。"小孩儿拿着回去了。

吴约站起来洗手，吃橘子。连皮带瓤把四个橘子都吃了，嘴里甜心也甜："哎呀！这是夫人送给我的。"

这么一说是夫人，夫人就是有丈夫，那也行啊，那无所谓。他被人家抬举了，心里也高兴，美滋滋地琢磨："人家为什么会给我送橘子？她怎么看出我的好来的呢？哎呀！真是没想到。"。

中午，饭店的伙计进来了：

"您吃点儿什么呀？"

"弄几个菜来，来点儿酒。没想到这个事……"他开心哪，一边自言自语，一边还咯咯地乐。

伙计恍然大悟，小声问道："您这两天出去打点的事成了？"

"不是，不是不是，赶紧做饭，赶紧做饭。"

饭菜上来了，他心里还是美气。吃饱了喝足了，又上门口那儿站着去了。对面没有人，人家不能老跟院里站着呀。但吴约心里还是挺高兴的，他站了一会儿，对过那小孩儿出来了。

"吴大人。"

"哎哎，快来快来！我还忘了问你，怎么称呼？"

"我叫鹦哥。"

"哦，鹦哥？好名字，会说话。鹦哥就是小鸟是吧？鹦哥，见着夫人了吗？"

"见着了。"

"那，那两匹绸缎……"

"我给夫人，夫人把我骂一顿。"

"哦，怎么说的？"

"说我不应该这样，说四个橘子能值多少钱？拿您这么一份厚礼不合适。"

"你看你看，这就见外了！待会儿没事儿，上我屋串门来。"

"哎哎哎，夫人让我买东西去。我先去，一会完事儿我再找您玩儿来。"

"一定得来，你不来天打五雷轰！"

送走鹦哥，他在门口溜达一会儿就回去了，在屋里等着。等了一个来钟头，鹦哥回来了。

"您睡了吗？"

"我没有，快进来！就等你了。"见鹦哥进来，他马上张罗着招呼人家，倒了一杯刚沏好的茶，递过去，"来这儿坐着，坐着。喝茶。我还没问呢，你们家夫人，不对，你们家老爷是在哪儿高就？"

"我们家老爷是在朝里做官的，但是我家夫人是偏房。"

"那没事儿，那不要紧的，不要紧。老爷在不在？"

"老爷不在，老爷不在这儿。一直是我们夫人在这儿住，老爷不总回来。"

"老爷真好，真好。好好好，你是一直伺候你们夫人是吧？"

"我一直伺候夫人。"

"看着你就爱你，真好！你等会儿。"吴约笑眯眯地看了鹦哥半天，转身进屋开柜子，拿出一小元宝来，得有二两银子，"拿着。"

"您干吗呀？"

"给你就拿着，我喜欢你这孩子，知道吗？你这孩子，我老觉得你身上有些地方像我父亲。我也不知道怎么跟你个亲近法，拿着拿着，买糖吃。"

"我不敢要。"

"你看你看，这孩子嫌少，是吧？"他转身进去又拿出一个来，"给你。"

"我更不敢！"

"还嫌少？"

"您不用……"鹦哥见他扭身，还要去拿钱，着急了，站起来喊，"您别去了，别去了！行，我拿着，可以了，可以了。"

"哎，拿着买糖吃。平时想买个什么衣裳啊，随便。花完了找我要，我看着你我就开心哪。有工夫就来玩儿来，有工夫来玩儿啊。"他千叮咛万嘱咐，送走了书童。

"哎，谢谢吴大人！"鹦哥转身出去了。

吴约这一宿就没怎么睡着觉，心里就寻思，这个夫人长什么样儿？他光看到脚了，没看到脸。

转天头中午，现在说得有个十点半，鹦哥拎着一个食盒打外边进来了。

"您起啦？"

"哎，起了，来了，你来了？这是什么呀？"

"那个我回去说，跟夫人说，说您对我好。夫人说不落忍，又把我骂一顿，给您送几个小菜来让您下酒的。"

"打开看看。"吴约心里怦怦直跳，说话都颤音儿了！

鹦哥打开了食盒，小凉菜，拍黄瓜、拌豆芽、土豆丝儿，四盘凉菜搁在里面。

"夫人说她手艺一般，也不老做饭，您凑合吃吧。"

"好好，替我谢谢夫人，一定要替我谢谢！你等会儿，你等会儿。"吴约开柜子又拿出俩小元宝，"拿着，赶快拿着！"

这两天花的元宝啊，买土豆够买三车的了。

小孩儿走了，他坐在屋里边喊伙计："伙计，快来！"

客店的伙计来了:"怎么着您嘞?"

"快烫酒!烫酒,快上米饭。"

"嚯!您这四个凉菜?"

"啊对,四个凉菜。快,我先喝酒啊,一会儿你们再弄点儿热的。"

"哎哎哎。"伙计出去准备饭菜。

等到中午伙计端着热菜进来,看他把两碗米饭四碟凉菜全吃完了。

"您没等我们这热菜?"

"等不了了,太棒了!你看看人家这个凉菜呀!"

好家伙!伙计直嘬牙花子,两碗米饭,拌土豆丝儿、豆芽菜,吃得沟满壕平,连盘子都舔了。

"这是哪个天仙给您的是怎么着?四碟凉菜就吃成这样。"

"我爱呀!我太爱了,高兴!撤了吧,撤了。"

下午,鹦哥又来了,问道:

"您吃了吗?"

"吃了吃了,盘子也准备好了。我知道你得把盘子带回去,不用洗了,我都舔干净了。"

鹦哥说:"那更得洗了。"

"过来坐会儿,坐会儿坐会儿。坐会儿,喝点儿水。哎,真格的,你们夫人长什么样啊?"吴约有意无意地打听。

"吴大人您这话说得就下道儿了。您是念书人,候补的官员,您哪儿能问这个话?"

"你看你这孩子,咱们可不是一般的交情,对吧?你看我都吃过你们家凉菜了,我还吃过你家橘子。"

"那管什么呀?"

"咱们是自己人,说着玩儿呗。我就,就问问你,这个夫人长得怎么样?"

鹦哥支支吾吾:"怎么,怎么说呢?这个我也,我也不会说话。"

"你看,你就告诉我,她长得白不白?眉毛眼什么样?然后,哎呀,就是怎么个好法?"

鹦哥看着他:"就是特别好看吧!我从小在临安长大的,清河坊这儿也这么长时间了,各种女人我也都见过。当然,我岁数小,我也不知您说的什么意思。反正我觉得没有人比我家夫人好看。"

"你这么说我没见过啊,我怎么能瞧瞧夫人的脸呢?"

"这个不行,看不了。因为我们夫人从来也不出来。再有一个,我们夫人哪能轻易让别人看呢?"

"是是是,你等一下啊。"吴约转身进屋开柜子,拿出俩小元宝,"今儿忘了给你零花钱了,孩子,买点糖吃吧。咱们可不是外人。我跟你说实话,刚才我吃了你夫人送来的凉菜。我打小没吃过那么好的凉菜。我是想,我哪怕离着远远的,我看一眼夫人,我记在心里。这样的话我死之前,我也知道我吃过谁的凉菜。所以说孩子,你得满足我这个要求。我身体也不是特别好,我指不定哪天就死了。所以在死之前,求你满足我这个愿望。"

其实这话说得就不是人话,色字头上一把刀啊!他为了这个都开始胡说八道了。

鹦哥都愣了:"那,那行吧。您看,您对我那么好!您这些日子给我这么些零花钱,让我买糖,当然都头糖我也得齁死。这样吧,明大夫人冉到院子里来的时候,我撩一下那个帘子。撩大一点儿,你不就能看见夫人了吗?但是我不能撩得时间长,就看一眼我就得放下,行不行?"

"你等会儿啊。"吴约心花怒放,又上屋开柜子拿钱去,"来来来,小兄弟,拿着买糖吃去,买糖吃。"

这孩子早晚因为他得糖尿病。

吴约把银子塞给鹦哥,问道:"那咱说好了,明天什么时候?"

"明天,那就还是上午吧。就还是那个点儿?"每天上午不是有一个时间段,他站在门口展览吗?

"好嘞!"

他这一晚上都没睡着觉,翻过来掉过去,跟炕上来回地打滚,把自个儿当糖饼烙啊。这一顿翻腾,好家伙!快天亮的时候,才算迷迷糊糊睡着了。

这家客栈里边不只他一个人住着,也有别的客人,有住店的也有要离店的,一大清早伙计们就起来忙活了,迎来送往。伙计们一忙活,就把他惊醒了。

巳时未到——也就是我们现在说的上午九点钟——他腾地一下子就醒了,翻身打炕上坐起来,心说:"就是今天!今儿一撩帘子我就能看见她了!"

一想这个,他浑身都有劲儿,起床穿衣,走到门前,往外一探头。

哟!今儿这个雨呀。

外头哗哗地下雨。这事儿闹得呀,恨死了!

伙计进来:"您吃点儿什么?"

吴约哭丧着脸:"滚蛋!我吃什么我吃?你让外边别下雨了。"

"我让外边别下雨了?那也不是我说了算哪。"

这事儿算是吹了，他坐在屋里边含着眼泪，一直坐到下午四点多，他都快委屈死了！你想啊，他头天盼了一整夜，早起一下子失落到了极点了，心里都要委屈死了！到下午四五点，他实在困得不行了，躺下睡着了。头天夜里，他也没怎么睡，早晨又猛地坐起来，还难过了一天，头沾着枕头就睡着了。

转天起得很早，他早上五点来钟就醒了，这觉补得不错，坐起来擦擦眼泪，心里难过，梦里还哭呢！一觉醒来，他坐在屋里边又委屈又气，心说："这都哪儿的事儿呀？原本设计得多好啊，结果一场雨全给耽误了。"

这会儿再看看外头，天儿放晴了。刚坐了会儿，小鹦哥进来了：

"吴大人。"

"哎，你来了？"

鹦哥笑道："昨天您猜怎么着？"

吴约竖起耳朵："怎么着？"

"昨天下雨。"

"我知道，下雨我还不知道吗？我缺心眼儿啊？"

"对，是下雨了。下雨了，结果没帮您瞧见夫人。明天吧，好吗，明天？"

"明天啊？明儿，明儿还是那个点儿吗？"

"还是那个点儿吧。"

"哦，今天不成吗？"

"今儿不成，今儿我得出去，夫人让我去买东西去。明天吧，好不好？明儿您仔细盯着点儿。"

"哎哎哎，明儿我盯着点儿。明天一定！明天，明天你许给我别下雨。"

"我说了不算哪。"鹦哥转身走了。

只能是盼着了，他盼着盼着，就把这一天熬过去了。盼到转天上午，他早晨一起来，坐水洗脸，刷牙漱口，从里到外，干干净净地换身新衣裳。他再往门口一站，瞪着眼睛，等着看对门的夫人。

一会儿的工夫，他就听里边夫人讲话。

"看着点儿脚底下，慢点儿走，别摔着。"

来啦！太开心了！吴约凝神静气，瞪大了眼瞧过去。一会儿的工夫，就瞧见那竹帘子后边出现了两只脚。咦？不对呀！这脚太大，按现在来说，得四十二号，他就看愣了。

他赶紧揉了揉眼睛，心说："我是不是没睡好？往常看那么大点儿，今天怎么这么大？这倒也三寸，横着量是三寸。这脚起码得一尺二，哎哟，我的天哪！

这是怎么回事儿?"

他正纳闷着,鹦哥出现在帘子前面。鹦哥一撩这帘儿,眼睛看向外边,瞧着吴约。那意思是让他快瞧。吴约一看,这帘子后面出来一老太太。老太太得有六十来岁,一脸的褶子,脸上还有一痦子。

吴约差点没吐了:"妖精啊!"顿时心灰意冷,再一瞧,鹦哥又冲他努嘴。一往后看,这才明白,夫人正在往外送人。老太太往外走,夫人在后面送,夫人刚说瞧脚底下,就是跟她说的。

这老太太闪过去,后边就出现了夫人,四个字——天姿国色。没有比她更好看的了!仙女下凡也就这样了。

但是就看了一眼,这帘儿就撂下来了,这老太太出门就走了。鹦哥回过头来挤了下眼,那意思是:"你瞧见了吧?"

吴约看呆了,连怎么回的屋都不知道,回去坐在炕上就傻了。怎么天下还有这么好看的女人?怎么这么好看!她的眼睛是那样的,她的嘴是那样的,鼻子那样的。

这话讲给谁都听不懂,它不是个人话呀!

待了一会儿,鹦哥进来了:"吴大人。"

"快坐,大哥,快来快来!哦,还没给钱呢。"吴约开柜门拿钱,打湖南运来的那点儿钱都花在这上面了,"给给给,这是你的。这太棒了太棒了!我有一句不该问的话,我什么时候能见见你家夫人?"

"人人,这个做不到了。我们是官宦人家,虽然说大人是偏房吧,我们也是有规矩的。素昧平生,您怎么能过去串门去呢?"

"我跟你家大人同殿称臣。我们是哥们儿。所以说这个从这个角度出发,看看嫂子是应该的。"

"哦,您这么说倒是也对。"小孩点点头,又问道,"我家大人官高二品,您呢?"

"九品。"

"哦,倒是同殿,可您在殿外边啊。"

"是,总有一天,我会上殿的。"

"这事儿不好说。我找机会跟大人念叨念叨。万一大人说想见见您呢?咱们再说。要不想见,我也没有办法。"

"好好好!全仰仗你了。"

吴约在杭州有一个相好的。杭州有个烟花巷,巷子里有一个粉头,姓丁,叫丁惜惜。他前几次来的时候也老跟她好，总上那儿去，也花了不少钱。这些日子就不去了。人家那儿派人请他去，来俩伙计。

"吴大人，您赏脸哪！"

吴约爱答不理道："什么事情？"

"姑娘想您了。"

"哪个姑娘？"

"惜惜姑娘。"

茜茜公主也不行啊——这是我替他说的，反正他就是那个意思。

"不是，姑娘请您。"

"不去，我是一个多么正直的人。我是个念书的人，我怎么能去那个地方？"

"不是，大爷您怎么了？您吃错了药了是怎么着？每次去我们那儿喝得满院儿打滚儿的不是您吗？姑娘叫您去。"

"我就不去！"他跟这儿一门心思要见这夫人，来人只好回去了。

转过天来，鹦哥又来了："大人，跟您说点事儿。"

"什么事情？"

"夫人说想看您一眼。"

"难道说，我看了她一眼，她也要看我一眼？"

"是是是。"

"怎么看？"

"明天，明天上午您还是站在门口。到时候呢，我撩起帘子，夫人瞧您一眼。瞧完之后呢，也许就请您过去做客，也许就没有后话了。"

"好，好好好！明天是吧？"

"明天。"

"好好好，好嘞！明天还是每天上午那个时间？"

"是是是，就是那个时间。"

"好嘞！好嘞！"鹦哥一走，吴约马上开始准备。洗澡、洗头，古人的头发长啊，他把头发打开了洗。洗完了头，从里往外洗洗衣服，干干净净地换好几层。然后熏香，整个人熏得香喷喷的。捯饬好了，从上到下检查了六遍，觉着没问题了才往外走。

饭店的伙计还问："大爷，半夜干吗去？该睡觉了，您干吗去呀？"

"约了个朋友。"

"什么时候？"

"明天。"

伙计往回赶他:"您上屋睡觉去吧。"

"哎,好。"

吴约恨不得现在就是明天,但是他半夜十二点出去也没地儿待,只好回屋忍着。

简断截说,忍到转天,早晨七八点钟他就出来了。其实他每天站在门口的点儿是十点来钟,这天起个大早,七点多就出来了。出来帮着饭店的伙计下板、挂幌子、扫地坐水、招待来往客人。

帮着伙计送走几茬儿客人,还跟人家打招呼:"再见,一路平安!"

店里的活儿都让他忙完了,才到早晨八点半。他自个儿跟这儿实在没事儿干了。但这会儿还早,他就琢磨:"我干点儿什么呢?"

等着等着,一抬头有事儿了。

怎么呢?下雨了。

"哎呀!哎呀!我死吧,我死去吧!哎呀,愁死我了!"

外面刮风下雨,吴约心里叫苦不迭,坐在门口似哭不哭,要死不死。等着吧,下雨了人家不出来呀,对吧?等着等着,一直等到中午,雨稍微小一点了。饭店的伙计来问:"您吃饭吧?忙活一早晨了,您比我们都累。"

"滚蛋!我不吃,我饿死就得了。"

他就坐在门口儿等着雨停,又等了一个来钟头,中午一点了。实在不行了,饿得难受!他早晨也没吃东西,又干了这么些活,到中午又没吃,饿得后前胸贴后背。

"伙计!伙计!"

"怎么着大人?"

"饿了。"

"您看,火也封上了,厨子睡觉去了。我们中午自己弄了包子,您吃几个吧?就是有点儿凉。"

"不要紧的,不要紧的。有就行。"

伙计去后厨给他端来一盘包子,韭菜鸡蛋的,素馅。

"吃吧。"

人家伙计里边,有几个是讲究吃素的。因为今儿是初一,不吃肉。几个伙计自个儿弄的素包子。他拿起来坐门口掰开包子,咔哧咔哧跟那儿嚼。包子有点儿凉,凉也吃。他边吃边看天儿,吃了四个包子,天儿晴了,雨也停了。正犯愁呢,鹦哥进来了:

"哪儿去了?大人!"

017

"来了，来了来了。"他着急忙慌地赶上去。

"夫人在院里呢，我撩帘儿去。"

"走走走！"

出来了，站在客栈门口等着。鹦哥跑过去一撩帘儿，夫人往外一看，扑哧一声乐了。他端着个架子，一看人家出来了，咧开嘴哈哈地乐。夫人在对面一瞧他，好家伙，牙上都是韭菜。夫人转身走了，他还傻乐呢。

鹦哥跑出来："您吃的韭菜呀？您瞅您这一牙都是韭菜。"

哎呀！这点形象全毁在包子上边了。他哭着就进屋了。

鹦哥跟进来了："您这边怎么回事儿？"

"我哪知道怎么回事儿！我等你们，打半夜起就等你们。"

"赶紧剔牙吧。"鹦哥劝他。

"你回去跟夫人说，我不是天天吃韭菜。我很想见一见你家夫人，你替我美言一句。你等着，我给你拿钱去。"他剔完牙，开了柜门，这回拿了一个大锭的，"给你，你拿着吧。以后有什么事儿都冲我说，我拿你当知心的朋友，你一定要帮我这个忙。"

"哎。"小孩儿回去了。

这天晚上呢，丁惜惜又派人来了。

"去吧。"

"不去，我不能去，我哪儿能去？"

"哎呀！走吧，走吧走吧！"哥儿俩给他架走了，架到烟花院去见这个丁惜惜。他到那儿坐着，喝了两口酒，心不在焉，心里老想着那位夫人。

人家这个姑娘拿眼一打："你有心事儿？"

"啊？"

"啊什么啊，你是瞧上什么人了吗？"

"没有，没有啊。"

"你跟我说有什么事儿，我还能帮你。"

"不用，我，我搞得定。"

"说秃噜了吧？你瞧上谁了？你跟我念叨念叨。"

"没有，真没有。"他就跟这儿敷衍，愣坐了一会儿，站起身来，"我实在我得回去！我得回去背书了。我得念书，我不能在你这儿浪费时间，光阴似箭，日月如梭。我走了。"

说着，他起身就回去了。回去之后天儿也晚了，睡觉吧。

转天上午，鹦哥来了："大人，给您道喜！"

"怎么着？怎么着？"

"夫人约您上家去见一面。"

"好好好，我准备一下。"他开柜子往外拿布匹、绫罗、簪环、首饰、象牙，弄一大堆摆在床上，"你看行吗？这是明天的见面礼。"

"就约您去一趟，您别拿东西啊。"

"必须要拿东西，谁拦着我，我就弄死谁！"

"好，那您弄吧。"

他拿包袱皮儿把这些东西都卷好了，问道："什么时候？"

"明天上午我过来接您来。"

"好好好。"转天上午收拾好了，弄了两大包袱。

鹦哥来了："咱们走啊。"

"走走走！"鹦哥给他拿着包袱跟着过去了。

头一回进人家这院，雕梁画栋，一看就是大户人家。穿过前厅直接奔后院。

"您稍等一会儿，夫人在二楼呢。"

"好好好，我在这儿等着，我等着呢。"

鹦哥上去了一会儿，下来了："夫人有请！"

"哎，来了，来了来了！"吴约跟在鹦哥身后，捧着衣裳的下摆上了二楼，一上二楼，提鼻子一闻，怎么这么香啊？哎哟！恍惚间瞧着夫人跟那儿坐着，他一撩衣裳就跪下了。按说不应该这样，但他脑了一热糊涂了，撩衣裳就给人家跪下了，嘴里连句整话都说不出来了。

夫人乐了："您这是干吗呀？您快请起呀。"

"谢主隆恩！"

吴约站起来坐在一边，夫人乐了：

"哟！您看跟您是邻居，这么长时间了也没见您。我们这个小厮鹦哥，老上那儿给您添麻烦去，您可千万别怪他。"

"不怪不怪不怪。"

"哎呀，今天认识您很开心。"

"是是是，夫人。那我先告辞了。"

"哦哦，好，有时间您再来。"

"好好好，告辞！"吴约打楼上下来站在院里，抡圆了给自个儿俩大嘴巴，"我混蛋哪！我怎么说出句告辞来呢我？"

这是太紧张了，他越想越后悔，哭丧着脸就回来了。

一会儿的工夫，鹦哥又追过来："大人，您怎么才来就走了呢？"

"我说错了，我说错词儿了！我也没想到是这个样子。"

"是啊，夫人让我追着问您，是不是我们得罪您了？您不开心了？"

"没，我，我还想去，我还想去。"

"哎哟！那明天吧？"

"哎，那你帮我看看礼物来。"吴约开柜子，拿钻石、摆黄金，又弄俩大包袱，"你看这行不行？这行不行？"

"您愿意就好。"

"那就行，明天你接我来。"

"那明天您等我的信儿，我跟夫人说一声。"鹦哥走了。

晚上鹦哥来了，告诉他："夫人说让您明天晚上去，您方便吗？"

吴约热泪盈眶，心说我这一片痴心感动天和地了！哎呀，老天爷这是睁眼了。

"明天晚上，我是不是就不用回来了？"

鹦哥说："那我们可不知道，您要是非要自己告辞，我们管不了。"

"不会不会！我就是死在那儿，我也不会回来的。除非你们把我捆上送回来。我自己不会回来的。"

简断截说，转天晚上，吴约拎着东西来了。来到这屋，夫人坐那儿看他就乐。

"我可瞧见您了，自从那一日，您在门口那儿买黄柑、吃橘子，我就觉得您端庄可爱，我没想到咱们能亲近如此。"

"哎呀！夫人哪夫人，我也实在是不会说别的了，您救命吧！您救命吧！"

夫人乐了："哟！您要把话说到这份儿上，我也不能说别的了。看天色不早，咱们宽衣入睡吧？"

"得令！"吴约从里到外这通脱呀，脱得干干净净的。夫人还没解扣子呢，他就脱得差不多了。

他脱完之后："夫人，请！"

刚说一句请，楼下有人喊："老爷回府！"

吴约傻了："我那个，我们同殿称臣。"

夫人道："别说话，你呀，躲床底下吧。"

"床底？哦哦。"他光着屁股抱着衣服，钻床底下。耳听得外边楼梯上传来一阵脚步声，老爷上来了。人家两口子见面得客气客气。

"老爷，您回来了？"

"回来了,奉上司公干,今天是提前回来了,很想念你,回来看一看。来呀——"

丫鬟们打水烫脚,水盆来了搁床边上。老爷坐这儿脱了鞋,脱了包脚布,进水一泡,水有点烫。这一烫,老爷一脚踩上盆沿儿,水洒了。哗的一声,水都奔床底下了,床底下还藏着人呢。吴约抱着衣服,水漫过来,他还有点儿洁癖,拿着衣服去蘸水,手忙脚乱,一边蘸水,一边"哎呀哎呀"地叫唤。

这还不破案吗?

"什么人?"

他搁床底下叫喊:"没人!没人!"

"给我把他掏出来!"

人家这一大帮家丁啊、奴仆啊、差役都上来了,打床底下掏出吴约来了。

"捆上!捆上!"

捆好了,老爷问道:"你是谁?"

"咱们同殿称臣,同殿称臣……"

人家甩手给了他个嘴巴:"谁跟你同殿称臣?你上这儿来,这是憋着偷人来了呀!"

"哎呀!我错了,我也认打,我也认罚,怎么都行。"

"哎呀!如果说对外张扬的话,于你我脸面上不好看。你说认罚,这事儿怎么罚?"

"我给您五百两银子。"

"混账!我大人就值五百两吗?咱们两个官儿搅合在一件事里,才五百两?"

"对对对,您说得有理,我给您三千两银子。"

"银子在哪儿了?"

"就在对过。"

"带他去。"

一帮人押着他回来。昨天不是说了么?除非捆上他送回来。果然是说到做到,把他给捆回来了。开柜子拿东西吧,这一开柜子,家丁翻脸了:

"谁告诉你三千两?全都要!"

这帮人喊咻咔嚓把这屋洗劫了净了。又把他捆着弄回来,人家又给他上课。你这样做是不对的,你要如何如何,怎样怎样。骂了他一晚,才把他送回来。

回屋来关上门,他自个儿还庆幸:"太棒了!哎呀!才花了三千多两,好歹没惹祸。"

转过天来,到那个点儿他又起了。要不说早起没有什么好处呢,他站在门口往对过看，突然间觉得不对。怎么呢？对过空空荡荡，瞧着像是什么都没有了。哎，难道说没人了吗？他也不敢过去，就打发一个饭馆伙计过去瞧瞧。

伙计回来说："那屋里边什么都没有了。"

这怎么回事儿？他吩咐伙计道："您给我问问，这本家谁呀？"

伙计一会儿就问完了，回来说："这是人家短租的一个房子，就住了俩月。昨天半夜据说都走了，什么都没有了，空房。您住不住？给您……"

"我不，我不住，我对这个屋没有什么好感。"晚上他也没事儿了，又跑到丁惜惜那儿喝酒去了。

丁惜惜问："你怎么又来了呢？"

"是，我很想念你。"他坐在那儿喝酒，喝着喝着，眼泪下来了。

丁惜惜问道："你怎么了？"

吴约把这事儿一说，丁惜惜乐了。

"那天问你你不说，这个活儿我干过。之前有人让我扮演这个夫人，我们一块儿出去，怎么来怎么去，跟你这事儿一样。你要是早告诉我，我给你点破了，不至于吃这个亏呀。不过也活该，是不是？得了，你就这样吧。"

吴约这才如梦方醒——上了人家当了。打这儿起，他落下个病，别的不怕，就怕吃橘子，一瞧见橘子就害怕。回去歇了半年，又花了好多钱，终于打点成功了，要见一见吏部尚书。吏部尚书是主管做官儿的，见完吏部尚书，大人很看得上他，说这小伙子有点儿意思，可以给他个实缺。大人顺手啊，拿了一个橘子。

"来，吃个橘子吧。"

他翻脸了："滚蛋！"

"轰出去！"

珍珠翡翠白玉汤 〔二〕

刚刚驾到

明太祖遍寻饥饭　　满朝臣难承皇恩

> 难难难，道德玄，不对知音不可谈。
> 对上知音谈几句，不对知音枉费舌尖。

看书前得吃饭。

因为你不知道书里会写到什么饭。我坐这儿写各地风味美食，各位前襟都湿了，不好看。

一直有朋友想听我聊聊羊蝎子。说句实在话，我小的时候没见拿羊蝎子出来卖的，边角下料嘛。其实呢，好多好吃的东西，都是过去穷人发明的。包括北京的豆汁，这类东西，但凡你出了北京城，北京郊区农民都不喝，是吧？这玩意儿就是北京南城一带，拿绿豆粉下脚料熬出来的。喝这个还得配上焦圈、辣咸菜。但是呢，有这么一个说法，甭管多高贵的身份，多大的人物，坐在摊儿上喝豆汁，没有人看不起。因为有的是人喝这个。甚至著名的艺人、大师，或者家里趁多少钱的，人家也是坐那儿喝豆汁。这是一个风俗，也挺好。

还有些吃的，比如卤煮。用的是猪下水，为什么用猪下水呢？因为肉太贵，就用炖肉的方法来炖猪下水，这就是过去劳动人民的智慧。食材虽然是边角下料，但是做完之后好吃，主要在于手法。

这就跟学相声似的，其实学的不是相声，学的是说相声的技巧。唱戏也是嘛，学唱戏跟学唱《苏三起解》，这是两回事儿。你是学唱戏的技巧，还是光学这么一出戏？好多人就糊涂在这儿，嚷嚷着要学《空城计》，要学《铡美案》，要学《苏三起解》。你就学吧，你最后顶多只会几出戏。除了这几出，别的你都不会。你不是会唱戏，你是会这几个故事。人家正经学唱戏的，到头来人家会的是唱戏的技能。你给他一个故事，拿过来就唱，那是另外一回事儿。其实说书最重要的一点就是要多看书。因为这行"骗"不了人，说相声"骗"人容易。因为说相声的时候有人帮衬着，俩"骗子"打配合就好干了。互相帮衬，那个说错了这个还给往回圆。说书是一个人说，他不能硬给自己打圆场，比如说到半截来一句："哟，刚才我说错了。"这不像话，说书的不能自己砸自己招牌，说错了也得死不认账！

玩笑归玩笑，但说书还是得正经地念书。为什么呢？你要通过你的角度，把这个故事用说书的形式讲给观众听。人家一听，觉得有道理，这五毛钱票钱没白花。难就难在这儿了。这些年你看看，全中国搁到一块儿，说书的连十个人都没有啊。十个人里边要说能靠这个挣钱的，连仨都没有啊。所以说难就难在这儿，这行不好"骗"。

我这些年真真假假的，反正也读了不少书。但是不求甚解，囫囵吞枣。说到底，不过是记问之学。当然了，人人都是记问之学。老艺术家、大科学家，张三、李四、二圣人都搁一块儿，这些人的学问怎么来的？俩字儿，记问。记，就是看书嘛，翻开书，看看书里边这么写的："哦，是这么回事儿。"就把它记下来了。或者有更严谨的，人家遍观群书，看到这本书是这么说，就想那本书是怎么说的？把两本书放一起先比一下，然后再琢磨，心里有结果了："这本书是胡吣，还是照那本书来吧，那本是真的。"这就是记问的记。问呢，就是去请教。你去找先生，问人家：

"先生，您看这个是怎么回事儿？"

先生说："你买本字典去吧！"

没有人是生而知之的。这孩子一落生什么都会，那是妖精，对吧？所以天下人的学问，都是从记问开始的。只要你愿意读书，只要你愿意请教，其实人人都是一样的。

这些日子呢，没少看有关清史和明史的东西。我就把音视频文件下载到我的iPad里头，其实大部分都看过了，但有时候坐飞机道儿远，愿意再看一看。就反复地咂摸这个滋味儿，用文言词来说这叫咀嚼。就是一个劲儿咀嚼，但不要出声音，出声音叫吧唧嘴。你得读进去，你如果说单独就为了看这么两句，然后把这两句摘下来发微博跟人显摆，那叫诈骗。你得真正地去研究，这个东西背后是怎么回事儿：野史为什么这么说，正史为什么又是另一个说法？有的时候你看野史民间故事，有人说那才是真的。那正史为什么不一样呢？它必有它的原因。当时记录这段历史的人，他出于他个人角度，他可能跟张三、李四两人不和，他可能要么恨他们，要么嫉妒他们媳妇儿好看，他就私下里给人家改了，这都很正常。

因为都是人哪，人是有感情的，所以正史究竟能不能全信，很难说。

我这些日子净看明史，尤其爱看朱元璋，觉着有点意思。在中国历史上所有皇上里边，朱元璋是不得不提的这么一个人。开创了大明王朝，小名叫朱重八。重八就比叫八戒强得多。因为叫八戒，你就得扛一耙子跟人取经去。重八就留下当皇上了。重八呀，两个八，他要叫朱八八也不好听，这在伦理上说不过去呀，起这么个名字，他爸爸该叫他什么呢？还是得叫朱重八。

还有一个起义军的头儿——张士诚。张士诚叫张九四，你看人这个名儿起得多好，这要是一后台说相声的都是这个，赵一五、李二三，给您说个相声《学数学》，那可太有意思了。

朱元璋、张士诚，这俩都是农民起义军的领军人物。他俩打小关系还不错，常在一块儿待着。这时候他俩还没成事儿呢，就跟哥们儿一样处着，闲下来就在外边喝酒聊天。

张士诚问："你最大的愿望是什么？"

朱元璋说："我的愿望就是让我的姓成为天下第一姓。我得把这个《百家姓》改了，赵钱孙李，把这句话的头一字儿给改了，朱在前面。你看我呀，我这名儿叫朱重八。重八就是俩八，八八六十四，符合先天八卦，江山是我的。"

张士诚说："你别闹了！"

这听着跟俩说相声的在后台对活儿似的。

张士诚说："我叫张九四，对吗？皇上是九五之尊哪，我是九四差一步，对吧？加上个一，我就差一步，我就当皇上了。"

"得了吧！"

说到最后，张士诚就说："也没准最后谁当皇上，是不是？要不咱俩猜丁壳？"

"猜丁壳也不灵啊。"

"那咱俩定一规矩，无论谁要是当了这个皇上，统一天下了，那么对对方得念手足之情。咱们商量商量这个？"

朱元璋说："这个……看吧。"

天底下就数"看吧"这俩字最狠。比如：

"我找您借五千块钱。"

"看吧。"

到底是借不借呀？再比如：

"姑娘，我喜欢你，要跟你交朋友。"

"看吧。"就顶数这俩字坑人。

张士诚就问:"什么叫看吧呀?"

"我是这么想,有一天咱两人无论谁,要是当了皇上统一天下,失败的那个也别让哥们儿为难,自个儿死了就得了。但是呢,胜利一方要给对方留后路。本人不是都死了吗?好,后辈儿孙得放过,咱不能斩草除根,你同意吗?"

张士诚说:"我同意,好,谁没做到谁必遭报应。"两人说得挺好。

到后来这两家就厉害了,朱元璋进爵西吴贤王,张士诚后来在苏州,也就是平江府,也成立了自己的政权大周。但是,到最后的时候,是朱元璋把张士诚给灭了。大周一灭,张士诚回到自个儿府里边,想起当初跟朱元璋说的谁要输了谁死。心里琢磨:"现如今我输了,我死吧。我一死呢,还能保着我的后辈儿孙,让他们能活。"张士诚拔刀一抹脖子,就自刎了。当然史书上记载说是上吊。这都行,怎么都行,这无所谓。上吊也罢,自刎也罢,反正是死了。

张士诚身亡之后,朱元璋带着人来了,要杀张士诚的儿女。平江府里所有人该跑的全跑了,唯独他那小儿子。张士诚的小儿子叫张谷英,老早就把头剃了,成天穿一身和尚的衣服。这孩子信佛,平时就信佛,跪在他爸爸的尸体旁边,给他爸爸念经超度。朱元璋进来了一瞧这模样儿,一看这脸就知道是张士诚的儿子。他就想起当初起过誓,得放他的后辈儿孙。如果不放的话,以后自己的儿孙会有报应。一看这状态就问了句话:"小孩儿,头剃了吗?"

"剃了。"

"你能保证这一辈子不再留头发吗?"

"我能。"

"你走吧,我跟你爸爸当初有交情,商量过这事儿,要放他后辈儿孙一条生路。你今天剃了头了,你就是个和尚,我放你一条僧路。僧就是生,知道吗?走吧。"这孩子拿着东西走了。朱元璋回过头来传令告诉手下,除了这个,剩下所有的孩子一概全杀。为僧者有生路,不为僧者必死。就这样,张士诚后辈就留了这么一支。当然这有民间传说演绎的成分。可是历史上也确实是张士诚小儿子张谷英逃出来了。后来这一支繁衍出很大一个家族,到现在据说还有人家的后辈儿孙。

可是呢,这朱元璋也算是亏了心了。他许的人家嘛,结果他玩了一个文字游戏,只给人家留下一根儿。所以到他这儿,也出问题了,要不说不能轻易起誓呢。他最爱的儿子,大太子朱标,三十来岁就死了。大儿子一死,他自个儿就傻眼了:"是不是我应了誓了?早知道这样,当初起誓的时候,就该脚底画十字,我忘了这茬儿了。"起誓的时候脚底画十字代表求老天爷别显灵。

朱元璋想来想去，怎么办呢？朱元璋儿子很多呀，趁这么些儿子，要不重新立一个儿子做储君？不过到最后八成也是这个后果，另一个儿子也逃不过一死。他想来想去，灵机一动："得了，我立孙子当皇上。他那不是逃条僧路吗？我这个主意叫'逃孙'，逃孙就是逃生。"所以让自个儿的孙子朱允炆，当的皇上，就是建文帝。

朱允炆一当皇上就乱套了，怎么呢？他有一四叔燕王朱棣，燕王爷不干了。从北京带着兵来，这叫"燕王扫北"，也叫"靖难之役"。燕王率兵一路南下，把南京城围得风雨不透，要弄自己这亲侄子。

朱允炆没办法了，心一横："我不活了！"一说不活着了，有俩老太监在旁边说："那个，您别死！当年太祖爷升天，留了一只小箱子在奉先殿，给您取来吧。当年就说了，说是有一天家邦有难的时候给您取来。"建文帝拿来一看，里边有一本度牒、一把剃刀、一身僧衣僧帽，这是朱元璋给孙子留下的。意思就是告诉他："万一有天家里出事儿，你记住了，爷爷给你留了一条僧路。"于是建文帝把头剃了，戴上僧帽，穿上袈裟，打南京跑了。燕王即位，后来把都城迁回北京，史称永乐大帝。

建文帝走了之后，很多宝贝就留在南京的故宫里了。这里边还包括铁冠道人早年画的一幅图，铁冠道人在画布上画了一个和尚，名为《铁冠图》。这幅《铁冠图》后来一直被藏在宫里，一直留到了明末。到崇祯的时候天下大乱，崇祯把这幅图翻出来了。崇祯一看这画太惨了，心里一凉："那意思我也得跟他们似的？老天爷只给我留了条僧路？我得当和尚？我不干。"于是扭头跑到景山上吊死了。再往后，据说这幅画李自成还瞧见过，看完就跑到湖北九宫山出家了。这幅画留到清朝，顺治皇帝看见了，触动心事，跑到五台山也出家去了。这不要了亲命了不是！这给谁都不能看，谁看谁当和尚，讲理不讲理？

当然，我们在看书的时候得分着看，得跳出来。得知道什么是真的，什么是假的。还是要勤琢磨这个问题：正史和野史，两家说法为什么不一样？说了这么多朱元璋的正事了，其实今儿可以聊一聊朱元璋的闲话。我挺喜欢朱元璋，因为他脸长呀，特别可爱！有一年我到上海，我去见一个唱京剧的老前辈，就是麒派的名家小王桂卿先生。我找王先生去问艺，他那会儿身体不好，住在医院。我到那儿等了会儿，见了面，老头儿挺高兴，聊会儿天。他身边走过一个病友，王先生特意介绍："你看见他了吗？他是朱元璋的后裔。"我还特意回头看了眼，我心说脸也不长啊。

闲话少说，给大伙儿来一段儿耳熟能详的，但是又不太一样的《珍珠翡翠白玉汤》。

朱元璋不容易。为什么呢？那会儿天下大乱嘛。元朝末年，朝里边是君昏臣暗，至正天子荒淫无道。

朝堂上有几个大奸臣，撺掇元帝："天下刀兵四起，要是想保证大元朝江山康泰，咱们呢，就得把天下练武的人聚集到一起，把他们灭掉。把这个练武的人弄没了，念书的就好办了。读书人识时务，您给点钱给个官儿，给块儿饽饽这就收买下来了。这练武的他愣啊，给他钱他也不识数，是不是？"

元帝一听有理，于是下诏招选天下练武的人，到京城来比试一下，这叫恩开武举。

朝廷对外是这个口径："来吧，不管你是杀人强盗，还是劫道的土匪，只要你觉着你能耐大，你上京城来国家重用你。"

天下练武的就都来了。但其实呢，朝廷在武科场里边定下十条绝后计。这十条计策憋着把天下练武之人一网打尽。哎哟！武科场里边就乱套了。朱元璋就带着自己的众多兄弟，马踏贡院墙，戳枪破炮摔斗跳台，扯天子半幅龙袍，揪袍捋带，酒泼太师杯砸怀王。单膀力托千斤闸，摔死了金头王、撞死银头王、枪挑铜头王、鞭打铁头王。二十七座连营，一马踏为了灰烬。哎呀，整个武科场就乱了套了。为什么呢？京城里聚了一堆练武的，哪儿的人马都有，有认识的有不认识。再加上官兵，大伙儿乱成一锅粥。乱到最后，大家得想法子逃跑。这一出来更是乱得没影儿了，你奔东他奔西。

其中，朱元璋单枪匹马一个人杀出城门。他这两天身体又不舒服，有点心火，再加上一凉一热有点感冒，更甭提在武科场里闹得鸡飞狗跳，反正这几样不好受的地方都拧到一块儿了。他坐在马上就觉着浑身恍惚，一点儿精神都没有。

他好容易跑到了荒郊野外，心说："我得下马。"

于是他翻身下马，结果这脚套在镫上摘不下来了。马具里不是有镫吗？他骑着马跑到荒郊，本欲翻身下马，右腿是摘下来了，可左腿这脚卡在了镫里。他一下也反应不过来了，眼前发黑。为什么呢？体力消耗太大，咣，就倒在地上了。万幸，这匹马很仁义，马没动。要换成那种没正形儿的马，当下就能给你撒开蹄子乱跑。这主人就被拖死了。这匹马是好马，好马它是护主的。马儿就站在原地没动，打了个响鼻看着他。朱元璋躺在地上昏迷不醒，如果没有人管的话，性命是危在旦夕。

过了一会儿的工夫，打远处来了两人。二十来岁，哥儿俩岁数差不了两三岁，都二十多。这是俩要饭的，头戴开花帽，身上穿的这身衣裳呢，除了"馄饨"就是"云吞"。什么意思呢？衣服又破又旧。过去人衣服穿破了，一开始来块补丁，后来这个补丁又破了，上面再缝块补丁。到最后这窟窿太大了，就拿一绳子把它系上，系一疙瘩。浑身上下要是系满了疙瘩，就跟在衣服里煮疙瘩汤似的。大一点的疙瘩，人们就开玩笑叫云吞，也叫馄饨。这哥儿俩浑身上下，一身这个玩意儿，一只手拎着要饭的罐子，另一只手里拿着打狗的棍子。

哥儿俩走到这儿来了："哟嚯！哎，两匹马。"

怎么两匹马呢？一个站着，一个躺着——朱元璋大长脸。这俩要饭的好俚戏，他俩天不怕地不怕呀。看到"两匹马"，两人就乐得不行了。

"来来来，给他弄起来吧，弄起来吧。"

两人心眼儿不错，给朱元璋撒起来了，找了一间破庙，再把马给拴在门口，怕马跑了。把人抬进来，两人看了看。

"这个人好玩儿，这是跟哪儿来的？"

"不知道啊。"

两人又蹲下瞧瞧朱元璋这大长脸，啧啧称奇："好家伙！"

其中一个还顺手比划比划："真可爱。"

哥儿俩一边说着，一边架上砖头准备生火做饭。他俩刚才出去要饭去了，拎来一个饭锅坐在这个临时起的灶上。一架上火，这小破庙里边就有点儿热乎气了。经烟气一熏，朱元璋悠悠转醒。

"常贤弟。"朱元璋这是在喊常遇春，他们哥儿几个处得不错嘛，常遇春哪、胡大海呀、郭英啊，就是不错的几个哥们儿。

俩要饭的正烧火呢，听到他的呻吟。其中一个乐了："哎，他怎么知道我姓常，叫常先第？他认识我。我现在都这么大的知名度了？要饭要出名儿来了！"

朱元璋那儿迷迷糊糊的，又喊."来呀！"

赶巧了，另一个也乐了："他知道我姓来。"

有人问："有姓来的吗？"唐朝就有一个酷吏叫来俊臣，武则天时代有名的酷吏。

什么叫酷吏呢？就是残酷的官，专干严刑逼供的活儿，弄了好些外五刑的东西。外五刑就是刑法里边没有，他自个儿设计的，他还是个"发明家"。凤凰展翅、玉女登梯、仙人献果，都是他研究的。这个很惨，多少大官儿都死在他手里边。有个特别有名儿的酷刑，叫猿猴戴冠。弄一铁箍箍在人的额头上，扣上扣儿，然后开始逼供："说你造反你承认吗？"

对方要是说："我不承认。"

嗒一声，来俊臣把扣子往紧扣一格。

"承认吗？"

"不承认。"

再往紧里收扣儿，再紧，紧到最后，受刑的人眼珠子都出来了。努于眼眶之外，拿一小刀一挖，直直地把人家的眼珠子挖下来。就是他发明的这些外五刑的东西。

这人就姓来，来俊臣。

这个故事里，要饭的这主儿恰好也姓来。

两人过来："怎么了阿长？"他俩荒郊野外捡个人也不知姓什么呀，看他是大长脸，就管人家叫阿长。

"哎呀！我饿（恶）了。"

"哦，看你就不善，吃吧。"

火也上来了，两人把出去讨来的糊饭嘎渣儿、剩菜、豆腐汤、菠菜一下锅，盛出热热乎乎的一大盘，给端过来了，还撅了两根树枝当筷子。

朱元璋是真饿了，人要饿的时候就不在乎这个，捧到跟前，风卷残云，吃饱了，出了一身透汗。他本身就是练武的人，底子好。刚才就是太累，而且有点感冒，经脉闭住了。这么一大盘里又有粮食又有菜，又有热汤，出一身透汗。就觉得，哎！精神状态很不错，缓过来了。

"谢谢两位！两位义士，贵姓高名？"

这两人相互一看，好小子，刚喊了半天，合着现在又假装不认识了？

"咳，不重要，不重要，不重要。你好了就行了。"

"哦，谢谢两位英雄。那个，刚才我吃的这是什么菜？"

两人面面相觑，小声嘀咕："要不咱抽他吧？"跟俩要饭的问什么菜名。

其中一个眼珠一转，嬉皮笑脸地搭腔道："哎嗨！今儿吃得可好，这叫珍珠翡翠白玉汤。"

为什么叫珍珠呢？他管剩饭嘎渣儿叫珍珠。翡翠呢？不是有点菠菜嘛。白玉汤，白玉就是豆腐啊。

另一个也点头："对！我们这叫珍珠翡翠白玉汤。"

"好，谢谢两位英雄搭救。青山不倒，绿水长流，他年相见，后会有期！"

朱元璋从破庙里出来，翻身上了马，去找他那哥儿几个，收拾收拾打仗去了。经过一番东挡西杀，他最后当皇上了。一统江山之后他就是朱洪武啊，明太祖朱元璋，定都在南京。哎哟喔！可以说是中国历史上数得着的皇帝。为什么呢？他开创了大明朝，这个社稷不容易。而且整个有明一代，很多事情是值得说的。它不像别的那些短命王朝、小朝廷，就活个三年、两年、一年半的，没什么意思。大明朝的江山是一辈传一辈，当然传到最后呢，大明朝一共是十六个皇帝。有人说就应该是这个数儿，因为他叫重八，二八一十六嘛。对吧？朱重八这个名儿应这个数儿。当然，那就不是咱们能管得了的了。那是数学家跟算卦的该研究的事情。

当皇上之后呢，日子肯定跟原来不一样。朱元璋小的时候不容易，当过和尚做过贼。给人当长工、给地主放羊，什么都干过。现在好了，九五之尊，锦衣玉食。

这当皇上——列位，我是没当过呀，但是我也没少看，不管是历史资料还是方方面面——当皇上跟咱们当普通人的活法是不一样的。

不过皇上也有他为难的地儿，为什么为难呢？在吃饭上就为难了。做了皇上有很多地方要在意，比如说无论多好吃的菜，只能吃三口，三口之后就不能再往那盘菜上动筷子了。你说给皇上来一肘子，让他噔噔噔跟这儿啃，这不行！满桌菜，皇上在主位上一落座，饭桌又长又阔，最远的菜离着皇上估计能有一站地。

皇上拿手一指："那个！"

就有太监跑过去夹上，再跑回来。

皇上一吃，觉得好吃："还要那个。"

连吃三口，皇上到驾崩了都不会再见到这道菜了——不能让人掌握皇上的口味。比如皇上爱吃熬白菜，不能天天吃。万一以后有人在熬白菜里下毒怎么办？所以这辈子不要再吃熬白菜了。吃饭也是，米饭只给盛一点儿，皇上两口吃完了，让太监添饭。添完饭端起碗来一看，只给添了一小指甲盖儿的米饭，数了数只有七个米粒儿。为什么呀？万岁的龙体要紧，太监们怕把皇上撑着。不像咱们说相声的，蹲在后台大海碗吃面条，皇上哪有那个乐趣呀，对不对？想多吃？不行。万一皇上说今儿不想吃，不想吃更坏了。哎呀！没有食欲，太医就来了。

太医给皇上号半天脉，叹口气："哎呀，皇上上焦火大。少吃一碗米饭，多喝七服汤药。"

所以说皇上也不容易。

这天呢，在皇宫里待着待着，朱元璋就觉着身上不得劲儿，一冷一热的，感觉挺难受。可能是午觉睡醒之后不舒服，他就想起那一年出了武科场，浑身难受的那个劲儿来了，也是浑身又酸又疼。他依稀记得，后面来了两人，一个叫常什么第，另一个姓来不知道叫什么。两人给他弄了一碗珍珠翡翠白玉汤，喝完了之后他觉得很舒服，满脸红光地上马打仗去了。

"这个谁会做呀？"皇上跟太监一说。

太监说："这个没事儿，把御膳房的叫来吧。"

一会儿工夫，御膳房这几个官儿都来了。

"陛下，您想吃什么？"

"珍珠翡翠白玉汤，会做吗？"

众厨子你看我，我看你。

"陛下，他会。"有个厨子伸手指了指身边人。

御膳房里给皇上做饭的也是官儿啊，也分阶位，被指的是这些厨子里面官位最大的那个。

"你会呀？"

"是，臣领旨。"不能说不会，不然你是干什么吃的呀？

"那赶快去吧，做珍珠翡翠白玉汤吧。"

"遵旨！"

这几个战战兢兢地下来了。

"哎，孙子！"

"你怎么骂人呢？"

"有你这样的吗？怎么就我会？"

"你准会，你比我们官儿大，大一级呢。"

"就是大十级，我也没做过珍珠翡翠白玉汤啊。"

"那怎么办？你领旨了。"

"赶紧出主意，成事儿了咱们一块儿领赏，要不然就一块儿完蛋。咱们得研究研究珍珠翡翠白玉汤。"

"珍珠啊，我倒知道。因为上笼屉大火蒸，蒸时间长点是可以入口的，珍珠可以。翡翠，没听说过，能不能试试改刀[1]？"

"不能吧，不能，但是咱们能找小片儿的。"

"白玉呢？"

"白玉，白玉别弄太厚。"

---

[1] 改刀：中国烹饪术语之一，意思是切菜，将蔬菜或肉类用刀切成一定形状的过程，或是用刀把大块的食物原料改小或改变形状。

"那就来吧。"

厨子们要珍珠翡翠,皇宫里边有的是这些。一会儿工夫,太监们就送来了。挑吧,专挑大个儿的珍珠,搁小碗里边上笼屉先蒸。又找了几片翡翠,几片白玉,洗得干干净净的。吊了一锅高汤,先往汤里下翡翠跟白玉,煮得差不多了,那边屉上也冒了烟了,把珍珠拿出来倒进汤锅里煮煮。末了,撒点儿盐,搁点儿糖,点了点儿明油。这些厨子想了下,又往汤里加了几片香菜。从碗柜里找了一只团龙的碗放在食盒里,再放一把勺,就这样送到了御前。

皇上兴致很高:"真好,寡人想喝珍珠翡翠白玉汤,这就来了!盛上来。"

太监们一路传令:

"是——盛——端——"

一碗珍珠翡翠白玉汤被盛上来了,放在御案前。皇上一看就爱了,颜色好看,白的、绿的,拿勺一舀叮当乱响。皇上心情不错,端起来先喝了点汤。

"不错!"

皇上也是废话,高汤能错得了吗?还是皇宫里边的高汤。

"好好好,来个翡翠尝尝吧。"择一小薄片搁嘴里,硌得牙叮当乱响。皇上这个气啊,什么玩意儿这是!

"混账!"

一群人呼啦呼啦全跪下了。

"陛下,没学过这个,我师父也没教我。从来没见过什么叫珍珠翡翠白玉汤,陛下恕罪!"

皇上也乐了,这也难为他们呀,他们哪儿见过这个呀?

"唉,不怪你们。想当初……"皇上把这故事一说,认真回想起来,"寡人喝过这么一回珍珠翡翠白玉汤。想来它应该算是地方上的风味小吃。"

其实皇上这么想也是对的,咱们经常出去玩儿的朋友就能留意到,什么这个饼啊那个汤,可不就只有那一个地儿卖吗?有的甚至仅限于一村之中、一县之内,到别处去就没有卖的。

皇上一说,大伙儿都附和道:"对呀,那陛下您出圣旨吧。咱们挑选普天下会做珍珠翡翠白玉汤的厨子。请他到南京给您来做饭。"

一声令下,圣旨刷得全世界都是啊。皇上找会做珍珠翡翠白玉汤的厨师。贴了也是白贴,没用,没人会。但是贴来贴去,就贴到当初朱元璋落难的那个地方了。

贴好皇榜之后,差人就在那儿守着。打远处来俩要饭的,就是当年那两位。

这两个人就在大街上溜溜达达的，也不着急赶路，也没个目的地。怎么呢？他们也没什么事可操心的。

过去的先生们就常说，说相声、做小买卖、要饭，就这几个职业，你要是干上之后就干不了别的了。说相声、做小买卖，没人管，挣钱又多。要饭也是，懒散惯了，吃饱了想搁哪儿躺就哪儿躺。俩要饭的打这儿过——你别看他们是要饭的，看人家俩这脸上的状态，他们对生活还是很满意的——走在这儿瞧见有人围着看皇榜。这哥儿俩来也站这儿剔着牙看热闹。

前面有认字的人："嗬！皇上找那个做珍珠翡翠白玉汤的。这谁要是会那可就厉害了。你会吗？"

"我哪儿会？我都没听说过！"一堆人聊着闲天儿。

后边这两位一听，拨开人群，上前头伸手把皇榜揭了。

这皇榜是刚才贴完，旁边有差人看着呢。

俩差人正有一搭没一搭地聊天。

"谁知道哪儿有？"其中一个发牢骚道。

"唉，贴就完……捆上！"另一个正要搭话，余光扫到这俩要饭的，哗楞嘎嘣一阵响，大铁链子给两人捆上了，"要死啊你们俩！你知道这是什么吗？"

"管你是什么，先揭了再说。"

"嗬！这是俩疯子啊。走走走！见县太爷去，见县太爷去。"

县官正在后屋待着，差人进来一说："回禀老爷，有人揭了皇榜。"

"哎哟！哎呦嗬！阿弥陀佛，该着老爷我升官发财换乌纱帽啊。在我这里找到了能做珍珠翡翠白玉汤的人。这真是祖宗积德，坟地出了白屁壳郎了！"县太爷太开心了，打后边出来降阶相迎，"两位大师在哪里呢？"

差人一指："老爷，您看看那儿。"

两人被锁在那柱子上了。

"混账！这是……这两个是什么东西？"

差人又看了看，答道："就是他俩揭的皇榜。"

"这两个胆大包天的东西，真是岂有此理！"

这俩乐了："喊什么呀？难道说给皇上做汤，就这么锁着去吗？"

县太爷犹豫了一阵儿："这两位是汤老爷吗？"

汤老爷，这也不知道是谁给封的。

"汤老爷？"差人也傻了。

县官嘴都瓢了，就问："二位贪官，不是，二位汤，汤官。您二位会做珍珠翡翠白玉汤吗？"

"废话！不会做汤谁敢揭榜啊？"

"哎呀呀！我该死，下官该死，下官该死！来呀，给他们解开，解开！"

"别别别！别解开！这是国家的王法，戴上容易摘下来难。咱怎么来就怎么去，我们就这样去见皇上。"

县官快急哭了："不是，您别这样难为我！"

旁边差人忙说："老爷，您别听他的，这是俩要饭的呀。您哪，先把他们带到京城去。先见皇上，到时候再说，好不好？省得让他俩把您给骗了，不也连累您吗？"

"哦，也是也是。行，那就安排车辆，本县我亲自护送他俩，咱们进京面圣。"

县太爷安顿好了一切，带着俩要饭的就进了南京。按说七品县官是没有资格上金殿的。如果是正常的手续，比如说把皇上做汤的人请到了。这几个人得先到礼部演礼。到那儿有人教，见了皇上怎么站，怎么跪，跪几下，怎么磕头，站起来怎么说话。这几位来了之后却没人搭理，站在金殿外头，连手都不知道往哪儿搁。太监一瞧，赶紧跟皇上一说，朱元璋很开心。

"做汤的请来了是吧？好，请上金殿。"

金殿上，文东武西列立两边，明太祖正中高坐。打外边，邋里邋遢地上来三人。县官跪在殿前哆嗦得都不成样了！他原本是没有资格上金殿哪，跪下面给皇上咣咣磕头，扭过头偷眼观瞧，一瞧那俩要饭的，两人站在大殿之上，哗啦哗啦抖那链子。县官心想："这两人到哪儿都这样啊，不是光跟我呀。"

皇上坐在龙椅上拿眼一瞧，骂这个县官："混蛋！就是这两人，我认识他俩。但是，我请他们来给我做汤，怎么就不给换换衣裳呢，真是混账！"

皇上怕这两人害怕，就客客气气地对他俩说："两位爱卿。"

管这俩要饭的叫两位爱卿。

"为何如此装束来见寡人哪？"

皇上是想开个玩笑，缓解缓解气氛。给文臣武将们这么一个感觉："我们是哥们儿，这两人闹着玩儿才穿成这样呢！"

俩要饭咯咯地乐了："咳，这些年他妈的一直都这样啊！"

皇上心说："哎呀，我这句话白说了。"

皇上一转身，拿手指着县官，撒火得撒他身上："混账！真是岂有此理！竟然如此对待朕的两位爱卿！"

县官吓得直发抖，这头磕得跟鸡奔碎米似的。

皇上火大了："拉出去杀了！"

这俩要饭的一瞧："别别别！哎，那个，那个皇上别，别杀呀，这有用呢。留着他吧，这个做汤缺个小伙计，让他给打个下手吧。"两人心里还乐呢，心说当皇上可太好玩了，说杀人就杀人。

"好，若非两位汤卿讲情，绝不饶你，滚起来！"

"是，谢陛下！"县官站起来了。打这儿起，就安排人做这个珍珠翡翠白玉汤。宫里边单独拨银子五百两，另立了一个御膳房，就为做这碗汤。

太监替皇上跟他们说："下去吧。"

几个人下去了。这一出来县官先跪下了："谢谢两位老太爷救命之恩！两位恩同再造！"

"行了，快起来吧，快起来吧。让你跟着跑腿买东西干活儿，会吗？"

"会，我比较聪明。"县官眼珠一转，"如果这次打下手买东西，您特别满意的话呢，您在我主万岁面前美言两句，我小小地升这么三级、五级的，我就知足了。"

"刚活过命来又想升官，你乖乖待着的吧。"

"哎，是是，我听话，我听话。"

"买东西会吗？"

"会会会。"

"买珍珠翡翠白玉汤的东西你会吗？"

"那，那不会，您吩咐吧。"

"嗯，买二百斤白菜、二百斤菠菜、四百块豆腐、糙米二百斤、剩杂合菜两桶，然后刷锅水五桶、其它的就随便吧，什么都行。"

"是。"

白菜啊、豆腐啊、米啊，都买来了。御膳房又跑过几个人来，都想好好学怎么做珍珠翡翠白玉汤，这玩意儿可不一般。

御厨们心里都憋着一股劲，长能耐的机会到了！

"两位老太爷您吩咐。"

"焖米饭会吗？"

"嚯！您这话说的，御膳房不会焖米饭吗？"

"珍珠翡翠白玉汤的米饭会焖？"

"我不会，您教我们。"

"嗯，米别淘，也别洗，洗完了有味，越糙越好。然后焖米饭尽量少搁水。"

"少搁水？"

"对，少搁水。"

"少搁水就糊了。"

"哎，要那个。焖完了之后上头好米饭全不要，就要底下那糊嘎渣儿。"

"哦，好，是，是是是。"

"你过来。"又叫来一个御膳房的厨子。

"老爷，您吩咐。"

"择菜会吗？"

"这让您说的，会会会。"

"行，把那个菠菜白菜都择择。"

"哎哎哎。"坐那儿就择菜，真细致！不管是白菜还是菠菜，择得干干净净，就留那一丁点芯儿。正择着，俩要饭的看见了。

"混蛋！你在那儿干吗呢？"

"二位爷，我择菜呢。"

"你，你留的这是什么？"

"菜芯儿啊。"

"剩下的呢？"

"那个有虫子，我都扔了。"

"要那个，要那个，你这个不要！"

"啊？"

"就要那个长了虫子，黄的叶边，要那个。"

御厨挠着脑袋，又把扔外边的下脚料给捡回来了。

这些都安排好了以后，县官过来了："两位老太爷，我干点什么呀？"

"去把豆腐弄弄。"

"是切丁啊，还是切块、切片啊？"

"你切人家干吗呀？挺好的东西，都让你们糟践了。"

"是是是，那您看是怎么着呢？"

"抓。"

"什么？"

"用手抓，使劲抓。"

"就抓就行，是吧？"

"别洗手啊，去抓去。"

县官领了命，拿起豆腐咔哧咔哧咔哧，抓得稀碎，一会儿工夫就抓完了，回去跟俩要饭的汇报工作："两位老太爷，您看抓完了。"

"搁到太阳地儿里晒去，晒晒。"

"哦哦哦。"县官捧着一盆烂豆腐搁到太阳地儿里晒去了。

米饭煮好了，把上头的软米饭扒下去，就留下粘在锅底的糊饭嘎渣儿。另一边是择菜叶子的，白菜就留带虫子眼儿的，那菠菜根儿还不让去泥。择好后让大伙把菜叶子攥手里边拧，不许切，咔嚓咔嚓连撕带拧。

众人正忙活着，从门外头又进来一个御膳房的："两位老太爷，那个杂合菜可没这么些。"

"啊？怎么回事儿？"

"不是，咱们这儿也剩不下杂合菜。每天下来也就是一桶左右，您要两桶，宫里没有啊。"

"那哪儿行？才一桶杂合菜，皇上吃着根本不够味儿。这要罚起来是你们担呢，还是我担呢？"

"哎哟！不是，老太爷，是真没有啊。刚才我们特意看了，只有前天的还剩两桶。"

俩要饭的一听，正中下怀："前天的？前天的就更好了！"

"不是，那个是等着喂猪的，还没拉走。"

两人两眼放光："对对对！就要那个，就要那个，那个皇上吃得才够味呢！去弄来吧，快去弄来吧。"

"行吗？"

"你就去吧。"

"哎哎哎。"御厨把那个剩杂合菜弄来了，又弄了几桶刷锅水。

原料这就都弄好了，抬上灶台，摆成了一溜。糊饭嘎渣儿、烂菠菜、白菜帮子、馊豆腐、剩杂合菜、刷家伙水。尤其那个豆腐，先前搁到墙根儿的太阳地儿里一晒，咕嘟咕嘟咕嘟，都起化学作用了，又酸又臭。

俩要饭的过去捞了一块，赞不绝口："够味了！够味了！这个皇上吃得才痛快呢！"

几个御厨和县官站在旁边，看着这堆东西。这几个人你看我，我看你。俩要饭的坐在太阳地儿里择起了虱子。几位过来了："两位老太爷，咱们这是要害谁呀？"

"混账！什么叫害谁呀？这不是给万岁爷忙活御膳吗？珍珠翡翠白玉汤。"

"是是是，小的们没见过这样的珍珠翡翠白玉汤，咱这么弄行吗？"

"什么叫'行吗'？我告诉你们，皇上喝完之后，你们几位就等着升官发财换乌纱吧。"

"老太爷，我们其实都不容易，上有老下有小，您能不能饶了我们？您见着皇上以后，您就说这些东西都是您二位亲力亲为的，我们没掺和，行不行？"

"那不成！那不成！谁干的活就是谁的功劳。尤其那个豆腐，就是县官你弄的。完了我们跟皇上好好地捧捧你，都是你亲手抓出来的。"

县官扑腾一声给他俩跪下了，眼泪哗哗地往下流："两位老太爷，您饶了我吧！我，我活不了了！"

"别废话，就这样吧。做得挺好的，哭什么呀？"

次日清晨，众大臣一一点卯。

什么叫点卯啊？早上起来四五点钟，那会儿叫卯时嘛，皇上要看看底下的人都到没到，就在卯时由太监捧着花名册点个数，张三、李四、王五、赵六的，这个就叫点卯。

金殿上文武群臣点卯之后，皇上准备御赐满朝文武，每人一碗珍珠翡翠白玉汤。而且头天还嘱咐群臣们，晚上别吃晚饭。为什么呢？皇恩浩荡哪，就怕众大臣吃完了东西之后，领会不了这道美食的味道。文武群臣真听话，有人在头天晚上还洗澡了，沐浴更衣，专为转天吃这个御宴做准备。

要说当官也不容易，有道是："铁甲将军夜渡关，朝臣待漏五更寒。山寺日高僧未起，看来名利不如闲。"

今天人都来齐了，没有一个请假的。往常还有请假的，大臣们有身体不舒服的或者有事儿来不了的，就跟上面递个手本请假。今天没人请假，全都来了，而且还是开开心心地过来的。文臣武将上朝之前，会先在朝房里寒暄几句。

"张大人！"

"年兄！"

"喝过这个珍珠翡翠白玉汤吗？"

"没喝过，没喝过。"

"以往只是听说过，我父亲当年随着万岁爷，南征北战、东挡西杀的时候，他听胡大海胡将军讲过这个珍珠翡翠白玉汤。那个东西太棒了，是一道做法极复杂的珍馐美味，九蒸九炼方成此物。今日里你我大家，共饮珍珠翡翠白玉汤，祖德匪浅哪！"

"是是是，我也盼着这个呢，咱们等着吧。"

一会儿的工夫，静鞭三响，文武群臣上殿参驾。

静鞭三响，就是让一大太监拿一根赶车的鞭子，站在那儿"啪啪啪"打三下鞭子。这是辟邪用的，也是通知大家安静，皇上来了。

朱洪武朱元璋，由太监们护着驾来了，往龙椅上一坐，群臣们参拜殿上。君臣先谈公事。

御膳房同时开始忙活，急急忙忙地把火生起来了。头印的大锅呀，一口一口的，都坐到火上。下汤的材料也都摆齐了，御膳房的各位挽着袖子：

"两位老太爷，火上来了锅也开了，咱们先放哪个？"

"都行，这个玩意儿有什么先后的，来吧，一起倒进去吧！"

御厨们得令，也不讲究先后了，手头有什么就往锅里倒什么，糊饭嘎渣儿、烂菠菜、白菜帮子、杂合菜、刷锅水，搁了几瓢盐。俩要饭的看色不够，又弄了点煤灰倒里头，搅和了半天。

锅开了，御膳房也待不了人了，县官和几个御厨全出去了。

过十分钟俩要饭的也出来了，怎么呢？他们俩也受不了。

两人出来，边出来还边讨论："够味儿了，够味儿了！可以了！咱俩都待不住了，是不是没问题了？"

一会儿的工夫，金殿上正事儿谈完了。皇上搓了搓手，很开心："好啊，接下来请众爱卿尝一尝，寡人找人做的这个珍珠翡翠白玉汤。望众爱卿满饮此汤之后，念皇恩忠君报国。来，上汤！"

皇上吩咐上汤，御膳房盛好了往上端："上啊！"

金殿上好几百人，太监们一碗一碗地发给朝臣。碗很精致，都是官窑专供的团龙瓷器。一只碗里边盛一份汤，放一小勺，底下拿一金漆的盘子托着。

小太监们弯着腰，托着盘，一个个都斜过头憋着气。打后厨出来往金殿上走。

朝臣们心里直呼不得了："要得真富贵，还得帝王家。就皇上家的太监你看多规矩！都不敢正眼看这汤。"

每位大人都给一碗珍珠翡翠白玉汤，托在手里边。

皇上手里头也捧着这么一碗："众位爱卿，请。"

"谢皇恩！"大臣们谢过恩，结果鼻子刚凑到碗跟前就觉着反胃了。可是皇上在上面坐着呢，这要是不喝说不过去，那算抗旨不遵哪。

"年兄请！"

"废话！我请了，你不喝就行了？请请请！"

大家互相请，互相让，皇上坐在上边恼了。刚开始一闻这味儿，闻出点儿问题来，心里犯嘀咕："我当年喝的不是这味儿啊，怎么这么难闻呢？"再一瞧文臣武将这表情，皇上不开心了，心说："只能跟我享福，跟我受罪你们不干，是吧？这是我找人做的汤，不喝就是不给我面子。"

皇上站起来了："众位爱卿，随寡人共饮珍珠翡翠白玉汤，请。"话音刚落，一仰脖干了一碗。喝完以后，皇上的眉毛都立起来了。

文武群臣面面相觑："来吧，皇上都喝了，咱们还差这个，是不是？"

"请请请！"

群臣全端起碗来往下咽。喝到最后一口，实在是咽不下去了，都在嘴里面含着。

朱元璋很开心哪！

"唉，文武群臣很给寡人面子。"

"众位爱卿，寡人请人做的珍珠翡翠白玉汤，大家觉着味道如何呀？"

文武群臣一句话也说不出来，各伸双指，俩大拇哥儿。为什么伸双指？嘴里还含着一口呢，说不出话来。

皇上高兴了："哦，我明白了，你等之意朕已明白。俱都不言各伸双指，你们是这意思——每人再来两大碗。"

皇上二大爷 三

刚刚驾到

托庇祖荫享富贵　倚恃皇恩铲不平

> **人到四十知好歹，月到中秋晓高低。大爷不怕小八卦，亏心的人儿被雷劈。**

打小啊，我的梦想跟别人就不一样，为什么呢，我的同学们都想当科学家，只有我老攒着劲儿要去说相声、说书、唱戏，同学们那会儿觉得我这人没出息，说你看我们都想当科学家。时光荏苒，岁月如梭，一晃我都这岁数了，我确实也说书、说相声、唱了戏了，我的同学们呢，一个当科学家的都没有啊，有几个我瞧见连饭碗都没有，很不是滋味。

当然了，他们倒是也夸我，说我最大的变化就是没有变化，我后来想了想也对，我十八岁那年就长成现在这样，一帮同学站在一块儿，人家个个都青春洋溢，就我沧桑得跟个家长似的。现在我没有什么太大的变化，我的同学们一个个老得都不行了，真是让人感慨，小的时候其实我父母倒是很开明，没有玩命逼着非要我当科学家什么的，说你开心就好，别做坏事。

我们家有一门风，每家都有不同的门风，每家日子不一样嘛，我们家有一副对联：一等人忠臣孝子，两件事读书耕田。往上捯呢，我们家还有一副对联：万里寻名班定远，百年福寿郭汾阳。从明朝开始，我们家就有这家训。

为什么有第二副对联呢？因为我们家祖籍是山西，明朝弘治十一年，我们家祖上，哥儿十一个，打山西汾阳移民出来。祖上传下来说我们这支是郭子仪的后代，咱也没地儿问去，咱也不知道，反正家里都这么说，他们这么说我就这么听着呗，一辈一辈就传下来了。

其实我觉得，刚才我说的第一副对联还挺好，一等人忠臣孝子，两件事读书耕田。中国人骨子里就是这个嘛，忠君报国，没有说谁家家风就是要造反。那天我无意中翻看唐朝的史料，看见一个造反的，没把我乐死。

唐敬宗年间，有一个造反的事情，很成功，也很失败，为什么呢？因为，造反的人一般都是朝廷里边的权臣、丞相、王爷，那些手握军政大权的人，人家合起伙来要造反。而在这个故事里，掀旗子造反的却是一个闲人。皇宫里边有一个染坊，干的是给布料上色的差事，这场造反的主角是染坊的一个负责人。这是真事。这人姓张，叫张韶，是负责染布的，平时有几个不错的朋友，坐在一块聊天喝酒。最好的朋友是一算卦的，叫苏明玄，某天两人就凑在一块聊天。

"老苏，你看我现在有吃有喝的，给皇上家染布，多棒。"

算卦的老苏说："我给你算了一卦，我觉得你不应该这样自我满足，你还有更大的发展，从卦象中看，你是能坐在金殿上吃饭的，而且是我陪着你在金殿上一块吃饭，我建议你造反吧。"

"好，既然你给我算出来了，那我就造反吧。"这就俩二货。

"咱没兵啊。"

"没有兵，咱有伙计啊，染坊里有伙计，就卸车的那个，那都可以。"

"那行，等有一天我要是当了皇上，我封你当娘娘。"得，这俩成两口子了。

"好，谢主隆恩！"张韶这两口子就开始琢磨这事。

张韶问伙计们："你们以后要不要当个什么文臣武将，有一天我要是当皇上了，你们几个有什么想法吗？"

伙计们这个要当丞相，那个要当王爷，还有要当太监的，干吗的都有。

"那咱们来吧。"

老苏给算了一个日子，张韶准备好了刀枪剑戟，藏在运布和运颜料的车里，带了一百多个伙计，大摇大摆地要进皇宫——因为从来也没人查过他们哪。赶巧了，这天皇宫守卫里换了一个新来的小兵，生瓜蛋子，不认识他们，上来就查车，这一查，好家伙，有刀枪剑戟，这几个人急了，掏出刀来，三两下把这新兵扎死了。呼啦一下子全跑进去了，皇上这会儿没在寝宫里边，在殿外头呢，听到远处一片杀伐之声，皇上吓坏了，由大伙儿护着驾逃之夭夭。这几位一路杀进了皇宫，进了金殿。染布的张韶一屁股就坐在了龙头书案后面，这个算卦的老苏坐在他旁边。

两人盼咐太监上菜："快上菜呀。"

太监急忙跑去御膳房，让厨子们准备好鸡鸭鱼肉，端上金殿，供两人大快朵颐。

吃着吃着，这老苏说："你的目的就是为了吃饭吗？"

张韶说:"那不然呢?在金殿上吃饭,这就是我的梦想啊。"

老苏恨铁不成钢:"得了,你也就这点出息了。"

"那还怎么样?"

"你得当皇上啊!"

想当皇上已经来不及了,门开了,御林军冲进来了,把两人就地格杀了,这是中国历史上最成功,也是最失败的一次造反事件。他成功地杀进了皇宫,但是他没有什么目的,或者起义的纲领,他连成熟的想法都没有,就是为了吃口饭。真是天下之大,无奇不有,什么事情都会发生。

这一篇里,给大伙来一个传统长篇单口相声,讲的是个跟某个皇亲有关的故事,名字叫《皇上二大爷》。

有人问皇上还有二大爷?列位,有的是,皇上家的亲戚还少吗?那么是哪个皇上的二大爷呢,是道光皇帝的二大爷。官方不能叫二大爷,不好听,有人说那就叫二伯父,二伯父也不好听。

皇上的二大爷,这个人是一个黄带子,什么叫黄带子呢?就是过去清朝吧,有这么一类人,他们是宗室,跟皇上是一家子,但是呢,又不在朝里头上班,官方管他们叫闲散宗室。民间管他们叫黄带子,因为他们腰上系着一条黄色的腰带,普通宗室系的腰带是金黄色的,皇上的腰带是明黄色的,腰带上面绣着龙头凤尾,还会嵌有几块金属配件,只要系上这个,旁人一看就知道是皇上的本家。腰带有黄带子,还有红带子,红带子就是叔伯那一支的,跟皇上也沾亲戚,但不是正统的这支血脉。咱们拿努尔哈赤来说,努尔哈赤的子孙系的都是黄色腰带,但他的叔叔,他的弟弟传下来的血脉,系的就是红腰带,虽说他们也跟皇上是亲戚,但身份地位差了一截,不如这黄的厉害。

那个年头,北京城里的黄带子也不少人,少说也有几十万人,很正常啊,皇帝一家子枝繁叶茂啊!那些闲散的宗室,一落生就吃一份钱粮,他们打一生出来,每个月就领着月俸,而跟皇上关系特别近的,也就是咱们刚说的黄带子,朝廷还会给他们分田、分下人。这些也正常,天下都是人家的,所以人家家里亲戚想怎么着就怎么着。所以您记住了,这叫黄带子。

那么咱们今天说的这位黄带子呢,这是道光皇帝的二大爷,名字叫永硕,永远的永,硕大的硕,永远硕大。不知道谁给起的这名字,官方呢没有什么人惹他,民间呢很爱他,故事发生的时候,他还不到五十岁,但是您要知道在那个年头,一个人四五十岁了,就已经很显老了,包括我小的时候,我们那会儿觉得,四十岁的人就成老大爷了，何况再往前捯。清朝的时候，男子一到成年，胡子是不能剃的，到了三十岁如果这人还没蓄起胡子，会被人看不起，为什么呀，旁人会说他是老有少心，都三十岁了还不留胡子，这是憋着调戏妇女呢，过去的人都是这样，所以说他们早早地就把胡子留起来了。比如梨园行，也就是戏班里的角儿，有的三十来岁就开始拄拐了，一上街就拄着棍子，当然要是你把棍儿给他抢跑了，他在后边追得也飞快，追到跟前还上手打你呢！

说一千道一万，就是想说清楚这件事——那个时候，四十来岁的男人就成老大爷了。这位硕二爷胡子挺长，谁见了都尊重他，没人敢惹他，上至王公大臣，下至地痞流氓，全怕他。

有人可能就要问了，他又不欺负人，为什么怕他呢？您记住了——黄带子打死人不偿命。清朝的时候，黄带子走到北京街上，哗啦哗啦带着一帮人，一上街旁人全跑散了，没人敢惹他们。过去北京城里的黄带子老爱这么说："躲开我这儿，好几天没杀人了。"这是真话，他们杀了人之后真的不偿命，最多送到宗人府。宗人府是皇家为了管理自己人专门设置的一个衙门，什么刑部、大理寺、都察院，统统管不着黄带子，没有权利提审人家。即便他一下杀了六个人了，你也管不着，移送到宗人府，跟府里的长官说句对不起，以后注意，再不就是罚个三毛五毛的，就算完了。谁敢惹呀？没人敢惹呀！

这个硕二爷住在顺直门帘子胡同，从来不欺负人，人非常地好，特别地疼人，老百姓都尊敬他，地痞流氓都怕他。他这个人有一个特点，瞧见穷人就心软，一定要给钱，多少钱都敢花，没钱他就想办法弄钱，他有的是办法，他专门讹那些当官的。近些日子没钱了，怎么办呢？从家里出来，直奔东安门，进了东安门就是东华门。过去文臣武将上朝的时候，东华门、西华门，一个门走文官，一个门走武将。文官上朝都得先过东安门，过了东安门，再走一道东华门才能进紫禁城，下朝也得先从东华门出来，再走东安门才能回家。

硕二爷不知从哪儿弄了根绳子，把东安门拦住了，墙上贴了一张字条儿——

  出售东安门，欲购从速，货不多。

他又弄一凳子，往门前一坐，腰里系着黄带子，后心儿上披一大棉袍，也不讲究穿，看着跟个普通的老大爷差不多。文武群臣下朝以后就往外走，小厮走在前面开道。

走着走着，小厮跑回来禀告："大人，咱们绕吧。"

"为什么呀？咱得回家呀！"

"是，咱走不了了，那个，东安门被卖了。"

"混账，说什么？"

"有人要卖它！"

"谁卖啊，疯了！那是国家的产业。"

"是，国家来人了，皇上他二大爷来了，要卖他们家祖产。"

"真的吗？"

"您看，就在那儿，硕二爷把门给拦上了，您要是转过去看还能看见一字条儿，上面写着：'欲购从速，货不多。'咱买吗？"

"混账，我买那玩意儿干吗呀！咱也买不起呀！那咱绕别处吧。"于是主仆两个就绕道景山，从那边走了。一个，两个，三个，都躲着他，知道二大爷这里头准有幺蛾子呀。

就有那糊里糊涂的，有个九门提督，坐着轿子，打这儿走，他也有一个跟班儿的。

"大人。"

"怎么着？"

"咱们绕景山去吧。"

"混蛋，凭什么绕景山？"

"不是，前边不方便啊。"

"方便！"

轿子里的可是九门提督啊！整个北京城都归人家管呢，大小城门的治安都归他管。提督心说："还有我不方便的吗？我要是不方便就谁都不方便了！"

"不是，您听我的，您绕景山。"

"凭什么呀？往前走。"

"不是，您听我。"

"走走走走！"

于是脚夫们就抬着大轿子往前走，走到门前就被绳子拦住了，轿子停了。

"怎么不走了？"

"大人，真走不了了！"

"混账，你们这是要干吗，怎么就走不了了呢？"

"爷，这条道儿被堵上了。"

"还有敢堵我道的，怎么回事？"

"我刚才都跟您说了,您不听我的话,那个,被卖了!"

"什么被卖了?"

"东安门被卖了。"

"东安门被卖了?这是怎么回事儿?"提督拿脚一跺这轿子,轿子就停了。跟班儿的撩起轿帘,探头进来。

提督问话:"怎么回事啊?"

"跟大人您回,东安门被卖了。"

"谁卖的?"

"卖主儿在那儿坐着呢。"

"真是岂有此理。"提督一低头撩起袍角出来了,瞧见皇上的那位二大爷,立刻转身要上轿。

那二大爷一回头:"回来!"

提督闭眼,心说:"我这个倒霉催的呀!"抱怨归抱怨,但他不敢怠慢,赶紧小跑着过去了。

"二爷,给您请安。"提督给他行礼。

"起来吧。"

"喳。"提督站起来了。

有人说九门提督可是高官啊,怎么把姿态放这么低。一百门提督也不管用,面前站着的是皇上的二大爷。

"二爷,您最近挺好的?"

"哎呀,好什么呀,日子过不下去了。"

"是是是,您,您说说吧。"

"贴了条了,卖祖产,这个是我们家的。"

"是是是。"可不就是人家的吗,天下都是人家的。他一个劲儿说"是",也不敢随便搭茬儿,心说他们家这是闹家庭纠纷了是怎么着,没听皇上说要卖。

二大爷叹了口气:"唉,也舍不得,也舍不得,但是没办法,不卖这日子过不下去了。你明天上朝的时候,问问皇上,太和殿卖不卖。"

"这,二爷您玩笑了,奴才不敢,不敢。"

"那回头我问他去吧,这个,东安门感不感兴趣啊?"

"爷,我无福消受。"

"给你吧。"

"不不不,不要不要。"

"你看，你嫌次啊？御花园？"

"不要不要不要。您明说吧，小的我听您的，您说吧。"

"日子过不下去了呀，这不没辙了吗，天儿也不好，想买点顺口儿的吃的，口袋里没钱。"

"爷您真是玩笑，您要是没有零钱花，您言语一声，三千五千的，我就给您送过去了。"

"哦，三千五千就是八千两银子啊！行吧，八千两银子带着了吗？"

"二爷，谁上朝带八千两银子呀！"

二爷想想，也是，总不能他在前边走，雇两人在后边扛着箱子上金殿，这是憋着劲儿跟皇上显摆去呢？

"二爷，我没带着这么多钱啊。"

"没带着就没带着，那你这话算数不算数呢？"

"算数，算数，我待会儿打发人把银票给您送家去。"

"这还差不多。行，那这个东安门给你？"

"不要不要，跟这没关系。我孝敬您的，我孝敬您的。"

"那行了，那就先这么着吧，好吧，先这么着吧，那个，我先把它揭了吧。"二爷盼咐跟班儿把卖门的帖子揭下来了，把绳子捯下来揣进了腰包，"我还得留着，过两天要没钱，还得卖呢。"

"送二爷，送二爷。"

"得了，我等你的银票。"二爷就心满意足地回家了。九门提督认倒霉吧，一回家就打发人把银票送过去了。之后好长时间九门提督再上朝，都绕着这儿走，他一从这儿走就浑身难受，平白让人讹了八千两银子，搁谁谁不难受？

拿到这些银子，二大爷就出门了，他不是自己化天酒地，而是满京城找穷人，这儿散点那儿散点。所以，当年的北京城里，人人都说皇上二大爷的好。

可是人的名树的影儿，这么好的一个人，也有人背地里想坏他名声。离他家门口不远处有一小子，这小子二十出头，一脸的横样儿，往那儿一站就没有不怕他的，穿着一身紫色的裤褂，上面绣着黑白花的蝴蝶，你琢磨这配色。紫色的裤褂，黑蝴蝶，白蝴蝶，就这一身得多闹腾，脚底下趿拉着一双便鞋，走道儿时后脚掌踩着鞋跟儿，身形晃晃悠悠的，整个人流里流气。清朝人梳辫子讲究一个干干净净，脑门和鬓边全都要剃光，然后把辫子系好，没事老打理，显得精神。到他这儿，辫子系得松松垮垮，辫梢儿还挑上来一个勾，往街上一站，那不光人横，辫子都横，辫子后面带钩儿，跟蝎子似的。清朝人管这种人叫地痞流氓、地赖，他们碰见谁欺负谁，平时呢，也不干好事。

比如赶上正月十五的灯节了，他们一帮坏小子就出去凑热闹，听说白云观人多，他们就去白云观。一帮坏蛋，提前拿一团泥捏了一个泥缸，形似水缸，大小也跟水缸差不多，上面戳出一个眼儿，往眼儿里插一根滴滴金儿，过去小孩常玩这个，是用软纸裹着火药和铁沫做成的纸捻子，一点着就嗞嗞冒火星子。他们把这个当成导火线用，插在里边。坏小子们扛着这个大家伙，就奔白云观了。

正月十五的白云观真叫一个人山人海，众人聚在观里，打金钱眼儿的、上香的，干吗的都有，他们专挑人多的地方凑，腾地把插着捻子的泥缸往人群里一放，摆出要放炮的架势。

"躲开，躲开，躲开，我们要放炮了！"

周围人一瞧，没有不害怕的，只见那炮仗跟水缸一样大，这要响了不得炸死人？众人都躲，他们就捧着一根大竹竿准备点火，一丈来长的大竹竿，点火的那头绑着香。

几个人把香点着了："躲开点啊，来啦！"

大伙儿都捂着耳朵四处躲，但是眼前的这个大家伙其实就是一个泥缸。"嗞"一声，把药捻子点着了，但火花燃尽就没后音了。不明真相的人还真上套了，一个一个都抬起胳膊捂耳朵，这伙人就趁机钻进人群里下手掏人家的口袋，坏蛋就专门干这个。

他们就是一帮地痞流氓，穿紫衣服的这小子最横，老憋着劲儿嚷嚷："咱们哥们儿里边得我说了算。"

有几个人就说："你凭什么说了算呢？"

"我厉害呀！"

"那行，你要是厉害的话咱们这样，帘子胡同啊，有一个人叫永硕，道光爷的二大爷，你要是横，你上他家门口，把你会的那些个淫词浪调的小曲唱一遍，你上妓院门口唱，那不叫能耐，对吧？你上二爷门口去唱，也不用都唱，副歌什么都不要，你就来上三四句，完事一甩腔，只要一甩腔，我们就佩服你。对吧。你以后说什么是什么。兄弟们都在这儿呢，绝对不蒙你。"

旁边的人跟着起哄："好，我们做保，如果说你敢这样的话，以后无论上哪儿吃饭，我们结账，北京城里您当老大。"话赶话都赶到这个份儿上，穿紫衣服的小子只好硬着头皮应下来了。他要是不敢了，那以后他说话就不好使了，所以就算死，也得豁出去干。

好，就准备到二爷家门口去唱小曲儿了。他心里就琢磨这个事：这可不好办，不低于四句，完事甩腔，倒霉就倒霉在这甩腔上了，还得甩个腔！

"说好了，甩完腔之后，以后我说了算。我吃饭你们结账，得管我一辈子，这事算不算？"

"算！"

"谁作证？"

"我作证！"众人来劲了，一起嚷嚷起来，一帮撺掇鬼儿啊。

"走，咱们唱歌去。"

一伙人就奔二爷家门口，他站在门前儿，其余几个人都躲到胡同口去，站得远远的。

"唱啊，唱有一甩腔的啊！值钱就值这甩腔上了啊！我们等着给你叫好。"

他一个人孤零零地站在人家门口，害怕吗？害怕！为什么呢？黄带子杀人不偿命，人家把他打死都活该，何况他还挑衅人家呢。

这小子站那儿磨蹭了半天："香菜，辣青椒哎，沟葱，嫩芹菜来，扁豆……"

躲在旁边看戏的几个人过来了："孙子，卖菜不行啊。"

"这不也是唱曲儿？"

"去去，少来这套，你这就不地道了，你得唱那个。"

"唱哪个呀？"

"就是往常咱们一块上妓院你唱的那个，就是我们听了都牙碜的那个，来四句，一甩腔，快点，别的不要，别的吆喝也都不要。好家伙，我们花钱，就买你几声吆喝？"

众人交代完，都上胡同口等着。

那就唱吧。但他又不敢唱，嘴里面哼哼唧唧的。第二句还没唱完呢，门开了，硕二爷出来了，其实要是往常他还真能成功，为什么呢？这院子很大，三进的房子，唱了也没人能听见，要是搁在平常，唱了就唱了，真没事。没想到今天赶巧了，恰好赶上二爷要出去，这就是命。

他唱头一句的时候，二爷已经走到院里边了，唱到第二句，正好二爷开门。忽然听到耳边有动静，他就觉得有点不对劲，一抬眼，他可就愣了。

"二爷您吉祥。"

他一边说，一边往后退。二爷也跨步出来了。

"干吗呢？"

"跟二爷回，我牙疼，我牙疼。"说着，他抓起辫子往后一甩，把辫子甩后头去了。

"不可能，我听你一个人唱得有滋有味的，唱得不错，有师父吗？"

"没有没有没有，我就是个票友，是一个业余爱好者。"

"哦，没有师父，瞎唱可不行啊，你看你唱的这词儿，有点牙碜哪。"

"喳，爷我错了，我混蛋。"

"这是仗着没什么人，这院子里要真有小男妇女的，听见你唱这个，合适吗？"

"我错了，我改了，二爷您饶了我。"

"年纪轻轻的，别这样。去吧。"

"喳，是。"他就面朝二爷往后退，不敢直接转过身走，退出几步后，一扭身打算走了。

二爷一指："站住！"

怎么呢，二爷瞧见他这辫子了。

"站住。"

"喳。"他就转过身来了。

"转一圈我看看。"二爷端详了半天，"衣裳在哪儿绣的花？"

"爷，这花样看着是有点闹腾哈。"

"你都垮死我了，这个我不管你，那鞋怎么不提上呢。"

"是爷，我这就提上。"

"好好儿的，那辫子怎么回事儿啊？怎么那么松啊？"

"跟爷您回，我待会上北边去，太阳太晒，我松着点儿挡着脖子。"

"上北边？你这是打算上张家口？"

"不是，不是。"

"你要说晒脖子觉着热，辫子得弄得结实一点啊，是吧。透风，凉凉快快的，你这松松垮垮的，怎么还有个钩儿啊这是？你借着这个钩儿上河边钓鱼去了？我看出来了，你不是个好人哪。"

"爷您别，我是好人，我是好人。"

"谁证明啊？"

没人给他证明，那帮人一见二爷开门就跑了。

"二爷我错了。"

"你也别错不错的，我带你剃头修辫子吧，跟我走。"

"二爷！"

"去不去？"

"去去去。"不敢不去，他这一跑，二爷在后面一喊，前面的街坊要是截住了他就算完了。

"走，跟着我来。"

打帘子胡同里出来，二爷带着他进了绒线胡同，绕来绕去出了胡同，再奔西单那边。在横街的边上，路东边有一个剃头棚，那年头没有什么发廊或理发店，全是剃头的师傅带着徒弟们，简简单单地在街边搭起一个剃头棚做生意。两个人大老远地从帘子胡同跑到这里，站在剃头棚门前，二爷催他：

"走啊，快进去吧。"

"哎哎哎，是。二爷您真疼我。"

"进去吧，进去吧。"

"哎哎哎。"这小子推门进去了。

这屋里不大，墙上挂一小镜子，镜子下面摆着几个凳子并一把椅子，旁边还有一张小茶台，跟茶几似的，坐在凳子上剃头的人，能把手搁在茶台上。灶台上坐着壶正烧水，地上一堆铜瓢铁盆。一个师傅带着俩徒弟忙活，后面还有几个排队等着剃头的，坐在板凳上正聊闲天呢。

他一挑帘进来，掌柜的立刻叫唤起来：

"哎哟嚯，好家伙，大太爷您来了。"

掌柜的怎么这个反应呢？因为他是个坏蛋，没事就老上这儿来欺负人，不仅剃头不给钱，还反过来跟人家要零钱，反正挺横，还动不动就打人。

这屋里一圈人都怵他，就连剃头的徒弟都站起来了："您快坐快坐，喝水喝水。"

剃头的徒弟跑去给他沏茶，二爷在外边就听见了，心里纳闷："我是不是误会他了？这个人难道是个好人？人缘怎么这么好？一进去这满屋子人怎么这么照顾他？"

二爷一边心里嘀咕着，一边迈开脚也进来了。他一进来，屋里几位立马招呼道：

"哎哟嚯，二爷您来了，您来了。"

"我来了，买卖怎么样啊？"

"托您的福，还不错。"

"那个有点儿事麻烦您几位。"

"您跟我们还这么客气，您说什么事儿？"

"我有个朋友要剃头，说近来天热，他想凉快凉快。"

"哎哟，爷您真成，您朋友想凉快凉快，直接吆喝我们上您府上花园，我们过去给人家剃去，您亲自上这儿来，你瞧我们这个地儿，这哪儿是个好地方？"

"没事，不碍的，上哪儿都一样。"

"那成，那成，我们是接他去，还是怎么着啊？"

"已经来了。"

"哦，没看见呢！"

"就是他。"二爷拿手一指，剃头棚的掌柜的冷汗都下来了，暗想："我说呢，要不他平时那么横呢，原来跟硕二爷是朋友啊。"

"二爷，我们可不知道，这位爷跟您是哥们儿，平时我们关系混得可好了，他老上我们这儿来，拿我们当自己人一样，剃头我们从来不敢要钱，完事我们还给饭钱，那天来我们这儿，我们还没开张，他老人家一不高兴，直接把我们那铜盆拿走了。"

这坏蛋坐在墙角直哆嗦，心说："混账啊，你们这是把我卖了啊。"

二爷立刻明白怎么回事了，于是问剃头的："今儿个给他剃头，会吗？"

"剃头会，不知道您要剃成什么样的。"

一伸手，二爷打怀里掏出一个铜钱来："给。"

"您甭赏了。"

"不不不，不是不是，剃头的钱待会儿再给，给你这个铜钱哪，是当个质子。"

什么叫质子呢？就是度量衡。

二爷捏着这枚铜钱，比画道："给他把头剃了，剃完之后留的那个辫子呀，不许比铜钱大，要是比这个大，回来我弄死你，比这个小我也不干，明白了吗？别的地方就该怎么剃怎么剃，知道吗？"

剃头的心领神会："我懂了，我懂了懂了，您甭管了，二爷，准让您满意。"

"那行了，你们先剃着，一会我来检查。"二爷就出去了。

剃头的高兴了，报仇的机会到了，知道这准是二爷送来让他们出气的，把这小子按在椅子上：

"来吧，您坐吧，我们爷几个好好地伺候伺候您。"

本来呢，棚子里是有几个伙计干活，今儿掌柜亲自动手，要痛快痛快。来吧，捋过这辫子，先给他拆，这一拆，拆下一个辫帘子来。什么叫辫帘子呢，假发，就他自己的头发不够那么长，他续了一个假的，续这么一块，这叫辫帘子。

掌柜的数了数："一二三……"数出他续了三根辫帘子，仔细一看，辫子里居然还有铁丝。为什么他那辫子梢能挑起来呢？就是辫子里装了铁丝，然后掰弯，掰成"蝎子勾"。意思是告诉别人："你看我这人多横，辫子都立起来。"

掌柜的把他的头发搁在边上去:"先洗头呗。"

掌柜的努努嘴,示意让伙计把大铜壶里坐的开水,倒进一旁的盆里边。

"来来来,您低头,低头,走!"胡噜一下子,掌柜的直接把他的脑袋按进开水里,差点没烫熟了。

这小子嗷的一声:"你要死啊你!我这还活不活了,太烫!"

"这个怨我,怨我。我去给您弄点凉水来。"掌柜的推门出去了,门口有一个卖酸梅汤的,人家柜子里储了好些冰块。

掌柜的心想,不是要来盆凉水吗?于是站在冰柜前砸了些冰块在盆里,豁楞豁楞,后背撞开门端进来,随手抓来一只瓢,扠了一瓢冰水。

"您低头。"

哗啦——

好家伙,刚才是滚烫的开水,这回水里全是冰茬子。这小子一激灵,差点没死过去。

"别动别动!剃头不能动!来,摁着点,摁着点。"掌柜的连忙招呼了俩伙计过来摁着他。

接着,掌柜的开始挑剃刀:"这把不行,那把也不行。"

挑来挑去,最后挑出一把来,这把刀刃上都是锯齿,掌柜的指着这把刀笑了:"就是它了。"

掌柜的拿起来连剃带剌,剃不动的地方就下手硬削,这小子疼得是嗷嗷乱叫。这老板确实越剃越开心,剃到最后:"哎哟坏了!"怎么呢——没给留辫子。后脑勺上应该给留个辫子,老板剃得太开心,全剃光了。接着定睛一瞧,哎,发现了,这家伙脑瓜顶侧边还留着一绺。于是掌柜的揪着这么一小绺,给他编了一小辫儿,编完之后拿铜钱比了比,好巧不巧,正好一个钱了儿的大小。

这坏蛋一抬头,大秃脑袋上甩着这么一条小辫子。

掌柜的剃完了,伙计拿过镜子来:"爷,您欣赏欣赏吧。"

这一照镜子,坏蛋忍不住歪着嘴哭出来了:"哎哟!我成了淘气了!"

以前给小孩儿剃头,习惯给孩子在脑瓜顶上偏着留一条小辫子,这叫"歪毛淘气"嘛。额前留一撮刘海叫"木梳背",后脑勺留一根小辫叫"坠根儿",要是在头顶正中间立起来扎个小辫,就叫"朝天杵"。这些都是给小孩留的发型。脑袋上留一根小辫子,甩来甩去,看着特别萌!

掌柜的跟伙计们站在一边直夸:"剃得挺好的!显您精神!您出去溜达?"

"我上哪儿去我!"坏蛋恨得揪住自己的辫子要往下扯。正揪着,门开了,二爷回来了。

"我看看。"二爷左右端详了一阵，点点头，"倒是挺俏皮的，挺好！不错不错，以后就照这个留啊！"

这小子哭丧着脸哀嚎了一声："哎哟，我的二爷！您真成，行行，谢二爷。"

"别客气了。"

"二爷我有一句话问您。"

"你说吧，什么事？"

坏蛋指着头顶的小辫子问："留成这样，这是您赏给我的，是不是因为您看我不顺眼，非得来这么一下您才痛快？"

"对，我现在很痛快。"

"哦，像我们这样的人还不少呢，您是光剃我一个人，还是所有人都得剃？"

"见一个剃一个。"

"好了您哪，我就是个小喽啰，我们有一大哥，家住在灯市口，外号叫小霸王。比我横，我跟人家比，什么都不算。您来趟灯市口，如果把他也剃成我这样——就这条小辫儿。咱甭管小辫子是留在左边，还是留在右边，只要剃得一样，完事儿了我给您挑大拇哥儿，您就是活祖宗。"这个地痞流氓啊，他嘴狠哪，居然还将了二爷一军。

二爷乐了："好好好，住哪儿？灯市口，我现在就去，掌柜的你等着，完事儿我往这儿送人。"

二爷打这埋发棚出来，从西单奔灯市口。北京的读者应该熟悉这个道，其实也没有多远。简断截说，就到了这个灯市口，到地方一瞧，前面有一个老头儿赶着一架驴车。

这老头儿一看就是苦命人，穿得破破烂烂，戴一顶草帽，裤子比裤衩看着稍微长点，衣服上都是补丁，腰里边系着一只褡包，脚上两只鞋也破，前面张嘴后面张嘴。

老头儿正扬着一条鞭子赶驴车，这驴车也没有挡板，简单弄了块破席在后面圈着。这个驴呢，瘦骨嶙峋，大眼珠子往脸外凸，一看这驴就吃不饱。老头儿拿着鞭子，啪啪地抽这驴，一边抽驴还一边骂."咱谁也别活着了，谁也别活着了。"一边抽着驴，一边流眼泪。他后背上不知是谁给抽了一下，都破了，皮也翻着流着血；脸上呢，印着一道红通通的巴掌印。

二爷一瞧，心说：这是怎么了？这老头儿看着得有七十了，眼下是为什么落得这个境地呢？

这老头儿啊，是大兴县的人，家里日子挺苦，就指望这驴车拉座。过去有钱的人出行常坐轿子、坐大鞍儿车、坐骡子车，条件次一点的，就坐这驴车，有时候捎带让驴车拉个货，花不了多少钱。老头儿就靠着这个，挣一家人的嚼谷。

老头儿今天走到这个地方，是赶巧了，驴车上了甬路。

什么是甬路呢？过去的马路中间比两边高，高出来的部分就叫甬路，是拿土垫出来的。为什么中间要高呢？比方说要是有官员或者有身份的人打这儿过，人家就坐着轿子或马车走中间这条甬路；而那些大车，比如说拉粮食、载重大的车不能上去，会把好路给轧坏了，就走这甬路两边底下的路。底下的路可不好走。因为一辆车多则能拉好几千斤粮食，就把地上轧的都是车辙，别的车再走就不好走了。但是，这两条道只有大车走，再往两边是行人走的。过去大概是这么一个路况，所以最上边的甬路还算平整，有钱有势的人赶路都走上边。不过别的车也不是不让走甬路。

今天老头赶着驴车，在这儿出了点事儿。怎么回事儿呢？

过去没有交通警，但是地面上有看街的，今天得了一消息，有一位步军统领坐着轿子打这儿过，路上暴土扬长的，低头瞧见甬路的路面上也有车辙。

他就跟别人聊闲天："好家伙，这道儿越来越次了。"

旁边人也说闲话："可不嘛，都是那个破车弄的。"

"都什么车？"

"谁知道去！净是那个驴车什么的吧，给弄的这道儿不好走了。"

这步军统领就回了句："也是，这要是驴车不上来就好了。"

当官就一句闲话——驴车要不上来就好了，他说完就忘了。

但是这个话就传下来了。有一个衙门机构是负责管这块的，这个衙门机构叫"厅儿"。厅儿的负责人叫协尉，协尉底下有几个看街的。就是这个协尉把当官的这句闲话听到耳朵里边了：

"老爷有话，驴车不许上甬路，听见了吗，你们盯着点儿吧。"

"好嘞，好嘞，好嘞。"几个看街的就听着了。

老头儿一贯是在底下等活儿，驴车也是搁在底下。这天他忙活了半天还没吃饭，就想吃点东西，瞧见不远处有一个卖豆腐脑的。他就掏出自个儿从家带的馍馍、饼子，小跑过去，跟店家说来碗豆腐脑。这边老头儿正要下嘴的时候，路边有一个小孩逗他的驴，他的驴车就上甬路了——其实平时也不是不让上，但赶上今天就有问题了。

车一上甬路，老头就赶紧追。他刚追上甬路，看街的就过来了。看街的这主儿外号叫"醉德子",平时就爱喝酒,这天喝得眼珠通红,拿着鞭子就过来了。

"老头儿,驴车不许上甬路。"

"是,我这就拦着它。"老头儿一边说着话,一边追着驴,直追到了醉德子跟前。

"我说话你敢不听!"醉德子火气上来了,"啪"地给了老头儿一个大嘴巴。

老头儿有七十岁了,被人一个巴掌打在了脸上。

老头儿眉头一拧,捂着半边脸,吃痛地问:"哎!您怎么打人?"

"我打的就是你!"醉德子一抬手,把鞭子抡起来,"啪"地整抽到老头儿后背上。黑蟒皮的鞭子,这鞭梢一挑,老头儿的后背一下就破了,血就下来了。

醉德子打完他这一顿,就晃晃悠悠地哼着小曲儿走了。

老头儿赶着驴车从甬路上下来觉得委屈:"日子本来就不好,这一天到晚的,七十岁的人,不知哪天死,弄个破驴车,你伸手就打,张嘴就骂,还拿鞭子抽我,我活着没意思!"

老头儿越想越难受,一边拿鞭子抽驴,一边含泪嚷嚷着:"咱谁也别活了……"

就在这个节骨眼上,他碰上了二爷。

二爷行事低调,穿得很普通,黄带子别在腰里边,被外边的衣摆盖上了,没人瞧得出来他是皇上的亲戚。二爷看他"噼里啪啦"地抽驴,下手也没个轻重,出手拦下他:

"哎哎,怎么啦?你这么打,这驴不就死了吗?"

"打死它吃肉。"

二爷赶忙劝他:"你别呀!你怎么还哭了?这岁数不小了,六七十了吧。"

"你别管我,我不活着了,我真是,我这个……"老头儿泣不成声,哭得那叫一个委屈。

人受了委屈,就怕别人来问,要是被扔在荒郊野外,扔在沙漠里,哪怕受了天大的委屈也哭不出来。他跟谁哭去是不是?就怕出这么个情况,刚受了委屈,家里什么人来了,问上一句:"您怎么了?"

问完保准"哇"一声就哭出来了,人一有倾诉的对象就哭出来了。

二爷一问他,老头儿真委屈了,这七十岁的人放开嗓子嚎啕痛哭。

二爷就帮他把驴往边上一圈,就问道:"怎么了?有什么值得哭的,你跟我念叨念叨。"

老头儿抽抽搭搭地回道:"我跟您念叨,您也管不了我,今儿我就把这驴打死,我这日子也不过了。"

"你家里人怎么办？"

"我们都跳河去，我们上吊去，老天爷不让我们活呀。"老头儿越说越伤心，眼泪吧嗒吧嗒地往衣襟上掉。

"你别着急，有什么需要帮忙的跟我说。"

"跟你说也不行啊，你看我就这么一个破驴，指着它拉座，现在这玩意儿也不让上甬路，上甬路就拿鞭子抽我，你看我这后脊梁，我七十的人了，他张嘴就骂举手就打，我活什么劲儿！"

"谁说的驴车不让上甬路啊？"

"看街的老太爷说的。"

就这一句话就把看街的送下来了——看街的老太爷。

二爷心里头这个气：看街的都成老太爷啦！这谁给他论的这辈啊！

"哦，看街的老太爷，在哪儿呢？"

"在甬路上面，在厅儿上呢。"

什么是厅儿呢？就是在甬路的路边上垫出了一块来，按格局来讲，这一小片修得就像现在的便道。这块便道上有三间房子，拿篱笆围了起来。管路的老爷，连带看街的，没事就来这儿歇着，比如沏个茶、玩个牌，就像一个办公室似的，大家都管这个地方叫厅儿。

老头儿哆哆嗦嗦地指着二爷看："就是他们厅儿上说的，然后打我。"

"哦。这样吧，你这车拉人吗？"

"我不拉人，拉狗啊？"

"你这叫什么话！会不会说话？"

"不是，我这气糊涂了。"

"你气糊涂也别往外糊涂。我雇你这车行不行？"

"啊？"

"你别啊不啊的，我坐你这车。"

"您上哪儿？"

"上甬路。"

"您是爱瞧打人的是怎么着？"

"你看，上甬路有好处。"

"能有什么好处？敢情不是抽你啊？"

"咱们商量商量啊，我坐你的车，你呢，就往甬路上轰，奔着厅儿去，奔着看街的去。"

"不是，他要是打我怎么办？"

"你就发财了。"

"这位爷，您拿穷人寻开心可不行。我怎么就发财了？"

"刚才看街的打你了吗？"

"打我了。"

"他要是再打你，我结账，抽你一鞭子我给你一百吊钱。"

老头儿听了这话愣了半天，然后小心翼翼地问道："那打嘴巴呢？"

二爷再伸手比了个数："五十。"

"那还是鞭子好啊！鞭子挣得多。"老头儿心里把这笔账算明白了，末了又问，"这位爷您说的是真的吗？"

"那错不了，你看我也这个岁数了，我能拿你开心吗？"

老头儿也不哭了，彻底来精神了："得嘞，财神爷！上车，咱们发家致富去！"

二爷就一撩衣摆，上了驴车，四下看看，驴车上的布置都很简单，车尾拿席子弄了一个挡板，头顶拿凉席支了一个棚子。二爷上去后盘腿坐好。因为怕被人认出来，他本来戴一草帽，就抬手把草帽压下来遮住脸：

"走。"

"好嘞，太棒了！"老头儿兴冲冲地卷起袖子，笑得合不拢嘴，扬鞭高喝一声，"嘚，驾！"

驴车被老头儿赶上甬路，车头的驴子撒开蹄子直奔那厅儿去了。

厅儿的头目叫协尉，手底下有好几个看街的，刚才打人的那个醉德子也是他手底下的。

协尉从路边的厅儿里出来，从头到脚换了身干净衣服。为什么呢？他得到消息，他的上司一会儿要从这儿过，他得站在这儿等着。但那会儿也没有电话，也没有别的通讯设备，他是怎么知道的呢？

过去的达官贵人身边养着一群跑腿小厮，专门负责老爷每天的行程。比如上某处去办事，会见某位老爷，这帮小厮互相之间都得通个气，方便随时伺候。老爷走哪个口，奔哪条路，小厮们就跟相干的小吏知会一声。

所以他的上司从衙门一出来，就有人跑来知会他，说：

"老爷一会从这儿过。"

他本来正在屋里边耍钱，一听老爷要打这里过去，赶紧招呼手下人：

"行了，别玩了，一会快来了，归置归置。"

厅儿里都收拾好了，协尉往门口一站，一瞧大人还没来，随手指了两个手下：

"那个谁，你们弄两桶水来，把地泼泼，你瞧瞧，好家伙都冒了烟了，一会儿老爷打这儿过，要是翻脸了，责任是你们担呢？还是我担呢？赶紧赶紧！"

"哎哎哎。"被指到的两人就打水去了。

刚指派出去两个人打水，他一回头，"啧"了一声，心里纳闷了："怎么驴车又上来了呢？步军统领都发话了，驴车不许上甬路。"

"混账啊！"协尉脱口骂道，扭身喊了一句，"有谁在后头呢？"

今儿有仨看街的在，刚才那两人不是去打水了吗？剩下的一个就是打人的醉德子。

协尉就喊他："德子！德子！"

醉德子中午喝了点儿酒，这会儿在后边的厅儿里，正眯瞪着呢。

被协尉一喊，醉德子揉着眼，满身酒气地出来了："唉唉唉，来了。"

"这大中午的喝了多少？什么菜喝成这样？"

醉德子一个劲儿地抹眼屎："怎么您呢？"

"说多少次了？驴车不让上甬路！"

"是是是，知道不让上甬路。刚才还来一个，我给他抽回去了。"

"你看看，看看，那不来了辆驴车吗？"协尉往驴车方向一指。

醉德子顺着协尉手指的方向瞧过去，一愣，接着眯着眼，仔细瞅了老半天："怪了！还是他，这孙子。"

"哎呀，去吓唬吓唬他去，赶走，一会儿老爷来了，骂起来咱们谁受得了？快去，轰他走，轰他走。"

"哎哎哎，我抽他去。"

"吓唬吓唬，不听话就给他弄过来，我也要抽他，我打他二十七鞭子！快去快去。"

"哎哎哎。"

醉德子拿着鞭子上了甬路，两腿一岔，隔着老远呵斥一声，骂声如雷贯耳："滚蛋！"

可老头儿一瞧见他，就跟瞧见财神爷一样，两只眼都冒光了，心里都乐开花了："就是他！"

醉德子这回是没想要打人，喊一声的意思就是："赶紧走，别找事，滚蛋。"

老头儿太开心了，侧过脸告诉二爷："这位爷，就是他！"

"好，迎上前去。"

"哎哎哎。"

老头儿得令，一鞭子抽在驴屁股上，赶着驴车继续往前走。

醉德子傻眼了，心说："这疯了这是？那往常这一喊就走了，怎么今儿个直接奔着我来了？"

醉德子站在前面，一只手指着老头儿，另一只手里攥着那条黑蟒皮鞭子，把鞭子摇晃得呼呼作响，意思是警告老头儿别再往前了。

老头儿兴高采烈地驾着驴车："来了！来了来了！"

说话间，两人一驴就到跟前了。

"吁！"老头儿把这驴叫住了，拿支棍把车轮别好，乐呵呵地看着他，"你叫我呀？"

给醉德子问傻了。

醉德子瞧了他半天："你，你，你走吧走吧。"

醉德子冲他摇摇手，那意思是："快走，别找事，一会老爷来了。"

"走吧走吧。"

老头儿挠着咯吱窝："不是你叫我吗？"

醉德子哭笑不得："我叫你走！"

"怎么头一回来还打我，这回不打了呢？"

醉德子奇怪地看了他一眼，抡起鞭子，吓唬他："我打你啊！"

"好啊！"老头儿就等他这句了，"您拿鞭子打还是拿手打啊？"

"有什么区别吗？"

"鞭了挣得多。鞭子一百吊，一巴掌是五十。"老头儿弯腰去瞧他的手，"让我看看你有六指没有啊，明码标价。"

"老头儿！你这是要疯啊？我给来你一下！"

啪！

醉德子抡鞭子就抽，但是这回打得没有刚才狠。为什么呢？因为这回两人离得近，鞭子梢甩在车棚子上面了。往常打人他都往后退一步，保证鞭子梢落到身上。这次离得近，虽然鞭子也落身上了，但是不太疼。

"一百吊了！一百吊了啊！"老头儿开心坏了，拍着胸脯，朝醉德子招手，"太好了！往这儿来。"

醉德子骂道："你疯了吧？你干吗呢这是？看来我今天还是得打你。"

"打，你玩命打好不好？我也没想到啊，我这一辈子，发家致富在你身上了。打！"

这鞭子举起来，要打还没打的时候，就听见车里有人说话："你威风啊？"

为什么说二爷要出声拦着？不能打呀，这么大岁数了，真给老头儿打出个好歹来受不了啊，是不是？

　　二爷"啪"地一挑他的草帽。

　　哎哟！二祖宗在这儿了！

　　醉德子立马把鞭子一扔，缩着脖子站直，规规矩矩道："爷，给您请安。"

　　"你厉害呀！啊？谁说的不让驴车上甬路啊？"

　　"我们老爷说的。"这个醉德子没有义气啊，说是老爷说的。

　　"叫他来见我。"

　　"喳。"醉德子就去了。

　　那协尉还站在那儿呢，探着头朝另一头儿张望，望眼欲穿，心里纳闷儿："老爷怎么还没来呢？"一回头吓一跳，看见醉德子站他身后哆嗦，就问："你怎么了？"

　　"冷！"

　　协尉皱着眉问："你发疟子呢？"

　　"比那个冷。"醉德子吸了吸鼻子。

　　协尉瞥见甬路上的驴车，问道："唉？怎么那边那驴车还没走呢？"

　　醉德子看着他："老爷，这驴车走不了了，它得长在这儿！"

　　"混账！你怎么一直哆嗦？"

　　"我是得哆嗦！"

　　协尉骂道："你要死啊？"

　　醉德子道："还不如死了呢！"

　　协尉气不打一处来："把赶车的叫来，我打他二十七下。"

　　醉德子扯着他的衣角，伸手比了个数儿："两千七百吊，账都给您算好了。"

　　协尉戳着他的脑门骂道："哎哟喂！这点儿酒喝得，你这都喝成什么样了？到底怎么了？"

　　"不是，我怕我一说你哆嗦。"

　　协尉奇怪地问："我怕什么呀？怎么了？"

　　"那边有个老头儿赶车。"醉德子指了指身后头的那辆驴车。

　　"一个赶车的，你怕什么呀？"

　　"他车上还坐着一人。"

　　协尉立马拔高了嗓门，厉声道："谁坐那儿？还至于你这样？"

　　"这人叫永硕！"

　　协尉立即两腿一软："哎哟喂！吓死我喽！"

四 杨老爷娶亲

陋质惊人频遭弃　何必珠玉夸富豪

> "秃老亮搞对象,搞了半天没搞上,白到公园去一趟。"

说书、唱戏、说相声,这是我最爱干的三件事儿。也搭着我实在是废物,别的都不会,就这三样手艺,挺好。很开心祖师爷赏我饭吃,不过有些祖师爷也是,赏给后人的那个饭是馊的。有的时候我们同行就是砸手里了,反正吃什么味儿的都有。我得念祖师爷的恩典,祖师爷对我不薄,干点别的我是真不灵。你要说让我上哪个公司当个董事长,我得愁死!早上起来开会,我看着就恨得慌!我朋友圈里经常有些厉害的人物,早晨八点半坐着开会。办公桌上摆一名牌写上张三,再摆一只白瓷缸子,拍下来发朋友圈。我还老以为他们是摆拍,在家自己设计的。

挺好,一个人有一个活法。可能有人也瞧不起我们这些行当:"那说书、说相声、唱戏有什么出息?"但每个人的出发点是不一样的,我就觉得这个挺好。就比如我当年唱戏——九十年代末唱了几年戏,京剧、评剧、河北梆子,等等——唱完戏之后就觉得人生就好比沧海一粟。昨儿演一个强盗,今儿演一位帝王,明儿又演一个别的人物。戏一开场一落幕,换着戏袍穿梭在不同时代、地域的人情冷暖世态炎凉中,活在不同人的生活里面,就挺好的。

有人说:"你那都是假的。"

我心说:"咳,你那是真的?人一辈子也就是这几十年,高高兴兴、快快乐乐、乐呵乐呵得了,挺好。"

闲话少说,书归正传。

明朝嘉靖年间,故事发生在湖北荆州。嘉靖皇上各位有了解吗?这是很有意思的一个皇上。他好几十年不见文武群臣,很忙——忙着信道教,在后宫里边念经,祈求长生不老。十个皇上里有八个都是这样的心态。因为什么都是他的,天下也是他的，金银财宝都是他的，所以他就觉着：我得多活。为什么秦始皇当年派徐福出去找长生药？都是如此。倘若换一个主儿，这主儿躺在破庙里边，长一身的疮，眼珠子都掉到外边来了，好几天没吃过热饭了。你让他活一百四十岁，那就是受罪，他死了都叫享福。至于皇上，他当然希望长生不老嘛。

今天咱们不讲嘉靖年间的宫廷斗争，我们讲发生在嘉靖年间，湖北荆州的一个事情。

湖北荆州住着一个有钱的人家。这家人太有钱了，可以说荆州有一半的钱是他们家的。咱们现在管这种人叫首富。这人姓杨，名儿很好听，叫杨大美呀。你听这名儿，大美啊，那就不是一般的美呀。那么他长什么样儿呢？哎呀！着实对不起他这名字。他的个头儿呢，有时候是一米五六，有时候是一米五七。为什么呢？他这俩腿不一般长。长的这条腿伸直了就高点儿，短的那条腿落地了就低点儿。就在一米五六和一米五七之间来回倒腾，稍微差着一块儿，个头不行。

他的脸呢，咱也不知道女娲捏泥人捏到他的时候，心里是怎么设计的。他的这张脸特别像一块白薯。白薯呢，有的地儿叫红薯，有的地儿叫山芋，也叫地瓜。都吃过烤白薯、烤红薯吧？杨大美的脸就像那个东西。还是紫皮的那种红薯，紫皮红薯搁在锅里边蒸，都蒸透了，都蒸出那糖汁儿了。来个人拿手一捞："烫！"人家就撒手了。啪！这紫皮红薯就掉地上了，红薯原本的形状就摔歪了。这时候又来了一个人，穿着钉子鞋，就踩在上头。这钉子鞋刚过去，又来一只狗，啪啪啪，跟上面踩。杨大美的那张脸就比这个样子寒碜十倍！

对秃眉毛，俩小眼睛——小圆眼滴溜圆，其中有一只眼睛呢，黑眼珠奇大，几乎看不见眼白。右边的鼻子翅儿往上掀着边，左边的鼻子翅儿还有个豁口。他的上嘴唇很薄，下嘴唇又特别地厚，一嘴牙碎得像芝麻粒——牙根儿是黑的，牙尖儿是尖的。他的胡茬儿在唇周和脸上连着片儿长啊，长得乱七八糟，鼻子也是塌的。再往上瞧，一脑袋头发也是稀不楞登，黄不啦唧的。

此外，这个人身上还常年飘着味儿，不管是胳肢窝、大腿腋子，还是腿底下、脚丫子上，各处有各处的一股味儿。酸不酸、腥不腥、骚不骚、臭不臭，就是这么一个主儿。

而且还有最要命的一点，就是他不爱洗澡。长成这样，身上又臭，他还不爱洗澡。

旁人要是问他："你怎么不洗澡呢？"

他就这么回："我有洁癖。"

"洁癖怎么不洗澡呢？"

"我嫌那个水脏。"

就这么一个主儿。但是人家穿得很讲究，从头上到脚下裹的是一身上等的丝绸，是人家正经上苏杭买的。而且绸缎买回来之后，人家又请专门的绣工往上面绣花，设计上讲究的是满绣，用的线是金线——拿纯黄金打的，跟唱戏台上戏子穿的蟒袍、龙袍不一样。那些戏服看上去金灿灿的，但有的是用塑料金，有的是用日本金。

过去真正在穿衣上讲究的人家，用的都是纯黄金。从自家库房里拿出一两黄金来，把它砸成金箔。砸成金箔之后裁成条，一两黄金大概能裁两百多条。在这两百多条金箔里边再裹上好丝线，拿手把它搓捻成用于缝制的金线，这叫手捻金。然后再拿捻出来的真金线，在衣服上绣花。

简直太有钱了！

他随便取出一件衣服，就够一个穷人吃一年饭，比如他有件"褶（xué）子"。

褶子，在戏台上也叫道袍，因为跟老道士穿的袍子是一个样式。它的领口样式是大领口，襟口样式是斜襟，左半片衣襟从脖子口斜拉到右半腰，右半片衣襟交叉盖上去。大体来看，褶子跟大褂的形制差不多，但是有改进，腰间系扣，两袖加宽，衣领子是宽条的。

他的这件褶子，形制大概如此。不过这还没完——这身褶子上还绣满了八仙过海、西游记、四季花草……这叫"百花不落地"。什么意思？意思是布的底色不能显于人前，得拿绣活儿把整张布填满了。从上衣、下裳到鞋面、袜子，整身行头布满了绣花。

他这一身衣裳太值钱了！就是有一样不好——人长得太寒碜。

不过，他再寒碜也得娶媳妇儿啊。到了谈婚论嫁的年纪后，他就娶了一个媳妇儿。新媳妇儿的娘家姓孙，在当地也挺有钱，虽说不如他们家，但是也够瞧的了。那会儿讲究门当户对嘛，只有这样的两家人攀亲才合适。对方家里边也是觉着杨家的家底可以，就把闺女抬过来了，跟杨家的这位大爷拜了天地入了洞房。

那会儿结婚，很少有深闺小姐提前先相看准姑爷的，都是父母之命，媒妁之言。人家姑娘就觉着：行吧，再次也是个一般人吧？

洞房花烛夜，新媳妇儿蒙着盖头，坐在床边等着丈夫来挑盖头。他打外边进来了，喝了个大醉，又加上一条腿长一条腿短，走起路来深一脚浅一脚。

新媳妇儿坐在床边蒙着盖头，透过盖头下的缝就瞧见了他的两只脚，心说："怎么还跳着舞进来呢？这是娶媳妇儿太高兴了？"新媳妇儿心里正疑惑着，人就到跟前了，站在盖头前。

"媳妇儿，咱们今儿就是小两口了。哈哈哈……"

新媳妇儿一提鼻子，闻到一股味儿，又酸又馊，心说："这是什么味儿啊？这个屋里边是有马桶没拿出去么？这是怎么回事儿呢？"但她也不好意思问，毕竟是新媳妇儿嘛。

孙氏夫人坐在那儿，杨大美提起两手：

"我瞧瞧吧！"

正所谓灯下看美人，越看越精神。他把扇子插在脖子后边，把盖头一掀，压低脑袋，冲新媳妇儿亮了相：

"哞儿！"

新媳妇儿这口心头血呀，一时没想开就吐他脸上了，尖叫道："哎呀！我的天哪！"

人家是大家闺秀，平日里大门不出二门不迈，走道儿的时候，耳钳子都没打过腮呀。举止那么讲究的一个媳妇儿，直接"嗷唠"一声就蹿了起来，在屋里边蹦开了。

"救命啊！妖孽呀！有妖精啊！"

杨大美在后边就拦她："别喊！别喊！"一来一回的，两人就在屋里动手打起来了。

丫鬟婆子们都进来帮忙拦着："哎哟！少奶奶您别闹了，这是咱们家大爷。"

新媳妇儿回头骂道："你们家大爷！"

杨府上下溜溜地闹了一宿，这洞房也入不成了。怎么呢？人家说了："要不我就死，要不然你们送我回去。"

"不能，这不像话呀！给您抬回去您家里也不好看哪！洞房花烛后被送回娘家，别人肯定猜：您是被退货了，还是怎么着啊，是吧？"丫鬟婆子就挖空心思地劝，"不管怎么说您到这儿了，您就先住下来，好不好？咱买卖不成仁义在。"

"谁跟你们家做买卖了？"新媳妇儿不吃这套。

丫鬟婆子玩命劝也没用。那就给娘家送信吧，人家娘家爹来了。

老头儿听说了整件事的来龙去脉，心里挺难受的，嘴巴里一直埋怨自己："我这个老眼昏花啊，早该治治我这个眼神儿了，没想到杨家是这么一个状态！"

因为老头儿家里有一个侄子，之前一直是这侄子在中间说合这件事。老头儿身体不太好，眼神儿也不太行，加上是自己亲侄子给闺女做媒，觉得应该没问题，就放心地把闺女嫁出去了。哪想到这样！

定亲之前老头儿的侄子是这么跟他说的，说男方相貌平平，就是个一般人。

老头儿心里还掂量了下：杨家这么有钱，是地方首富，一般人就一般人吧。今儿个老头儿一瞧，这可不是一般人哪！

抱着闺女，老头儿哭得都不行了："儿啊，爸爸对不起你呀！我也没想到是这个样子啊！"

姑娘正哭着，回头又瞧了他一眼，忍不住跟老头儿发牢骚："爸爸您看看他，他要是双胞胎也行。咱们往家门口一边摆一个，咱们就当狮子用，咱们镇宅使啊。"

杨大美站在一边，听到父女俩在说自己，殷勤地凑上来："哎呀！岳父……"

老头儿左右躲闪："你别说话，你别说话，味儿太大！"

两家坐到一块儿商量来商量去，最后老头儿说："我们家在当地也是家趁人值[1]的。出阁的闺女当天送回来，我们的颜面上也过不去。但是我闺女又不愿意跟你同床共枕，咱们想一个折中的方法。"

这个新媳妇儿平时信佛，在娘家的时候自己没事儿就念个佛，还参禅打坐。因了这个，新媳妇儿就跟杨大美说："我认栽了，我也不回家了，就在这儿过日子。你们家也是大户人家，也不在乎添一双碗筷。我跟你就当个名义上的夫妻，但是咱俩这辈子也别住在一起。我呢，随身带着观音像呢，你们收拾出一间房子来给我改成佛堂，我就在这儿带发修行。你要是同意的话，咱们就这样凑合着，好不好？如果你不愿意，我也不回家，我就死在你们这儿。"

聊来聊去，再聊不出别的办法了，杨大美就答应了，差人在后院里单独收拾出了一间房子。孙氏夫人自此便住进这间佛堂里，每天踏踏实实地念经，晨昏三叩首，早晚一炉香。她觉着自己这命也就这样了——青灯古佛了此一生。

夫妻俩隔三岔五也见个面。杨大爷会抽时间来后院看看孙氏夫人，但两人见面后，杨大爷说十句话，这大奶奶才点一下头，然后往外轰他：

"行了，洗澡去吧，去吧，味儿太大！"

杨大爷就捋着袖子出来了。

从大奶奶的佛堂里回来后，他自个儿也别扭："我趁这么些钱，我想娶个媳妇儿都不成。门口那说相声的，还趁八个娘们儿呢。我招谁惹谁了这是？"

不过有钱人的事儿都不叫事儿。

某天，杨大爷跟家里管家交代："找去，给我找去。只要好看，只要愿意跟我，你就让人家提条件。多少花红彩礼，大爷都不在乎。钱算什么，找去！"

"好嘞！"管家就撒出人去，把城里大小媒婆问了个遍。

---

[1] 家趁人值：指某人家庭富有、才貌俱佳或人丁兴旺。

有几个媒婆听完之后笼着袖子就乐了："得了，您别难为我们了。我跟您这么说吧，给猴儿找媳妇儿都好找，给他找实在是不好找啊！"

杨家就继续使银子，一百个媒婆里面总得有几个贪财的，媒婆们都豁出去了，满城替杨大爷物色媳妇儿。

最后还真找着了一家，这个人家的日子过得不太好，确实是缺钱。而且这家的姑娘呢，她哥哥耍钱还欠了一屁股两肋账。账主子一天到晚堵着门骂街。这怎么办呢？商量来商量去，最后全家坐在一块儿开会。

姑娘说："我也是没办法，一个是救咱们家，一个是救我哥哥，媒婆不是说杨家缺个媳妇儿吗？干脆我嫁吧。"

她哥哥虽然耍钱，到底还是心疼妹妹，赶紧跳出来拦住："妹子，别！不行不行！你不上街你不知道，你要是真嫁了他你得恨死我！还不如我耍钱让人打死呢！真的，人家打死我，也比让他吓死你强，我不同意！"

姑娘不在意地摆摆手："那有什么不同意的呀？不要紧的，你放心吧。咳，人丑点儿就丑点儿吧。"

"妹子，他不是丑点儿！真的，这个家伙不适合你。说真的，我求求你了……哥哥我不能……不行啊。"她哥哥急眼了，颠三倒四地劝着。

兄妹俩正说着，外边有人"咣咣"砸门，要账的来了，老头儿、老太太也害怕。

"得了！"姑娘叹了口气，答应了这门亲事，"嫁过去吧。"

杨大爷就这么把二房奶奶定下来了。

二房奶奶姓何，何氏大人。何家做好了一切的准备，就等轿子来抬人，待嫁的何姑娘闲着就跟自个儿亲妈聊天，懵懵懂懂地问道："娘啊，您说一个人丑到什么样算丑？"

老太太眯起眼在心里比画着，搭茬儿道："那脸可能黑一点，没有双眼皮儿。然后没有什么大高个儿，也就那样了呗，是吧？"

姑娘想了想："咳，行了，不重要，这都不叫事儿。反正我都嫁了。"

日子不紧不慢地过去了，杨家给他们家过彩礼也是真没少花钱。最后定了一个好日子，八抬大轿把这个二奶奶抬进了府里。家里边悬灯结彩，亲朋好友纷纷来道喜，杨府里整晚都是绣衣朱履，觥筹交错，好不热闹。

礼成之后，新人就该入洞房了。洞房里更阑人静，何氏夫人坐在床边盖着盖头，双脸发烫，"噔、噔、噔"，心里边好似在敲西河大鼓。忽然间，何氏夫人屏住呼吸，竖耳一听，听见打外边传来一串脚步的声音：

"噔、噔、噔，噔噔噔噔……"

最后这阵脚步声急促了点,是因为来人紧走了几步。

杨大爷慌里慌张地就到门口了,把折扇一打开,探头探脑地往屋里瞧,自己的新媳妇儿在床边坐着,戴着盖头。红烛高挑,美人两边各站了一个丫鬟。杨大爷站在门口看着俩丫鬟,指指自己,再指指床边的新娘子,那意思是问:我能进吗?

俩丫鬟赶紧捏着鼻子,闭上眼点头如捣蒜。原来早在这位爷站在门口的时候,他身上那股味儿就弥漫到床边了。

丫鬟们捏着鼻子,掐着细嗓子,冲他招手:"来吧。"

两个丫鬟往外走。杨大爷稍微吃力地跨进了门槛,又摇摇晃晃地挪步到新娘子身前,想上手撩起眼前这块盖头来。他得参观参观这个如花似玉的媳妇儿哪!不过心里要做好准备,为什么呢?上一个一掀盖头,"蹦蹦蹦"地满屋蹦啊。于是他一只手掀盖头,另一只手就摁着新媳妇儿的肩膀,那意思是:"你要是蹦起来,我好摁着你。"

杨大爷弯着腰,把盖头轻轻掀了起来,玩儿似的冲新媳妇儿:

"哞儿!"

何氏夫人盯着他半天不说话。

杨大爷瞧何氏一动不动,自是又欣慰又感动,心里刚说:"这个娘子好,见了我也没闹腾。"

接着他立马惊吓道:"哟!死过去了!"

只因瞧了他一眼,何氏夫人的心血就上来了,僵坐着一动不动。杨大爷一松手,"咣当"躺下了。

杨大爷惊得后退一步,慌乱中抬头四顾,急急喊人:"快来呀,吓死了!"

丫鬟婆子打洞房外头听到动静,呼啦啦地全进来了。

"哎哟!二奶奶!二奶奶!"

有个做事老练的婆子站出来,指挥人把何氏夫人搬起来,捶打前胸摩挲后背。

众人七手八脚地施救了良久,何氏夫人终于回过气来,悠悠转醒,睁开眼第一句话就问:

"谁救的我?"

婆子恭敬地走上去:"二奶奶,我救的您。"

"啪!"

何氏二话不说就给了她一个大耳刮子,骂道:"我用你?你就应该叫我死!刚才我瞧见的是一什么妖精啊?"

"给您道喜，那是咱们家大爷。"婆子丫鬟齐齐伸手往某处一指，"您瞧，他就在那儿呢。"

何氏顺着一瞧，霎时痛哭出声：

"哎哟喂！你们谁行行好，拿个刀攮死我吧！我可不嫁呀！我活不了！我没想到……怎么会这样呢？"

但是，杨大爷很坦然，他早料到会这个样子，于是挖挖鼻子，宽慰何氏道：

"多看看我这张脸吧，你是没看惯，等过两年就行了。过两年我就长开了。"

何氏心里那叫一个气，上下打量着他，说："过两年不是你长开，那是我想开了。出去，你给我滚出去！"

"哎哎哎，得令得令！"杨大爷赔着笑出去了。

屋里边一帮丫鬟婆子，只能硬劝："二奶奶，您不能这样！俗话说：'寻一夫，找一主儿。'您得好好地过日子。而且这以后慢慢地上了岁数，人就顺眼了，是不是啊？您哪，忍了吧，大喜的日子。"

何氏恼火地问："你们少来这套！你们怎么不嫁呢？"

丫鬟们唯唯诺诺地说："是啊，我们胆儿小。"

何氏把话茬儿抛回去："我胆儿也不大，是不是？"

第二位夫人也是在新婚之夜整闹了一宿。

杨大爷倒是也想开了，他总结出经验来——头一天一般来说不会成功。他心里是这么盘算的："明天我好好儿地劝劝她吧，好好儿地劝劝她吧。"

当晚，他在外边将就睡了一宿。

转过天来，丫鬟婆子给何氏送饭，劝说道："您得先吃饭，事儿成不成咱们再说。不吃饭哪成啊？"好说歹说，总算劝得二奶奶动了筷子，下人们伺候着她吃完饭。

何氏吃完了饭，他打外边进来了，抿着嘴乐呵呵地向佳人问好："媳妇儿。"

何氏皱起眉头，把手挡在额前，不拿正眼瞧他："你别瞎喊！你不要给我起外号。"

"你看你这……你净跟我闹着玩儿。"杨大爷赔着笑坐下来，"那个，我很爱你，我觉得咱两人很般配。"

"你恶心谁呢？"

杨大爷支吾了半天，劝道："好，你是比我看着好看一点儿，不过我愿意好好疼你。咱们已经拜天地，入了洞房了，虽然没有夫妻之实，但是呢，所有人都知道你是我媳妇儿了。既来之则安之，以后咱们好好地过日子，你看好不好？"

"你别跟我说这个，没用！我不听，你出去！我这刚吃完饭都要吐了，赶紧走！走走走！"

等晚饭的时候，杨大爷又进来了，这回方法不一样了，拧着眉瞪着眼："我娶了你，你必须跟我过日子！要不然……"

"滚！"

"哎。"

杨大爷说出来就出来了，心说："这法子也不灵啊"。他那意思呢，是想吓唬吓唬何氏，眼瞅着吓唬也行不通，只能每天用不同的方法来劝。

一眨眼，五六天过去了，这天杨大爷又来了。一进门，他找来一只机凳往墙角一坐，媳妇儿坐在梳妆台前，两人隔着老远。杨大爷愁眉苦脸地问何氏：

"这也不是长事儿啊，你说这一天到晚的。我花这些钱请你来，这完事儿不像个两口子，也让人笑话，你说是不是？你说咱们这日子怎么过呀？"

何氏看看他："怎么过？该怎么过怎么过。反正有一点你放心，我想了，我肯定不回娘家。"

因为她家里使唤人钱了，她没法回娘家。她哥哥欠的账、爹妈的病等等，一桩桩一件件都是杨家花钱摆平的。

她心说："我是回不去，也不能走。"

杨大爷顿时高兴得站了起来："哎，好好好，这个太好了！其它的咱们再聊。"

何氏板着脸："其它的没什么可聊的了。"

杨大爷又讪讪地坐了回去，道："不是，你看这个……好歹咱也是两口子了，是不是？你承认不承认，你跟我拜天地了？"

"我承认了……"何氏点点头，忽然话锋一转，"我倒想问问你，这个你趁这么些钱，你怎么这么难娶媳妇儿呢？"

"这你还看不出来吗？我就长得比较有个性，我就长得比较耿直。"

"您没娶过媳妇儿啊？"

"娶过呀，当时跟你说嘛，你是二奶奶嘛，你前边有一大奶奶。"

"哦，大奶奶怎么死的？"

"哎，二奶奶，您这话可不对啊！您怎么能说她死了呢？"

"不是，你长这样不得吓死几个老婆吗？"

"没死，她没死，她身体好着呢！当初她入洞房的时候，在屋里跑了一宿，她比你体格强，真的，她没死。"

"哦，大奶奶人在哪儿？"

杨大爷眼神飘忽起来："后院，后院有一个佛堂。她拜完天地之后，觉得我是老天爷赏赐给她的，她说这都是菩萨关照，她打那天起就开始信佛了。天天在后院念佛，她单独有一个跨院。"

"哦，这样啊，那什么，我得见见大姐呀，对吧？既然我来到这个家，那么府中上下的人，都得认识认识。"

杨大爷连连称是："对！一家子人嘛，你是得见，来人哪！"

丫鬟们进来："大爷。"

"先去跟大奶奶说一声，咱家添人进口了，二奶奶来了。她得拜拜大奶奶。你们给归置归置，一会这儿伺候着过去。"

"哎。"

丫鬟们应下便出了屋子，跑到后院的佛堂跟大奶奶说："咱家来了二奶奶了。"

"唉，受苦受难的人哪。"大奶奶叹口气，吩咐丫鬟道，"一会儿把二奶奶请过来吧。"

"哎。"

过了二十来分钟，几个丫鬟从前院把二奶奶搀来了后院。

大奶奶透过窗缝一瞧，心里直夸："嘿！二奶奶挺好看。"

其实大奶奶也挺好看，因为杨大爷不要不好看的啊。

何氏进来了。一进门，丫鬟便为她引见："这是咱们家大娘。"

"哦，姐姐在上，受小妹大礼参拜。"何氏屈膝行礼，道了个万福。

大奶奶赶紧倾身将她搀起来，温声细语道："哎呀呀！你可别这样，那个，辛苦你了！"

"怎么呢？"

"你长得这么美，却跟他当了两口子。"

"不不不，还是您受累了！"

"哪里哪里，妹妹，来坐这儿。"大奶奶亲热地招呼她落座，抬眼看了下丫鬟，"沏茶。"

丫鬟给沏了杯茶，何氏款款落座。姐妹俩正聊到兴头上，打外边杨大爷进来了。

他进了屋就找了旁边的一只小凳儿坐着，满意地看着他的这俩媳妇儿，越看越得意："都是我的，俩都是我的。"他就在心底里美气，表面上也不跟谁显摆。

人家姐妹俩都没搭理他，两人对坐着兀自聊天。

"哎哟！您平日就在佛堂念经？"

"是啊，我在娘家的时候就念经，我妈信佛。每天这样也挺好，清心寡欲了此一生。平时也没什么人来聊天。这回你来了就更好了，有时间你多过来吧，咱们姐妹一块儿聊天吧。"

"哎，我家里就一哥哥，其实一直盼着有个姐姐。今天瞧见您了，觉得特别亲，您就跟我的亲姐姐一样。姐姐在上，我重施一礼。"何氏站起来又行个礼。

大奶奶出手欲拦："哎哟！妹妹你快坐，快坐。家无常礼，姐姐这里没那么些规矩。"

何氏抱着大奶奶的双手，嗫嚅半天，开口问道："那个……姐姐，我有一言不知当讲不当讲？"

"哎哟！你说吧，妹妹。"

"我也想跟您一起念佛。"

大奶奶愣了一下，回头看看，只见杨大爷坐在小凳上，张着嘴呆若木驴。

大奶奶点点头："好啊，妹妹愿意就好。这个后院很宽敞，好几间闲房，你要愿意就给你收拾出一间来吧。"

"好嘞！姐姐，从今往后我跟您相依为命。咱们姐儿俩就住在后院，谁敢来添乱，我就死给他看！"

"好的好的。"大奶奶点点头，随手指派了两个丫鬟，"来，你们去帮着铺床、收拾东西，准备接二奶奶来后院。"

"哎。"丫鬟们出去干活。

杨大爷站起来了，掩面而去："你们早休息。"

杨大爷从后院回来，一个人坐在客厅里，眼泪都快下来了，心里反复咂摸刚才的事儿："我这是送货上门，这俩钱花得！俩媳妇儿都归到后院了。怎么这日子就这么难呢？"

管家笼着袖子，站在旁边斜眼看着，心里说："你那日子就得这么难。"但是该劝还得劝哪，拿着人家钱哪。

"大爷，您别太难过了。有句老话说得好：'一货找一主，盐碱地出蝲蝲蛄。'"

"你这叫什么话？"杨大爷火冒三丈，回头骂道。

"不是，我没念过书，我想说的是属于您的那个还没到呢。"

"轮也该轮到我了吧？你给我踅摸去吧。我一定要娶媳妇儿。因为大爷我这一表人才，我要……哎！你怎么出去了？"

"是，我知道了。大爷，我知道了，知道了！"管家听不了他的废话，出去给他找媳妇儿去了。

反正在本地是不好给杨大爷找媳妇儿了，为什么呢？人的名儿树的影儿，知名度太高。谁家一哄孩子睡觉，吓唬一句："睡不睡？不睡杨大美来了！"孩子就睡了；两人做买卖也是，都拿他起誓："我这笔账要是亏心，出门碰见杨大美！"

所以媒婆但凡跟本地人家一说："您闺女嫁杨大美……"女方家里人当时就急了！就跟媒婆打起来了。这下可怎么办呢？哎，这天下真有这么巧的事儿，这时来了一个官儿——打京城出来的王大人。这个王大人哪，在朝里边犯了点儿错。皇上还不错，也没有过分地追究。最后呢，皇上把他的官位给贬了，完事儿还赏给他一百亩良田，说："念在你为皇家也曾经有功，回家务农吧。"给了这么一个结果，就算一个平稳落地。所以王大人就回了老家荆州。

王大人回来时带着家眷，仨媳妇儿，一个大太太，还有两房小妾。两房小妾，一个姓周，一个姓吴。正房媳妇儿的岁数大一点，两个小妾很年轻，很好看。

回来之后呢，王大人后院里的日子就不安生了。因为他在京城的时候，两房小妾分别在外边居住，他跟大太太住在府里边。外边单独置办了两处别院，周氏和吴氏一人一个地儿。他有时候闲着，就去外面的别院过夜。但是他被贬官回家之后，三个媳妇儿就住在一个院里边，这日子就难了。尤其是他的大媳妇儿脾气大，之前在京城眼不见心不烦还行，回到荆州之后，跟两个外室天天在一个屋里边，低头不见抬头见。

王夫人忍不下去，就跟这老爷说了："想当年，你落魄的时候，我就跟你在一块儿了。在京城这些年，你又娶了小的，我也没说别的。现在你岁数越来越大了，还被贬了官。咱们这次回来，我就是为了跟你好好地过日子。你还在我跟前弄俩妖精，我早晚得气死！所以说，这俩不能留。"

王老爷还有点怕他的正房夫人，那怎么办呢？不能留就不留吧。不留呢，就得把俩小妾卖了，那个年头是允许卖人的。王老爷就让下人出去找媒婆打听，有没有好人家，老爷让这么问："就说我们家有两位姨奶奶，看看有没有合适的人家——咱也别说买——有愿意娶的没有啊？"这个风就放出去了。但是呢，王老爷后面又跟了一句："这个人家不能太穷。"不然他心里也不落忍，心说："我这俩太太跟着我这么长时间了，不管说吃也好穿也好，反正够瞧的。要让她们跟那些普通人家，以后吃不上喝不上，我心里受不得。要想娶，得在地方上有点样儿。"

这样一来，提亲的门槛就高了，就不是谁都能来娶他的姨太太了。

到最后，就筛选出两位提亲的。一位是本地的一个郝秀才，小伙子文质彬彬。他原来有个媳妇儿，媳妇儿得病死了，一直也没再续。家里人就劝他，说："你再找一个吧。"他说："我找什么样儿的啊？我媳妇儿死了，还留下一个孩子。就连我自己都不愿意找我这样儿的，就一个人凑合着吧。"可家里人一直说："你得找，不找不行。"赶巧了，王老爷这事是个茬口，家里人就替他来说这事儿来了。媒婆一说是念书人郝秀才，王老爷还挺高兴："哎，好！念书的好，挺好挺好。他算一个吧。"

第二位来提亲的，就是这位杨大爷了。管家托媒人来说合，媒人是这么跟王老爷介绍杨家的："我们地方上的首富。"老爷高兴了："首富太棒了！有钱哪。这是当地的绅士。"一问岁数，岁数也没多大，老爷更开心了，心想："对得起我的外室夫人。"单论家财来说，这两人是够格的，但王老爷就是忘了一件事——应该见见这两人。

王老爷草草地同意了，说："你们赶快来花轿把人抬走。花红彩礼我都不要，你们各自拿出一份钱来，钱到我府上，让我的俩姨太太带着这份钱走，我的心事儿就了了。你们花轿来抬人的时候，我就不出面，为什么呢？花轿把我的人抬走了，心里难受啊。所以我也不见她们了。你们两家，一个是郝秀才，一个是杨财主，准备得差不多后，就把两个姨太太抬走吧。抬走后好好过日子，别委屈了她们，我今后再不见这两个人了。"这个事儿就说定了。

王老爷跟人商定之后，派人跟俩太太吴氏和周氏也说了这事。下人跟吴氏禀告说：

"有人看上您了。"

吴氏叹了口气："哎，我就这个命，谁看上我了？"

"有个郝秀才，家里挺有钱的。媳妇儿死了，留一孩子。家里挺好，口碑特别好，您嫁给他得了。"

"哦，那行吧。既然老爷同意了，我们也不说别的。省得在这儿天天地吃这个瞪眼的饭。大奶奶天天看着我们跟仇人似的。"

"那得了。"

下人在这儿说完了，又跑去和周氏说：

"给您道喜，有人瞧上您了，换个人家。"

"哦，谁家呀？"

"哎呀！有一家姓杨的，姓杨的。"

"哦，干吗的呀？"

"本地首富。"

"哦，有钱，有钱挺好。"

"是啊。"

主仆正说着，旁边有一丫鬟没忍住笑出了声——那丫鬟是本地的。周氏很聪明，觉察到不对劲，心说："不应该呀，这丫鬟乐什么？"赶等没人了，把这丫鬟叫到跟前：

"你跟我说实话，你乐什么呀？"

"您嫁人了我替您高兴。"

"少来这套！你那个乐不是好乐，必有原因。你跟我说实话吧，不说我打你。"

"哎哟！奶奶您别打我！那个，哎呀！我跟您说说实话吧。"小丫鬟就把那个杨大爷的模样，照人们的传言描述了一遍。她其实没见过杨大美，但这个事情架不住传说呀。她这一形容啊，杨大美在原基础上又寒碜了十倍！她说完了，周氏就傻了，心说："还不如给我扔到荒郊野外喂狼去呢！这不是嫁给妖精了吗？"

周氏别扭了一宿。

赶等转过天来，杨家的花轿上午就到了，前来迎娶周氏。花轿到门口了，就通知周氏准备准备吧。丫鬟们跟老爷一说，老爷说：

"咳，我就不见她了，你们去吧，把人接出来。把细软衣服收拾收拾，扶姨太太上轿走吧。"

"哎。"

丫鬟们推开周氏的房门，她们进屋就傻了——周氏夫人上吊身亡！原来昨晚周氏别扭一宿，想来想去："这玩意儿能嫁过去吗？我不活着了吧！"

周氏气性大，悬梁自尽，丫鬟们一进门，就看到人在屋顶上挂着了，赶紧跑去跟老爷说：

"老爷，坏了！奶奶上吊了！"

"哎哟！哎呀，愁死！"

老爷一听，赶紧命人把周氏卸下来，一碰额头，人都凉透了。正准备喊人张罗买口棺材，下人说门口还有花轿等着呢。

"哎呀，这可怎么办？"

家里人说："大人，这不能跟他们家说呀，人家是地方的首富，家大业大，他们家要是听说咱家上吊死人，这可不体面呀。"

"那怎么办呢？"

"您把吴氏奶奶给他吧。"

"哦，行行行。咳！哪个都一样。把她搀出来吧。"

丫鬟们就把吴氏搀出来了：

"奶奶，花轿来了。"

"哦，秀才接我来了？"

"是，可'秀'了，您来吧。"

丫鬟们把吴氏送上轿子，杨家的迎亲队伍就把她抬走了。至于王老爷怎么买棺材，怎么收殓，怎么埋人，这些便不多言。

这顶花轿刚走，郝秀才花轿就到门前了。郝秀才一进门，管家迎出来了：

"嚯！秀才您来了？"

"来了来了，你看我来得是时候吗？"

"是时候，是时候。"

"把新人请出来吧。"

"请不出来了。"

"怎么请不出来了？"

"埋了。"

"不是我接走吗？"

"您接不走了，凉了。"

"怎么回事儿呢？"

"就是上吊死了。"管家也没跟他说那么细致，反正就这么回事儿。

"哎哟！"郝秀才还挺惆怅，"你看这事闹得！家里这么多人来劝我，终于想娶个媳妇儿了。结果遇上这么个事。算了吧，拉倒了吧。那跟大人说一声吧，我回去了。"带着空轿子又回去了。

吴氏夫人坐着这个轿子，来到了杨家。新娘子进门，也没有别的事可干，就戴着盖头坐在洞房里头，等新郎来掀盖头。

杨大爷打外边又进来了："哎呀！你瞧你这玩意儿，饭好啊不怕晚。太棒了！今天又娶媳妇儿了，我这是有了三房夫人。那俩呀，菩萨替我看着呢。这个呀，我自个儿看着。谁也不给，谁也不给。"

不过走到跟前儿，他迟疑起来，没敢直接掀盖头。

"来人哪！"

俩丫鬟迎上来："大爷。"

"掀盖头，大爷要看一看。"

"嗯,是。"俩丫鬟回头问道,"大爷,真掀吗?"

"废话!不掀还等什么时候?"杨大爷斜睨了丫鬟一眼,清清嗓子,"那个,媳妇儿啊,那个我来了,咱们得见见面了。"

俩丫鬟"啪"地一撩这盖头,把这盖头往床上一放,一边一个扶着胳膊。又怕她蹿起来,又怕她躺过去,得把这人按住了。

吴氏一直很害羞。为什么呢?唉,她心里边的滋味跟寻常的新娘不一样。

一来,当了多年外室再嫁,她心中百感交集,心说:"这叫什么事儿,我也不求别的,只希望这家对我好。"

二来,她在来的路上也很感慨,她周氏姐姐上吊死了,暗自伤逝:"唉,想不到的事情,人这一辈子真是的。"

自打被抬进府里,她就觉着这屋子不赖,说明这郝秀才家里边日子过得好,心里也挺满足了:"这也行啊,我也省得受罪。你像我这样的人,有人要我就行了,知足吧。"

她这么想着,可是打刚才新郎官一进来,就闻着味儿有点不对。她还纳闷:"什么味儿啊?"但也不好意思多问哪,她才刚嫁进来。

吴氏一直坐在床边,这会儿工夫说要掀盖头,自是很害羞。掀起盖头之后,俩丫鬟还一左一右地扶着她,吴氏自个儿心里还说:"他们家规矩真大,还扶着我。"

她就红着脸,慢慢地抬头撩眼皮,要看看自己的丈夫。只瞥了一眼,吴氏便浑身打了一个激灵,愣了半天没说出话来。她看看俩丫鬟,俩丫鬟别过脸不言语。怎么呢?丫鬟也没什么可说的,那意思是:"你自个儿看看吧。"

吴氏盯着杨大爷,一推这俩丫鬟,站起来了。

屋里这几个人,连杨大爷都挑大拇哥,心里佩服:"英雄!很淡定啊,很淡定啊,这都没事儿。"

杨大爷就看着她往前走来,赶奔到自己面前。

吴氏仔细观瞧了他一番,接着眼圈就红了:"周氏姐姐是你冤魂不散吗?"她以为那鬼来了呢。

"啊?"杨大爷一听,动了动身子,"什么呀这是?我是你的丈夫啊!"

"哎哟!"

好家伙,嗷唠一嗓子呀!吴氏满屋子跑开了。俩丫鬟一瞧,挽起袖子开始拦人:

"我说什么来着?还是得靠我们抓人。"

这几人在屋里边围着桌子、围着榻，好家伙，这通跑啊！跑到最后，实在是跑不动了，吴氏瘫坐在身旁一把椅子上。

"哎呀嗬！这结婚是个力气活啊！"杨大爷当然是跑不了几步，他的腿脚有问题，一看媳妇儿不跑了，"那个歇会儿啊，你这个状态我多少瞧出来了，你是不是觉得我……"

杨大爷一边说，一边比着自己的脸。吴氏愣愣地望着他，点头如捣蒜。

"谢谢啊，但是我倒也不吃惊，因为你也不是头一个了。你是咱家第三位，你前面有俩姐姐。"

"人呢？"

"在后院佛堂呢。后院还有闲房，你要不要打扫出一间来？我现在觉得这是一个特别好的方法。"

吴氏一头雾水："你说的都是些什么呀？"

"走，咱去吧。行了，甭问了，到那儿你就明白了。"

丫鬟们也不敢乐，搀着吴氏奔后院。到后院一瞧，人家姐儿俩正聊天呢，说得可开心了。

杨大爷先进来了："二位太太，给您二位道喜！"

"什么事儿啊？"

"咱家添人进口了，我又娶一个来。"

"哟！又来一个，吓着人家了吗？"

"没没没，不至于像你们说得那么夸张，我自己照镜子看我都……"

"怎么呢？"

杨大爷大概是想到了些什么，只好改了口："……还吓一跳呢。那个来来，快来快来，三奶奶快来。"

三奶奶打外边进来了。三奶奶岁数稍微大一点，而且她以前在官宦人家待过，所以说也算是见过世面。来了之后先行礼，大奶奶和二奶奶赶紧还礼。三人就坐在一处聊闲天，谈笑间，大奶奶就把她们姐妹俩相伴修行的事情一说。听完之后，三奶奶乐了："好，好好好！我也跟你们一块儿，好不好？咱们哪，好好地念经，好好地修炼。大爷去吧，去该忙忙你的去。去，出去还接着找媳妇儿，去吧。快去吧，我们这儿不用人照顾。"

杨大爷看她们几个其乐融融，心里不是滋味，带着哭腔："我用人照顾！"

他就哭着出去了。

杨大爷心里是苦闷点儿，但是后院这姐儿仨很和谐，也说得上来话。一个人相伴青灯是个苦差事，因为一天到晚地念经太无聊了。这下三人聚到一块儿了，日子就不单调了：早晨起来念经，晚上念经，该磕头磕头。闲下来的时候，三人坐在一块儿，说说怎么绣花，说说这说说那，聊聊家常，日子过得还挺好。

某一天，大奶奶就提议："明儿十五啊，咱们门口有一个白衣庵，我说出去上香去，你们姐儿俩有心气儿吗？"

"好啊好啊！咱们一块儿去，散散心哪。"

"好好好，那让人准备吧。明天咱们就去，咱们上庙里边烧香去。老在家里念不行，得上正经庙里边去。"

"好嘞好嘞！"

大奶奶跟管家、丫鬟们一说，准备好一切应用之物，又交代了一句：

"跟你们大爷说一声，我们上香去了。"

大爷听了管家汇报，倒是不往心里去："去呗。这三人也没有什么业余爱好的，在家里念跟外边念没什么区别。去吧，去吧。"

转过天来，清晨起来，姐妹三个都收拾好了，准备出门。一大帮丫鬟前拥后簇地伺候着，大奶奶、二奶奶、三奶奶分别上了三乘花轿，直奔白衣庵降香。

白衣庵里的人早早地收到了消息：今天首富的三房太太要来上香。到地方之后，老尼姑、小尼姑，好几十人出来迎接。为什么呢？这样的贵人到庵里，有香火钱哪，她给的也多呀。

"哎哟！阿弥陀佛！几位奶奶里边请吧。"老尼姑先把三位奶奶请到大殿上香，再邀到禅房待茶吃点心。不过在屋里老待着容易闷得慌，老尼姑就预备领着三人逛一逛前后院：

"带着您几位逛逛庙吧。来来来，三位奶奶，随老尼前来。"

老尼姑在前头带路，这仨太太也很开心，跟在老尼姑后边转悠，前院转过来奔后院。

正往后院这么一走，迎面来人了。正当中呢，是前些日子迎亲的郝秀才。郝秀才有俩表弟，这俩表弟是一对双胞胎，专程从外地来荆州，找表哥玩两天，哥儿仨走马观花，各处逛逛庙逛逛古迹。今儿个哥儿仨也来白衣庵上香，正好跟三位奶奶走一对脸儿。郝秀才是读书人，迎面碰上三位女子，当下有点不知所措，并且瞧见来人衣着光鲜，心说："对过这是谁？这是大户人家呀。"于是他转身跟俩表弟说：

"咱们要不回避一下吧？"

三人刚要回避，老尼姑亲热地迎了上去："哎嗬！郝秀才，您在这儿呢？"

因为在今天早些的时候，郝秀才刚到白衣庵，就规规矩矩地跟老尼姑打了个招呼。但紧跟着佴太太来了，老尼姑就没顾得上接待这哥儿仨，这时赶巧见了面，便要跟人家打声招呼：

"哎哟，您挺好的？这两位少爷是……"

老尼姑目光落在郝秀才身后的两个年轻人身上。

"这是我两个表弟。"

兄弟三个赶紧过来行礼。一旁的佴太太便偷偷地打量着他们，心里点头："嗬！这佴小子，后面的俩双胞胎长得很精神！郝秀才一身的书生气质，温文尔雅。三人站在一块儿，好看。"

大奶奶问老尼姑："这是谁呀？"

"哎，这是我们这儿的香客——郝秀才。郝秀才带着这个俩表弟，也上这儿逛庙来。郝秀才，在这一带挺有名儿的。太太没了，自己带一孩子。"

站在旁边的三奶奶若有所思，"噔楞"一下子想起来了："这就是那郝秀才？我记得当初说把我嫁给郝秀才了，怎么会抬到杨大爷家里来了呢？"

她当过官太太，说话办事雷厉风行的，当即就把人喊住："哎，你是那郝秀才呀？"

"啊？"秀才傻了，"怎么您呢？"

"你是不是那郝秀才？"

"我是啊。"

"你媳妇儿死了，剩一孩子？"

"是啊，这位夫人？"

"嗬！你真坑人！"

"怎么坑人了？"

"你不是说娶我吗？我跟着王大人打京城来到这儿，你说娶我，结果你怎么没来呢？"

郝秀才想起了这茬儿，吃了一惊，结结巴巴地说："你不是死……死了吗？不是……你……"

"哎哟喂！要嫁人的是我跟周氏姐姐，周氏姐姐上吊了，把她埋了，我没死。结果杨家来轿把我抬走了。我应该是跟当你两口子的。"

"咳，哎呀！瞧我这个命！"郝秀才这下恍然大悟。

"你的命怎么了？我问你，现在我要跟你，你还要我不要？"

此言一出，在场的人都呆住了。郝秀才更是窘得手足无措：

"不是……你已经嫁人了。"

"咳呀，你是不了解我们家的情况，知道吗？不光是我，她们俩也是嫁过去的，我们姐儿仨嫁一个人。但是就落一个夫妻名分，实际上我们没跟杨大爷睡过觉。"

郝秀才一听这话，羞得满脸通红，掩面道："这个……我是个念书人，这个事情……"

"哎哟！念书人哪，就是废物。得了，别费那劲了！我们姐儿仨嫁你们哥儿仨，干不干？"

这哥儿仨已经吓得不敢回话了。

旁边一对双胞胎也是俩念书人，扭捏地扯了扯表哥的袖子：

"表哥？"

"这……表哥也没有经过这个事情。"郝秀才沉吟半晌，"你们，你们，你们看这个事儿呢？"

"听哥哥的。"

"那，那就这样吧。"

郝秀才家里也有钱，一说"那就这样"，这姐儿仨立刻搭腔："那可以呀，那咱走吧，走吧走吧，走吧！"说话间，六人便有说有笑地走远了。

老尼姑站原地，仿佛身在梦里，心说："这叫什么事儿啊？怎么这仨娶了那仨？哎呀！咱们也管不了了。"

这一帮人从后门走了，管家还在前门等着。过了一会儿尼姑出来：

"您回去说一声去吧，仨奶奶结婚了。"

管家赶紧往回跑："大爷，大爷，给您道喜！"

"喜从何来？"

"仨奶奶都结婚了。"

"混账！不是嫁的我吗？"

"不是，又结婚了。"

"啊？怎么回事儿？"

管家把事儿一说，好家伙，杨大爷眼泪哗哗的！

"怎么办呢？我这仨媳妇儿都跑了。"

管家说："您别着急，以后一定会有一个嫁给您的。您记得不记得，有一副对联就说的是这个事儿。"

"什么对联啊?"

"明天好比七月七,鬊(shùn)鸟[1]嫁了外国鸡[2]呀!"

---

[1] 鬊鸟:天津方言,指难看的鸟,比喻人相貌品德残缺,不被人待见。
[2] 外国鸡:天津方言,学名吐绶鸟,俗名火鸡,比如人形貌性格另类不合群。

狐狸看书 五

刚刚驾到

枉物难消火烧身　天狐贻书戏王臣

> 大将生来胆气豪，腰横秋水雁翎刀。
> 风吹鼍鼓山河动，电闪旌旗日月高。
> 天上麒麟原有种，穴中蝼蚁岂能逃。
> 太平待诏归来日，朕与将军解战袍。

  我最近发现，人要保留一个没溜儿的状态，天下没有什么比开心更重要。有时候跟朋友聊天也是，有些人心眼儿窄，窄得都不行！碰上什么事儿都觉着别扭。我说你大可不必，犯得上吗？我说你看我，我就是心宽，我打小上学就心宽。头天晚上老师留作业，我就说："哎呀！交不了，不会写。"我不想明天交，我想后天交。因为到后天，明儿这事就过去了。老师说头天一过，马上就得交作业了，有的人马上就着急了："怎么办呢？"能怎么办呢？该怎么办怎么办。你不得劝自己吗？不得好好活着吗，是不是啊？心窄点不得把人挤兑死了？我们相声界好几位老前辈，有几位去世早，就是因为心窄，劝了也不管用。所以说人得心宽，因为你心窄解决不了什么问题。我就是心宽。这些年我要是心窄，我的坟头草都得三尺高。我不爱生气，不爱着急。瞧什么都觉着可乐，我看谁都是包袱，真的。有时候我也反思我自己——我这人也太损点儿了！

  咱们这篇里先聊点儿什么呢？

  有人说想听我说说看戏这回事儿。其实多看戏有好处，当然了，也分看什么戏。实话实说，现在唱戏也挺不容易的。相声、京剧，其实有很相似的地方。这两年来，我们德云社也做京剧演出。我在后台跟陶阳、跟孩子们聊天时，我说排京剧的节目是没有问题的。京剧很健康，市场也很好，观众也没问题。如果效果不好，是戏本身编排的问题，是导演、演员的责任。有时候身为演员，可以换位思考一下，某演员今天要唱戏了，比如要唱一组大型京剧《葫芦娃》，先把这个戏名写在一张纸上。登台之前，演员就看着这张纸扪心自问，你自己想不想花钱看这出戏。你如果自己都不想看，那就别唱。唱了就叫诈骗！因为你收观众的钱哪，凭什么你自个儿都觉得这是个破玩意儿，还要让观众买单？你们自个儿坐到后台直嘬牙花子，心里直打鼓："哎呀！会有那个倒霉催的上当买咱的票吗？"这样的话就别唱了！你要是不爱看，别人更不爱看了。反过来，你要是觉着这出戏太棒了，迫不及待地想让观众看，那这出戏最起码还有点儿意思。京剧的事咱们就言尽于此，"泄露天机"不好。

我也是个废物，别的干不了，就会说书、唱戏、说相声。其实不瞒各位，这三样儿里边，我最次的就是说相声。观众们老捧我，逢人就"哎呀"一声，拉着别人说郭德纲相声说得有多么好。其实我自己觉着不怎么地。打个比方吧，我一场相声的票价要是值八毛钱的话，我一场京剧的票价得值二十块钱。当然观众是外行，他们不懂。

因为艺人跟观众之间，其实最重要的就是个感情问题。无论是唱戏、演电影，还是说相声、说书，其实都一样。观众要是认可你，他就觉得你好啊，旁人要是随口说道几句："这人唱得没板儿啊，弦儿高了就够不着，凉调。词儿多还记不住。"观众就跳出来护着艺人："那是我们的特色。我就欣赏这样的艺术家，我爱看他，他怎么唱都对。"观众要是不爱看这个人，他就是在台上唱出脑浆子来，人家也不爱看他。这么一来，艺术实践有时候跟艺术本身的关系就比较远了，变成了一个人情的问题，对吧？要是有一个人跳出来骂一句："哎呀！郭德纲唱戏难听！"有时候不是郭德纲唱得难听，是因为他不喜欢郭德纲。要是问他，你喜欢谁？他说："我喜欢某某某。"好，把那个人的录音拿出来，给我通上电，从我嘴里把录音原声放出来，他也听不了，还是继续骂："郭德纲唱得不灵。"不是唱得不灵，是他腻味郭德纲，跟艺术没有关系。把这个道理琢磨透了之后，走遍天下无敌手。

所以，心态很重要。

闲话少说，书归正传。

话说唐朝玄宗年间，安禄山谋反，天下大乱。皇上住在长安，安禄山这一闹事儿，皇上就没法儿在长安待下去了。唐玄宗很为难，就跟文武群臣们商量，说：

"众位爱卿，这怎么办？"

天下有难，文武群臣自然是群策群力。

当时有一位了不起的大忠臣，郭子仪。郭子仪有一后代叫郭德纲。

当然这句是个题外话。说实在的，我也没见过他老人家。倘若从那个年头往下捯，这都多少辈儿了？数也数不清。反正我们家是在明朝的时候，打山西汾阳出来的。家里都是这么跟孩子说的："咱们是那支儿下来的。"一说这个，网上又好些人骂街："你凭什么是？我们老王家才是郭子仪后代呢！"遇上这种言论，不能抬杠，而且我这人随和。无论吵成什么样，反正我是这么想的："好，你们是，你们怎么开心怎么来。"

郭子仪，人称郭令公。在中国历史上，郭子仪是个了不起的人。怎么回事儿呢？他这么高的身份，从头到尾善始善终，能做到这一点的人实在是凤毛麟角！有的人做官儿做到一定程度了，皇上就瞧他不顺眼了。比如说，我在德云社天天说相声。我还攒底[1]，人五人六的。突然间，我们这儿来了一个刘大胖子。他一说相声观众就热烈鼓掌，我一上场观众就骂街。我地位比他高，还攒底，人家才倒二，你说我那心里能好受吗？我不得背后举报他吗？我不得抓紧时间跟领导汇报一下，把他给弄走吗？只要他一走，我的心里就算踏实了。

皇上也是如此。比如雍正皇帝的大将军，那个年羹尧为什么死啊？他立下那么大的功劳，最后为什么还是不得善终？那就是因为他的功劳太大了。功高盖主——这个不行。可是郭子仪从头到尾，君王宠爱倚重，同僚惺惺相惜，到最后连仇人都崇拜他。有史以来，再没有一个文武官员，他的人缘能好过郭子仪了。

关于安史之乱，大诗人白居易有诗云："渔阳鼙鼓动地来，惊破霓裳羽衣曲。"

安禄山起兵谋反，情势岌岌可危，李唐皇室江山难保。皇上也不能够在京城再待着了，有一个词儿叫"驾逼蜀西"，简单来说，就是群臣规劝皇上：

"这儿待不住，您先找个地方躲避一时。"

"上哪儿呢？"

"驾逼蜀西。"上四川去。

于是在六军的护送之下，皇上带着身家性命逃出长安。半道儿上六军不干了，心头火起，要向皇上讨一个说法："为什么安禄山要起兵谋反，害得我们国土沦陷？都是皇上因为宠幸杨贵妃，所以杨贵妃得死，她哥哥杨国忠也得死。"

皇上没办法，只能赐死杨贵妃。于是就在马嵬坡把杨贵妃勒死了。勒死杨贵

---

[1] 攒底：此处指相声表演中的最后一个节目，也称大轴。前一个节目称倒二，也称压轴。负责攒底的演员往往比负责倒二的演员地位更高，人气更旺。

妃之后，士兵们才罢休："那得了，我们接着干活吧。"保着皇上走。

有一段京韵大鼓叫《忆真妃》，又叫《剑阁闻铃》，唱的就是这段故事。皇上西行途中夜宿剑阁，窗外下着雨，风一刮，屋檐下的铃铛咣啷作响。皇上一个人坐在窗前，想国家大事，想杨贵妃，眼泪下来了，很凄凉！这首曲子词由清代曲作家韩小窗所写，原名叫《忆真妃》。所有的地方鼓曲都为这首曲子词和韵谱曲过，到京韵大鼓为它谱曲的时候，就把它改名为《剑阁闻铃》。我以前也在台上唱过一曲东北大鼓《忆真妃》，唱词就来自这首曲子词。

这首词写的就是这段天下大乱的历史。

天下大乱，最要命的就是家住在首都长安的这些人，皇上都跑了，何况这些人呢？迟早要沦为流民。

其中就有这么一户人家，预料到长安不能久待。这家的老爷子早年去世了，剩下哥儿俩。哥哥叫王臣，弟弟叫王宰，这俩名儿搁到一块儿叫"臣宰"。弟弟王宰跟着皇上一块儿奔往四川了，家里剩下哥哥、嫂子，还有老太太。他们家老爷子死了，老太太还在。

家里就凑在一块儿商量怎么办。毕竟今时不同往日了，想当年大唐盛世，八水长安城，繁花似锦，车水马龙。现在不行了，安禄山一造反，天下刀兵滚滚，尤其是长安城，肯定住不了了。住不了怎么办？

"咱们走，此处不可久留。"

有人问，那他弟弟呢？一家子这时也顾不上了弟弟，况且弟弟跟着皇上走了，应该还不至于有事儿。

"那咱们去哪儿呢？"

王臣两口子跟母亲商量：

"实在不行的话，咱们就江南避祸，往江南躲。"

为什么要躲到江南，而不躲到躲咸阳呢？因为躲到咸阳不管用！一站地能解决什么问题？

"咱们得逃得远远的，打陕西咱们奔江南。"

"成，那就走吧。"

走归走，可是家里趁这么些房、这么些地，怎么办？老太太舍不得！

各位，甭说他们，就咱们自己想一想。哪天打算搬家了，原来住的地方有一大堆金银财宝，搬家公司说装不下，这些得都扔了，您也会舍不得。哪怕扔下一幅漂亮字画，或者别的东西，您可能也老是惦记着，这是人之常情。

但到了这会儿，大祸临头，也就顾不过来了。儿子儿媳劝老太太："得了，这都是身外之物。咱也顾不过来了。"

老太太跟几家街坊朋友一聊天，人家说："我们不走。"

"您几位要是不走，能否受累给盯着点我们家的宅子？"

这几位咂摸咂摸嘴巴："这个玩意儿，反正能看着就尽量看着点儿。但是我们可说不准，万一贼兵来了，我们死了，谁还管得了你的地儿呀？"

"哎呀，得嘞得嘞！就这么一说，咱们争取，争取咱们都平平安安的。战乱平息，我们还回来。"

"那行嘞，您一路平安吧！"

王家一大家子带着金银细软，把能拿的能带的全都打包好了，打长安就出来了。

他们具体躲到哪儿了呢？躲到了杭州。杭州是好地方啊！这家人来到杭州一瞧，感觉居住环境相当不错，于是置办了一处房产。一家人就安顿下来，在杭州过起了安生日子，老太太悬着的一颗心也踏实下来了。而且这一家子在杭州的生活，也算富贵清闲。他家有钱哪，在杭州买的宅子也很大，虽然说不如长安的宅子，但是也很舒适宜人，丫鬟婆子们天天在老太太身边伺候着。

老太太是个念旧的人，没事儿呢，就让人扫听去："外面怎么样了？战乱平息了没有？"他们家里边有几个家丁、奴仆，其中有两个干活不错的贴身管家。一个叫王福，另一个叫王留。这两人天天地跟着王臣出来进去的，各处打听消息。

这天，他俩得着好消息了，报告给王臣：

"据说呀，安禄山被杀了，战乱平息了，没什么事儿了。皇上也准备回长安了，天下太平了。"

"嗬！那敢情好！"

王臣赶紧回家跟老太太说："娘啊，给您道喜！"

"怎么着，儿啊？"

"战乱平息了。"

"哎哟嗬！阿弥陀佛，太棒了！那样的话，你弟弟应该也快回来了！"

那年头也没有个微信、电话，老太太只能掰着指头硬算，自己一家人什么时候能团聚。

"是啊，但是我觉得，娘啊，咱们还是得搬回去。为什么呢？故土难离，亲戚朋友都在那儿，咱们在这儿呢，就是躲避一时。咱们最好还是能回去，您觉着呢？"

老太太说:"那还用说吗?你那舅舅、姨姨什么的都在长安,我这一出来,到了这个地方,我也听不懂他们说话,语言有限制。另外,我还老惦记着咱家的房产地业,当年你爸爸、你爷爷攒了好几辈儿,如今就扔那儿,我舍不得呀!你这样吧,儿子,你回去先看看去,看看长安的情况。如果真没事儿呢,来封信,我们归置归置就回去。"

"好好好!娘啊,这样吧,我把王留给您留下,让他照顾着家里边买东买西的。王福我带着,让他跟着我。我们呢,就回趟长安城。"

"行行行!"

一家人就商量好了,管家就替王臣归置东西,准备应用之物。一切都收拾好之后,王臣定了一个日子回长安,临走前给老太太磕个头:

"娘,有什么好消息我给您写信。见信后,您照信行事,我走了。"

"走吧,儿啊,注意安全!"

王臣多留了个心眼,虽然人人都传天下太平了,但是官军才收复失地,万一有的地儿不安全呢?路上兵荒马乱的,贸然上大路不太稳妥。赶巧他原来在部队里边做过小头目,有一身军官的行头。于是他把自己捯饬捯饬,背着弓、挎着箭,打扮成个军官,带着王福打杭州出来了。

二人坐船从杭州出来,下一站直奔扬州,到扬州之后便改走陆路,一进城门,满目繁华,主仆二人就在扬州住了一天。第二天收拾一番,接着赶路,走走逛逛,走了一天,也没走多远,到了一个地方,叫樊川。

其实至今还有这个地名,扬州市有个江都区,江都区下面有个镇子,就叫樊川镇。这个地方有个外号,叫"赛扬州"。过去有句闲话,说有钱有势的,就去四川;没钱没势的,就去樊川。这是过去当地人的说法,天下一乱,有钱有势的就奔四川去了——皇上都去了;没钱没势的,就去了樊川了。因为樊川也很繁华。你别看它是一个巴掌大点的镇子,它的繁华程度却不次于扬州,所以人送外号"赛扬州"。

他们就走到这儿了,一瞧这个地方,心说确实不错,再往前走了一段,天就擦黑了,此时大概是傍晚五点多。两人骑着马慢慢走在大道上,道两旁是树林,两人聊着天:

"也不知道长安怎么样了。"

"可不嘛!大爷,咱就盼着到了那儿一看,宅子里一切安好,咱家里外外的房产地业都没事儿。"

"是啊,盼着一切安好。到时候等咱们安顿一下,就把老太太接来。"

正说着，王臣随意往路边扫了一眼，一幅古怪的画面便入了他的眼帘，他当即变了脸色，轻呼一声：

"啊？"

惊讶之余，王臣就把马勒住了，向旁边的树林仔细望去。只见树下有一块大石头，石头上边坐着两只狐狸。这俩狐狸坐相就不简单，它俩像人似的端坐着。其中一只举着一本书，隔一会儿就拿手指沾点儿唾沫翻页，另一只狐狸，小脑袋紧紧凑在旁边，也看得津津有味。它俩不仅看，偶尔还停下来，连叫唤带比画地辩论几句，说的还是兽语，旁人也不知俩狐狸说的是什么。

王臣皱着眉看了它俩半天，心说："这俩能耐太大了！这是妖孽呀！"于是他从背后把弹弓摘了下来，打怀里掏出一弹丸来，睁一目眇一目，一撒手，弹丸"咻"地飞出去了。

其中一只狐狸侧对着他，弹丸射过来，"啪"地正好打在它一只眼睛上。狐狸"嗷唠"一声，抱着眼倒在地上，疼得直打滚。另一只吓一跳，再一瞧书掉地上了，就起身伸手够那本书去，刚要够到这本书，第二个弹丸来了，打在了它的腿上，这只狐狸也疼得满地翻滚。这俩狐狸"咕噜咕噜"翻腾了两下，一眨眼便没影了。

王臣摘镫下马，走到俩狐狸看书的地方，捡起这本书看了看，发现上边的字都非常奇怪，也像蝌蚪，也像花草，一个字也看不懂，不禁心生疑惑。于是他把书揣怀里边，又四下里看了看，俩狐狸没了踪影。

王福过来了："狐狸跑了，大爷。"

"哎，没打死。"王臣叹了口气，收起弹弓，"咱走吧。"

两人上马接着往前走，又走了一个多时辰，天就彻底黑下来了。道路间朦胧一片，主仆二人在漆黑的天幕下驱马疾行，走着走着，只见相隔不远处，黑暗中隐隐浮现着几盏人家的灯火。王福见状说：

"大爷，咱们得住店了，这再往前跑可没谱儿了。"

"是啊，你看前面亮着灯，是不是旅店哪？"

"像是，咱们过去吧？"

"哎。"两人放马到旅店门前，下了马之后，把马往门口一拴。

门一打开，伙计出来了："哟！二位爷，住店吗？"

"住店。"

"您是两位？"

"是。"

"哦，这位军爷，您里边请！"伙计看了他的穿着打扮，以为他是军营中的人，侧身把两人请进来了。

"门口的马你们给喂一下。"

"您放心，我们来。"

伙计找人替他们把马牵到后院，喂草喂水，让马也歇歇。主仆二人从前门进了旅店，往饭厅一坐。伙计问："您二位打算怎么住啊？"

"有没有干净的单间？我住一个。如果还有合适的房子呢，给我们的管家安排一个。不成的话呢，有几个人一屋的他也能住，反正我得住一单间。"

"没问题，您看看吧。"伙计把他引到后边看了看。

"就这间吧，干干净净的。"

"行嘞！您吃饭不吃？"

"吃。"

"哦，给您端屋来还是？"

"不。就上刚才你们那饭厅吃去。"

"哎，您请！"伙计带着王臣出来，又往那儿一坐。从格局上来看，这家旅店的外屋像是个客厅，摆了四五张桌子，住店的人都在这儿吃饭。王臣坐在桌前，旁边的门帘一动，从里屋走出来一个五十岁上下、留着胡子的老头儿。

"哟嚯！这么晚了来人了？"

伙计赶紧介绍说："这是我们掌柜的。"

"哦哦哦，掌柜的，买卖兴隆！"

"哎哟！托您的福，托您的福！"掌柜的正迷瞪着，吩咐伙计，"给沏茶去，沏茶去。"

"哎！"伙计跑去沏了壶茶，回来给两人倒卜茶水。

老掌柜的是个外场人，一屁股就坐在边上："军爷，打哪儿来啊？"

"打杭州来。"

"哦哦哦，听您这口音，可不像是杭州人哪。"

"我是京城的人。这不是安禄山造反嘛，我跟着老娘，跑到江南避祸。这是听说天下太平了，准备回京看一看。"

掌柜的恍然大悟，咳笑一声："是是是，我说怎么听您这口音不像呢。您有什么忌口的吗？"

"没有，荤的素的、凉的热的，让厨房准备几个菜，我们吃完了赶紧睡觉，明儿还得赶路呢。"

095

"哦哦哦，好好好，我让他们赶紧弄，多弄一点儿来，赶路的人不容易。"

一会儿的工夫，凉菜热菜，连带一壶酒，全被摆上了桌面。老掌柜的就在边上坐着，一边聊着天，一边把着酒壶给王臣倒酒，很客气。两人就有一搭无一搭地聊闲天。

大约过了一个钟头，"啪啪啪"，有人砸门。伙计过去开了门，打外边进来一人，这人是捂着眼睛进来的，嘴里还嘟哝：

"哎哟喂……这俩缺德狐狸！哎哟！"

这人要是说别的，王臣也就不往心里去了。一听他说这个，王臣就把筷子撂下了。没等他说话，老掌柜站起来了：

"这位客爷，您是？"

"我是住店的，还没吃饭呢，给我赶紧弄点酒、弄点肉。"

"您等会儿，您一个人吗？"

"啊，我一个人。"

"对不起您呢，一个人不能住。"

这人倒抽了一口气，嚷嚷道："我就奇了怪了，怎么一个人就不能住呢？"

掌柜的说："是，您呢，这天下还没太平。地方官说了，单身、面生者不得入住。我们也没办法，衙门口要是半夜来查，我们也说不清楚。您多费心，您往前再换一家。"

"哎呀！你们怎么……"这人指着掌柜的，结巴了半天，"我……哎呀！我跟你说，我要是没受伤，我不至于上你这儿来，知道吗？我这眼实在太疼了！就怪那俩缺德狐狸呀……"

这主儿正嚷嚷着，王臣站起来：

"掌柜的，没事儿，出门在外不容易，是不是？要是有问责的，您往我身上推。您看我这一身，我是郭令公麾前的兵丁。"

民间的老百姓都敬重令公郭子仪。掌柜的听说了立马一惊，差点跳起来："哎哟嚯！我没想到啊！军爷，您恕我眼拙！那这位客爷就……"

王臣拍着胸脯："衙门来了，就说他是跟我一道儿的，我替你留下他。"

"哎哎哎，那成那成。我有生意干吗不做？"掌柜的眼笑眉舒，弯下腰用力擦出一条板凳来，"来，这位爷，您坐。"

这人坐下了。

掌柜的端来一盏茶水："来，您喝口水吧。"

"哎哟！谢谢！"这人把茶杯接过来，喝了一口水。

王臣看看他："尊兄，您这眼睛怎么了？"

"哎！气死我了！"

"怎么回事儿，您说说吧？"

这人捂着眼，"哇啦哇啦"地开始诉苦："我呀，我也是闲的！刚才我骑着马走在路上，就看见路边草窠里有俩狐狸。那俩狐狸也不知道怎么着了，看着是受伤了，俩狐狸就在那儿打滚。我心说：'我也是占个便宜呗。'就下马过去逮狐狸。我也不知道怎么回事儿，没逮着它。这缺德狐狸还挺横！'腾'一下子，一脚蹬起块石头来，整砸在我眼睛上！到现在还疼！我都怕以后看不见了。"

"哦，这么回事儿呀，我说呢！来来来，您吃点吃点。"王臣听罢，给他夹了一大筷子菜，又回头张罗店家，"烫酒，烫酒！"

正值战乱初平，饭厅里冷冷清清的，就零星地坐着几个人，互相聊会儿天。酒过三巡，王臣和这人越聊越开心，就打开了话匣子：

"不瞒您说，您说的那俩狐狸呀，我先前就瞧见了。"

这人一听，下意识地摸了摸眼睛："您在哪儿瞧见的呀？"

王臣乐了，往腰间一比画："它俩站起来得有这么高，还是红毛的，是吧？"

"对，对对，我瞧得不是很清楚，反正差不多是这个色儿。您也看见了？"

"我瞧见这俩的时候，它俩正坐在石头上看书呢，我就掏出了弹丸打了它俩。有一只被打中了眼睛，另一只被打中了腿。这俩一骨碌就把那书扔在那儿了，我就把书捡起来了。我估计您看见的俩狐狸，跟我瞧见的，是一回事儿。"

这人睁着一只眼，斜斜地瞧着他："哎哟！这可真够瘆得慌的！怎么着，狐狸还能看书？他们瞧的什么书啊？"

"咳，我看了一遍，也没看懂。书上面那字不是字，画不是画的，也不知道写的是什么。"

"是吗？拿来我瞧瞧。"

"哎哎哎。"王臣把手伸进怀里边摸出那本书来，正要递过去，忽然后门开了。

一个胖小子打后门口进来了，这小孩是旅店掌柜的孙子。小孩没多大，四岁多的样子。胖小子推门进来，进来之后这孩子就愣住了，小胖手一指：

"哟！那儿坐一大狐狸！"

民间传说小孩的眼睛干净。胖小子指着的，正是捂着眼的那主儿：

"它是个大狐狸！"

话音刚落，旅店掌柜正在后厨忙活，抄着菜刀冲出来，高喝一声：

"哪儿呢？！"

掌柜的一吼，众人再顺着小孩手指的方向一瞧。只见这主儿往地上一骨碌，一转身变成一只大狐狸，撞开门往外就跑。

王臣目瞪口呆："哎哟！我的天哪！差点就被它就诳走了。"

他赶紧把书揣在怀里，站起来要往外追。推门一瞧，门口黢黑，狐狸毛都没有一根，心说："它有点儿太聪明了吧！这个书都落到我手里边了，它竟然跟了过来，想要回去。"

掌柜的说："没想到啊，店里居然来了一只狐狸精。得亏我们家孩子眼睛干净！"

"得嘞得嘞，接着吃饭吧。"

王臣回到店里接着吃饭，跟外屋的食客聊了会儿，吃得差不多了，伙计把盘子撤了下去。他也困了，起身走到后屋，打了点儿水洗洗脸、烫烫脚，浑身上下简单擦了擦，然后往床上一倒。毕竟赶了一天的路，一沾枕头就睡着了。

等到半夜将近十二点，王臣睡得正香，忽然听到有人敲后窗户。黑暗中，一阵轻呼从窗根下飘了进来，声音又无奈又苦闷：

"把书给我！把书给我！"

王臣就坐起来了："谁？"

"我。"

"你谁呀？"

"小胡。"

"哪个呀？哪个小胡呀？"

"就是那个小胡。"

"瘸腿的，还是一只眼的？"

狐狸急了："您怎么那么不会说话呢！我不跟您逗啊，把书给我们吧！"

"书在我这儿呢。"王臣胆子够大的，敢跟狐狸半夜聊天。

"我知道在您那儿，那也不是您的呀！"

王臣冷嘲热讽道："不是我的，就是你的了？你叫它，它答应吗？"

"您这就是抬杠了！也怨我们俩，我们不该逗能似的坐那儿看书。您身上神弓宝弹的，打伤了我们俩一只眼睛、一条腿，就得了呗。我们错了，您赶紧把书还我们，要是还了必有重谢，不然我们就跟您闹着玩。"

"滚蛋！我还怕你这个了？"王臣轻蔑一笑，取笑起窗外的两只狐狸来，"四岁半的孩子就把你看透了。"

狐狸"哎哟"一声，大叫："好害羞！好害羞！"

它俩确实是该害羞啊！费了那么大劲坐在店里，差一步就成功了。结果来一小胖子，喊了一句："大狐狸！"马上就现了原形。

狐狸气急败坏地叫了一阵"好害羞"之后，外面渐渐地就没声音了。王臣胆儿也大，从床上爬了起来，出门后绕着房前房后看了一遍，没发现什么异常，于是回了后屋继续睡觉。

这一觉就睡到了天亮。早上起来收拾东西，吃完了饭，给店家留下银子，主仆二人骑着马继续往长安走。

一路无书，这天就来到了八水长安城。

王臣再回到长安，心中很是感慨，这是自己的故土呀！阔别这么长时间了，终于又回来了。可是他一边瞧，一边心里难过，为什么呢？战后的长安处处都是废墟。他随便往什么地方一细瞧，就惊呼一声：

"哟！这儿塌了。"

"哟！这是着完火了，哎呀！"

他心说："我们家什么样儿还不知道呢。"于是紧加鞭，催动坐骑，不一会的工夫，来到自己老宅子，站在门前乐得鼻涕泡都快出来了——老宅子完好无缺，走的时候什么样，现在还是什么样，心说："这老天爷太棒咱们了！哎呀！"

他开心哪！这一叫，房前左近还出来几个街坊：

"哟嚯！王大爷回来了？"

"是是是，您各位都好啊？"

"好什么好啊，你瞧我们这日子过得，你瞧这房都塌了。前两天着了把火，邪了门儿了！就你们家没事儿。钥匙还在我们这儿呢，来吧，您开门吧。"

"哎哟嗬！谢谢！谢谢！钥匙还在您那儿存着呢？"

"可不嘛！来贼兵了，把我们家都抢了，单把钥匙扔下了，这把钥匙还是你们家的钥匙。"

王臣接过钥匙开了大门，进来一瞧，前庭后院，东厢西厢，走的时候什么样，现在依旧什么样，屋顶上连檐铃都没掉一只，心中大喜：

"这么说我们家没有遭遇兵火？"

"是啊，这也是您祖上积德了。"

"太棒了！好好！好好好！"王臣转身和王福商量，"咱们归置归置吧。"

主仆二人甲里外外把家里收拾了一遍，又看了看之前的田地、家里的买卖，几乎没有任何损坏。王臣心里又是一阵开心，大跨步走出大门，跟街坊聊了聊长安最近的状况。

街坊四邻说:"还行,还行。但是现在呢,皇上还没回来,我们也不知道具体什么情况。我们就听人念叨,说战乱差不多要平息了。您呢,可以再等一等。等到差不多的时候,再把老太太接来。"

"您说的是,我得在长安再待些日子,一方面是要把这个消息拿准了,另一方面是得等我弟弟的消息。"他弟弟就是前文所提的王宰,护着皇上奔四川了,到现在都没消息。基于此,王臣心里就下决定了:

"行吧,我再等几天吧,也跟之前的朋友打听一下,朝廷里边有没有什么动静。"

跟街坊聊完了,他就回家接着归置安顿。这天中午,吃完中午饭,王臣跟管家说:"我这些日子有点儿乏,我躺一会儿。王福,你照应着,要是有人串门来你告诉我一声。"

"哎,大爷,您躺会儿吧,我盯着。"

王臣回屋睡觉,没过二十分钟,王福进来了:

"大爷,您别睡了。"

"我这刚眯瞪着。"

"您起来吧。"

"怎么了?"

"来人了。"

"谁呀?"

"王留来了。"

王臣还以为自己的听错了,揉了揉耳朵:

"谁?谁?"

"王留。"

前文咱们提过,他们家有俩管家,一个叫王福,另一个就叫王留。王臣走的时候,不是让王留待在家里照顾老太太吗?这会儿王留居然来长安了。

"叫他进来。"

"哎。"王福站在门口招呼了一声,"快进来,快来快来。"

就听外边传来一阵脚步声,"噔噔噔噔"。王留进来,一进门就"咕噔"地跪下了。

王臣一抖搂手,坏了!

怎么回事儿呢?

王留披麻戴孝。

"咳呀！"王留匍匐在主人脚边痛哭，眼都哭肿了，"大爷，您节哀！"

"怎么啦？"

"老太太没了！"

"哎呀！"王臣一听，捶胸顿足，眼泪哗哗地流下来，"早知道我就不该出来！你起来，起来起来起来！"再把王留揪起来追问道：

"怎么回事儿啊？"

"您走了之后老太太就特别想您。老太太老说大儿子走了，二儿子又不在跟前，生死不知，特别后悔放您走。整天也不怎么吃饭，前些日子说有心火，吃了几服药也不见好，一天比一天难受。那天老太太写了封信，您看看吧。"

王臣说："我娘也不认识字儿啊。"

王留愣了一下，改口道："这是老太太请一位识字的街坊写的。"

王臣打开信看，一边看一边流眼泪。信上没写别的，全是老太太的心里话："我想你了儿子！你回来吧，早回来还能瞧见娘，晚回来娘就没了。"

王臣一边看，一边号啕大哭，眼泪哗哗的："后来呢？"

"写完这封信，转天老太太就没了。老太太临终前让我跟您说，说她后悔了，不该让您走。天下之大哪儿都能住，杭州也不错，让您赶紧把长安的家业全卖了。要是还有房就卖，要没有的话您就赶紧回来，杭州的家里还等您下葬呢。老太太说以后希望您就在杭州待着，再也别出来了。老太太自己就准备埋在那儿了，您看看？"

"好好！我也没想到能遇上这种事，哎呀！娘啊！"听完之后，王臣捶胸顿足，心里后悔，早知道自己就不该出来。依了老太太的遗言，他赶紧找牙人来：

"来了，怎么着大爷？什么事儿？"

"卖房！卖房、卖地，什么都不要了，全卖！"

因为他急着回杭州，放出的口风是给钱就卖。附近的几个街坊，连带着几房亲戚都过来劝他："别这么卖，这么卖就赔大发了！"

"我等不了，我得赶紧走，老太太还停在那儿呢！这些都是身外之物。"

简简单单，给钱就卖。连房产地业带商号买卖，他们家在长安城里的所有东西，一律贱价处理。最后只到手六分之一的钱，剩下的全都不要了。

把家产卖光之后，王臣把王留叫来："咱们回去吧，明天再待一天。我准备后天走，把剩下的零碎东西收拾齐了。"

"好嘞！"王留说，"要是这样的话，我就先走，回去给大伙送个信。您呢，比我晚一天走就行。"

"行,你走吧。我带着王福,我们隔一天再回去。"

"好嘞好嘞!"

让王留先走,他跟王福又多待了一天。一切都收拾妥当之后,王臣一跺脚,离开了长安。临走的时候,他流着眼泪,回头望一望城楼,心中万念俱灰,下定决心:"我再也不回来了,余生就待在杭州给老太太守灵,我死在那儿就完了。"他一想起老太太的死讯来就哭,一边哭,一边调转马头,领着王福往杭州去了。

话分两头,再说杭州那边的情况。

中午老太太吃完了饭,沏上茶坐在屋里正剔牙呢,儿媳妇在跟前伺候着。打外边进来一个人。谁进来了呢?王留进来了:

"您吃好了?"

老太太:"我吃好了,有什么事儿?"

"来人了。"

"谁来了?"

"王福来了。"

老太太奇怪道:"他怎么来了?"

"不知道,他风尘仆仆的,还瞎了一只眼。"

"叫他进来。"

"哎!"王留应下,转头朝门外吆喝一声,"进来吧!"

王福无精打采地打外边进来了,高肿着一只眼睛,一进来就"咕噔"地跪在地上:"老太太,给您请安了。"

老太太瞧他这副模样:"哟!你这是怎么了?"

"累的,风尘仆仆。"王福伸手捂着那只瞎眼,"而且我还从马上掉下来,把眼摔坏了。"

老太太慈悲,心疼地说:"哎呀!这孩子呀,你也不瞧着点儿!那你们大爷呢?"

"给您道喜!大爷要做官了!"

"哎哟!"老太太一听,拍着手大笑。

王臣的媳妇儿也开心:"怎么回事儿啊?"

"是,到了那儿之后呢,天下太平了,什么事儿都没有。咱们家的房产地业,所有的买卖,一丝一毫的损失都没有。而且呢,大爷还结交了一个好哥们儿。他的好哥们儿这回救驾有功，很得皇上的宠幸，他保举咱家大爷做官了。"

"然后呢？"

"大爷让我给您送个信儿，因为任期很紧，他说他没法过来接您了。大爷还说，让您赶紧把这儿的房产地业全卖了，什么都不要了，收拾收拾，赶紧奔长安去，这儿有封信您瞧瞧。"

老太太乐呵呵地接过来一看："我不识字儿啊。"

儿媳妇识字儿，接过来，边读边说："娘啊，王福说得没错！这不是写了吗？相公认识一个京中的王大人，还认识一个胡判官。这王大人，好像以前倒听相公念叨过，可这胡判官是……"

王福接过话来："可能是最近认识的。"

"哦。可能是。"老太人点点头，喜笑颜开，"咱们家也是做官的人家了，收拾收拾，把房子卖了，赶紧回长安吧。"

这家人干别的不灵，卖房倒是把好手！没过多久，下人把牙行的人叫来了。

"老太太，您要怎么着？"

"卖房！"老太太心里得意，没等别人问她，立马显摆上了，"我儿子做官啦！我们不在这儿待着了，我们落叶归根，水流千遭归大海，我们要回京城啦！"

这边也是给钱就卖。没有时间讨价还价，老太太心里都长草了，紧催着手下人："赶紧！赶紧，差不多就出手吧。"

简断截说，老太太一股脑儿地把房产地业全卖了，留了点儿细软。家里的丫鬟、老妈子、家丁等，也都得意洋洋的，出来进去都跟外人撒着大嘴：

"俺们大爷当官儿了！俺们不在你们这儿待着了，俺们要走啦！"

一家子收拾完了，马上雇船，坐船先奔扬州。老太太坐在船舱里，心里憧憬着重返长安老街的场面，一路上也没什么话。船儿迅速开到了扬州码头，船刚停稳，打岸上来了一个人，正是王臣。

王臣这会儿都要急死了！他打京中出来，一路日夜兼程，紧赶慢赶地终于来到了扬州码头。到了扬州就得雇船，转走水路才能回到杭州。他走了一道儿就哭了一道儿：

"哎呀！娘呀！"

王福在旁边不住地劝他："大爷，您别难过，到家再说。"

主仆两个好不容易到扬州了，王臣跟王福说："雇船去，赶紧去！雇船后咱们立马回家，一刻都别耽误。"

"好。"

"快去!"

"哎!"王福去了。

他就在码头附近溜达,等王福回来。码头上挤满了大小船只,王臣背着手在各船间徘徊,愁容满面:

"娘啊娘啊!你怎么就不等我呢?哪怕见儿子一面也是好的呀!"

正胡思乱想着,忽然听到旁边有动静,于是他随意瞥了一眼,两只眼睛登时直了,呆呆地盯着那边看了老半天。

怎么回事儿呢?

那边停了一艘船,船头站着几个人,有丫鬟,也有老妈子。他看了一眼,立马认出来了,心里疑惑:

"这些丫鬟、老妈子,原本是我们家的呀!怎么上这儿来了?"

转念一想,他又伤心地掉下了眼泪:"老太太没了,家道中落,肯定是家里用不起了,把她们卖了。这是卖给谁家了?"

再一看,他媳妇儿打船舱里边出来了。王臣大惊失色,暗想:"怎么她也被卖了?难道说,我媳妇儿是跟丫鬟们一块儿被卖的吗?"

王臣远远地瞧着自己媳妇儿,心里正难受着,却见船帘一动,一道年迈的身影走了出来,正是他那在杭州等着下葬的老娘!

老太太站在船头往下看热闹。原来是儿媳妇从舱里出来的时候,瞧着风景不错,就隔着船帘招呼婆婆:"娘,您出来吧,散散风。您瞧,可热闹呢!"

老太太就应声出来了。

王臣站在下面,痴痴地张着嘴,浑身一颤,反应过来:

"哎嘿!这茬儿不对嘿!不是说死了吗?"

于是他一撩衣摆,"噔噔噔"地迈着大步,直奔着那艘船去了。站在船前,他说不出话来,指着船叫唤了半天:

"嗨!嗨嗨嗨嗨嗨!"

船上的几个人一瞧,惊呼一声:"哎哟喂!妈呀!大爷!"

老太太立刻冲他招手:"儿子,快上来!上来!"

船上的艄公把跳板一放,王臣飞一样地蹿上船去,刚蹿上船,王留打旁边过来了:

"迎接大爷!"

话音刚落,王留立刻吃了一个嘴巴,只好捂着脸吃痛地问道:

"哎呀!怎么打人哪?大爷,您怎么打我?"

"你怎么送的信？你怎么送的信？"

王留本来就被打得脑瓜子嗡嗡乱响，被这么一问更懵了："啊？我送什么信了？"

"多结实！啊？多结实！"王臣指了指老娘硬朗的身板，怒目圆睁地瞪着王留，那意思是：你不是说我妈死了吗？

老太太瞧着不对劲儿，出声问道："儿啊，这是怎么了？"

王臣恨恨地跟老太太告状："哎呀！娘啊，这个禽兽他给我送信，他骗我说您已经没有了。"

"啊？什么信哪？"

"娘，您看！"王臣打怀里掏出来一封信，递了过去。

老太太打开一瞧，愣住了："白纸啊！"

说话间，老太太把信又递了回去，王臣接过来再看，果真是一封白纸，上面干干净净的，一个字都没有。

老太太："儿子，这是怎么回事儿啊。！"

王臣也是丈二和尚摸不着头脑："奇怪啊……哎，这怎么回事儿呢？"几个人正纳闷着，王福从码头上跑过来了：

"大爷，您怎么上船啦？"

"上来，上来，上来上来！"

王福还以为他家大爷上了别人的船，是因为有什么要紧事儿，也不敢耽搁，三下两下就跑上船去。他这一上来，瞧见了老太太，登时吓了一跳：

"嚯！"愣在那儿了。

老太太看他大眼珠子滴溜乱转，问道："你那眼好啦？"

"老太太，我，我我我怎么了？"

"你不是瞎了吗？"老太太伸手在眼睛上比画了一番。

"没有啊。"

老太太也奇了怪了："嘿，你来送信来的时候还那样了，怎么现在不那样了呢？"

王臣说："到底哪样了？"

"儿啊，你不是打发他送来一封信，说你当官儿了吗？要我们去长安。"

"娘，那个信呢？"

"来，拿信来！"老太太吩咐儿媳妇把信拿出来，递了过去。

王臣打开一瞧，雪白雪白的，一个字也没有。

"这这这，这是怎么回事？"老太太如坠雾里，"儿啊，你不是当官了吗？"

"我没当官哪！"

"那你怎么回来了？"

"王留送信说您没了，我就赶紧回来了。您还让我把家里的房产地业都卖了，我几乎就送人家了。卖完房子我就赶回来了。"王臣解释一通，又问，"娘，您这是干吗去？"

"你来信说你当官儿了，让我找你去，还让我把房子卖了，我也几乎都送人家了。"

这对娘儿俩真是败家呀！

"那咱们现在怎么办呢？"

"是啊，咱们去哪儿啊？"老太太说，"我听你的，儿子，你说哪儿是家？"

"哪儿也不是家了呀，咱们家都卖了呀。要不先回杭州吧？杭州还近一点儿，"

"那回去吧，咱回杭州吧。"

来的时候，这船上的家奴、院工一个个都昂首挺胸。船往回一开，一个个都缩着脖子。这一大家子的心气儿都没了，坐着船愁眉苦脸地回到了杭州。

回来之后，下人们把细软之物从船上卸下来。一家人扛着包袱，站在茫茫人海中举目四望，也不知能投身何处。身上也没有余钱，只能先租个房子来住。王臣听说就在他们原来住的地方，对门有一户房子要出租。于是到那儿跟人谈好房租，搬了进去，这才把一家老小重新安顿好了。

街坊邻居八百年也没遇到过这等事，但凡聊起他们家来，就"噗嗤"地笑一声：

"这家太有钱了，把房子卖了租对门。"

"咱也不知道有钱人的日子是怎么个过法。"

"咱也不知道，咱也不敢问哪。"

不管外人怎么说风凉话，一家人落脚的地方总算是安顿好了。下人们就忙活着里外洒扫，起火做饭，不在话下。

转过天来，中午全家人坐在一块儿吃饭。谁也吃不下去这口饭，因为家业都卖光了，现在要什么没什么，房子还是租来的。老太太也唉声叹气，只吃了半碗饭就把碗撂下了。儿子、儿媳妇对视一眼：

"娘，您别着急啊！家业没了不要紧，这都不叫事儿。"

"那倒是不叫事儿，这要不叫事儿，还有什么叫事儿的？你说呢，儿子？"老太太闷闷不乐，又叹了口气，"唉，我现在呀，其实别的不在乎，我就想着你弟弟。房产、地业，那些是身外之物。但是你弟弟是咱们家的骨肉，他要是能回来，家里散多少银子我都高兴。"正说着呢，王福、王留进来了：

"老太太，给您道喜！"

"啊？又要当官儿了？"

"不是，二爷回府。"

老太太一听，喜出望外："哎哟喂！真是'想吃冰，下雹子'呀！我二儿子回来了，快让他进来，快让他进来！"

"哎。"两人出去迎接二爷。

没一会儿，就听见外边的一串脚步声。

"噔噔噔……"

他们家二爷打外边进来了。嗬！小伙子长得孔武有力，双目炯炯，一团尚武的精神，一副武官的模样，迈过门槛一进屋，撩衣裳就跪在母亲膝前：

"娘啊！儿子我回来了！"

二爷拜完母亲起来，又见过大哥、嫂子。

老太太两眼红通通的，拿手绢擦着眼泪："儿子，你可回来了！我没想到啊，我还真怕你在外头出事儿，一直也不敢跟人打听你。你回来我就高兴了！这一路上怎么样啊？"

二爷摆摆手："娘啊，我还算行吧。天下太平了。万岁爷挺高兴，封我一个剑南节度使。我心里惦记着您，就赶紧回来看看。咱们其实可以回京城了，娘，您看咱什么时候回去？"

老太太看看大儿子："回不去了，你哥把房都卖了。"

"啊？哥，你怎么把咱们家房卖了？"

王臣点点头："这不算什么，咱娘把杭州的房也卖了。"

"哎呀！哥哥、娘，你们这是玩儿的是哪一出？"

"兄弟，咱们关起门来说自家事。跟外人我也没法说，太寒碜了！我们让狐狸给玩儿了！"

"怎么回事儿啊？"

"咳！"王臣就从樊川镇路边打狐狸开始说，把整件事的来龙去脉全跟弟弟说了一遍，"这狐狸两边做扣儿，而且弄得非常成功，现如今咱们家只能租房住。但是不幸中的万幸，兄弟你回来了！"

"哎呀！哥哥，你怎么那么糊涂呢？你说它俩看书，它碍着你什么事儿了，是不是？话又说回来了，它都变成人样儿找你了，你给它就完了呗。后半夜敲窗户，客客气气的，你至于跟人家那样说话吗，是不是？又不是什么值钱的玩意儿，难道说你留着它有什么用吗？"

"兄弟，我真的后悔了！确实是没用，那本书我瞧了，我一个字我都不认识。"王臣说着，便从怀里掏出了书。

他兄弟一把接过去，脸色一变，大叫道："我认识！"

说着，他一转身，"呜"地化出一阵狂风，迷住了众人双眼。王臣再睁眼，他那"兄弟"早没了身影。

王臣哭丧着脸，奔了出去："哎呀！我什么都没有了，就剩一本书了。小胡，你给我回来！"

他追到门口，耳边听见街上行人惊叫："哎？刚是什么东西跑过去了？"

于是他沿着街，一边问一边追，追到一个岔口，岔口处站着一个老道，老道正在遮着脸冲盹儿呢。

王臣问："老道，你瞧见有什么东西刚刚跑过去了吗？"

老道打着哈欠，随手一指："在那边，那边。"

"哦哦哦！"王臣听了老道的话，"唰"地一转身，闷头就要钻进一条死胡同。

这老道把手放下，亮出了仅剩的一只眼。瞧见王臣累得不行了，老道乐了："别追了，它在你后头呢。"

王臣一回头，只见身后卷起两股风，俩狐狸在风里边若隐若现，勾着狐眼一笑，扭身就跑了。

"哎呀！岂有此理呀！"王臣气得直瞪眼，正着急呢，就听身后有人喊他："兄长，兄长！"

一回头，眼前站着他的兄弟王宰，他一伸手，"嘭"，把来人的前襟薅住了："妖孽！你还不现原形？"

这主儿傻眼了："啊？谁是妖孽呀？我是你弟弟呀！"

王臣哪里信他，揪着他不放："这回可逮着你了，再变一个给我看看。"

他弟弟皱着眉为难道："哥哥，我不会变。"

王臣从头到脚摸了他半天，感觉不像是妖孽化的假象，还真是他亲弟弟回来了！

"哎呀！你是肉的呀！"

"我可不是肉的吗？哥哥，您怎么了？"

"行了行了，咱上屋说吧，省得街坊听见。"他边说，边领着弟弟进了家门，"娘啊，又来一个弟弟。刚才那个不是真的，这回是真的。"

老太太试探道:"你是真的吗?"

"娘啊,我是真的呀!我不是跟着皇上去了四川吗?阵前得胜,皇上封我剑南节度使。"

老太太夸许道:"这回是真的了!行了行了,不幸中的万幸,我二儿子当了官了!儿啊,你怎么回来了?"

"我接了封信,说您没了,说我哥哥也没了,让我赶紧回来料理。信还在这儿呢。"二儿子从怀里掏出信,打开看却是一张白纸,"奇了,明明是封信呀。是两人给我送的信,其中一个瞎了一只眼,另一个腿有问题,他俩一块儿给我送的信哪。"

老太太摆摆手:"咳,你上了狐狸的当了!行了行了,回来就行了。不管怎么说你做了官了,娘心里踏实。"

"哎呀!娘啊,他们俩跟我一说,我挺着急的。临出来的时候,我就把官儿给辞了!"

六 救人救己

刚刚驾到

种恶因害人害己 行好事莫问前程

> 天为罗盖地为毯，日月星辰伴我眠。什么人撒下名利网，富贵贫困不一般。也有骑马与坐轿，也有推车把担儿担。骑马坐轿修来的福，推车担担儿命该然。骏马驮着痴呆汉，美妇人常伴拙夫眠。八十老翁门前站，三岁顽童染黄泉。不是老天不睁眼，善恶到头这报应循环。

过去有句老话："一文钱憋倒英雄汉。"

我打小在天津长大，打小我就知道有这么句话。因为天津人交口相传，这句话里边有一个故事。因为当初天津的城市建设是按照河流走的，所以民间有句俗话："九河下梢天津卫，三道浮桥两道关。"天津的河道纵横交错，但不是每条河上都有桥。人要是想过河怎么办呢？就坐摆渡，所谓的摆渡就是一条小船，这条小船在河两岸来回拉客。坐一次摆渡需要多少钱呢？不多，只要一文钱。

据说有一次，河边有一位老大爷划着条小船拉客人过河。岸边好多人上船，船划过去后，老大爷张开口袋，吆喝大伙儿："交钱吧。"

大家伙儿你一文钱我一文钱，挨个儿把钱子儿投进了口袋，唯独有一位站在原地不动弹。

老大爷说："你都过了河了，拿钱来呀！"

这主儿"咣当"一下子，就躺在船上了。

老大爷就纳闷："你怎么回事啊？到地儿了，不下船，你怎么躺下了呢？"

这主乐了："大爷，我跟您说实话，我兜里没钱！"

老头儿说："我也没收你多少钱啊，一文钱！"

"啊对，一文钱也没有。"

老大爷说:"船家不打过河钱[1]。你连一文钱都没有吗？"

这主儿笑嘻嘻地说:"大爷，不骗您，一文钱都没有。"

"那你躺在我这儿是什么意思？"

"我就是想告诉您，一文钱憋倒英雄汉。"这主儿能说会道的，张嘴就是顺口溜儿，把划船的大爷都逗乐了。"咣当"一声，大爷也躺下了。这主儿躺在地上，侧着头问大爷:

"您干吗？您怎么也躺下了？"

老头说:"对啊，我这叫'有理讲倒人[2]'。"

岸边好几个人都看着，大伙都乐了。

"大爷您快过来吧，起来吧，我们替他给这一文钱。"

大爷也笑了，起来摆摆手说:"无所谓，就是跟他逗个乐子。"

一文钱憋倒英雄汉，就这么句话，在天津卫留了一个小笑话，一直传到了现在。

咱们这一篇要讲的这个小故事，也跟花钱有关系。故事虽然简单，但是可能您听完之后，多多少少也会有些触动。

闲话少说，书归正传。这篇给您讲的这个故事叫《救人救己》。一般来说，讲故事首先需要跟读者观众交代一句，咱们的故事发生在什么时代，但这篇要讲的这个故事，没有准确的时间，也没有准确的地点，就有点像《聊斋》。这个故事，咱们就姑妄言之，姑妄听之。因为不值当说书先生费心想个朝代和地名。您记住了，您听的就是个故事。

说时间是在古代，有这么一个地方，这个地方的老百姓不容易。为什么呢？因为县太爷没个正形。

地方官也叫父母官，为什么管地方官叫"父母官"呢？地方官是民之父母，大老爷往堂上一坐，成千上万的子民在他的治下，他得拿出疼儿女的心来，才能把老百姓治理好。老百姓都拿为官者当亲人，当父母。所以过去一上堂，百姓一见了官，都习惯地一喊:"哎呀，老父母啊，父母太爷啊！"

---

[1] 船家不打过河钱：谚语，意思是指船家不在渡河后主动向客人收船费，而船客应该在上船后主动向船家付清船费。多用于表示船家不接受赊账。

[2] 有理讲倒人：意思是有道理就能把别人说得倒下去。老大爷这里为了和乘船者相互逗笑，故意混淆宾语，自己倒在船上。

但是在这个地方，当地的县官却是德不配位。他上任的时候带着两样东西，一只手拿着一个搂钱的耙子，另一只手拿着一个装钱的匣子，打家里一出来，就是憋着发财来的，他是拿做官当买卖干。自从他来到了这个地方，老百姓算是倒了霉了，后来百姓给他写了块匾，四个大字：

"天高三尺。"

其实这是一个整句，意思是：他一来，老天爷都高了三尺。天怎么能再高三尺呢？天是不能再高的，但是他挖地皮，挖下去三尺，天就高了三尺了。

他瞧不出来，还挺高兴："好好好，这是百姓对我的赞美。"就把这块匾挂在了大堂上。

别处的地方官审案子时，桌案上飞签[1]、火票[2]、公文、笔、墨、纸、砚等一应俱全，他每天往堂上一坐，没别的事，先往桌子上摆天平、戥（děng）子[3]、算盘，净是这些收钱用的物什。老百姓一打官司，他就得已[4]了。原告有钱就把被告打，被告有钱就打原告，若是两家都有钱，给他们断上一个两平交，若是两家都没钱，四十大板下监牢，绝不再问第二遭。

老百姓摊上这个官，就要了命了。而且一天到晚，他有无数个要钱的主意，横征暴敛，逼着当地每家人都出钱，不出钱，就把人家家里的人抓起来。他就是这么一个官。

衙役们也是照方抓药。因为他天天在众衙役背后催着要钱，谁敢不从，就不让这人待下去了。所以衙役们没事就出去"跑外勤"，一家一家地叩门：

"你们家该交钱了。"

老是这出儿，当地的人家能跑的就跑了，跑不了的呢，就跟着认头[5]，反正这个地方被他弄得那叫一个生灵涂炭。

这个地方住着一户人家，一家三口，小两口带着一个孩子。孩子是个小男孩，刚一岁半，一家三口，家里穷得快不行了。

为什么呢？县太爷三天两头地派人来要钱，出各种的主意，逼人交那些苛捐

---

[1] 飞签：旧时官府派差役捕人所发的凭证。
[2] 火票：旧时官府传递紧急文书的凭证。
[3] 戥子：一种小秤，用来称贵重物品，如金银药品。
[4] 得已：心里得劲儿。
[5] 认头：不情愿地勉强承受；认吃亏。

杂税，不交不行。这些日子又该交钱了，也不知道县太爷出的是什么主意，最后算下来他们家应该再交一两银子。

两口子坐在屋里边发愁："上哪儿找这一两银子去？"

他们家真是家徒四壁，除了两间破房什么都没有，两口子坐在屋里边唉声叹气，孩子饿得哇哇大哭，厨房里还剩一点儿白面，打成了酱子给孩子吃。喂完了孩子，小两口儿继续坐在屋里边难受。就这会儿工夫，"咣咣咣"，有人砸门，丈夫开门一瞧，门口站着两个衙役。

"哎哟，二位老总，您来了。"

"可不是？"衙役瞥了一眼他菜色的脸，抬腿要进屋子，"上屋说去，上屋说去。"

"您快进来吧。"这家的丈夫闪过身，让出一条道来，衙役们就挤进来了。

"那个，您二位来有什么贵干呢？"

"别废话，什么叫贵干呢？不贵，你心里有数吧？"

这丈夫鹌鹑一样，觑着他："您说，我们怎么着了？"

"该交钱啦！那天不是跟你说了吗？该交一两银子了。"

"二位头儿啊，是，您是说要交一两银子。"这丈夫为难得快要哭出来了，"没有！"

"啊？没有？"衙役瞪他。

"真没有……"

"那你伸手！"

这丈夫没听懂，奇怪地问："伸手干吗呀？"

"伸手摸摸你的脑袋还有没有？"

"哎呀，二位爷，家里实在是穷得不行了，你看就是我们两口子带个孩子。"

衙役清了清嗓子："咱们这么说吧，你呀，跟我们走一趟。因为我们也是上命所差，概不由己。县太爷吩咐下来了，我们说了不算。你说没有，我也能体谅你，没有就没有吧，但到了老爷跟前，我怎么说啊？我说：'老爷他没有。'老爷就得要了我的命！你跟我们走一趟，好不好？真到了衙门口，县太爷愿意饶过你，说：'这个不要了。'你就回来，好不好？"

这丈夫怯怯地后退一步："二位老总，您宽限几天吧！"

"废话，我宽限什么宽限？又不是我管你要钱！跟我走，跟我走，快！"

俩衙役"哗楞嘎啷"地拿起锁链子，把这丈夫就锁上了，连推带赶地把他弄出了家门："走走走！"

他媳妇儿抱着孩子在屋里低声哭，也不敢管，也管不了啊！

衙役就把人带到了县衙门口，到地方一看，好家伙，县衙门口人山人海，都是衙役带来的穷苦百姓，都在门前等着。

县太爷戴上乌纱帽，两边的衙役两手拿水火棍[1]敲着地面，齐喊："威——武——"

升了堂，县太爷就挨个儿地问："有钱没有啊？"

"回大老爷，没钱。"

"那好，重打四十大板！"

把人摁在堂下，乒乓五四一顿乱打，打了一个又一个，衙役们累得都不行了，直到把前文的那位男主人公给带上来了。

堂上的衙役朝他一瞪眼珠子："过来过来过来，见过县太爷。"

这人跪在下面，冲堂上苦叫一声："大老爷！"

县太爷正闭目养神着，眼皮子都不抬一下："怎么样啊？"

"大老爷，我也想办法了，但是实在是没有钱。"

"嚄！你说这事闹的啊！来，打四十大板！"

一听说要打四十大板，旁边的衙役跪下了：

"大老爷，打二十行不行？"

县太爷撩起眼皮："你怎么还给他讲情啊？你们认识吗？"

"不是，实在是太累了！今天净打人了，我们嫌累。"

"行吧，要是累的话先给他存着吧，今儿先甭打他了，把他先押起来，明儿再说，也让他家里人想想办法，带下去！"

"唉！"

"哗楞嘎嘣"一阵响，衙役们拿锁链子把这人牵去了大牢，把他先押在了监中。

身后的大堂上，躺满了被一通好打的穷苦老百姓，哭声一片。

隔着好几条街，这主儿家里边也飘出了哭声，家里就剩下媳妇儿了，抱着孩子，娘儿俩孤零零的。这可怎么办呢？丈夫当天没回来，媳妇儿就知道了，丈夫让县太爷留下了，心说："无论如何我得看看他去，让他出个主意，不然我们往

---

[1] 水火棍：旧时衙门里面警戒杀威的棍棒，长约齐眉，底端有一胫之长为红色，其余部分为黑色，据说府州衙门使用的水火棍底端包有扁铁（但未及证实），水火棍即取不容私情之意。

后的日子怎么办呢？"转过天来，把孩子喂饱了，托付给门口的邻居王奶奶：

"您给看着点儿，我上衙门口看看他爸爸去，看看到底怎么回事儿。"

"欸，你去吧，把孩子交给我，我给瞧着。"

这家的媳妇儿打家出来，直奔监狱，来到这儿，往里一瞧，不敢进去，出来个禁卒：

"干吗呀？坐监可没地方了啊！"

坐监都没有地方了，就说明监狱里边都满了。

媳妇儿一副畏手畏脚的模样："那个……大叔，我不是坐监的，我是来探监的。"

"哦，探监的。"禁卒扫了她一眼，"哎呀，探谁啊？让他好好儿地跟这儿待着呗，你瞧他干吗呀？"

这媳妇儿掩面哭诉："我得看看我丈夫，因为大老爷说让我们再交一两银子，我们家实在是没有了，昨天他来了衙门，来了就被大老爷留下没回家，我想找一找他，我们两人商量商量，看看家里能不能再拆兑[1]些什么。"

"哦，那行，就让你们两口子合计合计。"禁卒点点头，冷眼瞧着她，"钱这个玩意儿，生不带来死不带去，留在身边有什么意义？赶紧去拆兑拆兑，把他接回家好好儿地过日子，你跟我进来吧。"

禁卒把她带进来，一路上问清了她丈夫姓什么、叫什么、多大岁数，一直把这媳妇儿领到牢里边。媳妇儿四下里一瞧，浑身一颤，只见一排排的全是关人的大笼子。

"就在那里边，靠角的那个是你丈夫，过去说话去吧。"

媳妇儿也进不去，就蹲在外边，隔着笼子左右探看丈夫：

"你……你怎么样了？"

媳妇儿眼泪哗哗的，她那丈夫在角落里窝着，听有人喊他，一回头，居然是自己的媳妇儿。他"哎哟"喊了一声，连滚带爬地就过来了：

"你怎么来了？你来孩子怎么办呢？"

"孩子让邻居奶奶给看着。他们打你了吗？"媳妇儿仔仔细细地看了一遍丈夫。

"没有，还没来得及打我，衙役们都累了，打别人打得太累了，到我这儿，他们说歇一歇，但是我估计这两天是躲不开了。"

---

[1] 拆兑：指为应急而临时借用钱、物。

媳妇儿一把鼻涕一把泪地哭着："哎哟喂！这可怎么弄啊，老天爷呀，不给穷人一条活路！你说咱们怎么办呢？"

"唉！"这丈夫叹了口气，"我刚才就在想这事儿。你要来就来了，你要不来就不来了。因为我这回可能够呛，我听他们说了，如果拿不来钱的话，再过两三天，我就得进站笼。"

站笼，是过去体罚犯人的一种笼子，有一人多高，人在里边站着，但是脖子是在外边探着。犯人刚进去的时候，脚底下会给垫几块砖，所以刚开始站着还挺舒服的。但是站笼的残酷之处就体现在这儿，人进去之后，禁卒就从他脚底下撤砖，犯人就得往起踮脚，一直踮着脚就难受死了，所以进了站笼，到最后站也能把人站死。这是一种很残酷的刑罚。

"我跟牢里的这几个哥们儿都问了，那几个禁卒大哥也跟我聊了。人家说，像我这样的，两三天之后，估计大老爷就得让我进站笼，我要是一进站笼，就算完了，没有人能从站笼里活着出来。我还想，你要是能来看看我，咱们就见最后一面，你要是不来，你就好好儿地把孩子养大。我也没有别的想法，以后你多照顾自己吧，我就算是完了。"

听丈夫一说，媳妇儿哭得都不行了："哎哟，我一个妇道人家，我没有主见啊！我就指着你了，你要是没了，我们娘俩还怎么活呀？你还有主意没有！你要是有主意，你跟我说一声，我赶紧去想办法，咱们凑够这一两银子，我就能把你救出来！"

她丈夫哀叹一声，摇着头："妻呀妻，咱家还能有什么主意呀？咱家就那两间破房子。而且现在这个年头，咱们卖给谁去，是吧？家里值点钱的，也都卖得差不多，朋友、亲戚也都借遍了。现在咱们还欠着别人钱。但是，如果说非要想主意的话，其实倒还是有个主意，可是我觉得未必能行。"

媳妇儿都快急死了，一把揪着他的衣袖，催道："你说，无论你说什么主意，我都去办，我一定把这事儿给办到了，你出主意吧。"

丈夫拿眼一瞧自己这媳妇儿："家里的，如果你真想帮我的话，你上你爸你妈那儿去一趟，上我岳父岳母那儿，你找着他们。"

媳妇儿却沉默了半天，嗫嚅道："我不能去，我爸我妈那儿日子也不富裕。"

"我知道他们也不富，这是没有辙的辙，我也实在没办法了。因为我一直胡思乱想的，在想这个事儿。我记得你爸你妈那儿，还养着一口老母猪呢。你去找他们二老把那猪借出来，借出来把猪卖了，那口猪挺肥也挺大的，我觉得差不多能卖个一两银子。你要是能把它卖了，咱们家有我在，万事就都好办了。以后咱们再想办法买猪，还给你父母。反正这也是个没辙的辙，它也不叫个办法，你觉得要是行，你就去一趟，要是不行的话，你也不用再上这儿来了。等过几天，就有人给你送信，你上站笼那儿接我的死尸就得了。"

听丈夫这么说，媳妇儿的心头难受得仿佛有蚂蚁在啃："哎哟！我的夫啊，这千难万难这就难死了我啊，行，我回去琢磨琢磨吧。"

打牢里出来，这媳妇儿先回家看看孩子，看孩子哭没哭，闹没闹，哄了哄孩子，心里反复地想这个事，一咬牙："没办法，得了，还是得去我父母那儿一趟。"

媳妇儿就披上衣服出门了。

两家离得也不远，拐弯抹角，一会工夫就到她爹妈家里了。一进门，她爹她妈都在。老太太很善良，拉着闺女的手问长问短：

"哟，闺女你来了，快坐下快坐下，吃饭了没有啊？"

老头儿一看闺女来了，立马觉察出不对劲儿，问："你干吗来了闺女？"

这媳妇儿也不敢拿正眼瞧她爹，低着头说："爹，我看看您来，看看您好不好。"

老头儿冷着脸，坐在炕上往后一倚："看看吧，挺好吧。"

这媳妇儿擦了擦眼角："哦哦，好，您挺好我就放心了。"

"行，那你回去吧。走吧，想看看我这也看见了，问我怎么样，我说挺好，你回去吧。"

老太太过来了，戳着老头儿的后脊梁骂道：

"你个缺德老鬼，闺女好容易回来一趟，你这是干吗？"

接着招呼闺女坐下：

"儿啊，别听他的，快坐那儿，坐那儿。"

这媳妇儿坐在一边，她妈给她倒了杯水：

"喝口水，家里怎么样啊？"

这媳妇儿一听母亲问话，半天才为难地说："家里不好，我也是没辙了，我上您这儿来。"

老头儿坐在旁边，脸上变颜变色的："我就知道啊，她不能白来呀。说吧，你打算干吗呀？"

"爹娘，您女婿让衙门口弄走了，人家说了，这两三天恐怕要进站笼，所以说我也是实在没有办法了，他要是一死呀，我跟孩子也活不了！"

老太太的眼眶登时就湿了："你可别说这话呀，闺女，你是妈的心头肉，哪能不活着呀？那什么，你说吧，他上了衙门口，怎么能弄出来？"

这老头儿在旁边就拦着："你扫听这个干吗呀？跟你有什么关系呀？"

"你怎么这样！"老太太一把推开他，回头继续问闺女，"孩子你说说，怎么回事啊？"

"妈，这不是衙门口让我们交钱吗？我们还差一两银子，到现在是死活凑不上这一两银子了。"

老头儿听得直冷笑，插进来，打断这娘儿俩的谈话："闺女，你进门就应该早说，你不用说什么'看您来啦'，什么'想爹了'，那都没用！不就是来要这一两银子吗？"

"是啊。"这媳妇儿点点头。

"我也没有！这回踏实了吧？行了，往家走吧！爹就是个痛快人，没有，快走，走！"

老太太过来了，给了老头儿两下："你个缺德的老鬼，这是咱的亲闺女！哎呀，儿啊，这是没有办法的事，咱们家也交钱了，现在再给你拆兑一两银子，是不容易，也别怪你爹这么急赤白脸的，咱家也没钱，咱们再想想别的办法吧。"

"娘啊，我知道咱家没有钱，所以说我是想找您拆兑点别的。"

"哦哦，闺女，你说吧。"老太太恍然大悟，前后左右指着屋里，"就咱这屋里边，你看有什么是你能用得上的，你就说，为娘一定帮你。"

"娘啊，我找您借一样东西。"

老太太点点头："什么？快说！"

"咱家不是还有一头老母猪吗？我想找您借这个猪。"

话音刚落，老头儿又靠过来了，盯着闺女："哦，好好好，借猪来的是吧？多怎还哪？"

"等以后有钱了再还呗。"

"你这不叫借，你这是要，知道吗？"

"爹，你这不是救命的猪吗？那您说怎么办？"

"救命？这猪就是我的命，知道吗！这猪走了，我的命就没了。"

老太太推开他："你少说两句吧！你个老家伙，你跟你闺女怎么跟仇人似的！"

"这死老婆子，我说这话，怎么就是仇人了？我说的是实话！咱两人要什么没什么，也没个儿子，就这一个闺女，嫁的姑爷也指不上，他比咱还穷，咱老两口子就养了这么一个猪，这个年头咱没别的辙呀，这猪就是咱俩活命的钱。是不是？她说借，她弄走了，咱们怎么办？她还不了啊！"

老太太的眼泪下来了："咳，什么还不还的？自个儿的闺女，我哪能不管呢！闺女，把猪轰走吧，没事，先把姑爷救出来要紧。别的不要紧的，等你们有辙了再说吧，别让你爹回来说嘴。"

老头儿的眼珠子都快掉下来了："不行，我舍不得呀！那是我的命根子！"

这媳妇儿"咕噔"跪下来："爹呀，咱们得救人哪！您就发发慈悲吧。"

闺女跪在跟前直哭，老太太也站在旁边劝着，老头儿嘬了半天牙花子："哎呀，哎呀！这不是要了命了吗？闺女，别动那个猪，你把我带走，你看能不能卖一两银子？"

"爹，您说这叫什么话呀？谁买您呀！"

老太太说："是啊，你没有那个猪值钱！闺女，轰猪走，轰猪走，有什么事回头再说。"

这媳妇儿跑到院子里去轰猪，老头儿要跟上去拦着。老太太就在后面拉着他，冲院子里喊：

"闺女快走，你弄那个猪走，我拦着这个猪。"

老头儿气红了眼，回头嚷嚷："你这叫什么话？"

"我拦着你爸爸，你弄那猪。"

这媳妇儿擦擦眼泪："爹娘，您放心，等有辙了，我们就赶紧把钱给您送回来，咱们还买猪。"说完转身就出去了。

老头儿在院子里闹，老人人连哄带劝把他劝回了屋里。这媳妇儿打爹娘的猪圈里边就把猪轰出来了，拿一支小棍赶着猪往家走，心里边稍微踏实了一下。因为她爹妈把这口老母猪喂得是真好！您各位想啊，老头儿有时候自个儿还舍不得吃，把饭都拨到猪槽里给它吃，平时还老给它打个猪草，弄个加餐，这猪得有好几百斤沉。这要是卖给猪贩子，还真能值点钱。

她一边走，一边心里就踏实了，心说："我得找一个给钱多一点的猪贩子，这下行了，这下我丈夫算是有救了。"

这媳妇儿到家之后，先把猪圈好了。早先小两口家有一个猪圈，之后为了填补税钱，两人陆陆续续地把猪都卖了，但猪圈还在。她把猪轰进去，给猪圈的栅栏门上落了锁。接着赶紧跑回屋里看孩子，谢过邻居奶奶，再给孩子喂点水，哄他睡觉。

媳妇儿怀里抱着熟睡的孩子，心里全是这个事："我得卖猪，这个猪还不能卖便宜了，我们现在等着这猪救命呢。"

她想这个事儿想得心乱如麻，从屋里出来了，站在门口又开始发愁："现如今也没有什么猪贩子来，我上哪儿找他去呢？"

她这厢正琢磨着呢，打远处来了一个人。这人的个头儿将近一米九，是个大高个，一张黢黑的脸。奇的是，这人脸上本来就黑，其中半拉脸上还长了块胎记，清虚虚的，别人整个儿看过去，他那张脸哪，黑得都不行了。

这人走到跟前，上下打量着门口的这媳妇儿：

"这大嫂子。"

"这大哥。"

"吓您一跳是吧？我这脸黑了点，您别害怕。"这人虽然长得凶点，但一聊起天来，倒是有趣善谈，"本来我这脸就黑，还多了一块记，您看我这脸上，也不知道怎么回事，爹娘硬把我生成了这副模样。这块记要是长在肩膀上或后背上，也就不叫事儿了。非长在脸上！您瞧这事儿闹的，他们都管我叫'大老黑'。"

"这位黑大哥……"

"您别客气，我跟您打听点事儿成不？"

"您说。"

"我是个猪贩子。你们这个村，我还是头回来，您知道附近有谁家要卖猪吗？您说一声，我打算收点儿猪走。"

哎哟喂！这媳妇儿喜出望外："好好好！想吃冰，下雹子啊！"她正琢磨着要卖猪，结果门外正好来了一个收猪的大老黑。

"那您来得可是真是太巧了。"

"怎么呢？"

"我站在这儿就是想张罗着卖猪。我刚还琢磨哪儿有收猪的，没想到您就来了，太好了！"

"您家里有多少猪啊？"

"还多少猪呢！人都喂不饱，猪更喂不了了。您跟我进来看看吧，我们有一头老母猪，还挺好的。"

"哦哦哦，好好好。"大老黑说着，就跟进去了。

媳妇儿把他领到猪圈前，拿手一指："您看，就在这儿了。"

"嚯！"大老黑一探头，立马爱上这猪了，膘又肥，体又壮，大耳朵忽闪忽闪，"这可不赖呀，这猪要是一宰，能出好几百斤肉。大嫂子，说句实在的，在这个年头儿，能把猪喂成这样可是不容易！真好，您打算卖多少钱呢？"

媳妇儿长叹一口气："跟您这么说吧。我们其实是舍不得卖的，但是也是没有办法，现在家里用钱，不卖也活不下去。"

大老黑立刻点头，急问道："是是是，那没事儿，您就说您打算卖多少钱吧！"

"我也没卖过猪，也不知道这只具体值多少钱，反正这么说吧，我是打算要一两银子。"

大老黑眼珠子一转："嚯！一两银子，您开的这个价可真是不少。不过行吧，我也不跟您讨价还价了，我看看我带没带钱。"

他伸手往怀里一摸，掏出来一锭银子，拿手一掂："这个直接给您了，我也别再往下铰了！"

什么叫往下铰啊？过去人们是这么使银子的，掏出一锭银子来，放天平或戥子上一称，分量多了，就用专门的夹剪，把银子边往下一铰，直到把银子铰成人要用的那个分量。

大老黑没往下铰银子，直接递过去了："得了，我这有多少算多少，这是一两多，给您吧。给您这一两多，这猪就是我的了。"

"哎哎！谢谢您啊。"媳妇儿赶紧接过银子，眼泪都快下来了，连声道谢。丈夫得救了，太好了。

"那我就把猪赶走了。"

"欸欸欸，您把它弄走吧。"

"欸。"

猪贩子大老黑把猪圈门打开了，鼓起嘴巴，"咘咘"两声，就把猪赶出来，拿着一支小棍，敲着猪屁股就走了。

媳妇儿把他送到门口："哎哟，谢谢您啊！您这一两银子可救了急了，谢谢您，您慢走吧。"

她目送着人家走了，回到屋里，心中如释重负。眼下天色已晚，她继续照看孩子，娘儿俩头挨着头，昏昏睡去。次日天亮，还得麻烦人家邻居王奶奶给看着孩子，她得奔县里边：第一，要先找一个化银子的地方，把银子化了；第二，就是拿着银子去赎自己的丈夫。为什么要把银子化了呢？因为昨天那猪贩子大老黑说了，这是一锭一两多的银子，所以得先找一处化银子的地方，把它一化，先弄出一个一两整的来，把这一两整的交给衙门，再把富余下来的碎银子拿回家过日子，所以她得找一个化银子的。

一进县城，她就各处跟人打听，问哪儿有化银子的地方。有好心人给她一指：

"那儿有一个银匠铺。"

她直接去了，把银子搁在银匠铺的柜台上："大哥您受累吧。"

掌柜的笑脸迎上来："哦哦哦，这大嫂子，您要怎么弄啊？"

"你给化了。化一个一两的，然后剩下的，再给我化一块碎银子。"

"好嘞。好家伙，这个年头，看见整两的银子可是不容易。不，这得一两多，我给您先化了。"掌柜的笑眯眯地把银子接在手里边，仔细看了看，奇怪地"咦"了一声，神色凝重起来，"大嫂子，您还是拿回去吧。"

媳妇儿蒙了，问："怎么拿回去呀？"

掌柜的指着银锭子，压低声音，说："您这银子是假的。"

"啊？不能吧！"

"怎么不能，您这个是铅的。这不是银子，这是锡的。"

"你是不是看错了？"

"您要说干别的，我不灵。但我们家祖传三辈都是银匠，银子是不是真的，我怎么能看错了呢？要不您上别处再问问去。"

"好，你给我。"媳妇儿把银子接在手里，心就慌了，"我再找别处问问去。"

于是她又找了好几个银匠摊儿，挨个儿看，人家都说：

"您这个，假的。"

"哎呀！"媳妇儿觉着天都塌了，完了，这下是彻底完了。好不容易打爹娘那儿把猪要出来，万万没想到来个骗子大老黑。

"天杀的大老黑，拿个假银子，从我手里骗了一头活真猪！这可怎么弄？丈夫也救不了，也没法再见爹娘，我跟孩子也活不了了，我们家就算是完了！"

唉，怎么办呢？

没有办法了，死去吧！

媳妇儿跌跌撞撞地往回走，眼泪都哭干了："想不到的事情，天底下怎么能有人这么坏？我不活了！我，我找个地儿死去吧。"

列位，有句老话说得特别好："人到临死真想活啊。"

寻死可不是多么简单的事情。你想死就死？大多数人都难以下定必死的决心，李鸿章不是有句诗吗？"劳劳车马未离鞍，临事方知一死难。"寻死也是说起来容易，办起来难。人在气头上说一句："气死我了，我不活了。"其实这也就是随口一说，真到要死的时候就不是那么容易的事情了。

媳妇儿心里委屈，先找地方一哭，蹲在开洼野地里，哭一大场。等哭完之后，她就心里合计着该怎么寻死：

"最好的办法就是投河，扎到河里边淹死就得了。可有一样，我丈夫还在监狱里边押着，我一死，家里还有一个孩子，这孩子还是一岁多的小子，要是没人管，他就得饿死，那样的话，孩子就太惨了，太可怜了。干脆啊，我把孩子抱出来，我们娘儿俩一块投河，就一了百了了！"

她一狠心，就朝家走。

回到家里，邻居奶奶还帮她看着呢，看她回来就把孩子交代回去：

"孩子听话着呢，也没闹，也没哭，刚给他喝了点儿水。"

"谢谢您吧，谢谢您吧。王奶奶，以后我们再也不麻烦您了。"

"咳，这叫什么话呀！街里街坊的，我又喜欢你们家这小子，你们就安心忙你们的去，我帮你们看着孩子，不要紧的。"

这媳妇儿擦眼抹泪的："我谢谢您吧，我也没有什么可说的了，您多福多寿吧。"

王奶奶奇了怪："这是想起什么来了，突然说这话？"

"没什么，没什么。"

王奶奶就颠着小脚回去了。

媳妇儿把孩子从炕上抱起来，打家出来，奔河边走，一边走一边哭，哭得撕心裂肺。

"儿啊，儿啊，为娘我对不起你，生你一场，没等把你养大，现如今咱们家活不了了，为娘有心把你扔在家里边，又不知道谁能管你，那样更可怜。干脆咱们跳河一闭眼，你跟为娘一起死了得了。下辈子，你可要投生个好人家啊！"

媳妇儿哭得眼都快干了，一直走到河边。她抱着孩子站在河边，离着河面没多远了。此时要是单她自己一个人，她两三下就跳下去了，但怀里抱着孩子，半天也狠不下心来，眼泪哭干了，就站在原地干号。

孩子也不知道怎么回事儿呀！只是听见娘哭，他也哇哇大哭，娘俩哭作一团。

这会儿的工夫，岸边有人搭话了："大嫂子，您怎么了？"

这媳妇儿一回头，不远处站着一个男的，四十来岁，背着一只小包，看穿着打扮是个做生意的人。

她一吸鼻子，冲人家摆摆手："这位先生，您，您甭管我。"

"不是啊，大嫂子，您抱个孩子跟这儿哭，这河边风硬，孩子别再着凉喽！"

"我们着凉不着凉不重要，我们都不打算活了。"

"哎，您别介，您别介！"这人说着，顺着河坡就下来了，到她跟前了，"大嫂子，您怎么了？您怎么说这种话呀？"

"这位大哥，您别管了，我们家的事您也管不了，您忙您的去吧。"

来人正色道："大嫂子，我是个做生意的人，我姓赵。"

她点点头，应了一声："哦，赵大哥。"

"事情是这样的。我要是没遇见您，我也就不知道这个事儿了。只是赶巧遇上了，我就得问一问，有大人，有孩子的。您抱着孩子跟这儿哭，口口声声寻死觅活的，您这是怎么了？您跟我说说，看我能不能帮您呢？"

媳妇儿愁眉苦脸的："您帮不了我，我们该求的人都求遍了，现如今，上天无路，入地无门，我们是实在没办法了。赵大哥，您忙您的吧。您别管我们，我们这一死啊，就踏实了。"

"别别别！大嫂子，你得往开处想，什么事儿就值当您寻死觅活的了？话又说回来，孩子没多大，孩子没罪过啊！凭什么孩子就死啊？您说说有什么事情啊？"

媳妇儿渐渐打开了话匣子："这不是么？县太爷摊下来的捐，我们差一两银子交不上，我找我爹妈去，我爹妈有一口猪，让我给借出来了，实指望这些卖了猪的钱，能够把我丈夫赎出来。结果我还让人给骗了，昨天来个收猪的贩子叫大老黑，他给了我一锭假银子，是锡的。事到如今，我丈夫也赎不出来了，我也没法跟我爹妈交代了，现在就抱着个孩子，我没辙了，我干脆死了就得了。要不然两三天一过，我丈夫一进站笼也是死，我们死在前面，反而落一踏实。"

"咳！这位大嫂子，我真得说您两句了，您至于寻死觅活的吗？一两银子三条人命！"

"不是三条，是五条人命啊！"

"怎么五条呢？"

"还有我爹妈哪！我爹就得心疼死，我妈就得气死，我们家这是五条人命。"

"不要紧的，不要紧的！我是做生意的。"说着，赵先生往身后一指，"我就离这儿不远，那边有一个老孙家客栈，我在他们那儿住店。我这趟出来没带着银子，您跟我上客店去一趟，老孙家客店，到了那儿，我给您拿这一两银子，您看怎么样？"

"不是，赵大哥，我跟您素昧平生，咱们也不认识，这钱也不少了，您管不了。"

"人命值钱吧？钱财乃身外之物，这都不叫事，花了还能回来。来来来，我跟您也不见外，您跟我去拿银子吧，好不好？咱们走。"

"咱们走……那我怎么谢您？"

"您说这个就远了。"赵先生笑着摇摇头，让她抱紧点孩子。

两人打河坡底下就上来了，一直走，走到老孙家客店。到门口了，伙计站在店前打了声招呼：

"哟，赵老客！"

"哎哎哎！"

"您这是干吗去了？"

"我就碰见个大嫂子，有个事，我帮她个忙。"

"那好，您请您请。"伙计侧过身子，就把两人让[1]进去了。

两个人一直走到过道的尽后头。客栈的过道比较狭窄，满满当当的都是客房，尽头处有两间挨着的屋子，其中有一间就是这个老赵的落脚处。

"我就不让您进去了，您在门口等一下，我进屋给您拿银子。"

"哎，我谢谢您吧，恩人。"

"您别客气，别客气。"

赵先生进去了，没一会儿的工夫就出来了，手里拿着一锭银子。

"这锭银子得一两多一点儿。您拿着吧，赶紧去把他爹赎出来，好好过日子。"

"恩人哪，救命之恩哪！大恩大德，一定相报！"媳妇儿一撩裙角，"咕噔"跪下，冲老赵磕头。

老赵说："快起来，快起来，这可不敢当，不算什么，实在是不算什么，你好好地过日子就得了。"

媳妇儿站起来，哭哭啼啼擦着眼泪，往外走了。

伙计在旁边挑大拇哥儿："赵老板，赵大爷，以后您做买卖您还得挣钱，就冲您这份积德行善，您是好人。"

"咳！不叫事，不叫事，能帮的忙就帮。"

话分两头，再说这个媳妇儿抱着孩子，把孩子又送回家去了。她不能抱着孩子满处去，于是又麻烦街坊老太太帮忙看着孩子，自个儿奔县城去。

她又找到了原先化银了的银匠："人哥，您帮个忙。"

"大嫂子您又来了。"

"哎，给你这个。"媳妇儿把银锭子搁在桌子上，"这是一两多银子，您给化

---

[1] 让：请，邀请。

一下吧，化一个整一两的，剩下的呢，你给我化一小块碎银子。"

"我得看看您这个是真的是假的。"

毕竟刚才来一回了，那时候带来的银锭子假的。看着看着，掌柜的"哎呀"一声。

这媳妇儿眼神一慌，立马问道："怎么了？"

"大嫂子，您这回这个是真的。"

"大哥，你这一'哎呀'吓了我一跳，我以为又是锡的呢。"

"没有的事儿，这锭银子倒还有点意思，来吧。"掌柜的挽起袖子，绕到后院，点着了火，化开了这锭银子。最后把东西拿出来，一个是整一两的，还有一小块是富余下来的碎银子：

"拿着吧，这俩是您的了。"

"哎，谢谢您了。"

媳妇儿把银子揣到怀里边，直奔监狱，到了地方，禁卒认识她：

"来了？"

"哎，来了。我想赎我丈夫。"

"好啊，银子带来了吗？"

"带来了。"

"你先奔衙门吧，跟大老爷那儿说好了，我们就放人了。"

"谢谢您。"

她就到衙门口儿了，几个衙役的头目正等着，因为最近这里净是送钱赎人的家属。

她走上去："几位爷。"

"哎，怎么着？"

"我丈夫不是欠了一两银子吗？在这儿押着呢。我们凑够了银子，来赎人来了。"

"嘿，好！这就对了，要都是你这样的我们就省心了，银子带来了吗？"

"带来了。"

"我给你回禀一声去！"

衙役到了里边，跟县太爷禀告一声，那家丈夫的家属送银子来了。

县太爷："那行了，那就放人吧，收银子。"

"哎。"衙役出门把银子收完了，县太爷这边派人到监狱里边把人放了。

这媳妇儿在南监的门口等着。一会儿的工夫，她丈夫就出来了。媳妇儿定睛一瞧，眼圈又红了，只见她丈夫才被关了两天，就没个人样了，因为牢里边既不见阳光，又不通风，里边腥臊恶臭，就跟动物园里的狮虎山似的。她那丈夫一出牢门，都睁不开眼了。

媳妇儿就迎上去了，眼含热泪："哎呀，你出来了。"

丈夫看见媳妇儿也是鼻子一酸，点点头："我出来了，你在这儿等着我呢！"

"我一直等着你呢。"

"好好好，咱们回家。"

媳妇儿扶着丈夫往家走，一边走，丈夫就问："怎么就把我放出来了呢？你上咱爹咱妈那儿去借猪了？"

"我去了。去了之后，我爹不愿意，我妈在旁边帮着我，就把那头猪赶出来了。"

"原来如此，是用那头猪救了我。"

"不是那头猪把你给救出来的。那个猪啊，差点……算了也别说了，一说我心里就难过。"

"别介，怎么了？"

"那猪让人给骗了！"

"什么叫让人给骗了呀？"

"昨天有一个猪贩子大老黑来过咱家，他说他觉着这猪没问题，他要了。完事儿了，他就拿出一锭银子，他说这锭银子有一两多，就把银子留下，把猪赶走了。结果我把银子拿到县城里化银子那儿，人家说是锡的。"

"啊，锡的？这猪贩子大老黑，这人长什么样？"

"大高个儿，脸黢黑……"媳妇儿嘟囔着，往半拉脸上一指，"这儿还有块记，我记得真真儿的，就是他。他把我爹妈的猪给骗走了。"

丈夫奇怪了。"你拿着假银子，怎么能把我救出来呢？"

"是啊。我就觉得我活不了了，我上河边，想投河自尽。后来又一想，我要是投河自尽，孩子怎么办呢？干脆我们娘儿俩一块死吧！我就回家了。回家之后，我就把孩子抱出来了。"

丈夫惊讶得直哆嗦："你……你你要抱着我儿子跳河呀？"

"是啊，那你说怎么办呢？结果我们到了河边，就遇见好心人了。"

"哦，什么好心人？"

"我抱着孩子要跳河，岸边有人喊我们，来了一个做生意的赵大哥。人家问为什么，我把事一说，赵大哥说别介了，还是人值钱，银子不重要，他给我们钱。"

我也没有别的办法,只好先谢谢人家,就跟他回了店房了。到了店房之后,他给我拿了一两多银子。我把银子化完之后,就把你给救出来了。"

丈夫听后,眉头紧锁了半天,神色很是奇怪,问道:"你认识不认识这个姓赵的?"

"我不认识。"

"以前见过吗?"

"以前也没见过呀!"

"不对劲儿!"丈夫咂了下嘴,转眼间脸上便阴云密布。

两个人越往前走着,这丈夫脸上就越不好看。

媳妇儿说:"你怎么了?怎么变颜变色的?"

"你让我琢磨琢磨。"

说话间,两人就回家了。到家之后,媳妇儿买了点儿菜,生火做饭吃,把孩子也喂饱了。一家三口吃完了晚饭,媳妇儿正蹲在地上刷碗,丈夫坐在桌边,突然间一拍桌子:

"不对!"

媳妇儿吓一跳:"怎么不对呀?"

丈夫瞪了她一眼,嚷嚷道:"你原来是不是认识那老赵?"

"我不认识啊!"

"不认识凭什么给你一两银子?你从亲爹亲妈那儿借个猪,都这么费劲,人家跟你素昧平生,就给你一两银子?你说实话吧。"

"我说什么实话呀?"

"你们到底是怎么回事儿?你说吧,你跟他怎么着了?"

"哎哟喂!孩儿他爹,你这叫什么话呀,难道说你怀疑我跟人家能怎样吗?"

"我怀疑不怀疑是另一回事儿。"丈夫别过脑袋不看她,"反正现在,你这个事儿对不上茬口儿!凭什么呀?这年头挣钱多难哪?也不是仨瓜俩枣的,一两多银子,那么多钱,他凭什么给你了?你说完之后,我心里一直打鼓,我觉着你……你看我脑门是不是绿了!"

"哎哟喂!你这叫胡说八道啊,怎么可能呢!"

"你别跟我喊冤,我心里边现在堵了一个大疙瘩。早知道我还不如死在站笼里边,省得出来以后受这闲气。"

媳妇儿一听,哇的一声就哭了:"你这叫什么话呀!你要是早说你愿意死在站笼里边,我何至于出去丢人现眼。"

丈夫抓住她的话茬儿不放："你看看，你自个儿都承认了吧？丢人现眼。"

"我说的丢人现眼，是我抛头露面，找我爹妈借猪，然后又抱着孩子去跳河，我说的是这个丢人现眼！"

"你少来这套！你那是说秃噜了，又往回现圆，是不是啊？"

"不是，你怎么能这样呢？"

"无论你现在说什么，我都不相信。我就是觉得，你跟这姓赵的有点问题。"

眼看丈夫死咬着不放，媳妇儿也心里着急，两口子吵了起来。

"哎哟喂！你这个缺德的。那你说，你怎么才能相信呢？"

"那人姓什么？"

"姓赵！"

"哪儿的人呢？"

"我上哪儿知道人家是哪儿的人？我又不认识人家。"

"他把你领哪儿去了？"

"到客栈。"

"哎哟喂！你臊死我了！嗬，还带你上客栈去了！哪个客栈呢？"

"孙家老店。"

"你还认识他吗？"

"我认识，干吗不认识？"

"你带我去。咱俩啊，现在就去！看看那人怎么说的，要是没事，回来我给你磕一个赔罪，算我错了；要是有事，你也不用回来了，你就留在那儿跟他好好过日子。"

"你说的这是人话吗？"

丈夫打断了媳妇儿的话，斜眼看着她：

"你敢去不敢去吧！你要是敢去，还则罢了，你要是不敢去，就是你心中有鬼！"

"我身正不怕影子斜，有什么不敢去的！"

"好好好，咱这就走！"

"你等着！"这媳妇儿站起来，冲窗外一喊，"王奶奶！"

又喊街坊王奶奶看孩子，王奶奶算倒了霉了，自打跟他们住街坊，黑更白天的，净看孩子了。

媳妇儿一叫，老太太就来了：

"我来了，我来了，我帮你们看孩子。你们两口子不是刚回来？这是又干吗去啊？"

"没事儿，带他出去见个朋友。"

"黑更半夜见什么朋友？"

"你甭管了，您受累看着点儿孩子吧。"

王奶奶留在他们家里帮忙看孩子。两口子打家里出来，直奔孙家客栈。路上黢黑一片，这丈夫气哼哼，这媳妇儿满肚子委屈，拐弯抹角，就来到了孙家客栈。天都黑了，人家都关门了。到地方后，丈夫啪啪啪一通砸门，伙计开门一瞧：

"太晚了，没有房了。您二位是？"

媳妇儿跟伙计打了声招呼："大哥，我白天来过一趟。"

"哦哦哦，我想起来了！大嫂子您有什么事？"

"那位赵大哥不是给了我们银子吗？这是我们孩子他爹。"媳妇儿指了指着丈夫，"他被放出来了，我们来谢谢人家。"

"哦哦哦，进来吧。"

伙计一直把两人带到后头，尽后头就是那两间房。其中有一间是老赵住的，屋里已经熄灯了，人家睡觉了。

这媳妇儿上前敲门：

"赵大哥，赵大哥。"

屋里边的老赵搭茬儿了："谁呀？"

"是我。"这媳妇儿附耳在门边，应声道，"我是白天您给了一两银子的女的。"

"哦，您有什么事啊？"

"我来谢谢您。"

这个地方就叫千钧一发。如果这老赵说句轻薄话，哪怕说句玩笑话，这个事儿就洗不干净了。

没想到人家老赵在屋里边说了："大嫂子，您不该来啊！人命是最值钱的，银子花了还能再赚回来。您不应该再来，黑夜之间您上这儿来，这事儿要是被有心人传出去，对您的名节有损。您听我的，赶紧回去吧，我就不让您进来了。"

这媳妇儿一回头，看看自个儿的丈夫，那意思是：你瞧瞧人家！

丈夫啪的一声，抡圆了给自个儿一嘴巴，一抖落手，肠子都悔青了，心说："我这是干的什么事啊。"

"赵大哥您开门吧！我们是两口子一块儿来的，我已经打衙门口儿保出来了，我得来谢谢您。"

"哦哦哦，两口子来的，那你们进来吧。"

两口子就听见屋里边穿鞋下地的声音，门一开，老赵打屋里出来了。

老赵憨笑道："哎呦呵，也不是什么大事，你们两口子还一块儿来了！这都不叫事，你们都没必要专程跑这一趟。"

两口子撩衣裳就跪倒了："我们得谢谢您，您救了我们一家人。"

"别别别！"

他俩跪在门前，老赵就上前要去搀他俩，结果就往前走了一两步，就听身后一阵"呼啦咣当"，房就塌了。

老赵身后是两间房，两间全塌了。老赵一回头，吓出了一身冷汗，他转身也一撩衣裳跪下了：

"我得谢你们两口子呀！要不是你们黑更半夜上这儿来谢我，我在屋里就被砸死了。看来做点儿好事是应该的，救人救己啊！"

话音刚落，旁边那伙计焦急地过来了："坏了坏了，两间都塌了！那屋里边住着一个卖猪的大老黑呀！"

七 古册得失记

刚刚驾到

古刹珍卷运多舛　祸起福来命有因

> 难难难，道德玄，不对知音不可谈。
>
> 对上知音谈几句，不对知音枉费舌尖。

这一篇咱们要讲的故事叫什么呢？

听学徒我规规矩矩地给您奉上一段儿《金刚经》。您可别误会了，我不是要坐这儿念经啊。只因为这个评书故事原本的名字是叫《金刚经》。

这是什么时候的故事呢？

明朝嘉靖四十二年——这一竿子就支出去挺远了——这一年，吴中地区天气不好，一会儿旱，一会儿涝，灾后又闹蝗虫。百姓们，尤其是种地的，都受了连累了，当年几乎是赤地千里，颗粒无收。

当时有一个形容词叫"米贵如珠"，这么形容当然有些夸张的成分，倒不是真说那个时候大米跟珍珠一个价位。但是这个词儿一出来，您就知道，要了命了。哎呀！家家户户都为了吃饭着急。

那么这个故事发生在哪儿呢？

列位，洞庭山里有个寺，叫洞庭寺。寺里边有大和尚、小和尚若干，人可不少。您也知道，寺庙不像商号店铺那样，能生财积财，同时寺里边的大小和尚还都得吃饭，平时全靠香火钱维持生计。吴中一歉收，就要了和尚的命了——米不够啊。

寺里的老和尚、大和尚、小和尚、胖和尚、瘦和尚，全都坐到一块儿开会。老方丈看着座下，愁眉苦脸：

"哎呀！咱们上哪儿弄这么多米去？咱们寺里吃饭的人多呀，怎么办？"

大伙儿你看我、我看你，没有敢说话的。

这时，旁边闪出来一个和尚。这个和尚算是寺里的一个智多星，三十来岁，特别有脑子，法名叫作辩悟。

辩悟和尚上前一步："师父。"

老方丈看看他："辩悟，你有什么主意吗？"

"师父，吴中地区又旱又涝，确实是天时不正。漫说咱们寺里边，普通人家也是米贵如珠。当务之急呢，咱们得有米。但是这个米从哪儿来是个事儿。让咱们花高价去买，也不现实。我有一条计策在此，也不知道合适不合适。我且一说，师父您看要是不合适，您也别恼我。如果行的话呢，也算救了咱们全庙上下了。"

"好啊，辩悟你说吧，什么主意？"

"太平盛景的时候，咱们寺也经常来各种善男信女，也确实有几家挺有钱的，咱们就找他们去。这会儿家家都闹饥荒，直接找人家化缘也不现实。咱们管人家借点儿粮食，咱们先吃着，人不能饿死呀。为了让人家放心，咱们拿出一件宝贝来押在人家那儿，跟人家约定一个期限还米，比如以一年为期，一年之后，咱们算上利息从人家手里把宝贝再赎回来。咱们寺里有这么些人呢，当务之急咱们得吃上饭，师父您看呢？"

老方丈点点头："这倒是个办法。但就是有个问题，咱们寺里有什么宝贝能够换来这么多米？你看咱们寺里，上上下下这么多人，就按照一年来说，得几十石米才够挑费[1]，要不然不够啊。可是什么宝贝拿出来，能换来几十石米呢？"

"师父，您记得不记得，咱们庙里边有镇寺之宝，白乐天手写的《金刚经》？"

"哦。"

白乐天是谁呀？唐朝的白居易，字乐天，人称白乐天。他怎么还手写了《金刚经》呢？因为有一年，白居易的母亲得病了，老太太卧床不起。白居易发下誓愿，手写了一百部《金刚经》，送到天下各大寺庙去供养，保佑老太太身体健康。打唐朝到明朝嘉靖年间，几乎没再剩下几本了。但是洞庭寺里还留着一个真本，成了寺里边的镇寺之宝。今天辩悟把这茬儿想起来了。

"师父，您看这个办法行不行？您要是说行，我就把它请出来。明天咱们找个人家，把这本《金刚经》往人家那儿一送，换出几十石米来，咱们先保命。"

辩悟把话说完，座中的和尚没有敢说话的。太珍贵了！谁敢妄加言语？众和尚都看老方丈。老方丈也很为难，闭着眼，愁锁眉头，想了半天，长叹一声：

"辩悟，事到如今，也只好如此了。不知山下哪一家，能给咱们换出这几十

---

[1] 挑费：京津冀的方言，意思是家庭日常生活里的开支。

石米?"

"弥陀佛！师父，山塘上的王相国家可以。"

附近山塘上有一个当年退休的王相国，王相国去世了，但是相国夫人还在。这老太太信佛，之前没事儿就上寺里烧香拜佛，也爱布施香火钱。

"哦对，他们家大业大，广有资财，可以。既然如此，那你明天去一趟吧。"

"是，师父，我一定把这事儿办到。"

一夜无书，次日天明，和尚辩悟打库房里边，把那本《金刚经》请出来了。辩悟拿在手里一看，书边都快卷起来了，这可是从唐朝到明朝一路传下来的，年头太久了！

辩悟里三层外三层，把这本古册包了又包，裹了又裹，贴身放好。他穿好了外衣，辞别了方丈和师兄弟们，打洞庭寺出来，赶奔山塘王相国家。

一路无书，辩悟就来到了王相国家门前。赶巧了，他刚到府门外，他们家的大管家正好在门口儿站着。这位管家姓严。辩悟紧走几步过来：

"弥陀佛！严总管您好哇！"

"哟嚯！辩悟来了？"严总管也认识他，因为他之前跟着老太太去烧香，见过辩悟，"这不是大和尚辩悟吗？"

"不敢不敢，小僧辩悟。"

"这是哪阵香风把你刮来了？"

"哎呀！严总管哪，天时不正，敝寺都快断了炊了，我今天来是求您点事儿。"

"哎哟！你先听我说。最近我们也挺难的。你也知道，老太太乐善好施，眼下净是求我们帮忙的。有亲戚也有朋友，还有远远的街坊邻居，现在我们有点儿应付不过来了。所以依我来看……"

辩悟点点头，解释道："我听懂了，我知道您的难处，只是我们庙里边快没有粮食……"

严总管喷了一下："你看你看，你还是没听懂，我这刚说完。你们庙也大、人也多，你让我们布施，我们可布施不起呀。所以说，你心里得有个数儿。"

"弥陀佛！我们也想到了。我来呢，不是让您施舍我们的。"

"那你说吧，你是来干吗的？"

"是这样，我们大伙商量了一下。最后跟方丈说了，我们想出一个办法。我带来了我们寺里边的镇寺之宝，押在您府上，然后管您府上借点儿米。咱们就以一年为期，一年之后，我们算上利息把这个宝贝再赎回来。这样的话呢，您府上大慈大悲，也算是救了我们。要不然，我们寺里边真得饿死几个。"

严总管思忖了一阵，开口问道："你得说说你要多少米呀？"

"我们也说不准这多少是多。反正得撑过一年吧，先渡过这场灾荒。我们要一百石米。"

"嚯！好家伙，一百石米？一百石米可不算少！这样吧，你先说你拿的是什么宝贝？"

"是我们的镇寺之宝，白乐天手写的《金刚经》。"

"你带着了吗？拿给我瞧瞧。"

"我带来了，您看看。"辩悟从身上拿出一只布包来，把布条一层一层揭开，到最后露出来一本《金刚经》，递了过去。

严总管接在手里边，直嘬牙花子，摆弄一番："这玩意儿……"

辩悟纠正他道："这是镇寺之宝。"

"知道，知道。哎呀！咱实话实说，我也不懂这个。反正……哎呀！"严总管揭开书页往后翻，翻到最后，有笑模样儿了。怎么回事儿呢？因为历朝历代有好多人，在这本经书后边写过字、署过名。在最近几次的落款中，就有王相国的名字，说明他也曾经在上面写过字。

严总管啧啧称奇："上面还有我们相国写的字呢？"

"是是是，相国生前曾经来过我们寺里，瞻仰过它，也写过。"

严总管合上经书点点头："哦，这个可能还值点儿钱。我们老相国不能骗我，是不是？你先把它包上。"

"哎。"辩悟接过经书包好了。

"咱们这样吧，咱也别一百石米了。打下一半，我给你五十石米。你把这个留下。留下之后，一年为期，你可一定要来赎，听见了吗？因为我们留着这玩意儿也没用。"

"是是是，谢谢严总管！"辩悟感激地点头，还不忘强调一句，"这是镇寺之宝。"

"你等会儿，咱们把手续弄一下。"他们家真是大户人家，有专门的账房，一切手续文书都按着当铺似的写好了：某年某月某日，某寺《金刚经》抵押在府里，换米五十石，一年为期。

写完之后，这才打发人给和尚弄米，和尚带着米回寺。严总管就把《金刚经》入库了。

一晃一个来月过去了，这天清晨起来，老夫人像以往一样翻看账本。因为他们家老相国已经去世了，所以府上由老太太当家。所有账都得拿来，由老太太得过目。

老太太看来看去,看到最后,就看到有这么一条:某年某月某日,《金刚经》抵押五十石米。

老太太说:"小严哪。"

"老太太。"

"这个是怎么回事儿?"

"咳,这不是天时不正吗?洞庭山洞庭寺的和尚上咱这儿来,要把他们寺里的《金刚经》押在咱们这儿,说是要换一百石米。我想一百石太多了,但是又不能不管他,给了他一半。约好一年为期,然后加上利息,等他来年再赎。"

"什么《金刚经》啊?我看看吧。来,洗手焚香。"老太太信佛,洗了手,又把香点上。下人领命把库房打开,取出《金刚经》来,打开了包袱皮儿,往老太太眼前一放:

"您看看吧。"

老太太翻了翻,看完后叹了口气:"打唐朝传到现在,这都传了多少年了?能保存得这么好,这说明寺里边拿它当宝贝!不到万不得已,他不会拿出来换粮食。你们要是早跟我说呀,这东西我就不留下了。我又是信佛的人,平时没事儿我还上人家庙里边烧香拜佛呢。你们还加上利息,佛爷脸上取利,这事儿办得不好看!收起来吧,赶等哪天和尚再来了,跟他们说一声。让他们把这本《金刚经》请回去,这五十石米呢,算是我舍给庙里的,请和尚吃饭了。咱们可别弄这个,不好看,听见了吗?"

"是是是,哎哟!老太太您慈悲!您慈悲!"严总管就又收起来了。

赶巧了,还没过三天,辩悟又到附近来办事儿。从府门前经过,他就顺便瞧瞧严总管。两人一见面,严总管乐了:

"嘿!我正要找你呢。"

"哦?您找我什么事儿?"

"我给你道喜!前几天,老太太看见《金刚经》了。"

"阿弥陀佛!老太太说什么了?"

"老太太说让你拿回去。因为我们老太太也是信佛念经的人,说佛爷脸上取利不好看。那五十石米算是老太太施舍,你就把《金刚经》拿回去吧,咱们就两清了。"

辩悟和尚半惊半喜:"哎呀!阿弥陀佛,阿弥陀佛!替我谢谢相国夫人,老太太大慈大悲!哎呀!哎呀!"

"行了行了，你也别客气了，咱去拿去吧。"下人打开库房，把《金刚经》拿了出来，又把那当票一撕，这事儿算拉倒了。

"把这玩意儿拿回去吧。"严总管把经书递给他。

"镇寺之宝，镇寺之宝。"

辩悟和尚接过来千恩万谢，谢过相国府，高兴坏了！接着，他就把《金刚经》揣在怀里头往回走。

他从山塘回洞庭寺得坐船，于是来到岸边等船，船家等着凑够十几个人才开一回。辩悟就跟这儿等着，一会儿的工夫，就凑了个满员，大伙儿都上船了，辩悟和尚也上了船，坐在船舱里。

"几位，都坐好了吗？咱们走喽！"

艄公一声吃喝，这船就开了，顺着水流前行着。从这儿坐船的没有外人，净是坊前附近的，有几个人还互相认识，其中也有人认识辩悟。

"嘿！辩悟师父，您这是干吗去了？"

"阿弥陀佛！我办了点事儿，您几位呢？"

几个人里有走亲戚的，也有串朋友的。大伙儿就聊起了闲天儿，说来说去，有人闲着没事儿就跟辩悟扫听：

"那天我看你们往寺里边运大米。我有一哥们儿，是帮你们拉货的。他说你们运了不少大米，好几十石是吧？"

和尚也跟人聊闲天儿："是啊，我们庙里边人也多，得吃饭，那是五十石米。"

"哎哟喂！五十石米可不少钱呢！现在的米多贵呀！您是多少钱买的呀？"

"阿弥陀佛！我们不是买的呀。"

"不是买的，那是您抢的吗？"

"您开玩笑了，哪能去抢呢？"

"那是哪儿的米呢？"

"山塘王相国夫人，我们找老太太去了。没有办法，寺里人得吃饭啊。"

"老太太舍的呀？"

辩悟哂笑："当时还不是，当时我们押了点儿东西，是想当给她，然后明年我们再赎回来。"

"嚯！什么宝贝值五十石米啊？是珍珠、翡翠、玛瑙，还是什么别的什么宝贝？什么呀，和尚？"

"不是什么珍珠翡翠，这是我们镇寺之宝，白乐天的《金刚经》。"

"哦哦哦，《金刚经》啊，《金刚经》这个，这个哎呀，那是很厉害！"这人也不知道什么是《金刚经》，摸着下巴，拉过旁边人开始研究，"哪个白天的《金刚经》啊？"

旁边的人正睡觉，被他摇醒了，瞪了他一眼，回了一句："什么白天的《金刚经》啊？我还晚上呢！"

这人一副求知若渴的模样，转头又问辩悟："这个《金刚经》还分白天晚上？"

"不分哪。"

"那你刚才说的白天？"

"我说的是白乐天。"

"哦，白乐了一天，什么意思？"

"你要是不懂，你就别瞎说了。白乐天，就是唐朝的白居易。"

"哦，那我知道了。"旁边有个逞能的，"我上私塾的时候，先生教过呀。白居易的诗，这咱们都学过呀。是他老人家写的《金刚经》？"

"对，就是他手写的《金刚经》，要不然也不值这么些钱哪！这不是押在人家王相国家里吗？老太太乐善好施。今天呢，正好我到那儿去，跟府上的严总管一聊闲天儿，老太太把这本《金刚经》还给我们了。人家说了，自己乐善好施，不在佛爷脸上取利。打现在我这心里边还热乎乎的，老太太真好！"

"哦，这么说，你拿回来了？"

"嗯，拿回来了。"

"嘿！我们都没瞧见过你这个，这个白、白糖的，不是，这个白天、白天堂，说什么、什么白经，什么来着？什么…"这人说得舌头都快打结了。

"白乐天的《金刚经》。"

这人凑上去："啊对，就是这个。嘀！你给我们瞧瞧这个，行不行啊？"

辩悟往旁边挪了挪："这个不能瞧，因为这是我们的镇寺之宝。"

"嘿！你得了吧！和尚，咱们又不是一天两天的交情了。这个玩意儿，你有什么可怕的？我们瞧瞧呗，又不要你的，对吧？要按你说的，这是个宝贝，是宝贝就让我们看看呗，看一眼就是福气，以后也方便我们跟人说古[1]去。"

"别别别！这不方便，这个我们确实是……"

"你有什么不方便的？你自己说这《金刚经》这么值钱那么值钱，人家老太太瞧了一眼，不就还给你了吗？人家那五十石米，那都真金白银哪，是不是？看看怕什么？"

---

[1] 说古：讲历史故事。

船上这几位呢，其实也没什么文化，还好起哄。

"瞧瞧呗！拿出来看一眼，好不好？"

大伙都这么说，把和尚说得也不好意思了："行行行，但是咱们提前说好，只能我拿着经书，你们可别接手。"

"我们不拿，你拿着。"

"哎哎哎。"辩悟打怀里就掏出了一个布包。

船上这几位都使劲儿探着头，晃晃悠悠地往前看。辩悟就打开包袱皮儿，一层两层，露出里边这本白居易手抄的《金刚经》，拿出来托到手上，手里攥着死死的。

"各位看看，这就是我们镇寺之宝，白乐天的《金刚经》。"

跟前就有那伸手的："我瞧瞧。"

辩悟抬手不让他摸："别别别！你们别接过去啊，就这么看看就得了。"

"你拿着我们也看不见哪！对不对？你翻一篇，让我们看看内文。"

"哎呀！你们真是的！各位啊，咱们就看一眼就好了。"辩悟一只手攥着《金刚经》，另一只手翻出头一篇儿来。

这会儿是二月天。过去老百姓讲话，二月天的风，是从地上刮起来的。为什么说二三月份要放风筝呢？因为这风是打地上往上走，所以这个时候放风筝最得劲儿。辩悟一只手攥着书，另一只手掀开头一篇儿，这股风就来了。

呜！

他这个书打唐朝流传下来到现在，书页都酥了。这股风一吹过来，头一篇儿被风一卷，啪，飞了！

所有人都快要吓死了，全都伸手去抓，哪儿还抓得着呢？众人眼瞅着一阵狂风，飘飘荡荡把书页裹挟而去，这头一篇儿就没了。

船上的人全傻了！尤其是辩悟，呆在原地瞠目结舌，话都说不出来了，心里念叨："完了！镇寺之宝啊，怎么毁到我这儿了？"他也有心埋怨，可是埋怨谁呀？对吧？又不是刀架脖子上，也没人逼他拿出来呀。

"我……"辩悟看看船上几位，这几位也臊眉耷眼的，都不好意思了。

"你看你拿着正好，得亏我们没拿着，赶紧收起来吧。"

辩悟咬着牙含着眼泪，把包袱皮儿卷好了，揣到怀里边。往座上一坐，低着头，一句话都没有。船上这几位呢，也没人说话了，都踏踏实实地坐了。船到岸后，众人给船钱下船，该干吗干吗去。辩悟则低着脑袋，没精打采地回了寺里。

回来之后，辩悟见过老方丈："师父我回来了，我在山塘上又见着严大总管了。人家说了，老太太不要咱们的《金刚经》，那五十石大米算是舍给咱们的。我也把《金刚经》带回来了。"

"阿弥陀佛！善哉善哉！这位老太太乐善好施，大慈大悲，愿她多福多寿！"

"是是是。"

"《金刚经》入库吧，好好地保存。"

"哎。"

寺里面也没有人提出来要看一眼。船上的人虽然都觉着这事儿新鲜，但再新鲜这帮人也不敢出去乱说呀。就这么着，这本《金刚经》虽然短去了头一页，但还是神不知鬼不觉地送到了库里边。阖庙上下大伙都很高兴，唯独辩悟心里边一直堵着难受，但是他也不敢说。一想起这件事来，他就长吁短叹。

再一晃，一个多月过去了。这一天，寺里边突然间来了几个差人。头戴大帽身穿青，不是衙役就是兵。差人进门就问："老方丈在哪儿呢？我们要找老方丈。"

看门的小和尚问："几位贵差，您是打哪儿来的？"

"我们是打常州府知府衙门来的。"

"哦哦哦，那您稍等。"小和尚赶紧进去禀告。

没一会儿，老方丈和辩悟就出来了。老方丈问：

"几位贵差，有何见教啊？"

"您是老方丈吗？"

"我是。"

"我们是从常州府过来的，常州府知府衙门听说过吧？我们是奉知府大人之命来的。"

"哦，您各位有什么见教吗？"

"没有什么见教。"几个差人是粗人，咧个大嘴乐了，"见教也没有，青椒也没有，茄子辣椒都没有。就是找老方丈商量点儿事情。"

老方丈想了想："几位请到禅堂待茶，咱们坐着说吧。"

和尚们把差人让到寺里边，几个人坐好了，小和尚给沏上茶。老方丈问道：

"几位贵差，有什么事情吗？"

"老方丈，没有别的事情。我们知府大人刚上任常州府，闻听人言，你们这儿有一个唐朝白居易写的，是《金刚经》啊，还是什么玩意儿呀，是吧？大人觉得很新鲜，想看看。你们给拿出来吧，我们带走。"

这人就不会说话，什么叫"拿出来，我带走"？

老方丈眼皮一跳："哎呀，几位上差，实在是抱歉！这本《金刚经》是我寺镇寺之宝，这么多年来，也曾经有人提到过，要来瞻仰。但是几百年来从来没有放出过去，小僧我也不敢莽撞行事。请几位上差转告知府大人，如果有机会大人路过此处，敝寺想请大人上山喝个茶，顺便瞻仰一下我们的《金刚经》。至于拿走，不太方便。哎呀！抱歉抱歉！"

辩悟也在一旁帮着解围。

几个差人撇着嘴："至于不至于啊？这个玩意儿，一本破经，瞧你们金贵的，真是的！拿出来不就完了吗？"

"哎呀！实在是抱歉！阿弥陀佛，阿弥陀佛！"

老方丈和辩悟好说歹说，把这几位差人算是说走了。

又过了七八天，这几个人又来了。一进门，还是那样，撇着大嘴："那个，你们老方丈在不在呀？"

辩悟正好在旁边，知道他们几个人来没好事儿，就说了个瞎话："阿弥陀佛！老方丈身体不爽。有事您跟我说吧，您有什么事儿吗？"

"没有什么事儿，我们回去之后跟大人禀告，大人说可以理解。说你们拿这个东西当宝贝了，这么些年没拿出来过。说我们拿走看看也确实不像话。大人让我们二次前来，有个话要问问你们。你们这《金刚经》，卖不卖呀？你们开个价，多少钱，要是卖的话，我们买，行不行啊？"

"阿弥陀佛、阿弥陀佛！"辩悟心说这不像话！什么叫买呀？"几位上差，这个实在是抱歉！上次跟您说了，这本经书对我们来说，非常珍贵，镇寺之宝啊！卖，我们更不敢了！哎呀，您几位回去之后，请在大人面前美言几句，实在是不好意思！"

寺里的和尚们都出来说好话了，哄着差人，连道歉带央给[1]。这几个差人骂骂咧咧地就走了。

和尚们两手一摊，这叫什么事儿？

那么说常州府的知府，为什么就非要看这本《金刚经》呢？

这个知府是刚上任，山西太原人。他之前在别处做官，最近刚刚调到常州做知府。走马上任之前，他在家里跟几个朋友一块儿吃饭，他那几个朋友都是念书人，唯独他是个粗鲁人，不过哥儿几个处得不错。吃饭时，朋友就跟他说了："你马上就要去常州府做知府了，去了常州府可就厉害了！"

"怎么就厉害了？"

---

[1] 央给：天津方言，指不断地哀求。

"挨着常州府不远就是苏州府，它那儿有一洞庭山，洞庭山里有一个洞庭寺，这你就知道了吧？"

他听得一头雾水："我就知道俩地方挨着不远，然后呢？"

"这个洞庭寺里边，有一个镇寺之宝《金刚经》。"

大人登时竖起大拇哥儿："哦，金的呀？"

"不是，它叫《金刚经》。"

"哦哦哦，是叫《金刚经》，什么意思？"

"传说这个《金刚经》是打唐朝流传下来的，珍贵无比！你要是到那儿去呀，你找机会瞻仰瞻仰，这可是一个福气。"

人家几个朋友说完，就翻篇了，他就记在心里边了。

上任之后，大人有一天闲着没事儿，突然间想起这茬儿来了——洞庭山洞庭寺有一个《金刚经》，心说："这《金刚经》我得瞧瞧。"他就打发人：

"去拿去。"

他也是横惯了呀，以为手下人到了那儿就能拿来了。没想到头回去居然没拿来，手下人回来一说：

"没拿来。"

"嗨！和尚们厉害呀！去找他们去，就说我要买，问他们多少钱。"

差人第二回去到这儿一问，又让人家给软推回来了。几个人回来跟大人一说：

"和尚们不卖。"

这大人心里就别扭："这叫什么事儿？要是派几个人愣抢去吧，不是不行，但是不好看。况且它不属于常州府，要是属于我的地盘儿，这好办。不属于我这儿，我要是派兵去抢也不像话。"

一晃又过了四五天。这一天常州府知府升堂理事，因为他手下人拿住了十几个江洋大盗。大人说：

"来呀，审，升堂。"

咚咚咚，三通鼓响，三班衙役排班肃列，知府转屏风入座。盼咐一声：

"来呀，带江洋大盗。"

只听这底下稀里哗啦、稀里哗啦一阵响，这动静就跟上来一群唱快板的似的。什么东西能这么响呢？犯人身上戴着的铁链子。这些江洋大盗从上到下戴着三大件儿——手杻、脚镣、脖锁。十几个犯人走在一块儿，发出的声音相当壮观。

"喊哧咔嚓、喊哧咔嚓、喊哧咔嚓，丁零当啷、丁零当啷……"

犯人们全被押上来了，来在了大堂上。

衙役们在两边大声呵斥：

"跪跪跪！"

犯人们应声全跪下了。大人坐在堂上，目光梭巡堂下，来回瞧这些犯人。他瞧着瞧着，就乐了，当堂哈哈大笑了起来。为什么乐呢？只见这十几个江洋大盗里，大部分都是一副穷凶极恶的模样。头发跟钢针似的，胡子拉茬，大眼珠子滴溜乱转。单看那形貌神态，就知道是杀人放火的。但这里边唯独有两个人，剃着大光头，假扮成了和尚。这两个土匪很狡诈，为了掩盖自己的身份，化装成了和尚。

大人来回一看，就哈哈地乐了：

"退堂，退堂！带走，带走！"

差人们心里纳闷："这刚带来啊，怎么就带走了呢？"大人让带就带呗："走走走！"

"喊哧咔嚓、喊哧咔嚓、喊哧咔嚓，丁零当啷、丁零当啷……"

众衙役把这帮"唱快板的"又都带下去了。

这是白天的事情，赶等晚上，老爷吃完了饭，吩咐一声：

"来呀，升二堂。"

二堂就是花厅[1]。大人吩咐人炒俩菜，烫上壶酒。师爷在旁边陪着，老爷喝着酒，吩咐一声：

"来呀，把那俩假和尚给我带来。"

"是。"手下人就奔监狱去了，到那儿去把这俩就薅来了，"跪跪跪，跪下跪下！"

两人跪在那儿："见过大老爷！"

大人气定神闲地坐在上面："哎呀，姓什么叫什么呀？"

"跟大人您回，我叫张三。"

"我叫李四。"

"真和尚假和尚啊？"

"大人，跟您说，我们是假和尚，我们是土匪。既然让您拿看了，我们也不说别的了。"

"好大的胆子！都干了什么露脸的事儿了？"

---

[1] 花厅：某些住宅中大厅以外的客厅，多盖在跨院或花园中。

"大人，我们净偷东西来着。什么都偷，大到金银财宝，小到烧饼馒头，咸菜我们也偷。"

"嚯！这俩臭贼！那为什么把头剃了呢？"

"是，跟您说，这不就是为了方便吗？我们能偷的时候就偷，能抢的时候就抢。别人一看我们是和尚，他防得就没有那么严实，干起活儿来方便。"

"哈哈哈——这俩小子真厉害！一个叫张三，一个叫李四，是吧？"

"是是是，大人，是我们两人。"

"我看你们两人还挺好玩儿的。"

两人吓一跳！什么叫挺好玩儿的呀？大人这是要玩儿我们呀？想怎么玩儿呀？俩贼回道：

"是，大人您恩典，您恩典！"

"我想开脱开脱你们两个人，就看你们两人脑子怎么样。"

"大人，我们脑子最好了，要不然您出题考考我们吧。"

这知府就笑眯眯地出题考他们：

"你们是哪个庙的呀？"

"大人，我们没有庙，我们是假和尚。"

大人一变脸："混账！你们俩必须是真和尚！"

"大老爷，我们是和尚。"

"你们是哪个庙的呀？"

"我们哪个庙也不是啊。"

"你们是洞庭山洞庭寺的。"

"哦哦哦，我们是洞庭山洞庭寺的。"

师爷在一边提醒："大人说了你们可得记着呀。"

俩贼点点头："我们记着呢，大人您说。"

大人就掰着手指头给他们展开了讲："有这么一座山，山里有个庙。"

俩贼接道："大人，庙里有老道。"

大人也好奇："干吗有老道呀？"

"不都这么说嘛，从前有座山，山里有座庙，庙里有老道。"

"跟那老道没有关系。洞庭山洞庭寺，记得住吗？"

"记得住，记得住。"

"你们都偷什么了？"

"金银财宝，大饼馒头。"

"这几样就别提了，你们没偷这个。你们知道你们偷的是什么吗？"

"大人您说我们偷的是什么呀？"

"《金刚经》。"

"大人，什么是《金刚经》？"

"哎呀！跟你们没关系，你记住就行了。再来一遍啊，你们是哪儿来的？"

"跟大人您回，洞庭山洞庭寺。"

"哎，好好好，就是洞庭山洞庭寺，都偷什么了？"

"馒头大饼……不，还有《金刚经》。"

"太对了！偷的东西都藏哪儿了呢？"

"大人，我们把偷的东西都卖了。"

"卖了不行，就藏在了洞庭寺，藏在了寺里头，会说吗？"

"大人，我们会说了。"

"只要你们一上堂，照大人我说的这个供，我保你们俩不受罪，死不了。"

"是，谢大人您恩典！"俩假和尚跟这儿磕头。

过了两天，升堂理事，知府又往堂上一坐：

"来呀，把那些江洋大盗带上来。"

"稀里哗啦、稀里哗啦，丁零当啷、丁零当啷……"

犯人们全被带上来了，往堂下一跪。知府挨个儿地问：

"你姓什么呀？"

"大人，我姓孙。"

"你叫什么呀？"

"我叫孙胖子。"

"孙胖子，你偷什么了？"

"我偷大象。"

"哦，那你可够厉害的。"知府点点头，转问另一个犯人，"你叫什么呀？"

……

堂下的犯人们挨个儿都被问了一遍。知府问来问去，最后问到这俩假和尚：

"你们俩，是真和尚还是假和尚啊？"

"跟大人您回，我们是真和尚。"

"很好很好，是哪个庙的和尚啊？"

"启禀大人，我们是洞庭山洞庭寺的。"

"好好好，大人我很爱听。"

两边差人面面相觑，心说："这有什么爱听的呀？"

大人又问了下去："我问你们啊，都偷了什么了？"

"启禀大人，金银财宝，还有馒头大饼。"

"这个不重要，还偷什么了？"

正在这个节骨眼儿上，俩笨贼把前些天夜里串的口供忘了。

张三看看李四："你说吧。"

李四直摇脑袋："大人，我记性不好，就得他说。"

差人们心说："这挨着记性什么事儿了？"

大人一拍桌子："混账！快说，偷什么来着？"

"大人……"张三挠着脑袋想了半天，忽然想起些什么，"哦，启禀大人，我偷了金刚了，我偷金刚了！"

大人心说不像话，怎么没偷罗汉哪？

"不是，你再想想你偷什么了？"

"不是金刚吗？那是什么啊？"张三傻眼了，"大人，您提个醒。"

"混账！我给你提什么醒？你们俩自个儿商量商量。"

张三跟李四跪在堂下，脑袋凑在一起嘀嘀咕咕：

"伙计，咱偷什么来着？"

"我记得是偷金刚了呀？"

"不是偷金刚。"

俩贼迷迷瞪瞪的："大人，我们偷了那个，我们偷了罗汉了？大人，我们偷了什么呀？"

"哎哟！混账！你们是不是偷了《金刚经》了？"

"哦，对对对，大人，咱俩偷了《金刚经》了！"

"这里面有我什么事儿啊？是你们俩偷的。"

张三附和道："对对对，我们俩偷了那个《金刚经》！"

旁边的李四舌头都快捋不直了："什么金刚、金光经，我们俩金……偷了金光。"

"不像话！重说！"

俩贼欲哭无泪："我们俩……"

大人看戏演得差不多了，也该收场了："哦哦哦，你们偷了《金刚经》了，是吧？"

"对对对，大人说得对，大人说得对。"

"现在这东西在哪儿呢?"

"东西在洞庭山洞庭寺。"

"那行了,看来洞庭山洞庭寺窝了赃了呀,来人哪!"

"有!"

"拿着飞签火票,去把老和尚给我带来吧。把那个《金刚经》一块儿带来,他们是窝主。"

常州府上下的师爷、差人们都知道,大人这是瞪眼说瞎话。但是大人安排了,那就照办吧。差人把这些江洋大盗全押了下去,钉杻收监。大人这儿安排人,立马赶奔洞庭山洞庭寺,要去敲诈勒索,逮人家老和尚。

一路无书,这一天差人们就来在了寺里边。前两回来的时候,那几个人多多少少还算假客气。这回来不一样,这回来是抓差办案。嗬!一个个拧着眉瞪着眼,拿着铁链子,从大门处进来:

"嘟!老方丈呢?"

寺里的大和尚、小和尚纷纷吓了一跳:"怎么回事儿?"

"什么怎么回事儿?办案知道吗?把你们方丈叫出来!"

老方丈出来了:"阿弥陀佛!"

"咳,我知道你没头发。我告诉你,你的案子犯了。"

老方丈吓一跳,他打四岁就跟这儿当和尚,突然间来几个差人说自己案子犯了:"哎呀!我犯什么案了?"

"别废话!不知道,我哪知道?"哗楞嘎嘣一阵响,差人就把老方丈锁上了,跟前这些人都傻了。

辩悟出来了:"慢着!几位上差,水有源树有根,为什么锁我们当家的老方丈?"

"不知道,看见了吗?大人这儿有飞签火票,让他去一趟。听说你们这儿还有一个什么《金刚经》啊?"

辩悟点点头,明白了。他们三番两次前来,就是为了这本《金刚经》。

"有。"

"带着!带着它跟我一块儿上堂。有话见知府大人说去,跟我们说没用。你们谁跟着?"

辩悟上前:"大人,我跟着。"

"好,赶紧拿去。"

过去有个老话:"光棍不斗势力。"漫说是出家人,哪怕是地面上混黑社会的,或是耍巴巴儿[1]、耍胳膊根儿的，要是真来了四个差人拿他们，当场就傻！

辩悟赶紧进了后面的库房，把《金刚经》取了出来，贴身揣好，再从库房出来："我跟着我师父一块儿去。"

"对，你跟着去是最好，多一个人也别跟着，咱们走，走。"

从寺里出来，下得山来先坐船，坐船过去再倒旱路。简断截说，一行几人就来在了常州府，差人往里边传报：

"启禀大人，我们把老和尚抓来了。"

"哦，抓来了，《金刚经》呢？"

"也带来了。"

"好好好，把《金刚经》拿到我这儿来，把老和尚钉枷收监。"

"好嘞！"

老方丈就这么被押在监狱里边了。这本《金刚经》也落入了常州府知府的手里，往桌上一放，大人挺开心。

"哎呀！这些年来，我还真没见过这玩意儿。其它的宝贝咱们也见过，这个东西可是头一回见，去请夫人们！"

叫下人去请他几个老婆出来，他家里连媳妇带妾，有一大帮妇道人家。这些日子里，他老跟几个老婆说起这个事儿。别看他没文化，人越是没文化，就越爱充有文化的。这阵子他天天在几个老婆跟前念叨：

"这回我让他们拿去了，洞庭寺的镇寺之宝，他们的镇寺之宝可了不得呀！"

这几个媳妇儿还问："什么叫镇寺之宝？"

"每一个庙里边都有宝贝，你们看有些庙里边的镇寺之宝是锦襕袈裟，知道吗？上边缀着珠子呀、翡翠呀，各式各样的东西。他们这家的宝贝叫《金刚经》，你们听听这名字，金的，刚的，经的。"

"那管什么用啊？"

大人解释半天也没解释清楚，所以这些日子里，这几个媳妇耳朵里边都灌满了这三个字——金刚经，但硬是不知道这《金刚经》是什么玩意儿。今天《金刚经》终于来了，就让几个老婆看看吧。

小厮跑到后院一吆喝："有请各位夫人！"

---

[1] 耍巴巴儿：在天津话中指做事带有江湖气，行为鲁莽，敢于耍横的人。也称"耍胳膊根儿的"。

各位夫人打后边往前厅走，环佩叮当——

"丁零当啷、丁零当啷，当啷当啷当啷……"

这几个就跟唱山东快书的。

夫人们打后边来了，围着桌子，稀罕道："哟！老爷，您说的那个什么'金的刚的经的'，在哪儿呢？"

"你们来看看，就在这个布包里边。打唐朝流传下来，唐朝的白什么乐天的，金的刚的经的，反正挺好。来，咱们一起看看宝贝吧。"大人就动手解这包袱皮儿，打开了，大伙儿看得直嘬牙花子。这几个媳妇儿愣是没看出个好歹来：

"这是什么玩意儿啊这是？一本破书啊！没有什么金的刚的经的呀，这怎么回事儿啊？"

大人脸上挂不住了，一边说，一边捧起来翻页："你们不认字，你们不懂这个东西……这怎么连个皮儿都没有啊？"

各位，是没有皮儿啊，头一张不是飞了吗？之前在船上，辩悟拿着古册，手一掀开，一刮风，头页就"呲啦"一下子飞走了，所以这本《金刚经》其实就是个残本。大人打开之后看了看，翻了翻里头，往桌上一扔，土都呛起来了，呛得几个人直咳嗽：

"咳咳咳，好家伙！什么破玩意儿？"

几个媳妇儿："咱们要这玩意儿干吗呀？这有什么用啊？"

这就是"听景别看景，看景更稀松"，是不是？咱老听人说上哪儿玩去，那地儿这么好那么好，越听他说越想去。等到真去了，到地方之后，咱就觉得一点儿意思都没有，是不是？

大人咂摸咂摸嘴巴："咱们这也是上了当了呀！我在老家听我那几个同学跟我念叨，说这《金刚经》是个了不得的宝贝，结果就是一本破书啊！我跟你们说个笑话，为了这个，他们那老方丈，现在还在牢里边押着呢。"

他其中一个媳妇儿说："咳，行了！咱们别整这出儿了，赶紧把和尚轰走吧。这么大岁数，回头要是死在咱们这儿就造孽了。这个金的刚的经的，也让他拿回去吧。这玩意儿在他那儿是个宝贝，在咱这儿一点儿用都没有啊。"

"说得有道理。那放了他吧。"大人点点头，把这《金刚经》又包好了，喊人进来，把《金刚经》递了过去。

"把那老和尚放了，这个也还给他，跟他说一声，让他回去好好地修炼。"

"哎哎哎。"手底下的人接过《金刚经》，下去了。

到这会儿天已晚了，差人们得等到转天才能放人。

转过天来的上午，辩悟早早地来到了衙门的大门口儿，因为他昨天跟着差人们一起来的。他心里想的是：

"按流程来说，今天常州府得升堂审我家老方丈，得看看他们是怎么个说法。"

他就跟门口儿等着。刚等一会儿，差人就把老方丈喊出来了。昨天逮他的几个差人也都跟着来了，手里托着《金刚经》：

"那小和尚过来。"

辩悟双手合十，跑来扶着老方丈："哦，阿弥陀佛！师父！"

"哎，来来来，这个给你拿着。"差人把《金刚经》递了过去，"这是你师父，是吧？回去吧，你们的案子结了。"

俩和尚没听明白，辩悟心说："这都什么跟什么呀？到寺里拿锁链子给我们家方丈锁上，把老头儿锁了一宿，早晨一上班，就通知我们案子结了，这都不挨着呀！"

辩悟就问："几位上差，什么案子结了？我们到这儿来还没见到大人呢。"

"不用见了，大人也不想见你们。现在你们的案子已经结了，这个《金刚经》也还给你们，你们就拿回去。"差人咳了一声，眼皮一翻，开始胡诌，"所以说，这件事对你们来说是一个教训，也是一个改正的机会。你们回去好好地修炼，下回一定要注意，千万不可以再犯这种错误了，好不好？滚蛋！"

差人说的话，俩和尚一句都没听明白，对视一眼，心里都疑惑：

"我们犯什么错误了？怎么就下回注意？我们注意什么呀？"

但要是硬跟他们讲理，那就错了。是非之地，不可久留。人能出来，比什么都强。何况《金刚经》也拿回来了，俩和尚这厢千恩万谢，爷儿俩还挺高兴：

"走吧。"

辩悟搀着师父赶紧往外走。他俩回去还得坐小船，得先坐船到浒墅关，才能进苏州地界。

坐在船上，爷儿俩就聊闲天，说来说去，辩悟叹了口气："师父，我跟您说实话吧。这本《金刚经》啊，短了一页。所以说，我觉得常州府放人，可能跟这件事有关系。"

"怎么还短了一页？"

"咳，您看看吧。"辩悟从怀里掏出《金刚经》来，把事情怎么来怎么去，全跟老方丈讲了一遍。

"如果《金刚经》很完整的话，有可能今天咱们就回不来。"

老方丈点点头："阿弥陀佛！看来这是天意呀！行啊，也是我们命中有此一劫。不过你我能够安然无恙，也算是不幸中之万幸也。"

行船行了一天，此时暮色四合，眼瞅着两人就来在了苏州地面，下了船往前走，突然间就觉得前边有红光一道。老方丈说："前面这是什么呀？着火了还是怎么着？"

"不知道啊，咱们过去看看吧。"说话之间，两人就赶到这道红光之下，定睛一瞧，原来是一所小房子，门还开着。窗户里透着一豆灯光，俩和尚思忖一番：

"方才那道红光莫非是屋里的灯光？可这光线也不大呀！"

俩和尚刚站住了，打屋里出来一个老大爷，慈眉善目的，看样子得有六十来岁。老大爷一看门口站着俩和尚，登时喜笑颜开：

"哟嚯！两位师父，阿弥陀佛！合夜至此，有何见教啊？"

"不敢不敢，我们是洞庭山洞庭寺的。打常州回来路过此地，刚才看到这边有红光一道，不知道是怎么回事儿，以为是着火呢。没想到走到这儿一瞧，是您这屋里点着灯呢。"

"原来如此，原来如此。"

"打扰了！打扰了！"

"别别别，不打扰，不打扰。相逢即是有缘，两位师父，快请进来吧！进来喝杯热茶也是好的呀。"

"哎呀！给您添麻烦了！"

"快进来，快进来。"老大爷就把俩和尚让进来了。

进来一瞧，这个屋子虽然不大，但收拾得干干净净的，桌子、柜子、凳子码得整整齐齐。

老头很热情："快坐！快坐快坐！"

俩和尚坐下了，老人爷给沏了壶茶，倒好了。

辩悟就问人家．"这位老者，您贵姓啊？"

"我姓姚，大伙儿都管我叫老姚。"

"姚老丈。"

"哎哟！您别客气，别客气。"

"您以何为生呢？"

老姚笑呵呵地说："咳，年轻的时候，就在河边打小鱼。后来上岁数了，也干不了了，每天就闲着。我有俩儿子还不错，也不让我干活。他俩闲着没事儿呢，就过来照顾照顾我，给我送点儿吃的。我一个人住着也清静。我这个人呢，也没有别的爱好，就是愿意做点好事儿。我小的时候没念过书，不认识字，但是我偏偏爱惜字纸，平时捡到什么字纸，我都愿意捡起来，省得街上的那些流氓亵渎文字。而且我也喜欢念经，为什么看见出家人觉得亲呢？因为我爱念经，可是我又不认字，所以我一天到晚的，也就是念个阿弥陀佛。挺好，我觉得这是个好事儿，这是最开心的事情。所以今日瞧见二位师父，就觉着很有缘分。您二位喝茶，喝茶喝茶。"

三人喝着茶聊着天，聊得挺开心的。辩悟无意间一抬头，只见房梁上粘着一张纸。这张纸怎么这么眼熟？他站起来一看：

"哎哟！"

怎么呢？正是那《金刚经》遗失的头一篇儿！

"哎！师父！我这，老姚你快看，这个是怎么回事儿呢？"

老方丈也认识这张纸，立马站起来了："阿弥陀佛！"

老姚乐了："这个也是我捡的。有一天刮大风，我一出门，刚站住了，刮大风来一张纸，呼我脸上了。我一瞧，像是个经，也不知道是什么，也不明白。我一看别糟践了，我就贴在我这房顶子上边了。怎么，您认识啊？"

"哎呀！阿弥陀佛呀！"辩悟乐坏了，打怀里把《金刚经》掏出来了，"您看看，您看看，您这一篇儿跟我手里这个是一套。上次刮大风，把我这篇儿就给刮走了。没想到，今天在这儿看见了！"

老姚哈哈一笑："哎哟！老天爷睁眼，今天是完璧归赵！"

八 但行好事

刚刚驾到

多行义举存厚道　一念之善吉神随

> "人心曲曲弯弯水，世路重重叠叠山。
> 好事总得善人做，哪有凡人做神仙。"

天儿也不早了，人也不少了。鸡也不叫了，狗也不咬了。紧打家伙当不了唱，烧热的锅台当不了炕，咱们又开书了。今天咱们这书叫什么名字呢？嗬！这好了，正能量。您要记住这个书名，叫《但行好事》。有人说听这名儿，怎么这么熟呢？对了，以前我老说这句话，但我一般是连着说八个字："但行好事，莫问前程。"

咱们这一篇的故事，就叫《但行好事》。

故事发生在明朝弘治年间，江苏太仓州。我们的男一号，故事的主人公，是太仓州衙门的刑房书吏。这人姓顾，叫顾芳，三十来岁，人品非常好，忠厚、善良，热心肠。

过去有句老话："身在公门内，必定好修行。"尤其在六扇门——所谓的六扇门，指的就是衙门，因为衙门口有六扇门——在这里边上班的人，权力大，要是想修行、做好事，是非常容易的。不过在封建社会的衙门口当差，天长日久的，多多少少会沾染上一些坏毛病。

但是顾芳这个人自始至终秉性纯真，特别善良。犯法的不做，犯恶的不吃[1]，他把自己的心放得非常地正！在过去的衙门里边，要找出这么一个主儿是非常不容易的。

他经常要去各处公干，因为太仓州地界也大，他也不能老在衙门里待着。有些公文的递送，就需要他亲自去跑一趟。这样一来，他就不可避免地要出城。

---

[1] 犯法的不做，犯恶的不吃：北京方言，指不干违法损德的事情。

过去的城有城门，而且每天有门禁，时间一过，就必须要关城门。

问题就来了，如果顾芳出城公干，办完事儿了打算回城，城门一关，他就未必回得去了。那怎么办呢？他就得找一个地方借宿。一般来说，刑房书吏都是住店。但是顾芳是常年跑外[1]，他自己有一个落脚点儿，他不住店。

他有一个好朋友，谁呢？城门外有这么一家三口。本家是烙大饼的，老两口带着一个闺女，这闺女名唤爱娘。老头儿有五十来岁，闺女没多大，十七八岁，加上老太太，他们三口人过日子。

烙饼的老头姓姜，叫姜荣。他烙饼烙得好！十里八乡烙饼的人，都没有他烙得好。他能把饼烙得又有层儿、入口又酥，饼皮儿还特好看。不管烙的是家常饼、还是葱花饼、还是油酥饼，面团儿一到他手里边，那就跟有了精神一样，人人都夸他烙得好！这烙饼的手艺是他家里边祖传的，他们家打他爷爷那辈儿就烙饼，人送雅号"烙饼世家"。大伙都爱吃他们家的饼。

他经常自己烙饼烙着烙着，就开始跟人唠了："列位，不是我吹呀！你们尝尝、你们看看，别人那个饼，往嘴里一嚼，上下嘴唇再加上这饼一共是三层。你们瞧我这个饼，从这儿撕开，你看——十多层。"

这是真是会烙饼。

"唉！可惜啦，可惜我只是个烙饼的呀。"

朋友们跟他开玩笑："怎么着？你烙饼烙得那么好，还不知足吗？还可惜你是个烙饼的。怎么，你还有什么雄心壮志？"

姜荣就慢条斯理地回道："嗯，那是！'人往高处走，水往低处流'，谁都有个向上的心啊。当了县官就憋着当知府，对吧？我们烙饼的也是有自己的志向的，但愿有一天我能实现。"

朋友们就笑了："哎！姜荣，你到底有什么愿望？"

"哎！不能说不能说！说破了就不灵了！"

大伙一乐："咳呀，你能有什么愿望呢？"

顾芳跟这位烙饼的姜荣就是朋友，爱吃他烙的饼，有时候去外地公干，回来晚了也不住店，就奔姜家来。姜家也不拿他当外人，特意收拾出一间屋子，再给他准备了一套铺盖。他要是回不了家，就上这儿来。姜荣给他烙饼，炒俩菜，喝点儿酒，两人一聊天一睡觉。天亮之后，城门打开，顾芳再进太仓州。一晃啊，他跟烙饼的姜荣就有了三四年的深厚交情。

---

[1] 跑外：为某种事务而在外奔走。

这天清晨起来，姜家一家三口像往常一样忙活起来。闺女爱娘拿笤帚在院子里扫地，老太太在里屋收拾房间。姜荣则钻进厨房收拾东西，准备烙饼。他低着头刚把火捅开了，就这会儿工夫，外边传来了一阵杂乱的脚步声。

接着，耳边便传来一阵叱呵："喂！"

他一抬头，只见眼前站着十多个公差。一个个凶眉立目，拿着铁链子。

姜荣吓一跳，哆嗦着问："几位头儿，您，您这个？"

"往起站！叫什么名字？"

"叫姜荣。"姜荣缩着脖子，站起来了。

"哦，叫姜荣啊，干吗的呀？"

"烙饼的。"

"都烙什么饼啊？"

"什么饼都烙，葱花饼、油酥的、椒盐的、芝麻的，家常大饼都烙。"

"站好，站好，站好！你再想想啊，你还干过别的没有？"

"我没有，我就一直是烙饼。"

"你再好好想想。"

"我再好好想也烙饼啊。我们家是家传的呀，从我爷爷到我爸爸，再到我，家里三代都是烙饼的。"

"你就没打算干点儿别的吗？"

"是，几位爷，我倒是有一个愿望，但是我不能说，说出来就怕不灵了。"

"嚸！今天就灵了！"为首的差人忽然脸色一沉，向身侧的手下使了个眼色，"锁上！"

哗楞嘎啷一阵响，手下人大步上前，举着大铁链子就往姜荣脖子上套。

姜荣害怕了："哎呀！几位呀，这是怎么回事儿啊？"

老太太和爱娘也出来了，怯怯地上前发问："您几位怎么了？怎么了？"

"怎么啦？那得问他自己个儿，我们哪知道去。这回你算是混整[1]了，跟我们去衙门口打官司吧。"

"别别别！我也没有为非作歹啊！"

"那是你的事儿，有冤屈见老爷说去，跟我们说没用。"

这厢正乱着，顾芳打远处来了。

"哎！哥儿几个，哥儿几个。"

---

[1] 混整：混得好了、成功了，时常带有调侃、讥讽的意思。

这几个人都认识他，为首的跟他打了声招呼："哟嚯！顾爷！您怎么来了？"

顾芳瞧了眼老头儿脖子上的铁链子，问道："几位，这是怎么了？"

"这是公事，老爷让我们捉拿姜荣，就是他。"

"哦，是这样，他跟我是哥们儿。人很老实，特别好，他不可能为非作歹，您几位容情一二。"

为首的差人面色稍缓："顾爷，他跟您是朋友？"

"跟我是朋友。"

"既然跟您是朋友，这事儿也好说，咱们都是自己人，该关照就关照。但是老爷让我们拿人，这会儿把他放了，我们也没法儿跟老爷交代。"

"我知道，不为难你们。你们先把铁链子摘了，我跟他说句话。"

"哦，好嘞。"为首的差人吩咐一声，"给他解开。"

手下人过来一开锁，把老头儿脖子上的链子摘了。

顾芳扶着姜荣，问道："您没事儿吧？"

"顾爷，我都快吓死了！我能没事儿吗？我也不知道我犯什么事儿，我可没干坏事儿啊！"

"您别担心，都有我呢。您踏踏实实的，待会儿我跟您去一趟，好不好？"

姜荣的眼泪都下来了："我害怕！"

"您别哭，没事儿。哥儿几个，咱们走，好不好？我跟着一块儿，这事儿有我呢。"

"那成，看在顾爷的面子上，这事儿好说。姜荣，跟着咱们走一趟吧。别闹别哭，没事儿，走走走。"

临走前，顾芳又安慰了一阵老太太和姑娘："别害怕，不要紧。"

这一行人缕缕行行[1]地走了一天，来到了太仓州的衙门。刚来到衙门口，天色就晚了，差人给姜荣找一间班房[2]，几个人把姜荣领了进去。

顾芳站在门口，安抚道："您哪，跟这儿先忍一宿，也别上别处去了。来，给倒点儿热水，给买点儿吃的。"

姜荣坐在班房里，难过道："我吃不下去。"

"您好歹吃两口。您就踏实住了，万事都有我呢。"顾芳再三劝道，回头又嘱

---

[1] 缕缕行行（háng）：成群结队，形容人很多。

[2] 班房：最初指官衙或私人府第里的差役们值班或休息的地方，后来指官府临时关押疑犯的地方。

咐了几句，"哥儿几个，替我照顾着点儿，这是咱们朋友。"

"好嘞好嘞。"

小伙计们在班房里照看着老头儿，顾芳奔到后边找大人。

太仓州的知州正坐在屋里边看案卷，听到门口有人毕恭毕敬地喊了一声："回事！"

"进来吧。"

"哎。"顾芳一挑帘栊就进来了，"参见大人。"

"顾芳啊？"

"是。"

"天都晚了，你怎么来了？"

"是这样的，闻听大人命人捉拿来一名人犯，叫姜荣。这个人是我的朋友，忠厚老实。请大人审问的时候呢，您网开一面，不要过分地恐吓于他。下吏多嘴，老爷您开恩！"

大人听完了眉头一皱："叫什么？"

"叫姜荣。"

"嗯，行，我心里有数了，你去吧。"

"谢大人！"顾芳出去了。

大人心里边不痛快了——因为这些年在太仓州的衙门，顾芳从没给人讲过情——不禁疑心起顾芳来，暗想："你这是明目张胆地讲人情啊！都说你忠厚善良，今天竟然说得这么直白。那不用人说，这必定是拿人钱了。明天升堂审案，我得看一看，看看这个姜荣到底是怎么回事儿。"

这位大人为什么要命人捉拿姜荣呢？因为最近太仓州拿获了一批江洋大盗。一番审讯后，这些大盗的头儿被咬出来了。所有犯人的口供出奇一致："我们这些年所有偷来的、抢来的，足有黄金万两，都藏在姜荣那儿了，他是窝主。"所以大人命人去捉拿姜荣。

今天晚上，大人又把案卷看了一遍，心说："明日上堂我得看一看，什么样的人吃了熊心豹子胆，竟然敢窝脏啊！等着吧。"

转天清晨起来，顾芳先上班房看望姜荣。头天晚上专门请人在里面安排了被和褥子，就是为了让烙大饼的姜荣能踏踏实实地睡一觉。

顾芳问："睡得怎么样？"

姜荣的眼圈乌青青的，忧心忡忡地回答道："不怎么样啊，睡不踏实呀。一会儿眯瞪，一会儿醒，等着打官司呢。"

"你别害怕，不要紧。早饭我都给你准备好了，来，吃吧。"

姜荣吃着喝着，吃了两口实在吃不下去，就把碗筷撂下了。

顾芳宽慰道："一会儿上公堂有我呢，您就踏实住了吧。"

工夫不大，堂上便准备好了一切，太仓州的知州转屏风入座。那么顾芳呢？他是刑房的书吏，也得候在堂上。还没等大人说话，他又特意叮咛了一句：

"大老爷，待会儿审问姜荣一案，请大人仔细地问来。"

大人心里别扭，暗想："你有完没完？竟然在公堂上明目张胆地问，敢说这个话！"

于是他一回头："顾芳，他给了你多少钱？你竟然在公堂上给人犯讲情。"

顾芳神色肃穆道："启禀大人，卑职没有受贿之心。知法犯法，罪加一等。只是因为我了解他，请大人明察！"

"好了，我知道了。"

"是，谢大人！"

"来呀！带姜荣。"

"带姜荣！"堂下一大帮差人跟着喊，倒不是专门为了吓唬人犯，主要是为了给旧时的青天老爷增堂威呀。众人喊完后，打门外头，烙大饼的姜荣被带上来了。

"跪跪跪！"

姜荣很听话，不仅是跪，简直是趴那儿了，整个人骨头都吓酥了。他一个烙大饼的老头儿，哪里见过这世面？旁边的差人还得现往起撒他：

"跪着跪着，不是让你趴那儿。"

"哎，是，我这浑身都软了。"姜荣直哆嗦。

"跪好，跪好跪好！启禀大人，人犯带到。"

"抬头！"

"哎。"姜荣一抬头。

大人看了看，问道："你叫姜荣啊？"

"哎，回您的话，我叫姜荣。"

"你是做什么生意的？"

"我是烙大饼的。"

"哦，烙饼的？"

"是。"

"家里有没有黄金万两啊？"

姜荣苦笑一声："哎哟！大老爷，借您吉言，我倒是想有，可我都没见过金子。我跟您这么说，我们家前些年吃饭的时候经常吃黄金塔。只不过这两年哪，日子算是好点儿了，不吃黄金塔了。至于您说的黄金万两，我没见过。"

大人没听明白："黄金塔是什么呀？"

"老爷跟您回，就是棒子面的窝头，那叫黄金塔，哪儿见过黄金呢！"

"哦。"大人点点头，"我问问你，你做过什么为非作歹的事情吗？"

"跟大人您回，我是从来不敢哪，我'胆小如饼'啊！"

"什么叫胆小如饼啊？"

"我跟您说，我们家祖传好几辈儿都是烙大饼的。那个面团在我手里边，怎么捏、怎么擀全行。我跟那个面团是一样的，我软乎极了！我不敢干坏事啊！"

姜荣说着说着，又要两腿发软往地上趴下去，旁边的差人揪着衣领把他一提。

"哦？你不敢干坏事啊。"大人冷哼一声，"行，刚才顾芳给你讲人情了，你们两个人私交不错呀？"

"跟大人您回，顾爷跟我是好朋友。他每次出城公干回来的时候，都住在我那儿。我跟他一块儿聊天，我们俩很对脾气。"

"这次打官司，你有没有给他钱哪？买动他替你讲人情。"

姜荣一听，直呼冤枉："哎呀！大老爷，冤枉啊！您要是这么问，您还不如杀了我呢！我跟您这么说，他之前每次出城公干住在我那儿，吃饼给饼钱，借宿给房钱。我说：'不要，都是朋友。'他说：'这不行，公事得公办。'他可是个好人哪。而且说句实在话，这回这个事儿，是人家主动要帮助我的，还一个劲儿安慰我。我们之间没有钱的事儿。大老爷，您多恩典吧！多恩典吧！"

"哦，好。"大人一回头，见公案旁边站着一个差人，于是大人眼珠一转，一点手，"你过来。"

"是，大人。"

"你跟姜荣把衣服换一下。"

"哦，是。"差人应声就脱，把自己的衣服脱了，帽子也摘了。

旁边的差人把姜荣架起来："换换换！"

姜荣手足无措地问："不是，我换什么？"

"你穿他那身儿。"

姜荣哭丧着脸："我不敢——"

"让你穿就穿。"还没等他说完，差人直接麻利地上手，把姜荣这身衣裳扒下来。换好之后，姜荣是头戴大帽身穿青，不是衙役就是兵。

大人一指姜荣："来，站在我这桌案旁边。"

"哎，好，您呢。"姜荣就站在大人身侧，一只手扶着桌案边，浑身直哆嗦。

大人说："你别哆嗦呀。"

姜荣吸了吸鼻子："不是，我害怕呀！"

"你站着，你别说话。"大人问堂下的差人，"你穿好了吧？"

差人把姜荣的这身衣服全穿好了。

"来，你跪那儿。"见手下人穿好了姜荣的衣服，往堂下一跪，大人这才吩咐一声，"来，带江洋大盗！"

工夫不大，打底下押进来七八个江洋大盗。几个人往堂上一走，再往堂下一跪，瞧那个面部神态，一个个撇着大嘴傻乐，根本就不害怕：

"给大人磕头！"

"给大人请安！"

这几个人油嘴滑舌的，一看就知道不是好人。大人捏着惊堂木往桌上一拍，问道：

"尔等俱是江洋大盗，我来问你们，哪一个是为首之人？"

正当中跪着一个大高个儿，四方大脸，嘿嘿地乐道："大爷，我就是，他们都是我的弟兄。"

大人冷笑一声："你好大的胆子！"

土匪头儿跪在堂下，却是满脸得色："欸，大老爷，胆小闹不到这儿来哟！"

"好，我来问你，你们这些年，打家劫舍有多少东西呀？有多少金银珠宝啊？"

"我们的钱哪，来了就花。但是呢，整金子我们也存起来。算了算，大概有黄金万两。"

"你这黄金万两都存在谁那儿了？"

"存在城门外边，烙大饼的姜荣那儿了。"

"他一个烙大饼的，他怎么跟你们混在一起呢？"

"咳，大老爷，这您就外行了呀。他烙饼是为了打掩护，实际上他是我们的老大哥，我们全听他的。每次不管是杀了人了，放了火了，抢了东西，只要是真金白银，都得送到他那儿去。这些年大概算了算，多了不敢说，黄金万两肯定是有的。"

"哦。"大人点了点头，"黄金万两可是不少啊，你来看！"

大人拿手一指，指着底下跪着的假姜荣："他就是烙饼的姜荣，你看是他不是？"

"哦，我看看。"土匪头儿一回头，"哎嗨！大老爷，就是他，他就是烙饼的姜荣，万两黄金都藏在他那儿了，杀人放火都是他的主意。"

"哈哈哈！"大人摇着脑袋乐了，"你们可不能冤枉好人哪，你再仔细看一看。"

土匪头儿指着假姜荣，不假思索道："我甭看了，就是他，碾碎了骨头，我也认识他那个粉。没错，他就是烙饼的姜荣！"

"天地间同名同姓之人甚多。人命关天，不能瞎说，你往这儿看。"大人再拿手一指桌案旁哆哆嗦嗦的真姜荣，"他也叫姜荣，你看看他，是不是跟你们一伙儿的呀？"

土匪头儿只扫了一眼便摇头："欸！不是不是！你看这哥们儿一表人才，以后人家还有一步好运呢。哎，他不是。"

大人冷笑，一拍惊堂木："大胆的狗才！你们分明是受了别人的唆使，栽赃嫁祸姜荣，真真岂有此理！他才是烙饼的姜荣，堂下跪着的是老爷我的差人。你瞪着眼说瞎话，来呀！把这一干犯人扯下去，重责四十，钉枷收监。"

差人们如狼似虎地扑上来，扯着犯人的胳膊："走走走！下去下去！这边挨打来。"

七八个江洋大盗被摁在堂下，噼里啪啦一顿乱打。

大人在堂上吩咐真假姜荣："来，把衣服换回来。"

烙饼的姜荣跪在大人脚边，委屈得不行："大老爷，您看如何？"

大人点点头："嗯，看起来你是有仇人哪，这是你的仇人买通了他们。我问问你，谁会干这种事情？你有没有仇人呢？跟老爷我说说。"

姜荣想了想，说道："大老爷，我觉得就别问了。"

大人奇怪道："嘶，怎么别问了呢？"

姜荣回道："我是这么想的，因为咱也没逮着人家，也不知道到底是谁花了钱，买通的这些江洋大盗冤枉于我。但是人家恨我，肯定是我做得不对。如果我一说出来，大老爷您把他再拿来之后，或打或杀，冤家宜解不宜结呀。老爷，这事儿就算了吧。这些强盗您该怎么处理怎么处理，我这个事儿就得了。"

大人轻笑："果然是一个老实人。"

"是是是，我是个老实人，我都快吓死了！"

"来人，叫他具结[1]。姜荣，你就下堂去吧，回去好好过你的日子。"

"谢大人！愿大人公侯万代呀！"姜荣连连磕头，磕完头往外走。

从衙门口一出来，顾芳也跟着出来了。顾芳拱手道喜："行嘞行嘞！太好了，

---

[1] 具结：旧时对官署提出表示自己负责的文件。

这就行了，踏实住了吧，一天云彩散[1]。"

烙饼的姜荣一转身就跪下了："顾爷，我怎么谢您呢？我说实在的，要是没有您，我就算是完了呀。真的，我这条命就，就就扔在这儿了。大恩大德，无以为报！"

顾芳立马把他扶起来："快别说这话！咱们不是外人，都是哥们儿！没事儿，我送您回去吧。"

"别别别，不用了，我自个儿能回去。哪天您得空儿，上我们家串门来，咱们再细说。"

"哎哎哎。"顾芳便目送着老头儿颤巍巍地走远了。

老头儿昨天被带走，今天就一个人回了家。家里老太太跟闺女正等得心急火燎，老头一回到家，一家三口抱头痛哭。这算是不幸中的万幸。老头儿擦擦脸，坐在炕上喝口了水，就跟娘儿俩讲起整件事儿的来龙去脉来。从他上堂讲起，包括中间人家顾芳怎么求的情，老爷怎么出的主意，一直讲到最后无罪释放为止。

"哎哟喂！"老太太也一个劲儿双手合十，"老天爷呀！这事儿多亏了人家顾先生。要是没有人家，咱们家就完了。"

可不是嘛！因为如果没有顾芳，按衙门口往常的办事风格，差人们得把老头儿关在监狱里，不能让他在班房睡觉。一进衙门口，他得先挨顿打。打完之后，在监狱里边，其他犯人也得打他。老头儿五六十了，这个岁数上连着挨几天，身体受不了啊。而且这个案子，兴许糊里糊涂的，审起来就没个头儿了，少说要两三年。就老头儿这个身体状态而言，未必熬得到两三年之后，也许就死在里头了。老头儿一死，剩这娘儿俩，家破人亡，这日子就没法儿过了。所以人家顾芳相当于救了他一条命。一家三口再怎么千恩万谢也不为过。

当天傍晚，顾芳又来了，这回是专门出城来看看姜荣。顾芳买了一堆点心、水果、酒，提着大包小包迈进了姜家大门，他进门便问候姜荣：

"怎么样啦？歇过来了吗？"

"哎哟！顾爷您来了？"

"我看看你来，买点儿点心，买点儿水果，给您压压惊。"

"哎呀！你怎么还给我买东西？我应该看您去，坐坐坐，快坐快坐！"

"没这么些事儿。"

姜荣坐在炕头，直抹眼泪："我们一家三口都不知怎么谢您了！要是没有您，

---

[1] 一天云彩散：谚语，比喻事情虽然严重但很快就消失得干干净净。

我们的日子就算完了。哎呀！顾大爷，您是我们家救命的活菩萨！"

"可别这么说，人没事就好！而且你确实也没有为非作歹。老话说得好，'心里没病不怕冷年糕[1]'，是不是？没事儿，没事儿，好好歇着，什么事儿都没有。"

两人聊了一阵，顾芳就走了。

晚上吃完饭，爱娘收拾过碗筷，就回屋睡觉了。姜家老两口子也回房睡觉，临睡前两人躺在炕上聊天。

老头儿心有余悸，长叹了口气："哎呀！老婆子，咱们捡条命啊！"

老太太点点头："是啊，可不捡条命吗？"

"天下怎么有这么好的人呢？"

"你说顾大爷？"

"是啊，顾芳真是好人！咱们应该报答报答人家。"

"那你说咱怎么报答人家？"

"是啊，打刚才我就琢磨。你说咱要是买东西吧，买什么东西人家能稀罕呢？何况咱家也确实没有什么。我就是一个烙饼的，什么都没有。不过我倒是人穷志高，一直有个愿望，可到现在我那愿望也没实现。"

"哎，老头子，你到底有什么愿望啊？你跟我念叨了半辈子，也没告诉我。"

"咳，我就是这么一说，你也甭问。人都奔着好日子去过，我也奔着好，一直盼着我的愿望能实现。现在别说实现，今儿差点连命都没了。我现在就想怎么谢谢人家顾大爷。"

"那你说吧，怎么谢顾大爷？"

"反正买东西是不行的。我想来想去，有一个主意，我想跟你合计合计。"

"你说吧。"

"咱们闺女也不小了，说句实在话我是真疼她。但现在姑娘已经十六七了，身大袖长[2]，也不能老留在家里边。我一直想给她找一好人家，但是你说哪儿有好人家，是不是？有钱有势的人家，未必瞧得上一个烙大饼的孩子。可是你说差一点儿的人家吧，我又舍不得，不愿意把闺女送过去受罪。我今天想了又想，要不咱们把闺女，送给人家顾大爷得了。"

老太太琢磨了半天："但是顾大爷有媳妇儿啊。"

"我知道有媳妇儿，咱们就让他收个偏房吧。"

---

[1] 心里没病不怕冷年糕：比喻自己如果没做什么亏心事，就不怕别人的冷嘲热讽。

[2] 身大袖长：身体长高，衣袖也要加长了，一般指女孩长大该出嫁了。

在那个年头里，封建社会，男人三妻四妾是很正常的事情。

老头儿继续说："咱们把闺女送过去给他做个偏房，他这个人是正人君子。这样的话，一来咱们也算报了恩了，二来闺女也算找了一个好主儿。老婆子你说行吗？"

"行啊，我也在琢磨这个事儿。这对闺女来说是个好事儿，就是不知道孩子乐意不乐意。"

"明儿问问吧，她要是乐意更好。她要是不乐意呀，咱们回头再想别的主意。"

"行。"

转过天来，一家三口吃早饭聊闲天。说来说去，老两口子对视一眼。

"说吧。"

老头儿开口："闺女呀。"

爱娘抬起头："爹，您什么事儿？"

"我跟你妈商量了一下，你也老大不小的了。老在家里也不是事儿，准备给你找个人家。这个人家呢，你还认识，就是顾大爷顾芳。人家对咱家有救命之恩，我跟你娘也是无以为报。想来想去呢，就想把你许给人家。人家顾大爷，家里有媳妇儿，你也认识顾大奶奶，人很好。我们想让你给人家做一个偏房。当然了，这是爹妈的主意，同意不同意呢，还得看你。你要说乐意呢，那就最好。你要说不愿意呢，爹妈也不强求你。"

爱娘听完了，点点头："嗯，我听您的，爹。顾大爷人品非常好，咱们这些年所接触的人里边，没有比他更君子的了。这个人是真疼人，我相信我要是过去的话，人家家里也不会对我不好。何况咱们又能报恩。爹娘，我愿意，万事都由爹娘做主吧。"

"哎，好孩子！我闺女是真听话。行了，要是这么一说呀，这事就先这么定了。"一家三口就把这个事儿商量好了。

没过几天，顾芳就来了。他第二天要出城公干，头天晚上住在了姜家。吃晚饭的时候，姜荣就跟他聊天："顾大爷，你说你这人怎么这么好呢？"

顾芳抿嘴一笑："我有什么好的呀？"

姜荣掰着指头，仔细数道："热心肠，又善良。尤其是您这个人品行正直，万里挑一呀！"

顾芳摆摆手："您过奖了，我的所作所为无外乎是'规矩'二字。可能你们觉得我如何如何，但是我所做的都是应该的呀。人不就应该这样做吗？不值当您这么夸我。"

"挺好，反正我们没再见过您这么好的人了。可惜我就是一个烙饼的，真的，要是有一天我实现了我的愿望，我得加倍地对您好。"

顾芳听他提起这茬儿，便笑问道："您老说这个，自打我认识您的时候，您就常说您有一个愿望。真格的，您到底有什么愿望啊？"

老头儿摇了摇脑袋："不能说，说了就不灵了。反正我就想，人都有一个盼头儿呗，我也得有一个盼头儿。咳，就这么一说一乐的事儿。我想跟您说个正事儿，顾大爷。"

"您说，什么事儿？有什么事儿是我能给您帮忙的？"

"不是，这回不是帮忙。这个事儿倒简单，只要您一点头就成了。"

"那您说吧。"

"哎，上次那个事儿您救了我，也救了我一家子。我也是实在没有什么可报答的，我跟老婆子合计了一下，我们要是买东西呢，也没什么好东西能拿出手去。报答点儿别的呢，也实在是想不到。最后我们老两口子商量着，打算把我那闺女给您做一偏房。顾大爷，您千万得同意。"

"哎！这可使不得！"顾芳吓得连连地摆手，"不行不行！要是那样的话，我不就成了趁人之危了吗？这不行！又何况我家中有妻室，我们两口子过得非常好。哎呀，这个事儿万万使不得！以后给闺女找一个好人家，而且你看爱娘的模样又好，一定会找到一个合适的丈夫，我可不能耽误她，不能不能！"

老头儿试图劝他："哎呀！你看——"

顾芳站起来："咱可别说这个了，您要是再说，我就走了！"

"哎，好好好。"老头儿只好作罢。

转天清晨起来，顾芳便出城公干。这一家三口聚到一块儿商量这事儿。

"人家不要啊，这怎么办呢？"

老太太说："他是不是嫌咱们孩子不好看呢？"

爱娘一听，含羞带怯，臊得满脸通红。

老头儿说："不是不是，我闺女多好看！顾芳这个人哪，真是个正人君子。人家说得也对，他要是答应的话，这算趁人之危。但咱们是发自肺腑地愿意把闺女给他呀。"

老太太说："那怎么办呢？"

老头儿一拍脑门儿："咱们这样吧，把闺女愣往他家里送。送到家去，他就不能不同意了。咱们专门找一天，把闺女捯饬得干干净净、漂漂亮亮的，然后弄个轿子，咱们一家三口上人家家里串门去。我知道他们家住哪儿，咱们进城到他们家去做客。走的时候咱老两口子走,把闺女留下。这不就得了吗,好不好?"

老太太点头如捣蒜:"行,我听你的,他不要咱们就愣给。闺女,你同意吗?"

"我听爹娘的。"

好家伙,这家人铁了心要报恩哪!

过了几天,姜家这天也没什么事儿。

老头儿一拍板:"咱们就今儿去顾家吧,今儿日子不错。"

闺女换了身新衣裳,捯饬捯饬,化化妆,头上戴上朵花。嘿!不能说是月里嫦娥,最起码也是一等一的人才。老头儿提前雇了一乘小轿,闺女先上了轿,老两口子又准备好了点心、水果之类,也上了轿。一家三口进城,上顾芳家串门去。到了顾家后,赶巧了,人家两口子也都在家。顾芳和他媳妇儿很热情地招呼他们:

"哎哟!一家三口来啦?快来吧,从这儿进来。"

姑娘就坐在一个屋里跟顾大奶奶聊天。顾芳这媳妇儿很敞亮,说话也痛快,跟爱娘聊得很开心。顾芳在另外一个屋里跟老两口子喝点儿茶、聊聊闲天儿。

临走的时候,老头儿唰地站起来了:"今天我们是一家三口来的。顾大爷,明人不做暗事,跟您明说了,我们就是送闺女来的。我们俩走,就把孩子留在这儿了。您哪,也甭客气了,踏踏实实的,以后咱们就是实在亲戚。"

说完之后,老两口子扭头就跑。顾芳直跺脚:"哎哟!哪有这样的?您这样不行,快回来!"

姜家老头儿、老太太早就走远了。

顾芳再到那屋一瞧,大奶奶跟爱娘两人聊得挺开心。两人正聊得火热,顾芳一进屋,喊自个儿媳妇儿:"你来一趟。"

"哎。"媳妇儿出来了,"怎么着大爷?"

"这老两口子实在是太客气了,太热情了!"

"什么事儿啊?"顾芳就把这事儿从头至尾说了一遍,"现如今人家把闺女送来了,你看这怎么办呢?"

大奶奶乐了:"那怕什么的呀?咱们结婚这么些年了,是不是?男子汉大丈夫,三妻四妾的没事儿。我跟别人不一样,大爷您也甭客气了。人家给您留下来的,就把她留在这儿。刚才我跟她聊了会儿天,这孩子可好了。说话也好,长得又漂亮。"

顾芳说:"这可不成!这样吧,你打扫出一间房子来,让她先住着。这会儿天也晚了,过两天咱们再给她送回去。"

"哦，那好那好。"大奶奶给爱娘归置出一间房子来，让爱娘先睡着。

当天晚上，顾芳也没上爱娘那屋去，跟大奶奶睡一个屋。爱娘头晚上一个人在屋里，也不知道怎么回事儿，心说："反正送来了，就跟这儿好好待着吧。"接下来连着好几天，顾芳一直在外面忙，没回过家。每天只有白日里大奶奶跟她一起聊天做饭。

一晃五六天，顾芳回来了，先问问爱娘："怎么样啊？吃的住的都习惯吗？"

"都挺好的。"

"也来好几天了，估计你也想你爹妈了。咱们哪，回去看看你父母。"顾芳带着爱娘，顾大奶奶也一块儿跟着，三口人就奔城外，来到姜家门口。

老头儿、老太太一看闺女回来了，也挺高兴，把三口人迎进来了。顾芳三个人进门来先坐了会儿，跟老两口聊了会儿天。

顾芳看了看天色，说："我有点事儿，我先去办事儿去。待会儿回来，再接我太太来。"于是就走了。

老太太把闺女叫到边上来："怎么样闺女？对你好不好啊？在那儿过得习惯不习惯哪？"

爱娘脸红得滴血："娘啊，一直是我自己睡。"

"啊？他没跟你圆房啊？"

"是啊，人家一天到晚就是忙。回来呢，也是跟大奶奶睡，没上我这屋来。"

大奶奶在旁边听见了，劝老太太道："您哪，别客气了。我们顾大爷说了，他不能趁人之危。今天来呢，就是为了把姑娘送回来，大爷让姑娘找个好人家。他可告诉我了，要是再把姑娘送回去，他以后就不回家。你们可不能坑了我呀，家里只剩我一个人可怎么办呢？"

"哎呀！"老两口子眼泪都快下来了，没想到天下竟然还有这样的人，这是个圣人啊！

过了一会儿，顾芳回来了，接着自己的媳妇儿回家了。事已至此，这一家三口也不能再提这茬儿了。

晚上关上门，老两口子商量起来："这怎么办呢？姑娘抬出去，这等于是出去旅游去了，三五天就被送回来了。倒是也没人知道她干吗去了。爱娘一个十六七岁的大姑娘，身大袖长的，咱们还真得给她再挑个主儿了。"

找什么样的呢？老头儿心里琢磨："得找个好点的人家。谁要是想娶我闺女，一定得有钱，要不然我孩子嫁过去也是受罪。我受不了，我不愿意。"

于是姜荣就央求街坊邻里各处去问，别人帮他介绍了好几个人家，老头儿都没怎么看上眼。

某天早晨起来，姑娘上门口倒水去。这一倒水的工夫，姑娘抬头一看，只见对面来了一帮人。正当中有一位，身后跟着七八个随从。正当中这位有点儿意思，头上戴宝蓝缎子的帽子，身上穿绛紫色的袍子，明眼人看着就知道有钱。

再说这人的相貌。这人长得真是寒碜！他那张大脸哪，就跟一张饼似的，长着一只大鼻子头儿，一看就知道爱喝酒，鼻子头通红。他的眼珠子倒是挺大，但是眼白多，只有不丁点儿的眼黑，就像是鸭蛋上摁了一粒黑豆。他身边这帮人对他是点头哈腰的，看得出来很逢迎他。

这主儿大摇大摆地走在街上，无意中就看见倒水的爱娘了，两粒小黑眼珠登时就转不动了：

"哎呀！太漂亮了！"

爱娘确实长得好看哪！好看到什么程度呢？她那小脸蛋就好比一颗剥了壳的鸡蛋，在房檐底下拿露水打了一晚上，又在粉盒里转了一个圈，那蛋清白里透红的状态。

这位大爷看着看着，舌头伸出去半天，还得现拿手往回揉。他一回头问身边的人："这是谁呀？怎么那么好看呢？"

那么这位大爷是谁呢？这可是个有钱的主儿，是打扬州来的一位富商，人称耿大爷。只要到扬州一扫听他，当地人都知道：

"老耿，耿大爷趁钱。"

耿大爷这回是来太仓州做生意的，一帮人酒过三巡，菜过五味，闲着没事儿，大伙儿就带着他逛逛街、散散心。无意中，耿大爷就瞧见了爱娘。

老耿回去就问："给我问问这闺女是谁？"

有人说："这是烙大饼的姜荣的女儿，姜爱娘。"

"许配人家了没有？"

"没有。"

"太棒了！你给我问问去，看她愿意不愿意跟我？"

跟他合伙做生意的朋友就打发家丁去问，家丁来到姜家门口跟老两口子一说：

"扬州大富商耿大爷，富可敌国，趁钱趁得都海了呀！瞧上您闺女了，要娶您这闺女，您看行不行呢？"

"哎呀！"老两口子说，"扬州大富商看上了咱闺女，这是好事儿啊，见一面吧。"

这帮人找了个酒楼摆上一桌饭，姜荣就来了。两人一见面，耿大爷还挺客气

的,一躬到地,俨然把他当成老丈人来拜:

"幸会幸会!"

姜荣也跟他客气:"兄弟,兄弟快坐,快坐。"

怎么呢?这个耿大爷的岁数跟姜荣差不多呀!姜荣坐在一边,吃饭喝酒,直龇牙花子。为什么呢?这个求亲的耿大爷长得太寒碜了,岁数又大,比姜荣自个儿也小不了一岁半岁的。

姜荣想想就心疼:"我闺女要是跟了他……哎呀!"

旁边好多人就劝:"岁数不是问题,而且耿大爷会疼人啊,家里还有钱哪。"

老头儿想了半天,说:"要是这样的话,我就这么一个闺女,跟你这么一个人哪,我得要彩礼。"

"那行,你要多少钱呢?"

老头儿本打算高高地要个价,给人吓跑了得了。

"我要五百两银子!"

万万没想到,话音刚落,人家就把五百两银子拿出来了。

"给你。"

人家是盐商啊,对人家来说,五百两银子就不叫钱哪。老头儿拿完钱了,这下没办法了。回来跟家里人一说,怎么办呢?娘儿俩也没办法了,反正事到如今拿人家钱了,那就听人家的安排吧。

耿大爷选了个好日子,派人接上自己的新媳妇儿,一起回了扬州了。

花开两朵,各表一枝,回过头来再说顾芳。顾芳一直在太仓州衙门口当职,到今年已经是第个六年头了。按常理来说,他不能待这么久,应该是任满三年就得转地方。漫说他,即使是地方官,朝廷也不准在一个地方待太久。过去都是这样,比如某个官在河北当县官,三年之后,朝廷就把他调到云南去了。在云南待够三年,朝廷再把他调到新疆。在新疆任满三年,再去山西。为什么这么安排呢?为了不让官员在同一个地方待得太久,培养起自己的势力来,也怕他们在某地待久了胆子大起来,贪污受贿,积重难返,不利于地方发展。总之,这些大大小小的地方官,包括最下层的刑房书吏、县丞,甭管是八品的、九品的,也是按这个规矩走马上任。

但是由于之前顾芳在这个地方表现出众,所以地方老百姓舍不得让他走。上面就准许他留任一届,他便因此在此地待了六年,连任了两届。

最近,他也调任了。调哪儿去了?进京了。嗬!能进京可真不错。他这回在谁手底下做事呢?户部侍郎韩大人。顾芳收拾好行李,就带着自己的媳妇儿,离开了太仓州进了北京城。

到了北京后，顾芳先去拜见韩大人："以后我就是您的下属。"

"好好好。"

韩大人也是刚被调到京城来不久，也是以地方官的身份进京为官。他跟顾芳说："以前老听人说起你，今天没想到，你能跟我在一个衙门，非常好！"

"是，大人您多多指教！"

"哎，别客气。天子脚下跟在地方上是不一样的。咱们多加谨慎，忠心为主。"

"是是是，大人您说得对。"

打这儿起，顾芳便跟着韩大人做事。

这一天，韩大人嘱咐顾芳道："我要出去一趟，出去有点儿公干。你呢，在这儿盯着点儿。有什么事儿呢，就替我照应着点。"

"是，大人您放心，有我呢。"

"哎。"大人就走了。

顾芳在衙门里坐着，没过多久，就有点儿乏了。因为每天公务繁忙，晚上睡觉也睡不踏实。这会儿，顾芳打着哈欠，撑着额头想冲个盹儿，结果迷迷糊糊地闭着眼睡着了。他睡得还挺实在，而且还做了一个梦。梦见眼前祥云瑞彩，金光万道，紧跟着"咔"一下子，金光散尽，眼前游出来一条龙。这条龙到他眼前一晃，顾芳吓坏了，一激灵，便醒了。

原来是南柯一梦。

"哎呀！"顾芳揉揉眼睛。

就在这时，顾芳耳边听到一阵环佩叮当之声，有人走进来了。他赶紧低着头站起来了，打眼一瞧，跟前来了六七个人。

顾芳暗暗吃惊："哟，坏了！我失礼了！"

怎么回事呢？原来是韩大人的夫人到衙门了，身边拥趸着一帮丫鬟，身后还跟着几个府里边的佣人。甭问哪，能这副模样来这儿的没别人，正是韩大人的夫人。

顾芳赶紧站起来，快步上前，一撩衣裳跪下了："属吏顾芳迎接来迟，请夫人恕罪，有失礼仪！"

顾芳的言外之意就是："我不知您打这儿过，我失礼了。"因为见贵人得行礼，这是官场上的规矩。

这帮人走到顾芳跟前就站住了。尤其是这位夫人，半天都没说话，良久才开口道："你是顾芳顾先生吗？"

"正是属吏顾芳。"

接着，顾芳就听到有人抽泣。

顾芳愣了，也没敢动，心说："夫人怎么哭了呢？"

只听夫人接着说："恩人，快快请起！"

"啊？"顾芳吓一跳，这才一抬头，再瞧这位夫人，不是别人，正是卖大饼的姜荣的女儿姜爱娘。

"您快起来！"

"是是是。"

顾芳站了起来，心说这是怎么回事儿？之前他听人说过，姜爱娘跟了个有钱的主儿，跟着扬州的一个大富商走了。当时他还想："挺好，这也算是有一个好的归宿。"怎么今天她又变成韩夫人了呢？难道说这个烙大饼家的孩子还会变戏法吗？这又是怎么回事儿呢？

夫人擦擦眼泪："顾先生，您也觉得纳闷儿，是吧？"

"是，我没明白。"

"唉！说来话长。"

当年她确实是去扬州了，但她不是跟着耿大爷一块儿走的。耿大爷先回了扬州，给她置办了一处外宅，安排好一切之后，才派人把爱娘接到了扬州。回到扬州之后，耿大爷就着手操办自己的婚事，他对这场婚事很上心，因为他都到这个岁数了，居然还能再娶一房小媳妇儿，尤其新媳妇儿长得还好看，又勾勾又丢丢的，太棒了！他决心要大操大办一番。

赶等到洞房花烛的时候，耿大爷喝完了酒，一进洞房，新媳妇儿戴着盖头在床边坐着，两边红烛高挑。耿大爷过去一掀盖头，差点没吓死！只见里边坐着的，不是爱娘，竟然是自己的大太太。这位大太太有一个诨名——雌老虎。

大太太坐在床边儿，指着自己的鼻子尖儿："听说你要娶媳妇儿啊？你瞧是我不是？"

怎么回事儿呢？原来是他娶小妾的消息走漏了。大太太不干了，在这洞房花烛之夜，把耿大爷这顿打呀！嘴巴子跟不要钱似的，噼里啪啦痛打一顿。

打完之后，大太太就问他："你服了吗？"

"我服了。"

"你怕了吗？"

"我怕了。"

"你以后还敢吗？"

"我再也不敢了。"

大太太下令："得了，把那丫头给我叫来吧。"

下人就把爱娘叫来了。爱娘都吓坏了，哆哆嗦嗦地进来了。

大太太瞧着她，拿手一指耿大爷："我给你介绍一下啊，这是你干爹，我是你干妈，知道吗？以后咱们就是一家三口，你就跟我亲闺女一样。"

"哦。"孩子咕噔一声就跪下了，给两人行礼，"参见干爹，参见干娘。"

大太太乐坏了："你瞧，白捡一个大闺女。孩子她爹，给孩子拿钱。"

"哎哎哎。"耿大爷哆嗦着去拿钱，他也是打掉了牙，往肚子里边咽，本来说好了是娶媳妇儿，突然间长了一辈儿。但是自此之后，他是一点邪心也不敢有了。

可是耿家老有这么一个大姑娘也不是事儿，赶巧了，扬州城的地方官里有一位韩大人。韩大人家里边一位夫人，但是夫人身体不好，一直不能生养。

夫人跟韩大人说："不行啊，你就再娶一个吧，收个偏房。"

消息传出来，耿家大太太说这是个好事儿，就找人和韩大人一说：

"我们这儿有一干闺女。"

韩大人也挺高兴，见了爱娘一面就同意了。这么着，韩大人就把她娶过去。没过多久，韩大人的夫人去世了，就把爱娘扶了正，爱娘就成了韩夫人。

又过了一段时间，圣旨下来了，韩大人被调任，打扬州进北京，爱娘也跟着一起进了京。

顾芳听完爱娘的讲述后，不胜感慨："这都是想不到的事情啊！夫人哪，我给您道喜！您可真是有洪福之人。我也是不久前才进京，伺候着韩大人。"

"您别客气，咱们就是一家子了。我还准备最近派人去把我爹妈都接来呢。"

"好啊，我也准备给你爹妈送信。好久没见两位老人家了，我还说到北京后接他们来玩儿。这回行了，他更得来了。他姑爷姑娘都在，老两口子更得来。"

没多久，韩府就派人把姜家老头儿老太太接来了。府上摆了一桌酒饭，韩大人两口子，顾芳两口子，姜荣两口子，坐在一个桌子上把酒言欢。

姜荣想起当年的搭救之恩，还是很感慨："顾爷，我说句实在话，这个事儿我真是没想到。我在道儿上还跟老婆子还念叨这个事儿呢！你说，你这人怎么能这么好呢？您这份大恩大德，无以为报啊！"

借着这次家宴，老头儿就把当年的事儿，跟自己的女婿念叨了一遍。

韩大人听后很是感动，说："以前光知道，顾芳这个人为人正直，不知道当中还有这么一段故事。"

过了两天，韩大人面圣，跟皇上聊天，无意中就提起此事。

皇上一想："天下还有这样的人？这可真是人中的君子啊！"于是降下皇恩，破格提升，提拔顾芳做了礼部侍郎。

顾芳还觉着不合适："韩大人，我本来是您的下属，现如今却跟您一样的身份，有失礼仪啊。"

韩大人爽快地回道："这都不叫事儿，应该的，你这样的人哪，十万个人里面也难挑一个。您能做这个官，是名副其实，也让大伙儿知道知道头上有青天。晚上咱们还得喝酒，咱们得庆祝庆祝。"

晚上韩府又摆了一桌，依旧是三家人坐在一块儿喝酒。酒过三巡，菜过五味，顾大爷把杯端了起来，回头看看烙大饼的姜荣，笑问：

"姜老太爷，老封翁[1]，咱们认识这么些年了，现如今您是荣华富贵。我一直想问您，您老说您打小就有一个愿望。我们一直问您，您也不说，今天您得透露透露了吧？您的愿望是什么呀？"

姜荣乐了，端起杯来一饮而尽："咳，我打小就有这个愿望，因为我们家祖孙三代都是烙大饼的。到现在我跟你明说了吧，我最大的愿望马上就要实现了。"

众人都问："什么呀？"

"我要到北京烙饼！"

---

[1] 老封翁：封建时代因子孙显贵而受封典的人，常用于敬称。

九 三试火龙单

刚刚登到

弥天谎无外邪念　杀人刀皆出于贪

> 身在江湖忍为高，父子爷俩动菜刀。
> 要问因为什么事，同时发现一个钱包。

我发现钱这个东西哪，其实还是很欺负人的，自从货币诞生之后，历史上有多少故事，都是跟钱有关系。钱哪，无论分文，还是百万，都得掷地有声。该花的时候不能省着，该省着的时候也不能乱花。怎么花钱是一门学问，说到底其实是一个尺寸的问题，就看你怎么对待手上的钱财。

过去我们老说，钱在不同人的手里边，有不同的作用。

有的人就是财主，有的人就是财烧，有的人就是财奴。

财主是什么样的人呢？

比如说，我去街上买了一条两万块钱的裤子，也甭管是什么牌子的，反正这条裤子值两万块钱，布面上边镶满了翡翠、珍珠、大金叶子等。买来穿上之后，有的人就心疼得走不动道了，时时刻刻心里想的都是：

"天哪！我这条裤子，还挂着翡翠，还镶着金片子，还挂着珍珠，裤子值两万，可了不得了！"

这主儿把裤子穿上街去，心态沉重到连走路都不会了，要是累了想歇会儿，屁股下面必须要铺上一层天鹅绒的垫子。要是没有这个垫子，这主儿宁可在街边杵着，累死他都认头了。

这样的主儿可不叫财主。

那什么叫财主呢？同样一家店里，人家也买了这条裤子，别看值两万，人家要是累了，扭头就敢坐在地上歇息，马路牙子上也是说坐就坐。要是街上有水、有泥怎么办呢？人家倒管它那个！想打滚儿就打滚儿，想坐就坐。人家秉承的是这样一个理念："我是财主，财的主人。我不能让钱把我拿捏住了。"

有这种心态的人就叫财主。

财烧就不一样了。财烧，顾名思义，就是有点儿钱就烧得难受。

对财烧来说，钱就是命！他恨不得把钱镶在肋条骨上，动一动这些钱，连带着他的肝儿都疼！每次花钱都像是拿着夹剪从肋条上往下扽（dèn）[1] 他的肉。

这可就坏了！

但凡让他身上带着五百块钱出门，再回来都烧得没个人样了——他从来没带过那么些钱哪。他满脑子都是一个想法："这五百块钱可别丢了。"

财烧一出去，走几分钟就赶紧掏出来，手指沾着唾沫点点数儿——正好五百，没问题。于是他笑呵呵地把钱揣回兜里，继续往前走，走了一会儿又掏出来了，又数了数——没错，还是五百，又眉开眼笑地把钱揣在怀里。

再走几步遇见了一个朋友，人家跟他打声招呼："哎哟！出去呀？好久没见了，你挺好的？"

"我挺好的！哎！你等会儿啊——"这财烧掏出钱来，"呸"的一声，往手指尖儿上吐口唾沫，再数一遍然后揣回去，"您这是忙什么去呀？"

他兜里那五百块钱迟早能被他搓成白纸。

财烧打一会儿就把钱掏出来，掏着掏着，就揣错兜了。原本是搁在左半边儿，这回揣在右半边儿了。隔一会儿再往左兜一摸，他没摸到钱：

"哎呀！"

财烧差点儿没吓死过去，连忙从头到脚摸了半天，终于从右兜里把钱给摸出来了。

"哎呀，在这儿呢。"财烧心里就踏实了。

但走道儿老这样就容易让人惦记上，一不留神就让小偷给摸了去了。被人摸走之后，他一看钱丢了，也能踏实下来。

"这就踏实了，放心了。"要是还让他揣着这五百块钱走路的话，没等到家呢，就得过年了。

财烧，压根儿不能见钱，一见钱就烧得慌。

这三种人里面，其实最可怜的还是财奴。什么叫财奴呢？就是财的奴隶。整日里被财宝支使得胡说八道，可是越是有钱人偏偏越这样。如果只是揣二百块钱、

---

[1] 扽：①两头同时发力，或把一头固定，在另一头发力，把线、绳子、布匹、衣服等猛一拉；②拉。

三百块钱,他就觉着无所谓,花了就花了吧。人就怕有钱起来了,比如辛辛苦苦存了九千七百块钱,心里就把这些钱圈起来了——这些钱不能再动了,再来三百凑个整,凑成一万块钱。他就把这一万拿橡皮筋捆好了,藏在地板里,到死都不会再动。

所以说,有些人越有钱就越抠门。

过去真有这么一个老地主,到死都舍不得花钱。老头儿管着家里边七八口人,管得那叫一个严谨。

头一样,从嘴上来说就管得紧。蒸主食的时候,无论是多好的粮食里边,他也要往里面掺点糠,弄成大糠饽饽,咬一口直刺嗓子眼,咽都咽不下去。炒菜的时候,把大白菜一切,连白菜芯带烂菜叶子,全扔进锅里,拿白水煮,一大锅白菜里给抓三把盐。到放油的时候呢,得这个老头儿亲自来放油,别人放油他不放心哪。

他家里只有一个油瓶子,油瓶子里边插了一根筷子,筷子头上绑着一枚铜钱。每次炒菜,老头儿只放"一钱油"。

老头儿这里的一钱,不是秤上的一钱,是指拿这一枚铜钱蘸取的油。

他拿五颗白菜熬了一大锅,也是只放一钱油。放油的时候,老头儿过来了,一手拿着瓶子,一手拿着筷子。铜钱下进去,蘸一下油,迅速拿起来。蘸了一铜钱的油,手一挥,往锅里边唰地一甩,筷子伸进锅里一和弄,赶紧把筷子拿出来,沾了水也不擦擦,直接插回油瓶子里边。大年三十打了半两油,转年大年初一,称了称油瓶子,里边足有八两,筷子从锅里带回一瓶子水来。

老头儿家里天天过的就是这个日子。

家里人谁能跟他受得了这份罪?大糠饽饽、白菜汤,老头儿自个儿倒是吃得挺香,吭吭地吃。孩子们吃不了啊,吃不了就骗老头呗。几个孩子耍个心眼,先抓起大饽饽,陪着老头儿象征性地咬两口,"啪"一下扔那儿了。

老头儿见此,还挺开心:"好,好,不愧是我们发家致富的家庭。人人都吃不多,很好!"

吃完饭,这个大财主,站着房躺着地,有黄金万两,趁家财千贯,背着一只破粪筐,出去拾粪去了。他一走,家里边肉山酒海,刀勺乱响,不输造反的声势!煎炒烹炸,焖熘熬炖,什么叫山珍,哪个叫海味。举家上下,开始胡吃海塞。

单有一个人在胡同口望风,看看老头儿回来不回来。要是他们吃到半截儿,老头儿突然杀回来了,一瞧屋里边肉山酒海,能跟他们动了菜刀!

某次家里人在灶上捣鼓了半天,突然间,窗外阴风阵阵。众人一拍大腿:坏了,闹天儿了!一会儿老头儿准得回来。

可这些人饭还没吃,肉都下锅了,这下怎么办呢?有办法,抓了那么两把绿豆,跑到门口往地上一撒。哗!一家人就踏踏实实地坐在里屋吃饭,也甭管老头儿那茬儿了。

老头儿回来一瞧:"哟!一地绿豆,这是谁撒的呀?这是坑家呀!"边嘴里念叨,边撅着屁股,一个豆一个豆地跟那儿捡。一共两把绿豆,慢慢捡吧。等他捡完,屋里边连午觉都醒了,家伙什儿早都刷完了。

老头儿进来一问:"吃了吗?"

"吃了,吃了半拉饼子。"

"好,好,好,这才是过日之道。"他哪知道家里刚刚肉山酒海呢?

这种人叫什么呀?这就叫财奴。过去经常有些地主老财,因为这个闹出很多的笑话来。

咱们这一篇里的故事,就跟这财奴有关系。这是一个清朝时候的故事,故事发生在哪儿呢——山西省红果县醋镇杏村,这儿有一位老爷姓酸,叫乌梅。酸乌梅,酸老爷趁钱,家里边站着房躺着地,钱庄里边存着大把真金白银,手头的银票不计其数,很有钱!

但是,酸老爷就应了那句老话:财齐,人不齐。

过去旧社会里,大户人家都讲究个人丁兴旺,家里边五男二女,趁好几个大姑娘,趁好几个大小伙子,这就算人齐了,这户人家在外人眼里就是一等人家。

就怕这样的——趁很多钱,但是有闺女没儿。酸老爷家里就是,只有仨姑娘。仨个女儿长大成人后,也都许配人家了。大姑爷、二姑爷呢,都是体面人家,挺有钱。

一开始的时候,三姑爷家里也不错。你想啊,他家里但凡要是寒酸,人家酸老爷是不会同意这门婚事的。把闺女许给一个穷人,他不干哪!

三姑娘刚进婆家的时候,三姑爷家里在当地也是家趁人值。可万没想到,后来家里边父母老家儿[1]去世了,万贯家财由他执掌。三姑爷自此添了一个毛病,什么毛病呢?耍钱。

列位,久赌无胜家呀。无论你家里趁多少钱,你只要往牌桌那儿一坐,早晚也得折进去,三姑爷就是。

简断截说,从开始小玩小闹,到后来越玩越凶,再到最后万贯家财都输光,屋里边就剩他们两口子和几堵墙了。他跟三姑娘两口子坐到一块儿,你看我,我

---

[1] 老家儿:长辈,多指父母。

看你，显得十分地恩爱。他俩不恩爱也没辙，也没余财能干点别的事儿。

眼瞅着要到腊月了，两口子开始犯愁。

第一，快过年了，中国人是最讲究过年的。一户人家哪怕饿死了，过年这天也得吃吃喝喝，换身新衣裳，收拾屋子，有个过年的样子。这是人活着的心气儿。三姑爷现在家里没钱，没法过年。

第二，腊月二十三是老丈人的生日，两口子上家里边拜寿去。这个寿该怎么拜？拜寿当天，府上的大姑娘、二姑娘、大姑爷、二姑爷都在，人家全都家趁人值，老头儿又趁这么些钱，空着手没法儿给人家拜寿。三姑娘埋怨道："让你不听我的，你个缺德的！当时我就说你，不让你耍钱，你不听。现在行了，耍得毛干爪净的，什么都没有了。眼瞅着我爸爸要过生日了，咱们怎么去啊？"

三姑爷也挠着头，琢磨来琢磨去。他是个聪明人，不过他的聪明叫鬼聪明，贼性大，一般人想不出他这主意来。他想了又想，就说：

"媳妇儿，拜寿是一定要去的，一定要去。还得让你爸你妈满意，还得把你大姐、二姐她们压过去。"

三姑娘啐他一脸："呸！大话都让你说了。你这就是好话说尽，坏事做绝。咱家如今这个样子，怎么去？你先别说别的，就瞧瞧你周身上下这身衣裳吧！"

什么衣裳啊？之前他们家里趁的那些皮货、大衣，眼下已经全部当卖一空了。现在数九隆冬，三姑爷就穿着一件单身的蓝布大褂，脑袋上戴着一顶小帽。但是他这件大褂有个特点，什么特点呢？大褂好几年没洗过了，上面都是油，脏得冒光，油光锃亮。三姑爷一年到头不管是吃饭也好，干吗也好，都穿着这件大褂，弄得褂子上都是油。他这身衣服现在穿出去，外边下大雨都打不透。

三姑爷整了整衣角："我这身衣裳怎么了？"

"你说怎么了？这么冷的天，你身上连件棉衣裳都没有！"

"哎！媳妇儿，值钱就值钱在这儿了，就这身衣裳。你放心，到你爸爸那儿去，咱俩指它露脸、发财。"

"你胡说！"

"行了，你甭管，你听我的就行了。"

媳妇儿不听也没辙呀。眼瞅着老头儿的生日到了，腊月二十三，准备带着三姑爷回娘家。

三姑爷有俩不错的哥们儿，他先出去管哥们儿借了点钱，买了点礼。老头儿过生日，不能空手过去。

他买完礼拿回来了："媳妇儿，你先走，我还给你雇了一辆大马车。你坐着马车上家去，你跟人说我随后就到。"

"你可得来呀，你别回头把我诓了你不……"

"你放心，必须得去！你等着我吧，头走。"

三姑娘就拿着东西上车走了。

三姑爷跟家等着，掐算着时间点儿。一看天儿，觉得差不多了。这才系好了大褂的扣儿，戴上他那顶小帽翅儿，打屋出来关好门，撒腿就跑啊。怎么撒腿就跑？冷啊！他穿的是单裤单褂。这身衣裳在春秋穿还凑合，现在可是数九隆冬啊！街上得有零下二十来度。他紧着跑，身上就不冷了。快到老丈人家了，他就赶紧刹住脚步，缓了半天，闭住了气。头两天下了场雪，他一看地上还有些积雪，于是弯腰抓了两团子雪，在手心里边紧攥着，攥成了俩冰球。他把帽子摘下来，把冰球搁到帽子里，再往脑袋上一扣，迈步奔老丈人家去。

一进门，酸老爷在上位坐着，旁边坐着大女婿、二女婿。他一进门，人家爷儿仨都没站起来。按说女婿是门前贵客。但在座的都没人理他这茬儿，太穷了！他倒是从一进来就笑吟吟的。老头儿屋里边暖和，点着大炉子，三姑爷就站在炉子旁边儿。老头儿都没抬头，端着茶杯喝水：

"你还知道来呀？"

"我得来呀！岳父大人，您的寿诞之期，我得来，我不来岂不是不孝吗？"

"唉！万贯家业都让你给造没了！你上这儿来，你以为我爱看你哪？"

旁边大女婿、二女婿给酸老爷敬茶："岳父，喝茶，喝茶喝茶。"

这三人都瞧不起他，他呢，也不往心里去。

"哎呀！您怎么说，我就怎么听。您是我的岳父老泰山，我也不能顶嘴。您教训得对，教训得对。"

酸老爷一撩眼皮儿，瞧见了他这身大褂："你就穿这个出来呀？不怕冻死吗？"

三姑爷乐了."跟您这么说，也就是我，要是换别人不敢这么穿。当然了，也就是我有这件宝贝衣服——哎呀！太热了！"

他一边喊热，一边解开了大褂扣子。

他刚才不是在门口攥了俩冰团搁在帽子里边了吗？他一进门就站在炉子边上，这冰球就被热化了，化开的水顺着他的脸颊就下来了。他跟老头儿面前连呼哧带喘："哎呀！热死我了！热死我了！太热了！太热，太热！"

老头儿当场愣住了，问他："你怎么还，还出汗哪？这是怎么回事儿啊？"

三姑爷甩着胳膊往脸上扇风，笑道："岳父，想当年我们家也是大户人家，万贯家财，要什么有什么。这不后来都让我给当卖一空了吗？但是，我爸爸临死的时候跟我说了，说我无论怎么糟践家产，唯独这件衣服不能卖。这是我们家的传家之宝，这个东西有个名字，它叫火龙单。"

老头儿一听，立马留意起来："叫什么？"

"火龙单，天气越冷，穿着它就越暖和。您瞧我这一身汗。我浑身上下就这么一件单衣，从出门到现在我都热得不行了！"三姑爷大喘着气，抬手胡乱擦擦满头的水珠，连连喊热，"哎呀！好热！好热！哎呀嗬！可了不得了，这不得热死吗？我这个岁数穿它不合适，年轻啊，烧得慌！您这个岁数的要是穿上它，那就太棒了，正合适！"

老头儿站起来，啧啧称赞："这是个好东西呀！你还留了这么个好东西？"

三姑爷苦笑一声："咳，我也是个不孝之子啊！我爸爸当初那么拦着我，家里能卖的、能当的、能押的，还是都让我倒腾出手了。现如今我手里就剩这么一件火龙单，要是没这件火龙单，这个天儿我也不敢出来看您来呀。"

"这是件好宝贝！"老头儿两眼发光，"这个……你刚才说得对，你这个岁数穿着它确实不合适，得我这个年纪，上年纪了身子骨虚，我穿这个还行。你这个什么火龙，卖不卖呀？"

三姑爷心中窃笑，行了，打这儿开始就有好戏看了。

"岳父，这个不能卖。万贯家财都让我败光了，我就剩这么一件，我心里有它。这是我爸爸留给我的，这个不能卖！"

老头儿笑笑："其实啊，你看你这么说，我心里还挺高兴。孩子，我也不买它了。你把它匀给我吧？或者说你把它存在我这儿，好不好？我怕你哪天一犯浑，再把它给输了。"

"哎呀！老岳父啊，我哪能输了它？我现在什么都没有了，我那些房产地业，有的是押在当铺里，有的是押在私人手里边。我什么都没有了，我就剩这么一个念想了。"

"那咱换个说法，你那房产地业、买卖，不是都押出去了吗？我给你都赎回来，行不行？万贯家财我给你赎回来，你把这件火龙单匀给我。或者说你存在我这儿，行不行？"

"岳父，要是这么个说法也行。不过我可不是说要把它卖给您，您帮我把那些房产地业赎回来，我跟您闺女好好过日子。这件火龙单就存在您这儿，三年五年等我日子缓上来了，我就把这些钱还给您。"

老头儿心说："你拉倒吧！三年五年，就你这花钱的劲头儿，你赎不回去。这宝贝兹要到我手里边，就永远是我的了。"

想到这儿，老头儿满口答应："行行行，那就这么定了，好吧？"

大姑爷在旁边拽老头儿："岳父，岳父？"

老头儿回头："啊？"

"您来，您来，您来。"

大姑爷、二姑爷把老头儿叫到边上，三人凑在一块儿嘀嘀咕咕，耳语起来。

"什么事儿啊，姑爷？"

大姑爷瞥了一眼里屋的三姑爷，小声劝道："您别上他这个当。他胡言乱语的，您还真听进去了？还火龙单？还这个天儿穿着出来不冷？"

老头儿不死心，反问："你们不都看见了吗？顺着脖子，顺着脑门哗哗地流汗呢，对不对呀？这，这是真的呀！"

"是，我们是看见他流汗了，但是这个东西到底怎么回事儿，心里没谱。"大姑爷也是百思不得其解，于是心生毒计，"我给您出个主意，咱们哪，试验试验他。"

"怎么叫试验试验他呀？"

"我看咱后院有三间房闲着呢。"

"哪个？"

"后院。"

"哦哦，那三间房啊，那三间房是原来咱们磨米、磨面的。现在咱们也不在那屋干活了，那三间房空着也没人住。怎么着？"

"他不是说穿上这火龙单不冷吗？今天晚上就让他在那屋待着，待到天亮。那么冷的天，对不对？他如果真到天亮没事儿，罢了，这火龙单确实是个宝贝。老爷子，您就要他这个。如果到天亮他冻死了，那就是他活该！好不好？"

"好好好！大门婿啊，还是你聪明！"老头儿一拍掌，笑盈盈地转身，"这个，他三姐夫啊。"

"岳父。"

"你大姐夫说了——他这个主意也真损！后院有三间闲房。你呢，穿上这个火龙单，在那屋待一晚上。到明天清晨，如果没事儿的话，咱们就成交。我给你赎房产地业，你把这个衣服给我。如果说你冻死在那儿了，那可是你自己的事儿，行不行啊？"

三姑爷心说："大姐夫，你缺德缺大了！这不是要我的命吗？"

但到这会儿了，嘴得硬，他抬腿就要往后院走："好啊，咱们走啊，我现在就去。"

"别别别！别介，别现在就去呀。该吃饭了，今天我过生日。咱们喝几杯，高高兴兴的，完事儿再说。"

"好嘞，好嘞，好嘞。"

说话的工夫间，天也就黑了。老头儿命人摆上酒菜，家奴、丫鬟在桌前伺候着，一家子举起筷子吃吃喝喝。三姑爷这通吃啊！他心说："我得吃足绷点儿啊，不吃足绷点儿就坏了。"

众人吃饱了喝足了，老头儿吩咐家奴：

"来呀，带路！"

老头儿亲自掌灯相送，几个人打前面出来奔后院。后院几间闲房荒凉得不成样子，没有人住，也没有笼火，这一推开门哪，屋里边冷气森森，跟平地院子里大差不差，没有什么区别。

三姑爷走进去，放眼看了看四周，点点头："很好，很好很好。哎呀！这个屋很暖和，很暖和。岳父，几位姐夫，我不留你们了，你们也早歇着。"

"哎，好好好，咱们明儿见。"

把门一关，打外边上了锁，老头儿就带着人走了，回前院喝酒、打牌、斗十胡，后院这闲房里边就剩下三姑爷一个人了。

那他到底冷不冷呀？太冷了！尤其到后半夜里，他心说："完了，我非得死在这屋不可！"正这么想着，他拿眼一撒摸[1]，乐了！只见墙角儿处立着一个石头的磨盘，早先这个屋是老头儿家里推磨的地方，后来推磨的活计歇了，老头儿命人把别的东西都撤了，就剩这么一个磨盘跟墙角那儿待着呢。

"来吧，吃饱了喝足了，我锻炼锻炼吧。"三姑爷走过去，摩拳擦掌，把这磨盘扶起来。这磨盘足有二百多斤，又大又沉，费了牛劲把它立起来了，得有半人多高，跟个大车轱辘似的。他在屋里扶着磨盘开始推，打屋这边推到屋那边，打那边又推回来。他累吗？累呀！能不累吗？累了就蹲那儿歇会儿，歇会儿身上一冷，起来赶紧继续推。

简断截说，三姑爷这一晚上一通忙活，赶等快天亮了，听见院里边有人走动了，把磨盘放倒，往地上一坐，摘下帽子来跟这儿扇：

"哎呀！热死了，活活热死，活活热死！"

门一开，老头儿带着几个人，连三姑爷的俩姐夫都站在门口。老头儿往里一瞧：

"嚯！还热呢？"

---

[1] 撒摸：方言，用目光四处搜寻。

"岳父,太热了!我就说我这个岁数,不能穿这个玩意儿!这么穿,我哪儿受得了啊!"

老头儿赶紧使唤身边的小厮:"快快快,快过去,给你三姐夫扶起来,快点快点。他三姐夫,赶紧出来凉快凉快吧!"

小厮进去就把三姑爷搀出来了。来到前厅,丫鬟们早给他们准备好了早点,沏上热茶,伺候着这帮人吃着喝着。

饭桌上,老头儿盯着三姑爷身上那件脏大褂,竖起大拇哥儿,那叫一个赞不绝口:"棒!太棒了!天下竟有这样的宝贝!"

三姑娘在旁边一瞧,心说:"完了,我爸爸倒霉催的,上他的当了。"

俩姐夫也说不出别的了,因为眼瞅着这三妹夫一宿没冻死,早晨还看见一脑门的热汗。

"真棒!给钱!"老头儿就这点好,怎么说就怎么来,"都哪家当铺,都哪个私人,都谁拿咱们东西了,我去给你赎去。"

半天的工夫,房产地业全都赎回来了。

三姑娘心里高兴:"嗬!真棒,我爸爸这回可是放了血了!"

老头儿跟外人谈妥之后,翁婿之间还得钱货两清啊。三姑爷就把这火龙单脱下来了,往前一递:"老岳父,您收好。"

"这太棒了,太棒了!太好了,快给我!"老头儿接过来,都不敢大喘气,小心翼翼地叠好了。他有一溜柜子是专来装他的宝贝的,这会儿亲自爬着梯子,爬到最上面的柜子前,掀开了盖,把这火龙单往里边一放,落盖上锁。老头儿把钥匙揣在身上,打这儿起谁也不能摸这把钥匙,动这个箱子。

吃过午饭,小厮往外把小姐姑爷一送,三姑娘两口子往外走。出来之后,三姑爷凑上去:

"哎!媳妇儿,怎么样?"

三姑娘眼泪都下来了:"唉!我心里边啊,又高兴又难受。"

"怎么呢?"

"高兴的是,万贯家财回来了;难受的是,我爸爸得死在你手上。"

"那你说怎么办呢,是不是?昨天晚上他们让我在那屋待着,他们也没考虑我的死活呀,他冻死不也是活该吗?"

"那倒也是,得了,回家吧。"两口子回家了。

回过头来,再说老头。打这儿起,老头儿没有别的愿望,就盼着天儿冷。

老头儿伸着脖子站在门口,半截身子探出屋檐,望了望天色:"今天这天儿不行，这天儿不能穿火龙单。我三门婿跟我说了，得等到大冷天儿，得特别特别冷，我才能穿火龙单。要不然我会烧得慌，烧得慌难受。等着吧，等着吧。"

过十多天，某天突然天降大雪，外面零下四十来度，半空中飘着雪花，西北风一阵紧似一阵，呜呜的，刀子似的在地上乱刮。

眼见这番可人的光景，老头儿大喜过望："就是今天，就是今天！哎呀，太棒了，太棒了，太棒了！我可等着这么一个好天气了。来人，做饭！吃完中午饭，我下午穿上火龙单，出去逛一逛。"

吃完了中午饭，老头儿打上边开了箱子，把火龙单请下来：

"噢哟！我的火龙单哪，哎呀，这是有用武之处了，换衣裳！哎呀！我三姑爷跟我说了，里边不能穿得太厚，穿太厚对身体不好。那我就穿个单衣单裤吧。"

老头儿岁数也不小，六七十岁，里边就穿个单衣单裤，外边套上这件蓝大褂，也就是这火龙单，戴上一顶小帽。老头儿穿戴好了，跑到老太太跟前说：

"让他们把驴给我准备好，我今天准备下乡要账去，也别让人跟着我了。"

老太太说："得叫两人跟着你呀，你一个人行不行？"

老头儿一摆手："就得我一个人去，因为我有火龙单，我不怕冷。你叫两人跟着我，他们俩没有火龙单哪，他们出去会冻着的，我就一个人去吧。"

驴子被家丁从棚里牵了出来，耷拉着耳朵，看上去蔫头巴脑的，它不乐意呀，天儿冷啊！

驴子心说："这老头儿疯了？"

吃饱了喝足了，打屋出来，老头儿翻身上驴，往外就走。老太太把这一人一驴送到门口：

"你可早点儿回来呀！"

"回去，回去！外边冷，快回去！我呀，要账去，我到乡下去一趟。完事儿到点了，天黑了，你们该吃饭吃饭，别等我。我要是回来早，咱们一块儿吃饭；要是回来晚了，你们就吃你们的，甭管我，走了。"

他骑着驴，呱嗒呱嗒呱嗒，就走了。

老头儿中午又喝酒又吃得饱饱的，刚一出门，还真不觉得凉。他心里还挺高兴：

"嗬！这天儿，这雪下得，得亏有火龙单了。要没这火龙单哪，这一般人可受不了！"

老头儿继续往前走，走了一个来钟头，渐渐地受不了了，浑身发冷，打着摆子，一边骑着驴往前走，一边还嘴硬：

"哎呀！这个天儿可是够瞧的了。你说没有火龙单的那些人，这日子可怎么过呀？我得亏有这么一件。自打穿上火龙单之后啊，这是确实，是暖和多了，要不然受不了。"

老头儿嘴都冻木了，舌头都哆嗦了，一甩鞭子，还要赶着驴往前跑：

"哎哟！走，走，快走！"

驴子也冷啊，都跑不动了。又跑了半个来钟头，老头儿实在是不行了，心说：

"这会儿怎么那么冷了！"

为什么老头儿这会儿知道冷了呢？冻透了呀！刚出来那会儿趁着酒性，屋里也暖和，感觉不出来凉意。到这会儿可不成了，走到了开洼野地了，前后心口都灌了冷风，老头儿冻得瑟瑟发抖。

"哎哟！不行，这会儿可能是风大。风人大了，我找个地儿先背背风吧。"

他这一回头，瞧见一个背风的好地方。只见三步之外，有一棵大树，这棵大树又粗又壮，几个大小伙子都搂不过来。前些日子，附近打雷下雨，有一道雷恰巧落在这棵树上，把这树烧了，所以树心里面有个洞，树洞不大也不小，刚好够藏一个人。他走近一看，树心里边都被雷火劈糊了，里面黢黑。

老头儿颤颤巍巍地下驴，把驴子拴到树边上，自个儿就蹲在树洞里边，缩成一团，上下牙齿打着架：

"哎呀！太，太太太冷了！得亏有火龙单哪！哎呀，要是没这火龙单，我今儿不就得冻坏了吗？哎哟！哎哟！冷啊！"

天色越来越晚，老头儿就冻死在这树洞里边了。

家里还等着他回来，下午他走的时候，一家人都觉着没什么。天黑了，老头儿没回来，老太太说：

"没回来就没回来吧，走的时候也说了，咱们先吃饭别等他，咱们吃吧。"

家里人就围着桌子开吃了。

吃完了饭，眼看着窗外的天儿越来越黑，老太太一阵心慌：

"老头子这是上哪儿去了？来人，快出去找你们老爷去！"

老太太撒出人去，这儿找那儿找，找来找去，最后找到树洞这儿了。家丁拿灯笼一挑——坏了！老爷子死在这儿了！

老头儿死在里头，驴子死在外头。怎么驴子也死了？驴子被拴在树上了，也走不了，驴子也冷啊，连蹦带跳的，到后来动不了了，连人带驴都死这儿了。

家丁们回家一说，老太太哇地哭了：

"我得去看看去！"

老太太穿好了衣裳，大伙护送着来到这儿。到这儿一瞧，可不正是她家老头子吗？老太太一腿软，跪倒在树洞前，再往旁边一瞥，树心都糊了。老太太哇哇地大哭：

"哎哟！你个缺德的老鬼呀！你怎么会死在这儿呢？数九隆冬大冷的天，你一心要穿火龙单。连人带驴都烧死——"一指这棵树，"把大树还烧去多半边！"

老太太还以为，老头儿、驴子跟这棵树都是被火龙单烧死的，坐在地上哭得泪人一般。大伙儿在旁边就劝着拦着，老太太被扶起来，抹了抹眼角：

"得了，得了，弄家去吧。"

众人就连人带驴，把老头儿弄回家了。

过了几天，老头儿的丧事都忙完了，老太太说：

"这不行，我想起来了，这个事儿冤有头，债有主！是谁害了我们老头儿呢？"

大姑爷说了："岳母啊，谁都不怨，就怨您这三姑爷。咱甭管他是开玩笑还是怎么着，反正老头儿的死跟他有关系。您听我的，咱们奔衙门口打官司去，要不然您不能解这心头之恨！"

"对，我得告状，我得找他去，这事儿不像话！"

老太太真准备打官司了，直奔红果县。一家老小，除了三姑爷两口子，都来到了红果县的衙门口。大姑爷拿起鼓槌来一通乱敲。

"咚咚咚！"

"咚咚咚！"

"咚咚隆咚哩咚咚！"

县太爷在屋里一听，外面来耍猴的了？怎么敲鼓敲成这样呢？这人有多大的冤枉哪！

红果县的县太爷姓钱，叫钱如命，刚上任不久。前段时间，上一任县太爷刚被调走的时候，整个衙门口人心惶惶，大家都害怕。为什么害怕呢？他们不知道下一任县太爷带多少人来呀。

清朝的时候，政治上比较昏暗，经常有些当官的，一上任就带着自己的一堂人马。正所谓一朝天子一朝臣，一潮海水一潮鱼呀。一般来说，新官一上任，整个衙门口的要员，都得换成自己人。比如师爷、刑房、书吏、班头儿等等，人家一带就带一整套领导班子。因为人家可能家里亲戚朋友多呀，大家都是拿这个当生意来做的。红果县衙门口的这帮人整天就提心吊胆地等着，也不知道新老爷带哪些人来呀。要是真带人来之后，大家全都得丢饭碗，这些人都揪心。

钱老爷来了之后，大伙儿心里踏实了。挺好挺好挺好，他没带什么人来。第一，钱老爷光棍一条，没媳妇儿，没媳妇儿就挺好的了。有媳妇儿的话，他太太的娘家那边不得人多吗？光几个小舅子就得把衙门口的差人都挤走。钱老爷不错，光棍一条。第二，他也没带什么朋友亲戚过来，就带了个师爷，两人结着伴就跑到这边上任来了。

嚄！这下三班六房都踏实了：

"这回算行了，咱们这活儿算是保住了。"

但是唯独刑房的书吏还在揪着心，因为他这个活儿是个美差，油水大！外面多少双眼睛都盯着他的位置。别看老爷今天没弄他，明天老爷要是在当地交了一个朋友，觉得人家更贴心，保不齐就把他换下去了，他这差事就没了。想来想去呀，他觉得自己得想方设法地讨好一下老爷，让老爷别把他拿下去。

怎么讨好呢？因为老爷刚上任，他也不知人家喜欢什么。有点儿拿不准。拿不准，就送银子。银子是万全的法宝。他就拿出一百两银子来，跑进一家首饰楼，说要打一个银子的娃娃。他特意叮嘱明天就要，有急用。首饰楼的人赶紧给他弄，转天就送过去了。银娃娃拿到了手，他用红布包好，赶到衙门口。

站在大堂里，一望两望没有人，他踮着脚尖，溜进了老爷的书房里，把银娃娃搁到书房桌上，盖好了红布，再轻手轻脚地出来。在大堂里又待了会儿，他就碰见钱老爷了，撩起衣角行了个跪拜礼：

"小的给老爷请安。"

"快起来，快起来。我也是初来乍到，以后还要你们多关照。"

"不敢，不敢，老爷，我跟您说点事儿。"

"什么事情啊？"

"家兄来看望您了。"

"谁？"

"家兄来看望您了。"

钱老爷奇怪道："我与令兄并无来往啊。"

"老爷，可他说他跟您交情甚厚。"

"欸，真是会说笑，我都不认识他，怎么还交情甚厚呢？"

"是，家兄在书房候着您呢，您一看就知道。"

"好好好。"钱老爷转身往后边走，进书房一瞧，只见桌子上不知摆着一个什么物件，盖着块红布，伸手揭开了。哟！是个银子做的娃娃！钱老爷拿手一掂，分量不轻，知道得有白十两，瞬间笑得合不拢嘴：

"哎呀！这个很可心，很可心！"

193

钱老爷心里乐开了花，把这只银娃娃抱起来，请到了后堂。他出来之后，刑房书吏还在等着：

"老爷，您可见过家兄了？"

"见过了！很可心，很可心！好好当差，好好当差！"

"大人栽培！大人栽培！"

打这儿起，这个刑房书吏心里就踏实了：

"哎，这就行了，老爷拿了我的了。拿人钱财与人消灾，吃了我的嘴软，拿了我的手短，这下我就可以高枕无忧了。"

钱老爷运气不错，上任第二天就来买卖了。有对父子，爷儿俩因为财产的事打起官司来了。最后怎么办呢？老爷子花钱运动，就找到了这位刑房书吏头上。当间有多少钱呢？有一百两银子的好处，说是给县太爷的。刑房书吏一瞧好处费一百两，立刻想着："这我先做一半呗，最起码家兄的钱回来一半了。"他私自昧下五十两，把剩下那五十两递交给了钱老爷。但老话说得好，没有不透风的裤子呀，官场上人多嘴杂的，一来二去，钱老爷就知道这个事了。老爷把他叫过来一问：

"父子俩争财产那桩案子，中间有好处吧？"

"是，大人。不是已经给您送去了吗？"

"送来多少啊？"

"五十。"

"混账！人家明明花了一百，怎么就五十了呢？"

"哎哟！大人，您看，它是这么回事儿，它是……"书吏脑子快呀，一眨眼的工夫，就圆回来了，"他是分两回送来的，第二回的五十刚送过来。"

钱老爷鼓着眼骂道："你少来这套，少来这套！你瞒别人还则罢了，你瞒我，知道老爷我叫什么吗？老爷我姓钱，叫钱如命。视钱财如粪土，知道吗？粪土懂吗？粪土就是大粪跟土！那就是我的命！来呀，打他！"

差人听令，上去把书吏摁地上，作势要打。

书吏求饶："大人哪！您别打，您别打！"

"别打？不能饶了你！岂有此理，给我打，重打五十！"

"不是，大人，为什么重打五十啊？"

"一两银子一板，打打打！"

"哎哟！大人哪，请看在家兄的薄面，饶我这一回吧！"

书吏的意思就是："你要是打我，你想想我送给你的那一百两银子，看在那个银娃娃的份上，饶了我。"

话音刚落，钱老爷眉毛都立起来了："哼！别打五十了，打他一百！"

"哎呀！大老爷，怎么看在家兄的面儿上打得反倒多了？"

"废话！你那个哥哥简直就不会交朋友！怎么来了一回就没再露面了？打打打！"

"哎哟！大人，您别打了！我知道错了，我以后改了！"

衙门口正乱的工夫，火龙单这个案子就来了。一听有人来打官司，钱老爷扶扶帽子：

"得了，咱们自己这烂摊子先收了吧，让他进来。"

大姑爷、二姑爷扶着老太太打外边进来了。老太太进门就哭："老爷呀！我的老头子，死得太惨了！"

钱老爷一拍桌子："混账！胡说的什么呀，老爷是你老头子？我跟你是两口子吗？"

老太太吓得一哆嗦，又跪又拜，哭着喊着求着："哎哟！大老爷，大老爷，青天的大老爷！您给我做主啊！"

"来，说说怎么回事儿吧？"

"是，那什么，跟大老爷您回。我也不告别人，我就告我的女婿。"

"女婿怎么了？"

"他拿了一个火龙单来，让我们老头子穿上，老头子穿上之后啊，他就死了，我冤枉啊！"

"哦，谁是你的女婿呀？"

老太太左右一指："这俩都是。"

"来，摁那儿，打！"

"不不，这俩别打！这俩不是，这俩是送我来的，家里还有一个呢。"

"哦，你几个女婿？"

"我三个女婿。"

"哦，还有一个在哪儿？"

"还有一个在家里。"

"谁是你要告的那个？"

"家里那个。"

"哦，那行了，出传票，叫他来。你们先下去听信儿吧。"

打堂上下来，差人拿着飞签火票去找这三姑爷。

三姑爷被差人拿铁链子一套，三闺女哭得都不行了："你个缺德的！你看惹祸了吧？一个是我爸爸死了，一个是你现如今摊上官司了，咱这日子还过不过呀？"

三姑爷说："没事儿，你踏踏实实的，这事儿有我呢。我去见见大老爷，万事好商量。"

下午，差人领着他就回到了衙门口。

红果县钱老爷转屏风入座，往堂上一坐：

"来呀，带人犯。"

"是。"差人下去提人。

工夫不大，三姑爷上来了，拜了拜："参见大老爷！"

"起来，火龙单是怎么回事啊？"

"跟大人您回，火龙单是我家传家之宝。"

"有什么好处？"

"穿上它之后可抗严寒。数九隆冬，无论多冷的天气，穿上它不冷。"

钱老爷一听，甚是诧异："还有这个宝贝？"

"是，这是我家传家宝贝。"

"东西呢？"

"东西在我岳母那儿。"

钱老爷冲身边的差人使了个眼色："好，把他们连人带火龙单一块儿带上来。"

工夫不大，老太太打外面进来了，手上捧着这件火龙单。

钱老爷瞥了一眼："给我拿上来。"

差人拿上来往桌上一放，大人瞧了瞧，心说这是什么玩意儿啊？脏乎乎的，油光锃亮的。

"你们说说吧，怎么回事儿，说说吧？"

老太太说："我老头子就穿着这个，就死在一个树窟窿里了。这都是我这三姑爷，这坏小子干的！大人，您做主！"

"哦。"钱老爷点点头，转向三姑爷，"你有什么说的吗？"

"跟大人您回，这是我们家传家之宝。无论多冷的天气穿上它没事儿，而且越穿越热。老头儿那是穿糊涂了，他不应该往树窟窿里边钻。因为您要知道，这个东西沾草木它能引发火灾。不信您看那树窟窿都烧糊了，所以说这不怨我。"

钱大人听罢，摸着下巴琢磨了半天，一指老太太，问道："那老婆子，你老头儿是怎么死的？"

"我也不知道怎么死的，反正是连树都烧糊了，估计他说的这是真的。但是有一茬儿，要是他不把这东西拿出来，我老头儿怎么会死？烧死也是他的事儿啊。

大人，您给我们做主！"

"哦，行。现在这个有这么一个问题，你们这是公说公有理，婆说婆有理。"

"大人，我们不是两口子。"

"我管你们是不是，一句俗话嘛。你们各有各的理，咱们这样，咱们这个问题都在火龙单上了。因为不知道火龙单到底是不是这么大的功效，老爷我准备自己试一试。试完之后，如果火龙单是真的，咱们是一个说法。如果火龙单是假的，咱们是另有说法，好不好？行了，天儿不早了，你们都回去吧，你们等老爷的消息吧。火龙单留下，退堂。"

把人都轰走之后，钱老爷在后堂把火龙单摆在桌子上，仔细地端详，面带喜色，心里暗暗琢磨："哎呀！要真是个宝贝这可了不得了！咱先别说我留着它不留着它，如果真是个宝贝，我得把它送到京城，献给皇上。皇上一瞧我给这么一个宝贝，那不得连升我三级啊。到那会儿升官、发财、换顶子，祖上荫功不浅哪！现在就是不知道，这个玩意儿到底是不是真灵啊。你要说它灵吧，它就是一个普通的蓝布大褂。你说它不一样吧，这上面一层油光啊——"

钱老爷拎起一角来，搁在鼻子下面一闻："倒是很奇怪，这件衣服不光有油，它还有味儿。要是细琢磨这个味儿，很像炖肉的味道。什么衣服会有炖肉的味道呢？难道说其中有什么玄机不成？好奇怪。"

其实一点也不奇怪，就是三姑爷不爱干净，吃完炖肉之后往衣服上胡乱一抹，弄得褂子油光锃亮的，也入了味了。

"有点儿意思。"钱老爷点点头，冲屋外喊道，"来人哪！"

说声来人，刑房书吏打外边进来了，低眉顺眼道："伺候老爷。"

钱老爷瞪着他，面色一沉："混账！"

书吏脸上赔着笑："是是是，大人，您吓我一跳！"

"那个事情完不了，知道吗？"

"是是是，大人，您看在家兄的薄面上。"

"你心里要放明白一些，你哥哥得常来常往，我跟他交情甚厚。"

"是，大人，我回去就跟我哥说，我让他常来看您来，常来看您来。"

书吏擦了擦额角的汗珠，苦哈哈地应承下来，心里边直骂街："常来看你？那一个娃娃就一百两银子呀。好家伙！常来常往这玩意儿谁受得了？"

钱老爷白了他一眼："那个，你帮我安排一下。"

"大人您说，什么事儿？"

"稍微晚一点儿吧,等天黑了吧。天黑之后吩咐顺轿[1],咱们带上这火龙单,我打算出去试验一下。"

"哦,您要去哪儿呢?"

"这不跟你商量嘛,是吧?我想晚上穿上这身火龙单,咱们找个地方看一看,看看它到底是不是真的这么管用。"

"嚯!大人,您找个人替您?"

"不行!别人替我,我可不放心,万一要是说谎骗我怎么办?因为这个火龙单我有大用处。你准备一下吧,让他们顺轿。晚饭后,咱们再商量商量去哪儿。"

"好好好。"

一会儿的工夫,天黑了,衙门口开火做饭,煎炒烹炸,焖熘熬炖,足足上了八个菜,又烫了壶酒,钱老爷连吃带喝,吃饱喝足了:

"来人哪,更衣。"

刑房书吏又来了:"伺候大人。"

大人真实在!欻(chuā)欻往下脱衣服,到最后脱得就剩一条大裤衩,光着膀子露着腿。

"你看我脱成这样可以吗?"

书吏看得目瞪口呆,迟疑道:"大人,您脱成这样这样,冷吧?"

"我还得穿火龙单呢。"

"行,您要这么穿就这么穿吧。"书吏伺候着给他穿上了。

钱老爷上半身空着,下半身只穿了一条大裤衩,外边套上了这件单片的蓝布大褂,穿好之后,他立马夸上了:

"还真是个宝贝呀!你看,我一点儿都没有觉得冷。"

"大人,您这是在屋里边,吃饱了喝足了又喝酒,当然感觉不到凉意。"

钱老爷一拍脑门,点点头:"对对对!顺轿!"

书吏问:"顺轿咱们去哪儿?"

"先上街。"

"好好好。"

两人打衙门口出来,书吏伺候老爷上轿,撂下轿帘:

"起轿。"

轿夫、差人、刑房书吏,以及轿子里边穿着火龙单的大老爷,一行几人大摇

---

[1] 顺轿:指调整坐轿的方向,准备出发。

大摆地上街了。

他们不知道去哪儿，绕着衙门转了一大圈。这顶轿子上裹着层大呢子，又厚又重，钱老爷坐在里边暖暖和和的，一丁点儿都不冷。

"老爷，您看行吗？"

老爷想了想："不成，不成不成不成！跟街上转悠不管用，围着衙门口转圈，感觉不出来凉热来。咱们哪，奔河边吧，河边还行。"

"好，奔河边。"轿子外面几个人得了令，直奔河边。

拐弯抹角，这伙人一会儿工夫就出城了。来到了河边儿，放眼望去，好一番冰天雪地，四下里白茫茫一片，河面上成片地结着冰，三三两两，斜立着几根芦苇的枯枝。

差人们被四周寒气逼得直哆嗦，歪着嘴向轿子里汇报一声：

"大老爷，到河边了，好家伙！"

"好好好，我来，我来我来！"一打轿帘，钱老爷出来了，"嚯！好家伙，哎呀！还真是得亏穿着火龙单哪。"

差人们直叫苦："大老爷，我们冷。"

"是，你们是肯定冷。不要紧的，你们先找个地儿背背风去吧，好不好？老爷我跟这儿试验试验，完事儿之后，你们再过来接我。"

"哦哦哦！老爷，您一个人行吗？"

"给我一盏灯，你们也别跑太远。多留意着我这边，要是看到灯灭了，你们就过来接我。"

"哎哎哎。"书吏把手里的灯笼递了过去。

钱老爷挑着灯走了。

剩下的这些人跟鸭群似的，呼啦呼啦呼啦往边上跑，跑过去一瞧，边上也是光秃秃一片，什么都没有，不好背风。

于是一群人商量了一阵：

"得了，咱们奔城门那儿吧。"

呼啦呼啦，大伙儿就都奔着城门拥过去了。

人全走了，河边就留下钱老爷一个人。钱老爷挑着灯，一边在雪地里走，一边低着头瞎琢磨："咱也不知道这玩意儿行不行。"

这会儿，钱老爷已经有点儿觉着凉了，可人一旦想入非非，天塌了也顾不过来。钱老爷也是想升官想得有点魔怔了，两眼发直地盯着雪地，埋头往前走：

"我倒也不怕凉，只要这东西是真的就行。我就等着进贡的时候皇上爱看我了。"

钱老爷想得正入迷，忽然从背后灌进来一阵冷风。

"哎呀！"他打了个寒战，抬头望见了河上黑压压的冰面，"我，我往冰上走走吧。"

钱老爷真要强，挑着灯笼往冰上走。走在冰面上，钱老爷踩一下，脚底就呲溜一下。

不料河面上更是寒风侵肌，冷风打在冰上，寒气全涌起来了，钱老爷穿着一件单褂，人都被冻木了。

钱老爷心说："不行了不行了！我呀，我活动活动吧。"

于是钱老爷在冰上连蹿带蹦地活动开了，这会儿冷得已经说不出整话了，浑身哆嗦，连连哀号：

"哎哟！哎哟！哎哟！"

他连蹿带蹦，脚下的冰可没谱，有的地儿厚，有的地儿就薄。钱老爷一个没留神，一下子踩在薄的地方上，"窟嚓"一下子，脚下陷进去一个大冰窟窿。

"噌"的一声，钱老爷就掉进冰窟窿里边了。手里的那盏灯笼也跟着甩进去了，一会儿工夫，这人就完了。

那边一大帮人还眼巴巴地在城墙下等着，等了一会儿，刑房书吏说：

"这不成啊！咱们得瞧瞧去，再过一会儿天都要亮了，也不知道老爷用人不用人哪。"

这群人又呼啦呼啦都过来一看，只见附近空无一人。

"伙计们，快找人啊！"

众人挑着灯球火把在各处一照，一会儿的工夫，就发现冰面上有一个窟窿。

"赶紧捞啊！老爷是不是掉下去了？"

拿棍子探了半天，才发现人已经死在窟窿里了。众人把死尸拖上来，往岸边一放，所有人都傻眼了。唯独这刑房的书吏，眼泪唰地下来了，哇就哭了：

"哎哟！知道热你不脱，叫声老爷你听我说。坑我银子一百两，家兄跟着跳了河！"

好人王好仁 ⑩

刚刚驾到

祸福相倚凭天定　吉运长庇积善人

> 闲来没事儿出城西,我开着奥拓,人家开奥迪。扭回头看见骑自行车的汉,比上不足,比下有余。

来一个传统的定场诗,有人说这是传统的吗?反正我也说了够二十年了。原来老说这个,后来就不说了,因为汽车也更新换代。但是诗里的意思挺好玩儿。告诉我们一个道理,人要知足。

闲话少说,书归正传。这一篇的故事叫什么名字?您记住了,这个故事叫作《好人王好仁》。《好人王好仁》,头俩字儿,好人,指的是这个人是个好人,是在夸这个人品行端正,为人善良。后边仨字儿,王好仁,是指这个人的名字。这人姓王,叫好仁。为什么起这么一个名字呢?打他小时候起,他父母就经常对他说一句话:

"人生一世,你千千万万记住了,要做好人。哪怕不能万古流芳,最起码不能遗臭万年。"

要做一个好人,他父母从他小时候就这么教导他。

这个人是哪儿的人呢?他家住姑苏,是苏州人士。

苏州是个好地方。

一方面,苏州的美食很多。打个比方,苏州的面条跟北方的面条完全就是两个样子。您要是去北京、天津,就吃个炸酱面、打卤面;您要是去山西,就吃个刀削面;您要是去陕西,就吃个油泼扯面、臊子面。但无论是炸酱面、刀削面还是臊子面,北方的面条都是只讲究大碗面,让人吃个痛快!但人家南方的面不一样,怎么不一样呢?人家能把面条做出各种花样来。你一去苏州,点一碗面,光看一眼就舍不得吃了。不管是它的浇头,还是它的汤,包括它的面,做工都很细致考究。

再比如，苏州的一碗绿豆汤，也能比别处的绿豆汤多出好几种颜色来。天气一热，咱们自个儿跟家里边一说："得啦，弄点儿绿豆汤吧。"家里给熬一锅绿豆汤，放得凉凉的，往里面搁点儿糖，盛碗里一喝，解渴消暑，这样就已经觉得很满足了。人家苏州的绿豆汤更胜一筹，配料是五花八门、琳琅满目。我还专门数过，有次我上苏州演出去，人家给买了份绿豆汤，里边配了十多样东西。一入嘴口感绵密，喝着也好喝，再低头一看，碗里花花绿绿的，看着也赏心悦目。

另一方面，苏州的苏绣也是名闻天下。因为本身我也唱戏，我那些戏剧服装，比如蟒袍、道袍、靠子[1]等等，上面的绣活儿，有一半是在苏州绣的。有时候徒弟们、孩子们问我："给您买点儿什么呀？"我就开玩笑说："买件蟒吧。"包括前些日子我还跟郭麒麟说："你给爸爸买件蟒吧。"当然了，我也不能真让他买，这也就是一句玩笑话。

因为买件蟒不是那么容易的事情，不像买盒点心、买瓶汽水那么简单，不是咱们推门出去就能买到的。全中国，由南到北给戏服做绣活儿做出名的就那几家铺子，这些铺子几乎都有给我定制的活儿。从花样、金线、布料的挑选上，到做工上，方方面面，我都得亲自盯着。所以他们想买也没法儿买，还得是我自己来，完事儿我自个儿上柜台结账去。"买件蟒吧！买件蟒吧！"其实也就是那么一说，跟孩子们逗着玩地说两句，这只是我一个美好的愿望。

苏州这么一个美好的地方。这个王好仁，就出生在这里。这个故事是发生在明朝。

明朝苏州的这个王好仁，确实是一个好人，品行单纯善良、为人老实厚道。

这个人善良到什么程度呢？他一点儿也看不得别人过得不好。

就因为这个，他自己也不老富裕。什么叫不老富裕呀？他净散了家财去做好事儿了。比如他这些日子揽了份活儿，手里攒了点儿钱了，一回头瞧见谁家的日子过不去了，得了，就把钱给人家了。人家对他千恩万谢，他摆摆手说："没事儿，没事儿，不叫事儿，我有钱，我有钱。"其实呢，他也兜里不剩几个子儿了。但是他的心思一直放在做好事上边，老记着父母跟他说的，要做一个好人。

某一年，眼瞅着天儿要凉了，快到冬天了。

南方冬天的冷比北方可难受。为什么呢？北方的冬天是干冷，一烧火炕就暖

---

[1] 靠了：戏剧中模仿铠甲为武生或刀马旦设计的戏服。有前后两片靠身，满绣着鱼鳞纹，腹部绣有一大虎头；有两块护腿；背后插有四面三角形的小旗。

和起来了。您想啊，数九隆冬的，北方人推门一上炕，热热腾腾的，坐在火炕上，恨不得光着膀子喝酒，那才叫痛快！南方冬天的冷，完全是阴冷，直往骨头缝里边沁，而且南方人家没有火炕，过去也没空调，多冷也只能硬扛。

坐在屋里边，王好仁挺难受。

第一，是因为天儿凉了，身子骨有些扛不住了。

第二，就是因为年关将近，自己手里不富裕，可能没办法体面地过年了。

他此前一直是靠做小买卖维持生计，倒腾点儿东西来卖。他什么都卖，水果也卖、旧货也卖。有时候他还收点儿破烂，比如谁家有破被卧、破褥子，便便宜宜、仨瓜俩枣就卖给他了。他弄回家来，该洗的洗，该缝的缝，晾干了、叠好了，再拿出去卖。

人得吃饭哪，无论做什么生意，也得赚够饭钱。

但是最近接连几天，他的生意都不顺当，天一冷，水果也不好倒腾了。而且他手头一直没有什么存项，这阵子日子过得更是紧巴巴的。

"眼瞅着快过年了，该怎么办呢？"

正琢磨着，他瞧了一眼外头，这会儿风小了一点。

"行，风小点儿了，我出去找点活儿干吧。万里有个一呢，我得把这两天的饭钱挣出来。"

他打家出来，把门带上了。其实屋里没什么能让人偷的，但是有句老话说得好："破家值万贯。"

在门口，他把衣服披得严严实实的，把帽子往下一拉，抱着肩膀，顺着风就出来了。打家往外走，街上人也很少。这么冷的天，有钱的人都乐意待在家里边，人家搂着娇妻美妾，一家子围在一块儿点着锅子吃着肉，高高兴兴地喝几盅酒。只有穷人家的子弟才会迫不得已，挑这样的日子上街。

他走在街上，心中琢磨："我今天干点什么呀？"

转过两条胡同，往东一拐弯儿，刚走入第三条胡同，只见路北有一栋深宅大院。这宅子的大门开了一条小缝儿，门里边探身出来一个人，看她的穿着打扮，应该是一个小丫鬟。丫鬟扒着门左右张望，不知道是等人还是在撒摸谁。

这会儿工夫，王好仁抱着肩膀哆里哆嗦的，就打这儿路过了。他一抬头，与她四目相对，他正好还认识她，这个丫鬟叫春香。因为他来这户人家收过几次破烂和旧衣服，认识了人家府上好多下人。

"春香姐！"

王好仁规规矩矩地叫了她一声叫春香姐。其实春香也没多大，比他还小了足足八岁,这是个尊称。

小丫鬟春香一回头:"哟!二哥呀!"

为什么春香叫他二哥呢?他的大名叫王好仁,但别人一般管他叫王二,或是王二、王老二、小二、二子。大家伙都这么喊他,所以春香就尊称他一声二哥。

"哎哎哎!"他点点头,冷得跺了跺脚,问道,"春香姐,街上齁冷的,你这是干吗呢?"

春香不答反问:"欸,我这几天怎么也没看见你出来收东西呀?"

"是没有啊,这两天确实……"

他的话还没说完,丫鬟就冲他点点手:"你别走啊,你等着啊!我们这儿有点不要的东西,给你吧。"

"好好好,我等着,我等着。"

小丫鬟就转身跑进去了。半炷香的工夫过去了,这丫鬟又跑出来了,满满当当抱着一大堆,乍一看无非是些破被卧、破褥子,还有两件破衣裳,杂七杂八地都卷到一块儿了。

"给你吧。"

"哦,好好,多少钱哪?"

人家转身一摆手:"咳,行了,什么钱不钱的,你赶紧弄走吧!去吧,别回来了!"

"哎哎哎。"

他伸手把这一大堆接了过来,再一抬头,想道声谢,人家早就跑没影了,把门也带上了。

王好仁自是很开心,心头欢呼:"嗬!哎呀!老天爷疼呵人哪!老天爷饿不死瞎家雀[1]啊!老天爷真是疼呵我!行了,有这一堆我这阵子吃喝就有着落了。待会儿我把它们归置归置,倒手卖了,好歹够这两天的饭钱。"

这会儿风就下来了,他浑身打了个激灵:

"真冷,哎呀嗬,回家吧。"

他转过头来往家走,拐弯抹角,一会儿工夫就回来了。到家门口,他把门打开,把这堆破被卧卷、破褥子、破衣裳往床上一扔。转身关上了门,再把炉子里

---

[1] 老天爷饿不死瞎家雀:家雀,麻雀。意思是即使是瞎眼睛的麻雀,老天爷也不会轻易让它饿死。比喻人无论遇到怎样的困境,都有办法活下去。

的火拢起来，坐了一壶水，准备弄点开水喝。

正这么埋头忙活着，猛然间，他听见床上有婴儿啼哭之声。他就愣了，一回头，感觉哭声是从那堆被卧卷里边传出来的，心里疑惑道：

"这是怎么回事儿啊？"

于是他赶紧过来，把衣裳撇开，解开这被卧卷。巴掌大点的小被卧，打开一瞧，里边真有一个孩子。一看就是刚落生，出生时间不长。王好仁吃惊地看着孩子，哎哟哎哟地连声叫了起来。

孩子蜷缩在小被卧里哇哇地哭。他刚才可能是睡着了，这会儿回到家，王好仁把被卧往床上一扔，一下把他摔醒了。孩子一哭，王好仁赶紧拿被卧又卷上，屋里凉，怕冻着孩子，把孩子抱在怀里，轻轻地拍打着后背：

"哎哟！哎哟哟哟！不哭不哭！不哭不哭！"

王好仁一边哄孩子，一边心里琢磨这件事儿——孩子是哪儿来的？他一下子就明白了，小丫鬟春香慌慌张张地在门口等人，完事儿把这堆东西给了他，告诉他赶紧走，别回来了。甭问了，就是大宅门里的姑娘或小姐，背地里有了男人，然后私自生了个孩子。可是大户人家又忌讳这个，所以这个孩子没地方处理。过去经常有这种事情，有的时候，私生的孩子一落生，就被掐死或者是淹死，很残忍。这家还算不错，没舍得下杀手。人家家里的长辈一商量："得了，拿出去扔了去吧！"这小丫鬟就把孩子塞给他了。

把前因后果捋顺之后，王好仁竟然先是一乐："哎呀！嗬！太好了！想我王好仁，活这么大岁数了，我也没个媳妇儿，也没个孩子。没想到，老天爷居然给了我一个孩子，这太棒了！"

可转念一想，他又觉得不妥："这不行啊，这刚落生时间不长啊，我也没个媳妇儿，我也没家，我自己的日子过得也不像样。我怎么喂他？别把孩子饿死呀！"

眼瞅着孩子哇哇大哭，他突然间想起来了，厨房里还有点儿白面。他跑到厨房，从快见底的面缸里弄出半碗白面来。他打眼一瞧，瞧见角落里蹲着一只糖罐子，揭开盖子一看，里面还剩了点儿白糖，就把这点儿白糖也一并倒进了碗里。正好刚才坐了壶开水，拿开水往碗里一沏，再用筷子搅和匀了，打成了一碗熟面糊。筷子头上抹一点儿，吹凉了抹进孩子嘴里边。孩子小嘴一张，叭哒叭哒，两下就咽下去了。一会儿的工夫，喂了小半碗，孩子吃饱了，又睡着了。月寒儿[1]的孩子没别的事儿，就是吃、就是睡。

王好仁把孩子放在床上，坐在旁边兀自想："这不是长久的法子。暂时还能凑合过去，天长日久地，想把这孩子养大，就吃力了。我不能老给他吃糨糊呀！而且小孩儿光吃这玩意儿，长大后也不结实呀。大人吃得差点也能凑合凑合。别人送的剩饭剩菜，我自己是能凑合着吃下去，孩子可不行！我是喜欢这孩子，也想把他留下来当我的儿子，挺可爱的一大胖小子！但是这也不是个事儿啊，这个玩意儿怎么弄？"

他想来想去，一咬牙："不行啊，我把他送人吧。给他找个没孩子的好人家，以后人家把他养大了，对孩子来说，能吃穿不愁地长大，也是个好事；对收养他的人家来说，他们家也算有后了。这对双方都有好处。"

他就从自己的几个朋友里挑选了一番："给张三？不行，张三比我还穷呢。他们家连糨糊都没有；给李四？李四家里边六个孩子呢，最近他媳妇儿的肚子又大了，他不稀罕这个孩子。我得找个有钱还缺个孩子的人家。"

想来想去，他忽然想起来了，后街有一个财主。这财主家里边，站着房躺着地，有钱！但是财齐人不齐。

"这个财主挺好的，我呀，去一趟他们家吧。我也认识他们家，之前没事还老串门去。说起来，我跟这财主还算是朋友。天儿也晚了，今天就不去了，明天再去吧。"

晚上，他又给孩子喂了点儿糨糊，怀里搂着，嘴上哄着：

"哎哟！得了，这一天，我是你爹，你是我的儿子，挺好。我好歹在这个世界上，也当过一天的爹了，这辈子没白活。挺好的，我自己也觉得很幸福。"

转过天来，早晨起来，他先给孩子喂了点儿糨糊，再把孩子的小脸擦了擦，拿小被卧给裹得严严实实的：

"儿啊，咱走吧！爸爸给你找一个好人家。到了他们家里，你就吃香的喝辣的，一眨眼就长大了。"

他抱着孩子往外一走，心里还发酸：

"唉，你瞧，跟你才待了一天，就有感情了。对不起了，儿子，爸爸对不起你了，我养不起你，走吧。"

财主家离他家不远，就在后街。这是个大户人家，院墙很高大，人家家里边还带着后花园。

---

[1] 月窠儿：北京方言，此处指新生的婴儿还没满月。

王好仁来到财主家的门前。这家的管家在门口站着，看见他过来，就招呼了一声：

"王老二。"

他笑着走上去："哎嗨！大哥，您跟这儿盯班呢？"

管家好奇地往他怀里看了看："你这抱的什么呀？"

他摆了摆手："你跟老爷说一声，我有日子没来了，我想他了，我看看他去。"

管家扑哧一笑："行，你等会儿啊。我跟你说一声，今天老爷心里边不太舒坦。"

"哟！怎么了？"

"咳，没事儿，一会儿你进去跟他聊会儿天，哄哄他就行了。"

"哎，好好好。"

"你等着我吧。"

管家就进去了，直接来到前厅。这家的老爷坐在前厅里，手边放着一杯茶，茶都放凉了也没喝。他正撅着个嘴，心里闹别扭呢。别扭什么呢？还是那句老话："财齐人不齐。"他们两口子一直没孩子。为这事儿两人净矫情，老爷埋怨夫人，夫人埋怨老爷，隔三岔五就吵架。

今天早些时候，他表弟来家里串门了。表弟带着六个儿子串门来的，哥儿俩聊着天儿，表弟让孩子站成一溜儿，喜滋滋地跟他显摆："你看我这几个儿子。大的、二的、三的、四的、五的、六的，还有俩小的，天儿太冷，没带出来，在家呢。"

他这边一个孩子也没有，本来就发愁这个。如今一瞧，眼前站着一堆小孩，都是表弟的，他心里边就特别不是滋味！哥儿俩聊了会儿，表弟一家子走了，他自个儿坐前厅里愣神。

"我挣那么些钱管什么用？万贯家财以后是谁的？唉！"

他心里堵得慌，眼泪都快下来了！不过家里人谁敢劝这种事儿啊？跟前的人都知道，他准是因为孩子的事儿闹心，但是谁也不敢劝。

这老爷心里正难受着，管家进来了：

"老爷，咱家来串门的了。"

老爷一抬头，眼神有些恍惚："啊？"

"咱家来串门的了。"

他回过神来，没精打采地问道："谁呀？"

"王老二，王老二来了，王好仁。"

"哦，他可有日子没来了，咱们街坊，请进来吧。我还愿意他来，他这个人心眼好。而且呢，会说话，会聊天的，跟他一聊天我心里还能痛快痛快。快请进来吧，请进来吧。"

"哎哎哎。"

一会儿的工夫，王老二抱着孩子，打外边乐乐呵呵地进来了：

"我瞧瞧您在哪儿呢？在哪儿呢？"

"哦哦，老二来了，快坐快坐快坐，你怎么这么有工夫呢？"

王老二嘿嘿一乐："我抱着儿子来看看您来。"

财主心里气得不行："哎呀！你们这是成心的！王老二都有儿子了，我没儿子。哎哟！快过年了，净给我心里添堵！"

老爷愁眉苦脸地招呼了他一声："哎呀！你坐那儿。管家，给倒杯水。"

管家给王老二倒了杯水，倒完水出去了。屋里就他们两人，老爷瞧了瞧他：

"你挺好啊？"

"我挺好，您挺好的？"

"我不好。"

"怎么不好啊？"

"你都有儿子了，你瞧瞧我，我就是一个光杆啊！我们家什么都没有，有一天我要是没了呀，我呀……"说着说着，老爷的眼泪就下来了。

王好仁一听，机会来了，见缝插针道："您别难过！您别难过！这都不叫事儿，有的人儿子多，也要操不少心呢。您这样多省心……"

老爷含泪叫道："我还愿意操心呢！"

"得了，我今儿找您来呀，就是说儿子的事儿。"

"说吧，什么事儿啊？"老爷揩了揩眼泪，委屈地嘟囔了一句，"你们这就是气我。"

"不是，您看我怀里抱的这个孩子了吗？"

"怎么了？"

"我也是张不开嘴。实话实说，我家里也穷，这些年也娶不起媳妇儿。但是，我跟您说——我也不嫌害臊，不怕丢人。——我有一个相好的。我们俩处得不错，她给我生了个儿子，生完后人就没了，我就把孩子抱回来了。抱回来是抱回来了，可我养不起呀！我养活自己都够呛，哪养得起一个孩子呀？我知道您这儿呢，愿意要个孩子。所以我想过来想过去，就找您来商量一下，您要是愿意呢，我就把我儿子给您了。而且您记住了，打这儿起到死，我不会跟任何人说这孩子是我的。

他就是您的孩子，好不好？"

老爷一听，眼睛里登时闪射出了两道光："快给我看看！快给我看看！"

老爷把被卧卷接了过来，掀开小棉被，看着孩子，赞不绝口：

"这大胖小子！太可爱了！哎哟！真好，真好！你说话都算数吗？"

"怎么不算？没问题，您要是愿意留下他，这是孩子的福分，他从此就是您的亲儿子。"王好仁拍着胸脯，再三保证道，"打死我，我都不会再说起这件事儿。除非是您让我说，我才说。您要是不让我说，我这辈子也不说这孩子是我的，好不好？打今儿起，他就是您的孩子了。"

"哎哟！阿弥陀佛呀！"老爷高兴得都快要哭了，跳起来，冲门外高喊，"快来人哪，快去，请夫人来，请夫人来！"

门外的下人听到老爷的吆喝，连忙去请夫人。不多时，夫人就来了前厅。

夫人一进门，看见老爷怀里的孩子，吓了一跳："哟！这是怎么回事儿呀？"

"嘘！"老爷赶紧拉住她，悄声地说，"王老二抱来的，这是王老二的儿子。他外边有一相好的，给他生了一个儿子。他养不起，给咱家了，就算咱两人的。他打这儿起，他再也不提这事儿了。"

"哎哟！"夫人听后大喜，咚咚咚，乐得满屋子蹦跶。

老爷怀里还抱着孩子，拦都拦不住，只好冲夫人点点手："快快快！你先别蹦了，你这像刚生完孩子的样儿吗？"

"哎哟！老天爷，快给我，快给我！"夫人笑得合不拢嘴，一把接过孩子来，"哎哟！我的儿欸！嗬！妈的肉欸！"

夫妻俩忽然有了一个孩子，简直太开心了。老爷吩咐人拿来了十两银子：

"老二，这是给你的。咱们怎么说怎么来，打现在开始，这孩子就是我的亲儿子了，你可不许再提。当然了，以后你的日子要是过不下去了，手里边没钱了，马高蹬短[1]，你尽管上这儿来，我给你。"

王好仁再三推谢："哎，不不不！您这样，搞得我都不好意思了……"

"拿着！一定拿着，拿着啊！这到年根儿了，掂备着花也好。"老爷把这银子硬塞到王老二手里边了。

财主家就计划着年后让人传出风去，跟外面人说夫人生孩子了。这下全家都高兴了，府里上下张灯结彩，他们家总算添了丁了，有了后了。

---

[1] 马高蹬短：歇后语，原句为"马高蹬短——上下两难"。意思是马长得高大，镫子却很短，不便于主人上下马。比喻处境为难，需要亲朋好友的帮衬。

王好仁打财主家出来，心里则是百感交集。

第一，他确实挺高兴的，因为给孩子找了一个好人家。这家又疼爱孩子，又有钱，孩子跟着他们不会受罪。

第二，高兴之余，他心里有点儿酸不溜的。因为昨天跟孩子待了一晚上，自己抱着他，儿子长、儿子短，一整夜喊了无数遍。他睡着睡着，隔一会儿就起来看看孩子："儿子，爹给你弄点吃的，爹给你弄点水啊。"

而且他都这个岁数了，一直没老婆没孩子。他确实爱那个孩子呀！但是实在是养不起，所以就给人家了。虽说那孩子不是自己亲生的吧，但他这一天下来，心里真是把孩子当成自己的儿子了。

王好仁百感交集地回到家里，坐在屋里边，惆怅了很久。他隔着床帐子望着床面，里面空荡荡的，自言自语道：

"昨天那孩子还跟这儿躺着呢。唉，也好，孩子跟着我也是受罪，让他去好人家吧。"

毕竟还得过日子，他稍微地打起了些精神来。好在今天兜里边多了十两纹银，他把银子托在手心里，掂了掂，心里有底了：

"行了，今年过年是没问题了。而且过完年，我还能剩下点儿本钱干点儿别的买卖。以后我得好好做生意，多挣点儿钱。万一过几年钱多了，我真能娶个媳妇儿呢？我真得有一个自己的家，要不然我这日子过得真是不像话，努力吧。"

转过天来，他就开始好好地做生意。他之前虽然也是做生意，但做得都是小买卖，赚的钱仅够他吃喝。但是打这儿开始，他的买卖很快就有了起色。刚开始还是卖点儿水果、小吃等零碎东西，到后来偶尔还倒腾一些丝绸布匹。他的生意是越做越好，手里边的钱是越攒越多。

他从来没有过喝大酒[1]、耍钱的恶习。好多人有钱之后，心里就痒痒："有钱了咱玩儿去，耍钱去？"他从来没有这样过，一次也没去过花楼赌场。因为他心里跟明镜似的——久赌无胜家。他亲眼看见过，多少人拿了成箱的银子，到赌场耍钱，把银子全输了。其实也不能恨赌场，毛病出在人身上，要是自己能把心思控制好了就没问题。王老二就控制得很好，没有任何不良爱好。他一门心思要过好日子，想着攒点儿钱，把房子归置归置，以后娶个媳妇儿，生个儿子给他养老。

按着过去的说法，这人没一点儿毛病，真是哪儿哪儿都好。

一眨眼的工夫，十年过去了，王好仁手里攒了不少钱，生意上交了几个不错

---

[1] 喝大酒：北方方言，指酗酒。

的朋友。这一年，大家凑在一块儿，说要做点儿生意。

有人说："今年丝绸生意很好，尤其是咱们苏州。咱们这儿遍地都是上好的绸缎，要是弄出一批货，拿到外地去卖，准行。"

朋友的一番话打动了他。他一想：

"我这些年来，干的买卖都是小买卖，我能不能做丝绸生意呢？"

他打小在苏州长大的，他也懂绸缎生意是怎么回事儿，而且之前也倒腾过丝绸布匹，只不过是小打小闹。想来想去，这回他决定拿出钱来，干一票大的。

拿定主意后，他就准备好一大笔本钱，找到一个上货的地方，一家绸缎庄。到了地方跟掌柜的一说，人家认识他，知道他是好人，很爽快地答应了：

"好，给！"

掌柜的还特意吩咐了伙计们一句，按最低的价给他进货。

王好仁拿到了货，雇了一只船来装货，丫丫叉叉的，装了满满一船丝绸，带着人又找到了一个船老大："我要做生意，你跟我们走。"

"好啊。"船老大也高兴，带上几个伙计，挑了一个好日子，"走吧，咱们出发吧。"

这一行人就上了船，这艘货船飘飘荡荡地行在水面上。没事儿干的时候，划船的就和他们聊聊天。

船老大说："您这趟啊，要是合适的话，这个利润呀，能翻倍。做生意就得做您这样的，太棒了！"

王好仁也高兴，笑道："我也没想到我这辈子，还能做这么大的生意，真好！人哪，就是得干点儿爱干的事儿呗，是不是？我看你们划船的，在水面上跑来跑去的，也挺好，玩儿着就干了。"

船老大摆摆手，回道："咳，您不知道，我们这行也不易。要是没事儿，还则罢了。要是有事儿啊，备不住就掉脑袋了。"

王好仁吃惊道："啊？怎么还掉脑袋？"

"咳呀，水面上有的时候不太平，有水贼呀。陆地上有土匪，水面上有水贼。水贼一来，可厉害了！"

"赶上过吗？"

"还没有，这么些年也没遇见过。但是干我们这行的，就怕这个呀，真遇见还了得呀？他们来之前哪，是有信号的。"

"哦，水贼来之前什么信号？"

"他们来之前敲锣，只要一听锣响，水贼就来了。"

王好仁觉着挺新奇，问道："好奇怪，大概是什么样的锣声呢？"

话音刚落，只听水面上不远处，传来一阵清脆响亮的锣声：

"噌嘟嘟嘟——"

船老大伸手往那儿一指："哎，你听见了吗？来了。"

说着话工夫，水贼就到切近了，四五艘船，飞一样，唰地围了上来。王好仁的这艘货船就动不了了，停驶了。

定睛一瞧，只见那几艘船上站着数十个水贼，一看那个凶神恶煞的模样儿，就知道不是好人，个个拧着眉，瞪着眼，脸上刺着花，肩膀头子鼓鼓的，胳膊四棱子起金线，一巴掌宽的护心毛，手里边拿着刀，跨立在船头之上。为首的贼头是四方大脸，这人好认，左额角往下有一块胎记，清虚虚的，挡住半拉脸。这贼头手里攥着鬼头大刀，站在众水贼当中。

没等王好仁他们说话，对面贼船上的小贼"噌噌噌"就蹿上船来了。

一货船的人都吓坏了！船老大和伙计们会水，几个人一翻身，扑通扑通，都跳进河里去了。船上就剩下王好仁这几位了，咕噔一声，这几位就齐齐给水贼跪下了。人家水贼上来就"噔噔噔"地搬东西，箱子、柜子、行囊，整船的绸缎全搬走了，这艘货船登时就轻了。

临走的时候，脸上有块记的船大王扔下一句："我们跟别人不一样，我们是求财，饶了你们了。走吧！"

说完，人家转身往自己的船上一跳，呼哨一声，这些船眨眼之间就没了影。

先前跳船奔河里的几个人也都上来了，上来给王好仁道喜："给您道喜！"

王好仁哭丧着脸："怎么还给我道喜呢？"

船老大解释道："一般来说呀，水贼是不给人留活口的。今儿咱碰见了一个稍微有良心的，你看人家，没要命，只把东西弄走了。"

王好仁说："弄走了东西，这也跟要我的命差不多呀！这些年的积蓄就买了这一船货，这一下全弄走了，那怎么办呢？"

船老大说："咱们还去吗？"

"咱去什么呀，咱们回去吧，货都没有了。"

"那咱走吧。"一行人拨转船头，又回了苏州。

回到家里来，他人缘好，跟他处得不错的哥们儿们都来看他了，连街坊四邻也都来了，大伙都劝他：

"哟！没事儿吧？哎哟！老天爷呀，行了，东西没了就没了，人没事儿就好，老天保佑！"

他倒是也心宽:"得了,这就是该着。该着船上这些个东西不是我的。哎呀!命中注定,算了算了,我不往心里去。"

他的几个哥们儿怕他别扭,就说了:"我们给你再凑点儿吧。"

这些年来,他身边围着的这些朋友真是不赖!正是应了那句老话:"攒下了金山,催命的鬼。交下了朋友,护身的符!"有朋友比什么都强!哥儿几个你一块、我一块,给他撂下了银子:

"我这儿有十两银子,算是给你压惊的。"

"我不要。"

"你收着吧!"

"我有五两。"

"那我给三两。"

一大帮朋友们,给他又凑了百十来两银子。这帮朋友对他真是掏心掏肺,这都是王好仁平时为人处事交下来的。大伙走了以后,他坐在屋里一琢磨:

"我欠大伙儿的人情怎么还呢?我只能是再去做生意,挣了钱,拿回来还给大伙。"

他也熟悉这回上货的道儿了,又奔绸缎庄去了,拿出钱来,一百多两银子,要买丝绸。

绸缎庄的掌柜挑起了大拇哥儿:"好家伙!您太厉害了,您是大客户啊!前天刚弄走一批货,今天又来了,卖得真好!"

"好什么呀?我让人给抢了。"

"那得了,赶紧给您备货吧。"

王好仁又备了一船绸缎,跑船还找那船老大。

船老大说:"您还用我?"

"我还用你,咱们接着走吧。"

"好好好。"船老大点点头,"咱们上次,可能方向有问题。咱们这样吧,这回换个方向,上回出门咱不是往右去了吗?咱们这回奔左走,好不好?"

"哎,那好,咱们走。换个方向,就碰不见这帮水贼了。"

船老大又挑了一个合适的日子,人一上船:

"走,开船!"

漂荡着,这船顺着河就走了。船行了半天,就听到水面之上——

"喳嘟嘟嘟——"

王好仁点点头:"别害怕,大家都认识,那天来一回了。"

正说着呢，这几条贼船到跟前了。船头站着那位脸上有块青记的船大王，人家一挥刀：

"上！"

对面几艘船上的小贼，呼啦呼啦全上来了。

一回生二回熟，王好仁这回心里有个底了，麻利地往甲板上一跪，还转过头来安慰划船的几个新面孔："没事儿，别害怕。不要紧的，他们不杀人。"

人家水贼把东西都搬走了，调转船头要离开时，王好仁站起来了：

"哎！那哥们儿，走水路的千千万，你怎么可着我一个人抢啊？"

那船大王回头一看，噗嗤乐了："还真是你啊？"于是一伸手，往兜里一摸，抓出一只小包来："得了，这给你压压惊。"把小包扔过去，人家好几船人乐着就走了，把他这一船丝绸全劫走了。

王好仁接过小包来，打开一看，是点儿散碎银子。你瞧这事儿闹得！一百多两上的货，到最后就剩这么点散碎银子，他长叹一声：

"唉！回去吧。"

于是这王好仁又垂头丧气地回了苏州。

朋友们听说这事儿之后，又都来了，关心他："怎么样了？还好吧？"

他摇摇脑袋："我没事儿，没事儿没事儿。"

"哎呀，哪有这么巧的呀！"大伙儿就劝他、安慰他。

劝完之后，朋友们背地里商量着："还是得让他干点儿什么呀。但是再像之前十两五两地那么给，咱们也给不起了。"

"是啊。"

众人谈妥了之后，又来找王好仁：

"得了，王二哥，咱们商量点事儿吧。咱们搭伙，一块儿做生意，好不好？我们出东西，您帮着我们卖。我们再给您凑一船，您也别不好意思。卖的钱呢，您一半我们一半，好不好？"

大伙儿愣是把东西塞给了他，就怕他面子上过不去。这一船东西凑齐了一看，杂七杂八，什么都有：青菜萝卜、松花皮蛋、丝绸布匹，还有桌椅板凳。因为他的朋友们也没有什么发大财的人。

王好仁又凑了这么一船，还找这船老大。

船老大臊得都不行了，满脸通红："要不您换一个人吧，行不行？您别找我了，我都怪臊得慌！"

王好仁摆摆手："不要紧的，没事儿，咱们是朋友了，是不是？不要紧的，来吧，咱们走吧。"

"那您看咱们这回奔哪儿？"

"奔哪儿都一样，没有什么区别，开船开船。"

"好，走哪儿算哪儿。"

王好仁的货船在水面之上漂漂摇摇，第三次出了苏州。简断截说，一天的工夫，就听那边锣音响亮——

"噌啷啷啷——"

王好仁站起来了："我就说嘛，怎么今儿来晚了呢？等他们这么长时间，怎么才来呀？"

话音刚落，几艘贼船就到跟前了。话不多说，打那船上下来一帮人，一瞧这回的货，这帮人直撇嘴，太次了——桌椅板凳、萝卜青菜、松花皮蛋。毕竟是水贼，次点儿就次点儿，那也要吧。喊哧咔嚓，一会儿工夫，就把这些东西都搬走了。

王好仁还帮着左右张罗："来来来，你搭把手。走，脚底下留神，来。"

大伙都乐了。把东西都搬完之后，他站在那儿也乐，人家一帮水贼也乐了。

尤其是那位船大王，左脸上有记的那位，站在船头上，笑得前俯后仰："刚才我就想拦着你们，不让你们搬。这哥们儿太可爱了！那什么，咱们也别老拿他的东西，把咱们那点儿东西也给他吧。"

"哎哎哎，好。"这群水贼最近抢了点粗布、绸缎，都在后舱里码着。小贼们把他们抢的那些东西，噌噌噌，往王好仁的船上搬，相当于是这帮贼把刚抢来的东西给他了。好家伙！给他搬来了半船，这几艘贼船一掉头，众贼嘻嘻哈哈地就走了。

船老大看看他："您这就叫以物易物啊！您这是换货来了。也行，您来的时候，带的那些货都太杂性。桌椅板凳、松花皮蛋、青菜萝卜，是吧？现在您这是一水的布匹，不过就是分粗布跟绸缎，咱们卖去吧？"

"上哪儿卖去？这些都是贼给我的呀，都是他们抢的呀。你没看见吗？那捆打得都一样，而且上面还有签儿。这个玩意儿我拿出去一卖，咱们不就成了销赃的吗？"

船老大想了想，便说："这样吧，我送您回去，让我们的伙计给您把货搬到您家去。您晚上闲着没事儿，就把这些东西拆开重新打捆儿，再把签儿撕了，不就没人知道是贼抢的了吗，是不是？"

"事到如今只好如此，走吧。"

船一掉头，王好仁又回来了。靠岸之后，他雇了车，船上的伙计把这些布匹绸缎都弄了下来，给他送到了家里。

简断截说，他到家之后，天也就擦黑了。吃了点儿饭，他把门一关，粗粗地数了下布匹，一边点数，一边在心里念叨："倒是不少，也不知道是哪位客商倒了霉了，让这群水贼给抢了。瞧瞧，这打得多周到啊！我拆了它吧。拆了它之后，重新地捆一下，然后看看能不能卖，来吧。"

王好仁先把外面的大包装打开了，露出了里面一捆一捆的布匹。把捆带一解开，就发现布匹有问题。怎么回事儿呢？这匹布搁到手里分量不一样，特别地沉。通常来说，一匹布没有这么重。一匹布该有多重，王好仁心里是有数的。于是他打开一瞧，惊呼一声，只见这布卷里边，竟然卷着白花花的银子！

"我的天爷呀！再看看别的吧。"

他挨个儿翻开来看，只见这一屋子布卷，每匹布里都有，有的是金子，有的是银子。他坐在屋里就傻了！他大概估算了一下，全部兑成银子的话，这些钱得值白银万两。说不定是哪个倒了霉的客商，怕外人知道自己有钱，惦记上自己，就假扮成了卖布匹的，把银子塞在了里头。没想到在水面之上遇见这伙水贼了。他们这群水贼也没当好，看都不看，就把这些东西给他了。

王好仁陡然而富，转眼就成富家翁，心中不可思议道：

"我的天，这满屋子都是银子呀！这是想不到的事情啊！"

夜深之后，他把银子收好，沉沉睡去。

过了些日子，他先跑出去还了账。以前拿了谁的钱，就还给人家，跟人家说他这一趟出去挣了钱。而且他的朋友们、穷哥们儿里，谁家里要是不容易，他就接济人家一些银子。

"你这个房子得修了，给你点儿钱。"

"你儿子娶儿媳妇没钱，是吧？给你点儿钱。"

"你家孩子念书没钱了？给你点儿钱。"

接济完朋友们之后，剩下的钱还是非常多。这回他算是时来运转了，买了一座带跨院的大宅子，穿的、用的全换成了新的，整个家里边的面貌跟原来相比，是大不一样了。

这日子过得红红火火，一天比一天好。

一晃又过了七八年，出事儿了。出什么事儿了呢？他之前不是给财主家送去一个孩子吗？那个孩子被送到财主家之后，两口子爱他如掌上珍宝，是真疼，也是真爱。过了没三年，人家两口子自己又生了一个儿子，等于家里有俩儿子。两口子很高兴，对大儿子也是视同己出，一家人处着挺好。慢慢地，俩孩子就越长越大了。

这一晃，大儿子就考中秀才了，有了功名加身。大儿子很高兴，天天在家里边教自己弟弟念书。别看两人只差了三四岁，哥哥真有哥哥样儿：

"你得好好念书，以后也像我似的，考个秀才，你就有功名了。"

这个二儿子淘气，大儿子说他管他，他不听。某天说急了，大儿子说：

"你把手伸出来，让你不好好念书！"

大儿子拿戒尺在二儿子手上轻轻地打了三下。二儿子不干了，含着泪跑回屋去了。

"妈啊！妈啊！"

夫人出来了："怎么了？哭什么呀？"

"我哥打我！我哥打我！"

"哎哟！我看看吧！"

夫人牵起她儿子的手来一看，其实小孩儿根本没什么事儿，有些家里边的老太太们就这样，一阵儿糊涂，一阵儿明白。眼看着亲生儿子的小嘴噘得老高，夫人顿时火冒三丈，气得跳脚：

"哎哟！打我儿子了！"

"我哥打我了，妈，你管他不管他？"

"嚄！敢打我儿子！你问他去，你问他，他姓什么你姓什么？"

这话就不该说呀！

"哎。"

二儿子得了令，转身回来了，直奔书房："哥，妈让我问你，你姓什么我姓什么？凭什么打我？"

说完，他一溜烟儿跑了。大儿子坐在书房里就傻了，半天缓不过来：

"这话里有话呀，他姓什么，我姓什么？我们俩不是一个姓吗？话出必有因，为什么这么问我？我问爹去。"

大儿子走出书房，去前厅找到自个儿的爹，一见面撩衣裳跪倒了。

"我有话问您。"

老爷吓一跳："怎么了，老大？"

大儿子问道："我是谁的儿子？"

老爷面色凝重："哎呀！你，你是我儿子啊。"

"不对！今天我跟我弟弟抬杠拌嘴。我教他念书他不听话，我打他手打了三下。他找妈去了，我妈让他问，说他姓什么，我姓什么？爹，这话里有话。您告诉我真情实话还则罢了，要不然的话，我今天就死给您看！"

"儿子，快起来，快起来！哎呀！按说我是不该说——"老爷一看他还跪着，起身把他扶了起来，"快起来，儿子。爸爸跟你说实话。"

老头儿擦擦眼泪："其实我是真拿你当我亲儿子。但是你既然问了，我也不能瞒着你。咱们这儿有个人，叫王好仁，都管他叫王老二。还上咱们家来过，你也见过，可能之前没往心里去，你知道那个人吗？"

"我知道那个人。"

"他就是你亲爹，想当年他跟你妈生了你之后，你亲妈就没了，日子过不了了，才把你送给我。我把你养大了，我是拿你当我亲儿子。你放心，爹没有二心。但是你既然问了，我就得告诉你，你亲爹叫王好仁。"

大儿子听完，眼泪流得哗哗的，心里五味杂陈：

"我长到这么大，现在中了秀才，有了功名，我都不知道我亲爹是谁！"

想到这儿，他给养父磕了个头，站起来往门外走："我得见见我亲爹去。"

两家是街坊邻居，隔得不远。他打家里出来，拐弯抹角，抹角拐弯，不多时就来到了王好仁家门前。一推门，找到王好仁面前，二话没说，大儿子就撩衣裳跪下了：

"我给您磕头，就算您不认我，我也得认您，您是我的亲爹！"

王好仁一时没反应过来，傻眼道："啊？你怎么回事儿？"

"哎呀！您别瞒着我，当年您生完我之后，觉得家里边实在太穷了，养不起我，才把我送给人家。直到今天，我才知道这事儿，所以我来认祖归宗。"

大儿子往前跪爬两步，一把就搂住了王好仁的大腿，放声痛哭！

王好仁的眼眶也湿了，这个事儿只有他自己心里最清楚，这孩子跟自己没有任何关系。但是他心里跟明镜儿似的，一来孩子要是知道自己是私生子，估计能觉得天都塌了，二来那户人家也根本不愿意认他。而且当初把他送走的时候，他心里确实舍不得，现在自己这个岁数了，眼瞧着这么一个大小子抱着自己喊爹，他的眼泪也下来，一把搂住了大儿子，也号啕大哭：

"孩子，孩子，当年咱家是没辙呀！我现在看见你，我心里也难受啊，爸爸对不起你呀！"

爷儿俩抱头痛哭，哭罢多时，这儿子站起来了：

"您得带我上坟去。生完我之后，我妈不是死了吗？家里没辙了，您才把我送人的，我妈的坟在哪儿？"

王好仁就被问住了，眼珠一转："哎呀，走，咱们去。"

第二天，王好仁就带着儿子走到苏州郊外，那儿有一大片坟地。他在前面走着，儿子在后面跟着。王好仁边走边想：

"我得找一个坟窟啊，给我儿子一个交代。有碑的不行，写着名字呢？我们过去哭坟也不像话，就得找一个没主儿的坟。"

忽然间，他就瞧见了一处光秃秃的坟包，这坟包都快平了，也没有碑，什么也没有，一看就是没有主儿的枯坟。

他冲儿子招招手："来，儿子，看到这个了吗？"

儿子上前一瞧，点了点头。

王好仁也是说哭就哭，泪眼婆娑道："儿子，这是你娘的坟。当年她没了之后，我就把她埋在这儿了，去哭去吧。"

哎哟！儿子往坟前一趴，玩儿了命地哭，哭得撕心裂肺。过了一炷香的时间，哭声渐渐停了下来，王好仁赶紧掏出手绢来，给儿子擦擦眼泪，拿手顺着他的后心，轻声劝道：

"得了得了。"

儿子哭得两眼通红，嗓子也哑了："我得给我娘修坟，我得好好地修坟。"

"行了行了，回家吧。"爷儿俩就回家去了。

刚回到家就出事儿了。怎么回事儿呢？人家坟主来了。这坟其实是有主儿的，当年有一个山西人，来到苏州做生意，人家也生了一个儿子。后来，人家的媳妇儿死了，埋在了这片坟地里，山西人抱着孩子就回山西了。但是人家的儿子挺努力，进京赶考得中头名状元。头名状元可了不得啊！人家得奉旨还乡祭祖啊。他父亲，那个山西人早已经死在太原了。山西人临死时告诉儿子，当年把他娘埋在了苏州。所以状元就上这儿来，准备给亲娘上坟。

状元来到这片坟前，往地上一跪，正准备哭，跟前有个看坟场的，拦下了他：

"你别哭啊，这坟不是你的。"

状元当场就傻眼了："怎么不是我的呀？当年我爹死之前特意说了，我娘的坟在苏州。准确位置都告诉我了，还告诉我跟前的几个坟姓什么叫什么，怕我找不着。这不都对吗？那几个名字还在那儿呢！怎么不是我娘的坟呢？"

看坟场的笼着袖子，为难道："您来晚了，今天这个坟头刚有人哭过的，是我们这儿一个大财主的儿子，人家还是个秀才，也是有功名的。我不知道您二位，哪位才是这儿的本主啊？"

这件事儿就传进了财主家里，大儿子不答应了："这是我娘的坟啊！怎么能是他们家的呢？"

这块坟包没名没姓地在荒郊里躺了十多年，忽然间财主家的大儿子也要，状元家也要，这可怎么弄呢？

街坊四邻里听说了这事之后，都担心他，替他捏了一把汗。

状元打发身边的小厮给两家送信。

小厮跑到王好仁家里说："您是王大叔，是吧？听您说这坟是您家里的，我们是跟着状元爷来的。明天您要是有时间，请您到坟地那儿去，咱们要说说这个事情，好吧？"

跟王好仁一说，小厮出了门紧走两步，又跑到财主家，跟他们家大儿子说，转过天来几个人在坟前见一见。

转过天来，这几家还没来，坟前可都站满了老百姓。为什么呢？老百姓好奇呀，都想看看王老二怎么解决这个问题呀。状元那头儿先来的，带着一队官兵鱼贯而入，进了坟场，身边还簇拥着几个使唤人，在坟前等着，就看他说这坟到底是谁的。

一会儿工夫，财主的大儿子也来了。他身后也跟着一大帮家奴、院工、使唤人。两队人马站在坟前，都在等王好仁。

再说城里王好仁家，这大爷睡得踏踏实实的，快到中午才起床。他也不怎么着急，不紧不慢地收拾了一番，把自己捯饬得干净利落，这才打家出来，坐着轿子，摇摇晃晃地来到了这片坟地。

王好仁一撩轿帘，起身下轿，往坟头一站：

"你们都是要认娘的吗？都要认娘吗？"

大儿子抹着眼泪，上前一步："爹，没错，您说了，这是我娘的坟，昨天我就已经哭过一次了。现在他要跟我抢我娘的坟，我不能答应他！"

王好仁一点头，回头再看了一眼状元。只见状元的眼泪也下来了：

"你们这群人真是的！我不知道你们是谁，反正我爹在山西临死的时候告诉我了，他说我娘的坟墓就在这儿。我中了状元之后，就回来给我娘上坟。我得告诉我娘，儿子混出样儿了，有出息了，你们不能跟我抢！来吧，你们说吧，这到底怎么回事儿？"

两人越说越动容，都擦着眼泪。旁边的老百姓都看向王好仁，那意思是："来吧，您解决一下吧，这怎么办？"

"哎！"王好仁长叹一声，"你们俩呀，今天终于遇见了。没错，这里边埋的这人哪，你们是应该叫娘。"

说着，他一指状元："你是我的大儿子——"

接着他又一指财主的大儿子："——你是我的二儿子。当年家里实在太穷了，生完老大送给了山西的那个商人，生完老二我送给了邻居的财主。所以说，你们两个人是亲兄弟呀，明白了吗？还等什么，赶紧跪下哭娘啊！"

哥儿俩一听，没想到其中还有这么一段故事，面面相觑。

状元指了指秀才："哎呀！这是我的亲兄弟？"

秀才也觉得不可思议，看向状元："这是我的哥哥？"

状元，秀才搂在一起抱头痛哭！哭完之后，两人都转身趴在娘的坟前，又是一通哭！

周围所有老百姓都佩服他，冲着王好仁挑起大拇哥儿，王好仁点了点头：

"人这一辈子得多做点好事儿。但行好事，莫问前程。苍天有眼，这报应分明！"

十一 东岳庙

刚刚驾到

举头三尺有神明　莫瞒天地莫瞒心

> 鹅鹅鹅，曲项向天歌。白毛浮绿水，棒子面大饽饽。

来这么几句定场诗，程式化的东西还是要有的。书页一翻，新的故事又要开场了。

这一篇的故事名字好记，叫《东岳庙》。可能很多人听说过东岳庙，它也叫天齐庙。为什么叫天齐庙呢？因为里边供的是东岳大帝，唐玄宗曾经封东岳大帝为天齐王，所以我们管它叫天齐庙也对，叫东岳庙也对。全国各地有不少东岳庙，北京也有一个东岳庙。

据说在元朝那会儿，张天师[1]的一个后代来到了北京，人家觉得这儿没有东岳庙，有点儿不太像话。小天师就想要盖一个东岳庙，但是还没等盖完，他就去世了。后来他徒弟盯着，才把北京的东岳庙盖了起来。

人分三六九等，肉有五花三层。这些庙也分三六九等，北京的庙里面，东岳庙算是最有身份的。过去的人们拜东岳庙也很有讲究，各家有各家的说法，最普遍的说法就是，上东岳庙拜完了之后，十天八天之内，先不要去拜别的庙。

因为东岳庙里供奉的主神是东岳大帝，东岳大帝就是泰山神，在过去人们的眼里，泰山神是个很了不得的神仙。为什么呢？因为老百姓把泰山神看作上天派到人间的使者，他掌管着人的生死、福禄。

古时候历代帝王每年都得去东岳庙上香，北京的东岳庙还专门设了一个大房间，供清朝的皇室上香时歇息。在清朝那会儿，不管是皇上、太后，还是嫔妃，

---

[1] 张天师：指道教创始人张道陵，相传为西汉开国功臣张良的第八世孙，其最初创立的五斗米道也称天师道，因此人们往往也称其为张天师。

人家上这儿来烧香，会自己带着龙座凤椅，烧完香就来这个屋子歇着。

而且过去很多妃子一入皇宫深似海，很难再见到家里人，但是每年轮到她们出宫到东岳庙降香的时候，皇家开恩，她们是可以借这个机会和家人相聚的。妃嫔家里的亲戚在得了娘娘降香的准信儿后，就会提前来东岳庙等着。三宫六院的娘娘们就可以在这儿和亲友们团聚。

凡此种种，足以说明，东岳庙的身份比其它的寺庙要高一个档次。

旧些时候，北京东岳庙的山墙两边各挂着一个铁算盘，由生铁打造而成，墙上还写着八个大字：

"惩处分明，毫厘不爽。"

这俩铁算盘是光绪年间挂的，其中还有个典故。

光绪六年十一月十三日，北京有两家官宦人家喜结连理，一个是户部的右侍郎，一个是山西布政司的布政使，布政使的儿子要娶侍郎的闺女。十一月十三日，两家准备摆下宴席大办喜事。前一天是十二日，这天他们两家的朋友、同事，也都是些官员，就受邀到布政使家里来贺喜。其中有一个贺喜的官员是朝里的御史，叫邓承修。

邓承修这个人心眼小，一进布政使的家门，因为一点儿小事，就跟看门的口角（jué）起来了，闹得心里挺别扭。转天十一月十三日是正日子，他又来了，穿了一身特别素的衣服，就跟参加追悼会似的，摆明了上这儿来是成心给人家添堵的。这还不算完，他在事后还写了一个奏折，给垂帘听政的太后呈上去了。他在奏折里大概是这么写的：十一月十三日，可不是个一般的日子，这天是圣祖仁皇帝的忌辰。所以在这个日子里，我们应该万分悲痛，穿上点儿素净的衣服以示哀悼，但是这两家还娶媳妇，实在是太不敬了，锣鼓喧天，他们还喝酒，互相祝福，这就是对圣祖仁皇帝的不尊重。

圣祖仁皇帝是谁呢？就是康熙。您算算由康熙到光绪这都差了多少辈了？他说这一天是康熙爷的忌辰，朝里不应该有人办喜事儿。这真是欲加之罪，何患无辞啊。

但是这折子给听政的太后一看，太后动怒了："不像话！这是要活活气死哀家啊，谁娶儿媳妇啊？"

邓承修跪在御前，回禀说："是山西布政使。"

"把他那官位给哀家撸下去吧！"

太后就因为这点儿闲话把人家帽子摘了。

这个布政使心里也慌："怎么回事？好好的，娶个儿媳妇，怎么就没有工作了呢？"他打听来打听去，摸清了事情的原委，心里真是恨这个传闲话的御史邓承修，但是他乌纱帽都被摘了，心里这点窝囊气也没地儿发。最后他没辙了，花钱请人做了两个铁算盘，挂在了东岳庙的山墙两边。然后他往东岳大帝脚下一拜："东岳大帝，您给看一看，您给算算，到底谁对谁不对。"

说来也奇怪，这俩算盘挂上之后，打小报告的这位大人邓承修，没多久就死了。

这个事情就有两说着了。放到现在，可能我们会说："我不相信，那就是凑巧了，他应该本来身体就不好。"

这个不重要，每个人的想法不一样。

过去的民间老百姓是这么看待这个事："他是遭了报应了！举头三尺有神明，人不能做亏心事！"

因了这些玄乎事儿，过去有很多人都特别信服东岳大帝，都愿意来东岳大帝这儿求点儿什么，不管是求生死，还是求孩子，求什么的都有。

尤其是北京的东岳庙，过去的香火非常旺，日日游人如织，络绎不绝，特别地热闹繁盛。尤其是每年三月二十八日，这天是东岳大帝的生日，民间还会自发组织一场庙会。

东岳大帝三月二十八日的生日，但是从三月十五日起，东岳庙门前就聚了一堆做买卖的、推车的、担担儿的、卖小吃的，还有各种艺人也都来这儿卖艺，很热闹。这是北京的一景。

但是在东岳庙门前卖艺有个要求。卖艺的什么都有，唱大鼓的、唱小戏的，这些人家都不管，唯独在东岳庙门前说书，就有规矩——不允许说《岳飞传》《精忠说岳》。因为东岳庙里供着岳飞老爷的塑像。

除了主神东岳大帝，东岳庙里还供奉着很多其他神仙，比如鲁班、关二爷等等，其中就有岳飞老爷。所以，东岳庙门前卖艺有规矩，不允许说岳飞老爷的书，这是不尊敬岳飞老爷。

您要是去过北京东岳庙，看过岳老爷的神像，会发现有一点很奇怪——岳飞是宋朝的人，他座下的那些将军塑像，一个个顶盔掼甲，都是宋朝的装扮，但唯独有一个塑像，是一个清朝装扮的小太监。按说这不应该啊，不仅朝代不符，而且还不好看。

但是庙里真有一个小太监的塑像，并且这里头也有个典故。怎么回事儿呢？末代皇帝溥仪刚当皇上的时候，他那会儿岁数不大，平时跟小太监们一块玩，急眼了就会骂小太监两句。有一次他就骂其中一个小太监："小王八蛋！"被骂的小太监可能岁数也小一点儿，脾气也大，就还了一句："你才小王八蛋呢！"

在场的其他的小太监一听，吓得小辫子都立起来了，把他拉到一边，跟他说："你这是作死！你说皇上是小王八蛋，他现在是糊里糊涂没明白，等哪天明白过来要是一问你，连你带我们全得杀了！"

这小太监心里咯噔一下："哎哟，这可怎么办呢？"他找到了管事的老太监，老太监给出了个主意：

"你去一趟东岳庙，到东岳庙去问问怎么办。"

小太监赶紧跑到东岳庙，找庙里的人一说，人家说不要紧，把他带到了速报司。小太监跪在岳老爷的塑像前，把事情的经过全说了一遍，速报司的人一点头，说：

"行了，你回去吧，没事了。"

打那儿起，确实溥仪没提过这件事情，这场风波就算过去了。小太监自己花钱，按照自己的形象塑了一个小太监的像，摆在了岳老爷的座下，那意思就是：

"我谢谢您，我在这儿伺候着您。"

这是个真事儿。

今天咱们的书，就和东岳庙有关系，不过是跟山西太原的东岳庙有关。《太原县志》记载，这座东岳庙是在嘉靖年间建成，坐落在太原城的东北角。

故事发生在明朝嘉靖年间，主人公是一个土生土长的山西太原人。一说到山西，我就觉着很亲切，因为我们家祖上就是明朝时从山西汾阳迁出来的，一路迁到了天津，所以要是往上捯个大几百年，我们家也算是山西人。

主人公姓张，叫张善友，娶个媳妇姓李，人称李氏。两人过日子，没孩子，日子过得挺富裕的。而且张善友这个人，对得起他这个名字，品行很好，人很善良。街里街坊的这些人家里，谁家要是手头紧了来找他借钱：

"跟您拆兑点儿钱。"

他立马掏钱："拿走。"

街坊要是面露难色，加上一句："最近还不上。"

他也不计较，挥挥手："不要了。"

张善友的为人就是这么好，左邻右舍十里八乡都说他是张善人。但是张善友的媳妇儿有的时候爱算计，不像丈夫似的想得开，两口子没事还净抬杠。别人来借钱，丈夫一给完钱，借钱的前脚刚走，后脚两人就动起手来。这媳妇儿一恼，就把桌子一撇：

"这日子过不了了！咱家的钱也不是大风刮来的，你怎么能这样呢？说给谁就给谁啊？哎呀，我的天呀！"

媳妇儿就跟他闹腾，张善友也没别的办法，只能好言好语地劝劝媳妇儿，日子就这么过下去了。

离他们家不远，有一户穷苦人家，母子二人相依为命，娘儿俩苦哈哈地过日子。老母亲岁数不小了，年近七十，那个年头儿里，能活到七十就了不得了。眼瞅着，老太太的身体是越来越差了，膝前只有一个儿子伺候着。

这儿子名叫赵廷玉，也老大不小了，没结婚，也没个孩子。但是他很孝顺，可以说是天下第一大孝子，但凡有点好吃的，先尽着娘吃，娘剩下了他再吃。冬天冷，家里就几床薄被，他都给老太太盖上，怕娘着凉；夏天热，老太太睡觉时，他就坐在床边拿扇子给娘扇着风。妥妥的一个大孝子。

但是老太太终归岁数太大了，老健春寒秋后暖[1]，某天老太太就生病了。赵廷玉到处请大夫给娘治病。大夫来了，号完脉，给老太太开药，说要用人参。赵廷玉把家卖了去买人参，大夫说要用什么好药他就去找什么好药，只要能救娘的命。他真是个大孝子。但是到最后，医药罔效，还是没能把娘救过来。老太太躺在病榻上一撒手，去世了。赵廷玉顿时哭成了泪人一般：

"娘啊娘啊，我的亲娘啊！实指望好好地孝敬您，也怨儿子我没能耐，我的娘啊，太委屈您了。"

他跪在床前，啪啪地磕头，磕得脑门都流血了。

老太太一死，在街坊邻里的帮衬下，他把老娘装进了棺材里。晚上他坐在棺材前，泪珠儿不断，越哭越伤心，心说：

"这不行啊！"

怎么回事儿呢？他想给娘弄一块好的墓地，好好地发送发送，让娘风风光光地走完最后一程。但是现在家徒四壁，该卖的也都卖了，借钱也跟周围的朋友都借遍了，没有余钱给娘办丧事了。这可怎么办呢？他晚上一个人坐在棺材前，眼泪啪嗒、啪嗒、啪嗒，把前襟打湿了。

想到最后，他突然间想起来了，一咬牙："实在不行啊，我偷吧，我看谁家有钱，我去他们家偷，偷来银子之后，发送我娘，这之后哪怕把我千刀万剐，我也认头了。"

---

[1] 老健春寒秋后暖：俗语，意思是老年人的健康状况非常容易出现变数，如早春的寒冷以及秋后的余热一样短暂。

他就坐在那儿琢磨，上哪儿偷去，偷谁呀？而且他也不会偷，不是做贼的材料啊，思来想去，就想到张善友他们家有钱，他心里也有点不忍：

"之前人家可没少帮衬我，我还欠人家很多钱，还也还不上，而且我也没有脸再找人家张嘴去借了。我就狠狠心，偷他去吧。"

拿定了主意，他回头冲着老娘磕了三个响头："娘啊，您别怪我，我做贼去了。偷完银子发送您老人家，以后我无论如何也会报答人家的。"

家里有一口尖刀，他把这刀拿出来，揣在身上。

为什么带刀呢？过去有句老话"挖窟窿做贼"，就是讲盗贼是怎么偷东西的。这些盗贼专挑夜半三更，到别人家墙根儿下，拿着刀在墙上找砖缝儿，剔来剔去，就把这砖剔活动了，往外一抻，抻下一块砖来。据说抻下七块砖来，人就能钻进去。

过去那些盗贼都是好数学家，为什么呢？他特别能算数。比如他要是打算偷您家，他从脚底挖起，挖完之后唰地一下子，一出来，准是您家客厅正当中八仙桌子底下。伸出脑袋来看看没人，他立马钻出来偷东西，偷完了原路返回，把那七块砖还给您泥上。您坐在屋里都不知道谁来过。这是聪明贼。

做贼要是不会算数，那可就有的丢人了！他蹲在那儿一阵捣鼓，抻完砖，唰地钻进去，一睁眼又出来了。怎么回事呢？不小心挖到炕里边去了，烟熏火燎一呛，咳着就退出来了。

赵廷玉身上揣着那把刀，来到了张家墙根儿底下。他哪里会做贼？全靠愣来，那个年头儿里，墙上没有什么钢筋水泥，也好挖。他抄起手里的尖刀，哐当一声，敲下一块来，再拿手一顺，墙砖就全下来了。转眼间，墙上就现出一个大窟窿。还真巧，他一钻进去，正好看到这窟窿旁边有一把椅子，椅子上放着一个包，伸手一摸这只布包，像是只银子包。赵廷玉心里暗喜，一把就抻出来了，好歹把这个窟窿给人堵上了，拿着银子回家。

到家之后，打开包一看，得有五六十两雪花白银，赵廷玉的眼泪就下来了，咕咚一下跪在了娘的棺材前：

"娘啊娘啊，儿子不孝，我做了贼了！什么也别说了，事已至此，我拿这个银子好好地发送您，给您老人家风风光光送完这最后一程。以后，我就欠老张家一个人情，能还我就还，还不上，我就想方设法地报答人家。如果说这辈子报答不上的话，我下辈子也要想方设法地还给人家。"

说完，赵廷玉趁夜雇人给老娘换了一副好棺材，安排好一切丧葬之事，尽他一片孝子之心。

第二天清晨,张家人一起床,看见墙面上砖缝里有刀痕,拿手轻轻一碰,哗啦一声,砖头全掉了,出现了一个大窟窿。这还不知道吗?肯定是闹了贼了。两口子点了点家里的财物,别的倒是没丢,就是头天晚上搁在椅子上的一个银子包没有了。

媳妇儿不干了:"可了不得了!丢了东西了,闹了贼了!咱们报官吧!咱们逮到臭贼啊,咱们就打他!"

张善友就拦着她:"你别闹!"

媳妇儿惊诧道:"哪儿闹了?家里闹了贼、丢了东西,我报个官,哪儿就闹了?"

"谁活着都不容易,他但凡家里有辙的话,能出来做贼吗?是不是?你站在人家那角度考虑考虑,他也不容易。算了吧,咱们别报官了,认倒霉吧。"

媳妇儿白了他一眼:"嗬,天下要都是你这样的人倒好了!哎哟,可气死我嘞!"

为了这个事儿,媳妇儿天天嚷嚷,嚷嚷了得有一个来月。张善友每次一听她提起这茬儿,就劝一阵了事。

一晃一个多月就过去了。某天,天气不错,张善友吃完了中午饭,就站在自己家门口,这儿瞧瞧,那儿看看。忽然,他瞧见一个和尚打远处走来。这和尚看着岁数不小了,眉毛胡子都是白的,肩上背着一只口袋。老和尚走到他跟前,问了一句:

"施主,我跟您打听个事儿。"

"哎哟,不敢当!大师父,您想问什么呀?"

"贵宝地有一位大善人叫张善友,但不知他住在哪一家?"

"哎呀,阿弥陀佛!师父,可不敢当。没有什么大善人,鄙人就是张善友。"

老和尚笑道:"阿弥陀佛!久仰您的大名啊,耳朵都灌满了。都说太原城有一个善人叫张善友,原来就是您哪!"

"岂敢!岂敢!师父,您这是从哪儿来的?"

"我是从五台山来的,打这儿过,是找您有点事儿。"

"您快请,快请。"他赶快把老和尚让到屋里边。

二人坐下来,张善友给老和尚沏了壶好茶,殷切地问道:

"师父,您喝茶。您有何见教?"

老和尚抿嘴一笑,把来意缓缓道来:"我打五台山来。我们那个庙啊,年久失修。但是，我有个雄心壮志，就是想重修寺庙，再塑金身。我一路化缘走到这儿，遇见不少善男信女，也化到了不少银子，粗略算算得有三百多两银子。接下来，我还得再走几站，继续化缘。但是带着这些银两，我不方便赶路，所以我就想找地方存一下。正好走到这里听人说，这儿有一位大善人叫张善友，我就想找您商量商量——您看到我背上的这只包了吗？包里有三百多两银子，我想把它存在您家里，我再往前走一程，凑够修庙的善款。等回来之后，我到您这儿来再把银子取走。因为要是把这么多银子放在别处，我心里也不踏实，但是搁在您这儿我是一百个放心。您看方便吗？给您添麻烦了！"

张善友把身子往前一倾："阿弥陀佛，谢谢师父的器重，您竟然能这么信任我！师父您大可放宽心，就把这银子放在我这儿，我给您看着。等您回来的时候，您再到我这里来取，届时我安排人马，送您回去。如果最后修庙还差银子，您尽管开口，剩下的钱都由我出。"

老和尚心中又惊又喜，夸道："哎呀，阿弥陀佛，您真是大善人！"

张善友笑道："岂敢！岂敢！我给您安排素斋，您吃点儿饭再走。"

老和尚摆摆手："不了不了，我还有事。我大概二十天之后就回来，好不好？"

张善友点点头："好好好，那我等着您。"

两人商定之后，老和尚把口袋从背上取下来，当着张善友的面打开口袋，点了一遍银子。

张善友接过口袋，把口封好，拍着胸口，向老和尚打包票：

"您放心吧，搁在这儿，我一定给您看好了。"

张善友转身把口袋放进里屋，再出来把老和尚送到门口。

临走前，和尚千叮咛万嘱咐：

"二十来天后，我就回来，回来再见。"

老和尚交代完这些，就走了。

张善友是一个老实人，天天也没有别的事情，有时候在家里看看书，有时候出去见见朋友。他有几个特别好的哥们儿，几个人偶尔会轮流做东，聚聚头，就喝个酒、吃个饭，也没有其它的活动。一眨眼二十来天过去了，这天家里来俩朋友，跟他说：

"咱们得聚聚会，这回轮到东庄的老李做东了。他说他们家做的饭特别好吃，咱们之前净是到外边去吃，这回他让咱们上他家里去吃，咱们得去。"

张善友就跟着几个哥们儿，奔老李那儿喝酒去了，家里就剩下媳妇儿李氏。

一会儿的工夫，老和尚风尘仆仆地赶来了。他来到张善友家门前，一敲门，等了一会儿，李氏推门出来了。

李氏从屋里出来，拿眼一瞧，心里偷着乐。怎么回事儿呢？原来是张善友临走前嘱咐过她：

"我去朋友那儿喝酒，你盯着点儿。因为备不住这几天，那个五台山的老和尚就来了。如果他来了，就把银子给人家，知道吗？"

李氏满口答应："你放心吧，甭管了。等他来了我就把银子交给他，行了。"

张善友就走了，她在屋里一门心思等着老和尚。所以说这老和尚一来，她扑哧一声就乐了，走出来说话：

"哟，老师父您找谁呀？"

"阿弥陀佛，请问，张善人在家吗？"

李氏呵呵地一笑："我们当家的不在。"

"哦，您是大娘子？"

"啊是，我是他媳妇儿。您有什么事儿啊？"

"有这么个事儿，二十天前我来过一趟，那时我在您家存了一个口袋，里面有三百多两银子。我今天回来准备把它取走，要回五台山了。大概是这么个事儿，给您添麻烦。"

李氏一捂嘴，故作惊讶道："哟，您这可是骗人哪！怎么讹人哪？哪有这么回事啊？"

老和尚就傻眼了，怔怔地站着："不是，您别开玩笑，出家人不打诳语。没有的事情。我之前确实是来过呀！我还坐在您屋里喝水来着。"

李氏白了他一眼："我们家天天来和尚老道，每一个人走到这儿，都会进来坐会儿喝点儿水，我们还给他们布施。但是，你要是说存我们这儿三百两银子，我们没见着。"

老和尚吃惊地看着她："哎呀，阿弥陀佛……"

李氏作势要关门："你甭阿弥陀佛了！你快走吧。"

老和尚上前一步按住门："大娘子您不能这样啊！那不是我的钱，那是四方施主布施给我们的，为的是重修庙宇，再塑金身，那是老佛爷的钱哪！"

李氏挥开老和尚，冷笑道："欸，你要是这么说，既然是老佛爷的钱，那就让老佛爷来一趟吧！老佛爷找我来，我就给他，老佛爷不来，我不给他！"

老和尚急得眼眶都湿了："哎呀，您这叫什么话呀？您这是要活活地逼死我呀！临出来的时候，我跟满寺的僧人说了，我一定要把这事儿办成。这事儿要是办不成，我都没法儿活着回去，我只有一死！"

李氏立刻接话："那就是你的事儿了，你愿意死就死吧，我们家没有这笔钱。"

"大娘子，你得拍拍心口啊！你得说良心话，你不能骗我呀！"

"哎哟！和尚欸，你那么大岁数，怎么听不懂人话呀？"李氏不耐烦了，当场竖起三指连发毒誓，"我告诉你，我要是昧了你的纹银，叫我不得好死，叫我眼珠子流血，听见了没有吗？"

"哎呀，天哪！"老和尚被她挤兑得够呛，最后实在没辙了，擦着眼泪，顿足捶胸地就走了。

李氏一关门，快步回到屋里，心中雀跃："太好了，要是天天都有这个发财的道儿才好呢！"

她把装银子的口袋拿出来，打开了往外一倒，哗啦一声，白花花的银子倒了一炕，看得她两眼都直了：

"哎哟喂！你看我们当家的，一天到晚就知道给别人花钱，他傻他缺心眼儿，他也不知道什么叫吃亏！你瞧瞧老天爷有眼吧！这不给我们都送回来了吗？太好了，我可不能和他说，他要是知道了非得骂我不可。"

她把银子装好，自己又另找地儿藏了起来。

赶等天黑，张善友吃完了饭，喝完了酒，回来了。一回来，他进门先问：

"那个，家里的。"

媳妇儿李氏乐呵呵地迎了出来，给他更衣："哟，大爷您回来了，今儿这酒喝得怎么样啊？"

"还行，那个我跟你说点儿……"

媳妇儿收好衣服，问道："喝点儿水吧？喝完酒嘴干不干？喝点儿茶？"

"我不喝茶，咱们家今天来和尚了吗？"

媳妇儿瞧着他，点点头："来了。"

"哦哦哦，是那个，眉毛胡子都白的老和尚么……"

没等他说完，媳妇儿就抢道："对对对。"

"就是那个，五台山的那个吧……"

"对对对。"

"人家是来要银子的。"

这媳妇儿撒起谎来眼睛都不眨一下，麻利地回道："我给他了，他说是什么化缘的钱，什么重修庙宇再塑金身，是不是他？"

"是是是，那你把银子给人家了吗？"

"给了呀,那一大口袋都让他拎走了。"

"你没留人家吃个饭?"

"他不吃啊!我跟他都直说了,家里新炖的肉让他……"

"哎呀,混账!人家是出家人,什么新炖的肉!"

"那我给他弄点别的,炒个鸡蛋?"

"那不一样吗?把银子给人家了是吧?"

媳妇儿竖起三指道:"哎呀,你怎么还不放心我啊?我要是昧他银子,叫我不得好死,眼珠子流血……"

张善友打住她:"你说这话干吗呀?行了,给了我就放心了,得了。"

这事儿就这么过去了。

张善友两口子什么都有,就是没孩子。某天两人闲聊天,说来说去,张善友就挺难过:

"唉,你说咱两人现在还年轻,互相照顾着,日子也挺好的。不过,等咱俩老了,万一有个病、有个灾的,可怎么办?咱们跟前也没个孩子,上了岁数以后,七老八十的,咱俩必须得结实,要是有一个躺下了,咱家那可就算完了,谁照顾谁呀?是不是?要是跟前有个孩子可就不一样了。哎呀,你说咱们怎么没孩子呢?我也没少做好事啊!"

他媳妇儿乐了:"是,你是没少做好事儿,咱们这儿的那个东岳庙你就没少去。你数数,咱家光布施东岳庙就花了多少钱,这东岳天齐老爷子也没保佑过你呀。哪天你问问他,问他为什么不给你个儿子。依我看,这些年的钱都算白花了。你去一趟东岳庙,把钱要回来吧。"

张善友责怪道:"你这叫什么话呀?烧香,布施,这个钱还能往回要吗?"

媳妇儿取笑道:"你就算不要,你也得问问他呀,问他为什么我们没孩子呢?"

说者无心,听者有意。张善友若有所思道:"哪天我上东岳庙去一趟,去那儿烧香,我求一求,问问东岳大帝,万一他老爷子保佑咱们呢?也未可知。"

"行行行,乐意去就去吧。"媳妇儿一翻身,睡着了。

过了没两天,张善友真奔东岳庙,拿着香走进大殿,把香点着了,拿在手里边,一撩衣裳就跪下了:

"大帝啊,老爷子,您得保佑我呀!弟子张善友一片诚心,从来没有干过坏事,净做好事了,怎么就没孩子呢?我求您给我们个一儿半女的,也算是有人给我们养老送终了。"

他跪在东岳大帝脚下磕了几个响头，把香插上就回家了。

一回家，媳妇儿看了过来："去了吗？"

"去了。"

"烧香了？"

"烧了。"

"行，答应你了吗？"

"咳，这谁知道，盼着吧。"张善友苦笑。

"行，盼着吧！"媳妇儿嗤笑。

您还别说，跟东岳大帝求过之后，三个月后李氏怀孕了。

李氏不可思议道："哎呦喂！大爷，你还别说，这东岳天齐老爷子还真灵！你看看，我这肚子现在有动静了。"

两口子真是高兴坏了！尤其是张善友，马上到东岳庙烧香磕头，眼泪汪汪的，跪在庙里，一个劲儿给东岳大帝磕头，嘴里念念有词："张家有后了，张家有后了。"

张善友非常开心，回来之后就好好伺候着怀胎的媳妇儿。

十月怀胎，一朝分娩。李氏生了一个小子，起名叫张大宝。好事连连，转年李氏又怀孕了，又生了一个小子，起名叫二宝。两口子爱他们如掌上明珠。

日子一天天过去了，眼瞅着俩儿子在跟前跑来跑去的，张善友心满意足："神佛有眼哪，做好事有好报应，你看我这俩儿子，太好了。"

渐渐地，俩孩子长大了。但是在目睹俩孩子成长的过程中，张善友觉得很奇怪——怎么回事儿呢——这俩孩子脾气不一样。

老大张大宝非常善良，特别听话，爹妈说什么就是什么，从小就很懂事。他秉性温良，不争也不抢，家里要是做了好吃的，他顶多吃一口，剩下的都给弟弟、爹妈吃，有什么好的东西也都先尽着别人。而且，他只要有一点儿闲工夫，就愿意干点活儿，才几岁大的时候就学着扫扫地、擦擦桌子，吃完饭帮着收拾碗筷。张善友心里纳闷：

"我这大儿子怎么这么好？这孩子什么毛病也没有，还爱干活，每天都闲不住。有时我跟他说：'孩子，歇会儿吧。'他就说：'不不不，不歇，我就喜欢干活，我就愿意干活。'"

相反呢，这老二的情况就不一样了。怎么不一样呢？老二从小就不好弄，一两岁的时候，就老闹病。两口子就经常找大夫给他瞧病。大夫一给他开药，就开各种名贵药材，比如人参、鹿茸、灵芝、冬虫夏草等等，什么药贵就开什么。等到稍微大一点的时候,他身体渐渐好起来了,但是又添了别的讨厌毛病了——爱听摔碟子的声音,一家子吃饭正吃得好好的,老二拿起碟子碗就往地上一扔,啪嚓一声摔碎了,他就坐在桌前嘎嘎地乐。

当妈的就宠着他:"我儿子高兴,想摔就摔!摔完了咱们再买呗!"李氏每次出门都买回一堆碟子碗来,老二咣咣咣地往地上摔,就为了让他开心。老大看着都心疼,坐在旁边掉眼泪,当娘的就是想让儿子玩得痛快。吃饺子也是只吃馅儿不吃皮儿,家里要是包了饺子,老二就拿筷子把饺子豁弄开了,把里面的馅儿掏出来吃了,不吃皮儿,他剩下一堆饺子皮儿,都被旁边的老大就着醋吃了。某天吃饱之后,老二闲着没事儿干,就跑到后厨去找厨子:

"厨子,你会包饺子吗?"

厨子说:"二少,您这些日子吃的饺子都是我给包的,怎么还问我会不会呢?"

"那你待会儿给我包一百个饺子,要那种一咬开皮儿,里边哗哗冒香油,然后多放肉馅儿、鸡蛋,里面再搁上虾仁,我要大馅儿,得特别大的馅儿,还得哗哗流油,这种饺子你会做吗?"

厨子说:"那有什么不会做的,就是多搁点东西呗。"

厨子忙活了半天,剁好了肉馅儿,往馅子盆里咕嘟咕嘟倒了一整瓶香油,和完馅儿,就开始包饺子。把盛满了大个儿虾仁的笸箩放在一边,一只手的手心里摊着饺子皮儿,另一只手先往饺子皮儿里塞一把肉馅儿,再从笸箩里捏出一只虾仁塞进去,塞得满当当的,才把饺子合了口。这些饺子包出来,足有包子的个头儿,一个个肚子圆鼓鼓的,都像小肥猪似的,扑通扑通下水一煮,煮完之后,厨子拿盆捞了一百个热气腾腾的饺子,搁在老二面前。张善友一看,奇怪地问道:

"儿子,你吃得了吗?这么大的饺子,饭量再大的人,吃六个也就饱了,你呢?"

"你甭管了。"

老二冲他爹一嚷,拿起一个饺子放在地上,一脚就踩了下去,扑哧一声,油水四溅!饺子破了,里面的肉馅儿、鸡蛋、虾仁都流了出来,老二糟蹋完东西,心里爽了,望着满地狼藉,拍着手乐了:

"这样的饺子踩着才好玩呢。"

老二拿起一个来一脚,扑哧扑哧,白花花的大饺子全让他这么糟蹋了。他爹气得浑身发抖,挽起袖子要揍他,他妈又拦着:

"别管!别管!只要我儿子开心,比什么都强!这个都不叫事儿,谁也别拦着，只要我儿子高兴就行。"

日子一天一天地过去了，俩孩子越长越大，老二越来越浑，老大已经开始学着去外面挣钱了。老大什么活都肯干，其实像他这样家庭的人，根本就不需要出去挣钱。但是老大就爱出去挣钱，他什么活都干，力气活儿也干，一门心思就想着怎么给家里挣钱，挣到了钱就往家拿。不过老这样干，他那身体也受不了啊！后来，老大就净咳嗽，一咳嗽还吐血，他爹看了很心疼，于是找来大夫，给老大看病。大夫给老大一号脉，扭过头来跟张善友说：

"您家大少爷的身子有大问题。他这个身体是活活累坏的呀！我不知道您家是什么规矩，按说您这个家庭不该这么使唤孩子呀，再这么下去他得累死呀，身体太亏了呀！"

"那您给他开药让他吃，让他调养身体，给他开最好的。"

"是得给他开药，但要和您说一声，这个药很贵，里面用的都是好东西。"

"那不要紧，只要我大儿子身体能好起来，比什么都强。"

老大在旁边就问这药方里都有什么，大夫给他一讲，他当场就急了：

"不行，这么花钱可不行！"

老大二话不说，背着爹妈，偷偷找到大夫，把药方子里面值钱的药全给择出去了，剩点儿便宜的药材：

"行，就留这两样吧，红果片，冬瓜皮。"

大夫都替他着急了，立马说："那不管用啊，只放那两样，喝完也不管用啊，顶多落一解渴。"

"差不多就得了，给家里省点儿钱吧。"

又过了几年，这俩孩子越来越大了，十八九的岁数上，老二提出来：

"我认为咱们得分家了。"

张善友有点儿恼了："怎么着，这才多大你就闹着分家？"

"对，不分家不行啊！不分家的话，咱们这日子，过在一块儿糊里糊涂的，也看不出谁好谁不好来，是不是？这样吧！把全部的家产分成三份，我哥哥一份，我一份，你们老两口子一份，行不行？就这么办了吧。"

听他那语气，好像分家这件事儿根本就不容商量，是他一个人说了算的。

张善友道："那不行啊，我是当爹的，我还没说话呢！再说，你哥也没说话呢！"

李氏说："行了，不要紧的。老二聪明，老二多灵啊！我儿子说得错不了，就听他的，就这么分了吧。"

分完家，老大、老二各自到手一份家产，老两口子留了一份。

一拿到钱，老二可得已了，为什么呢？这下他有钱了！使劲儿花吧。老二跟钱有仇似的，花起钱来有点儿不太正常，都不叫花钱了，完全叫糟践钱。比如说他心血来潮想做双鞋，跟人打听到哪家缎鞋铺子的手艺好，人家的鞋子花样也好，穿着也好。他就把身边的狐朋狗友们全都喊上，带着这些人上鞋铺，给每个人都做一双。这一大帮坏小子，跟着他混吃混喝又混穿，一个个穿上新鞋之后，又奔绸缎庄做衣服，他自己做了七八身绸缎衣裳，给那些人也做。裁缝一个挨一个地给他们量尺寸，量了一整天，直量到日落西斜，完事儿之后就找个酒楼吃饭，吃完饭又往烟花妓院一钻，带着大伙狂嫖滥赌，完全是为了糟践钱而糟践钱。

这还不算，有一天，他拿出一只大银元宝来，找了一个银匠给他砸成薄薄的银箔，接着抄起剪子把它铰碎了，倒进一只大笸箩里，他捧着这堆碎银箔，跑到城门楼子上面，冲底下喊："看着点儿啊，六月飞雪了。"说着，就抓起一大把银箔，哗啦一声，往城门下一撒，底下的人抬头一看，好家伙，天上飘银箔，都跳起来抢碎银箔，他在城楼上笑得前俯后仰，开心，就是为了糟践钱而糟践钱。这样花钱，家底还不眨眼就花光了吗？就算你家里趁座金山也能花干净了，对吧？眼瞅着他这份钱就快花完了。

他哥那儿呢？人都快不行了！老大一天到晚就知道干活，给家里省钱，他也不让大夫开药，就算开了药也不吃，身体一天比一天差，到了某一天实在坚持不住了，倒下动不了了，把他爹急坏了。

"哎呀，我的儿啊，这是怎么着了？快请大夫来啊。"

大夫上门一号脉："大爷，够呛了，您家的大少爷恐怕是留不住了。"

"那哪儿行啊？他才多大呀！我不是和你们说了吗？给他开药，让他好好调养，你们给他开药了吗？"

"是啊，我们开了药他不吃啊！他把里面的好药材全择出去了，他告诉我们用点红果片就行，那玩意儿不治病啊！"

"这可怎么办啊？你们赶紧现在给他熬药！"

"大爷，来不及了！人已经完了，有出气儿，没进气儿了。"

张善友趴在床边，哭着喊着："儿子，儿子，老大呀！你这是怎么了？"

老大抬头看了眼自己的爹，眼睛一翻，就咽气了。

两口子痛哭流涕："我可怜的儿啊，人世上你没待多少年，你为了给家里挣钱，竟然活活地把自己累死了！谁让你给家里挣钱了，你怎么能这样呢？"

张善友和媳妇儿哭了一整夜，第二天着手料理老大的后事，买了口棺材，办了一堂白事，带了几个人把大儿子抬出去埋了。

老二没来哭丧，他哥死了，他根本没往心里去。这两天跟着朋友去外地耍钱去了，要完钱回来，就听人说他哥已经入土了。

"得了，挺好，挺好。"

他跑回家，先是劝了他爹妈一番："别往心里去了，人早晚都有这么一天，他早死早超生，这下算踏实了。那个，我跟你们商量点儿事。"

张善友擦擦眼泪，问道："你要干吗？"

"我哥哥死了，我哥哥那份家产是不是就得给我。"

"啊？你自个儿不是有一份吗？怎么还要你哥这份？"

"他是你儿子，我也是你儿子呀。对不对？现在他没了，他留着那个钱更没用，你们老两口子又没有仨儿子五个闺女的，不就剩我一个了吗？我现在是千顷地一棵苗，老爷庙的旗杆独一根，所以说他那个钱也应该是我的，是不是得给我？"

他爹气不打一处来："给你你就胡糟蹋啊，万贯家财给了你，还不如扔河里呢，扔河里还能听个响呢！给你，你也是吃喝嫖赌不学好啊！"

当妈的就在旁边拦着："行了老头子，咱们一共就俩儿子，已经没了一个，现在就剩这一个，你不得对他好点儿吗？以后咱们养老送终就指着他一个人呢！行了，儿子，你别听你爹的，妈妈说了算，你哥的那些钱也都是你的，想怎么花怎么花，妈妈支持你。"

老二一拍手："太好了。"

他哥的这份家产又给了他。他哥是既能挣钱，又能省钱，再加上之前老两口分给他的那一份家产，这笔钱可不是小数。你别看这老二不会挣钱，花起钱来那叫一个专业。这笔钱到了老二的手里，那就不愁没处花了，打这儿起他彻底没别的事情可干了，整大花天酒地，挥金如土。整个太原城都在看他怎么糟蹋钱，他一说要出去吃饭，一群狐朋狗友跟着就上街了，这儿吃那儿吃，那儿吃这儿吃，什么好吃就吃什么。某天，他又吆喝了一帮人，上了街，一瞧前面围着一圈人：

"街边上那一大帮人是干吗的呀？"

旁边的人就搭茬儿："二爷，摆摊卖刀削面的。"

"哦，我看看去。"老二大摇大摆地走了过去，站在面摊跟前，"你是卖刀削面的呀？"

卖刀削面的小贩冲他一笑："哎，是，这位爷，您来一碗吗？"

他矫情起来了："我这个身份怎么能吃刀削面呢？"

这个人已经浑成这样了！他那个身份怎么就不能吃刀削面呢？

老二开始没话找话："哎！你这个卖刀削面的可不讲理！"

人家瞥了他一眼，没吱声，但是心里犯嘀咕："怎么就不讲理了？我好好在这儿削着面。"

"我打这儿过，你都没给我磕一个？"

卖削面的一听，气坏了，心里暗骂："我凭什么给你磕一个？来个人我就磕一个，我还活不活了？我是卖面的，又不是上坟的！"

但是在外做生意，卖刀削面的也不敢惹他，因为一看就是知道他是个恶少，后面还跟着一帮人，就赔个笑脸："是是是。"

老二斜眼看着他："我可告诉你，你别以为二爷我爱欺负人！知道吗？这样吧，你给我削一碗面。"

"哎！"

人家赶紧给他削面，削完了，盖上锅盖，把面闷在锅里煮着。

山西的刀削面很好吃，据说最好吃的是大同刀削面，我在大同吃过，那一大碗，价儿又便宜味儿又好。山西人吃面是很在行的，他们擅长给面条做卤，比如小炒肉、菜卤，不管是削面，还是剔尖，把各种肉卤、菜卤往面条里一浇，香味儿就出来了，就连炒苦累[1]也能炒得非常美味，这都是山西特产，山西人能把这类东西做得非常可口，街边上净有摆摊卖这个的。

一会儿的工夫，卖刀削面的小贩给他端来一大碗刀削面，浇好了各种卤子，双手递过来：

"二爷您尝尝。"

他接过来，哗啦一声，往地上一泼："再来一碗！"

卖刀削面的小贩一瞧，心疼坏了："二爷，您怎么给我泼了？"

"废话，我给你钱。知道吗？给你钱懂不懂？"

"是，但您也别糟践……"

"管得着吗？赶紧削面！"

"哎哎哎！"

---

[1] 苦累：流传于河北、山西等地的一道特色小吃，因穷苦人家吃不起主食饭菜而诞生。最初的做法是将槐花、榆钱、扫帚菜、红薯叶等野菜与棒子面搅拌后蒸熟，出锅后加入卤汁调制而成。后来随着人们生活水平的提高，便用土豆、豆角等代替原先的各类野菜。

小贩走到锅前接着削面，削了一碗，捞出来给老二递过去。老二接在手里，哗啦，又泼了！小贩削一碗，他就泼一碗。一会儿的工夫，人家今天预备的面都没有了。

"二爷，您明天再来泼吧。今天就到这儿了，您连我们的卤子都泼干净了。"

"给你钱就是了！"

老二从兜里掏出钱来，啪，扔在人家脸上。他就这么一天到晚地胡作非为，耍钱闹鬼儿[1]，然后逛妓院。

简断截说，老二一天天地不着家，他爹他妈天天在家想他。这天也是，都到半夜了，老二还不回家，老两口子心中焦急：

"儿子怎么还不回来呀，这可怎么办呢？"

正说着呢，外边乱哄哄的，一帮狐朋狗友把他抬回来了。

"那什么，叔，您这二少我们给您抬回来了。"

张善友急得跳脚："什么叫抬回来了！"

"快抬进来吧。"一帮坏小子张罗着把老二抬进了屋里。

张善友望着他们把儿子抬进来，放到床上，走近身一看，好家伙，只见他们家老二鼻青脸肿，胳膊腿都折了。怎么回事儿呢？原来是他在妓院里边争风吃醋，跟别人打起来了。上那种地方去的人，哪有好人呢？人家比还他横，叮咣五四把他捶了一顿，把他的胳膊腿都砸折了，好歹留了他一条命，让人把他抬回来了。胳膊腿都废了，就在家好好养伤，老两口找来大夫，天天给他问诊开药，药是越开越贵，人是越吃越废。到最后，这人眼瞅着就不行了，抬头纹都开了，眼角也耷拉下去了，嘴咧着，病恹恹地躺在床中间：

"哎呀，哎呀，我可是不行了！"

他爹妈都吓坏了："这可怎么弄？儿子，万贯家财都让你糟蹋干净了，爹妈都不怪你。钱不钱的不要紧，主要是你人得在呀！"

他爹妈又给他另找大夫，到最后，所有大夫都两手一摊，说治不了，医药罔效。没多久，这老二一闭眼，也死了。

老两口子一时间悲痛欲绝，尤其是李氏，哭得都没人样了。张善友只好压住心里的难受劲儿，反劝她：

"你别这样，得先发送他啊。孩子死了就死了，命里无儿莫强求。"

老两口子便买了棺材发送儿子，到了坟地的时候，李氏趴在坟头，不让人埋

---

[1] 耍钱闹鬼儿：北方方言，指在赌博中手脚不干净的行为，也泛指赌博等恶习。

她儿子，哭得两眼赤肿：

"我的儿子呀！他怎么会死了呢？"

哭到最后，李氏的眼泪都哭干了，眼泪哭干了之后，顺着她的俩眼睛，流下两行血来，跟前所有人看着都瘆得慌，心说："这是怎么回事儿呢？哭坟的咱们见过，哭到最后没眼泪的咱也见过，但张家的大娘子怎么哭到最后眼泪没了，顺着眼珠子往外哗哗流血呀？我的老天爷，这得多伤心哪！"

张善友吓坏了，上来拍拍李氏的肩膀："媳妇儿，你怎么能这样呢？你要是这么哭，不就把你的命给饶里边了吗？"

李氏站起来了："是，我这个命就是饶里边了！我呀，我也不活了！"

说完，她一脑袋就撞向那块石碑，啪的一声，脑袋撞碎了，死尸倒地，娘儿俩全完了。家破人亡，张善友咣当一声躺了在地上。大伙儿赶紧过来扶起他，只见他牙关紧咬，不省人事。

有人便替他主张："赶紧买棺材，给张大娘子办白事吧。"

简断截说，亲戚朋友帮忙一块儿料理着，当天把这娘儿俩全发送了，又把张善友送了回去。大伙儿天天劝他、安慰他，大概过了十几天，他的精神头儿才算好了一点儿，朋友们也不敢离开他，一直轮流盯着他。

他叹了口气："谢谢各位，我这也是命里该着，您各位也不用守着我了，我没事。唉，您家里也都忙，这段时间给各位添麻烦了，您各位该回去歇着就歇着吧，我自己没事，我好好活着。"

大伙儿就顺着劝他两句，一边劝，一边一个两个地都走了：

"想开点吧！怎么办呢？顾死的还得顾活的呢，明天我们还来。"

他自个儿坐在屋里，眼泪已经流干了，思来想去，想去思来，心说："我得去一趟东岳庙，我得问问东岳大帝，到底是怎么回事？"

此时天已经很晚了，他从家里跑出来，到了东岳庙。庙里边人家也都睡觉了，四下里一片幽寂，唯独大殿上灯火通明，他一个人奔上大殿，往这儿一跪，缩着脖子泣不成声：

"东岳大帝呀，老爷子，我家里边怎么会是这样的？您让我明白明白吧！"

一个头磕下去，就觉得眼前一阵昏暗，紧跟着就听到有人在耳边喊他：

"起来，起来，起来！"

一睁眼，发现身旁站着两个阴气森森的鬼卒：

"张善友！"

"二位鬼哥！"

"你跪好了，你往上看，大帝在此！"

张善友一抬头，吓一大跳，怎么回事儿呢？宝座上的泥胎神像，这会儿竟然活了，神像台上金光灿灿，东岳大帝端坐在正中央，缓缓抬眸，拿手一指，温声道："张善友！"

张善友仰望着大帝，含泪应道："帝君，弟子在此！求您给我指点一下吧！为什么我们家会变成这样？"

东岳大帝长叹一声，缓缓将因果道来：

"你六亲缘浅，其实命里本来就无子。你的两个儿子只是你们夫妻俩各自的果报。你那大儿子，他前世是你的邻居赵廷玉，他偷了你家的银子无以为报，后来他死了，转世投胎成了你的大儿子，拼命地给你们家里挣钱，只是为了报答当初偷你银子那份恩情。至于你那二儿子，前世是五台山的老和尚，他的银子被你们家昧了，他回去之后就憋屈死了。"

张善友惊道："不对呀！老爷子，那个银子我们还给他了呀！"

"你认为还给他了，你来看！"

东岳大帝再拿手一指，打暗处出来几个小鬼儿，稀里哗啦稀里哗啦，拽着铁链子，把李氏拖拽来了。

李氏披头散发，哭喊道："哎哟！夫君啊，都怨我，我是不应该呀！我把那个钱给昧了，那银子我没给老和尚。现如今到了阴曹地府，我才知道起誓撒谎是有报应的。所以我才在坟前两眼流血，那是我当初起的誓啊！夫君哪夫君，是我对不住你。得了，你心里明白就好啊！"

东岳大帝点点头："你看明白了吧？没有别的，你这俩儿子一个是来报恩的，一个是来报仇的。老和尚憋屈死了之后，转世投胎，就成了你的二儿子。他到你家来，就是为了报仇，把你的万贯家财给挥霍一空。你听懂了吗？"

"哎呀！"

大叫了一声"哎呀"，张善友再一抬头，两眼空空，望着房上的横梁，心中迷茫道："我刚才是睡着了吗？"

待他再定睛观瞧，面前哪有东岳大帝？分明还是个泥胎神像啊！当时人就傻了，站起来往外就走。他走出东岳庙，站在门口，抬头一看，天色阴暗，面前一钩残月，寒星数点。

张善友摇了摇头，心中百感交集，忽地记起一句老话："善恶到头终有报，人间正道是沧桑。"

十二 狄大人求雨

刚刚登到

破巫不输西门豹　急智亚赛东方公

> 锄禾日当午，汗滴禾下土。
> 谁知盘中餐，来块烤白薯。

我说书可有些年头了。因为我没有别的手艺，就说书、唱戏、说相声这三样，干别的不灵。入佛门六根不净，进商界狼性不足。有人说你瞎说，你看你们德云社的大小买卖也不少。

我也没法反驳您，因为确实是有不少，但没有一个是我能闹得明白的。因为人一多，总得干点儿什么，是不是？大伙都得吃饭，这一堆人都得活着。德云社的这些大小买卖，每一摊儿都有不同的人在盯着，我算是乐得坐享其成。做买卖我是真不行，只有说书、唱戏、说相声还算在行。

在这一篇里，咱们要讲的故事，名字叫《狄大人求雨》。故事发生在什么时候呢？这一竿子可支远了，发生在唐朝武宗年间。唐武宗是唐朝的一个皇帝，这人在中国历史上还挺有名的。他叫什么呢？他有两个名字，一开始的名字可不好写，单名一个瀍（chán）字，李瀍。后来改了名字叫炎，李炎。不过改名字是他当皇上之后的事情，他是在二十七岁时即位当了皇帝的。

他在二十七岁之前，没有份正经工作，就是个闲散王爷。有人可能会疑惑，王爷不算工作吗？那只算一个身份，不能算是工作。李唐皇室枝繁叶茂，一支一支的，他属于皇上的亲支近派，江山社稷都是人家家里的。咱们不可能指望一个王爷去干活啊，让人家摆个摊儿卖点儿什么，或者开个饭馆给人炒菜去，那不行，有国家俸禄养着呢。

那他是什么王呢？您记住了，颖王。当时一说颖王李瀍，大家都知道。他好像没有多大的进取心，一没说自己要当皇上，励精图治，勤政爱民；二没说自己要入朝，辅佐明君，匡扶社稷。他好像连想都没这么想过。

但是，他有他的特点，就比如唐朝的文宗皇帝好看书，他这个武宗皇帝，确实是比较好武，没事儿就骑着高头大马，高高兴兴地出去玩，上这儿玩去，上那儿玩去，到各地游山玩水。如果后来不做皇帝的话，他也可以潇洒一生。

有一天他出了长安城，跑到外地去玩儿。到了哪儿呢？到邯郸。到了邯郸，他遇见一个有名的舞女。

王爷一到邯郸，地方上的官员得招待呀。大伙儿站成一排，举着横幅，喜气洋洋地给王爷接风：

"热烈欢迎王爷到我们这儿来。"

琼浆玉液、珍馐美馔，地方上好吃的好喝的全都给王爷备上，酒席宴前的弹唱歌舞也是必不可少。当时，邯郸有一个姓王的舞女，出了名的聪明伶俐，舞技超群。

当地的官员派人请她赴宴助兴："来吧，王爷千岁难得到咱们这儿来，小王姑娘，你给王爷唱一个，跳一个吧。"

王姑娘接下请帖，前来赴宴，在一片丝竹管弦之声中轻抬玉手，翩翩起舞，连唱带跳，一曲终了，艳惊四座。王爷很高兴，越看越爱，认为这位王姑娘唱得也好、跳得也好、长得也好，于是欣然请她入座：

"来，快来，小王快来！坐到我这里来，今年多大了呀？上学了没有啊？家里父母怎么样啊？兄弟几个呀？日子怎么样？"

两人就聊闲天儿呗。聊到最后，王爷爱上她了。

"这个女孩聪明，有见识。我很喜欢，我很爱！"他扭头就跟地方官一说，"我要娶她，我要带她走。"

唐朝的社会氛围还是很开放的。这一点，咱们从那会儿的画上就能看出来，画上的唐朝女人穿得又清凉，又败火，所以时人的眼界跟后来人也是不一样的。朝里的颖王爷要娶一个舞女，并不是什么新鲜的事儿，也不是什么丢人的事儿。地方官就跟王姑娘招呼了一声：

"回去收拾收拾吧，归置归置，跟王爷走吧。"

就这样，颖王就把舞女王氏，带到长安去了。史书上记载，他们两个人的感情非常好。他做了皇帝之后，两个人感情依然非常好，他英年驾崩之后，王氏竟然也自愿陪着他殉葬了，这个很难得。

回去之后，万万没想到，后来朝臣们安排他当了皇上。

这皇位原本和他没关系，但是朝廷里权臣斗智，这些大人们，都想把跟自己亲近的亲王推到王位上去。这里边也有各种勾心斗角的故事，因为咱们今天这个书不涉及这些，所以咱们就不细说了。简断截说，唐文宗病重，权臣们斗来斗去，废掉了皇太子，最后选出一位亲王作为皇位的储君，他们还给起了个名儿叫"皇太弟"。说选出一位皇太弟，选的是谁呢？其实当时首选的是安王李溶。众大臣派人去接安王爷李溶，要把他接到大明宫里来。

他们派了谁去接呢？派了一帮神策军，也就是宫中的禁军。这一大帮人都有能耐，能打人，身子也壮，但是没文化。

什么叫历史呀？您就记住一句话：历史就是相声。

这帮人来到王府门前，站在这儿想了半天。为什么想了半天呢？因为这座王府里边住着俩王爷，一个是他们要来接走的安王李溶，还有一位颍王李瀍也住在这儿，俩王爷住在同一座王府里。这帮人站在门口，面面相觑：

"接谁呀？"

"接王爷。"

"废话！屋里有俩王爷呢。"

领头的这个禁军，说话还有点结巴。您可以去查历史资料，原文上就说，这主儿站在门口想了半天。最后说了这么句话：

"接，接大的。"

列位，什么叫接大的呀？

王府上下连带着屋里的俩王爷，都听见了他的这句话。

门口的这帮神策军都沉默了，心里都在琢磨："接大的，指的是什么大呀？身份大？这俩都是亲王，位份都一样啊！岁数大？临出来的时候，大人们也没提呀，没跟我们交代谁的岁数大。鞋大？你四十三号你出去，他四十一号他留下？没人仔细交代过呀！什么叫接大的呀？"

这天下的事儿啊，好笑就好笑在这儿了。就这会儿工夫，颍王爷打邯郸带回来的舞女王氏出来了，到门口拿手一指这些神策军，还有宫中的这些太监、侍卫，骂道："你们混蛋！让你们接大的，谁是大的？颍王爷是大的！不信你们看！"

她进屋就把颍王爷搀出来了："你们看看，这一米八的大高个儿！"

神策军一瞧："对，这是大的！好，接走。"愣把颍王爷接进宫去了，这是真实的历史啊，各位！

颍王爷被接到宫里边去，大人们一看，也知道接错人了。但这种事情，只有错拿的，没有错放的呀。大人们一摆手："那得了，就他吧。"就这样，他作为储君留在了东宫。赶巧了，没多久，唐文宗病逝，一来二去地，他就当了皇上。就是我们的唐武宗，李炎。历史就是个相声，就这么简单。

他在位时，有人夸他，有人骂他。夸他什么呢？夸他听人劝，这点很难得。在朝堂上跟文武群臣商议国事，一旦发现自己错了，马上承认错误：

"我错了，对不起，你们哥儿几个说得对，我改。"

这个很难得呀！为什么呢？咱们有句老话："自古君王不认错。"皇上错，错了也是对的。皇上要是敢承认自己错了，那他就是天大的圣明君主。要是从这个角度出发，武宗确实不容易。

但武宗还干了一件大事儿，什么大事儿呢？灭佛。历史上啊，有这么几个皇帝主导过灭佛，其中就有他。他信道教，而且在当皇上之前，他最爱干的事儿就是跟老道们在一块儿聚会。他就喜欢炼丹，探讨怎么修炼才能长寿。他当了皇上之后，身边有几个老道就撺掇他，就说：

"僧道不能同时存在，您看这事儿怎么办？"

他还真听劝！刚才咱不说了嘛，你要说他错了，他马上认错。

"啊，对，好。那咱们把他们灭了吧！"

打这儿开始，武宗灭佛。据统计，当时天下被他拆毁的寺庙有四万多座，和尚、尼姑，强令还俗的有二十六万多人。所以当时的天下是老道横行。历史总是这样来回地反复。到明朝嘉靖年间不也是这样吗？嘉靖皇帝也信奉道教。据传说，那时你要是在家里看《西游记》，这都算是犯法了。《西游记》夸赞的是佛呀，这不行！所以说历史就是相声，一说一乐，您也甭往心里去。

他这一信老道，天下老道就多了，出了很多人。这都有真实的历史记载，不是我瞎编的，您可以去查历史。而且天下但凡是稍微有点样儿的道士，会点儿法术的，会念咒的，哪怕是会变戏法的，只要一来长安，他都愿意看，都愿意接触。只要他一高兴，有的给封个法师，有的给封个天师。这一来，天下光天师和法师就多了六万有余。哪用得了那么多法师啊？

哎，您还别说，法师一多，活儿就多了。有一年还真用上法师了，哪儿用上的呢？山西晋阳。山西晋阳这儿天气不好。怎么不好呢？大旱，好几个月都不下雨呀，地上晒得都出裂纹了，老百姓都愁死了！您各位也知道，这个人活着离不开水、阳光、空气。尤其那个年头，种地哪离得了雨水啊？不像现在咱们有各种灌溉的机器，当年什么都没有啊，就指着老天爷吃饭。一下雨，地里的那些粮食、青菜才能长。山西晋阳这一旱，旱得真叫一个元气大伤！可怎么办呢？真活不了了！有辙的老百姓，就背井离乡，没辙的就在家等死。还有的实在急了眼，要卖儿卖女，眼瞅着就活不下去了！

谁最着急呢？地方官，当地的县令狄大人。这人姓狄，叫狄维乾。狄大人祖上可是高人。您都知道历史上有一位狄仁杰吧？就是神探狄仁杰，断过很多大案子，跟着武则天老太太办事儿，天天跟她在朝堂上唠家常的那位。这位狄大人就是狄仁杰的后代。狄大人，人很正，他这秉性是一脉相传，血脉如此。龙生龙凤生凤，老鼠的儿子会打洞，对吧？人家这一支传下来的，自小就受家庭的熏陶和血脉的传染，品行、作风跟祖上差不了多少。

狄大人这些日子可急坏了："我是地方官，一县的父母啊，只能眼看着老百姓过得水深火热。老天爷下不下雨，也不是地方官说了算的呀！老天爷他不听你的呀！我该怎么办呢？真没办法！唉呀！可怎么办呢？怎么办？"这事儿真是把他愁坏了！

在古代，每逢天降大旱的时候，人们首先就反思是不是我们这儿的人有问题，反省出有问题怎么办呢？狄大人跟百姓们打商量："我们道个歉吧，我们要有一个姿态。首先就是断绝杀生，你们想杀个鸡呀、宰个羊啊、吃个鱼啊什么的，一概不允许。咱们就集体吃素，好不好？向老天爷表示我们的一片诚心。"

老百姓说："那不用劝，现在甭说吃素，我们连萝卜干都没有了。怎么都成，您让我们干吗就干吗。"

众人先断绝杀生，连县衙里边都戒了荤腥了，狄大人也跟着一块吃青菜，全县的人都在眼巴巴地盼着下雨。

等到后来还不下雨，狄大人说："我再表表诚心吧。我一天就吃一顿饭。"地方官能做到这个程度就很不容易了。而且，狄大人还写了一篇文章，向上天请罪，文意大概如下：

"都是我的错，由于我文化水平有限，我的能力一般，导致在地方上没有政绩，上天警示，所以说这都是我的错。"

写完这封信，狄大人就把它烧了。烧完之后，就代表这封信上天了，能让老天爷看见了，这是过去的常用方法。

你漫说他一个地方官了，在封建社会里，但凡遇到罕见的天灾，比如地震、洪水，连皇上都要向老天爷承认自己错了。在位的皇帝都要写一个东西，叫罪己诏。罪己，意思就是罪过在我自己。

明朝末年大地震的时候，崇祯帝不就赶紧写了这个吗？他写了一份罪己诏，然后跪在那儿把它一烧，让老天爷知道，所有的罪过都是他一个人的事儿，求老天爷别为难百姓。而且崇祯那会儿还严格要求自己，主动提出，吃饭的时候减膳撤乐。

什么叫减膳呢？比如说皇上本来一顿是要摆够八个菜的，里面有炖肉、熬鱼、炸鸡腿、烤肉串、烤大腰子，等等。但现在皇上要减膳，就跟御膳房说："都不要了，来碗芝麻酱面就行了，再来根黄瓜，我一嚼就算吃饭了。"

什么又叫撤乐呢？往常皇上吃饭时，旁边得有弹弦儿的呀。皇上、娘娘在饭桌前坐好了，旁边坐着一帮乐工，捧着玉箫揣着二胡抱着琵琶，吹拉弹唱，甭管奏的什么乐，反正得热闹热闹。皇上一说："撤乐。让上天看看我这份虔诚。"这些乐工就都回去歇着了。

几千年来都是如此，这是规矩。

所以地方官也是如此，第一、不杀生；第二、吃素；第三、跟老天爷道歉。能用的办法全用了，管用吗？不管用。那能管用吗？那是天气的问题呀，气候的原因哪！

狄大人坐在屋子里发愁："这可怎么弄？老天爷呀，老天爷！要是我的错，你惩罚我，你千千万万不要为难我的这些儿女百姓！他们家家户户都没有吃的，万一以后真的家家外出逃难，流离失所，我这个官儿还怎么当啊！"

狄大人正犯愁，他旁边站着俩班头儿，这两人你看我，我看你，对着努嘴，欲言又止。

狄大人看见了，就问："干吗呢，你们俩？"

其中一个赔笑道："哎，老爷，您别着急！"

狄大人两眼通红，嗓音沙哑："我能不着急吗？现如今咱们这儿天降大旱，不着急还行？"

"是，我们打昨天就想跟您说，没敢说。"

"什么呀？"

"就是关于求雨这个事儿，我们倒是有个主意。"

狄大人立刻说："好啊，有主意你们就说吧。能有解决的办法那太好了，这还客气什么呀？"

班头儿叹气道："唉，老爷，不行的话，咱们找找法师吧？"

"法师？"

"对，我听说太原有一位杨人法师，他还有一个师妹，师妹姓马。据说，两位法师去过京城，见过皇上。那是曾经面圣的法师，不能骗人。据说二人通天彻地，本领很大，法术很灵验。老爷，要不咱们去求求？他能跟上天搭话呀。"

狄大人想了想，这倒也是个办法。否则怎么办呢？过去老话说"病急乱投医"，对不对？比如说哪家老太太病了，孝子在旁边等着，人家大夫来了，让他夜里三点半从床上爬起来，上山揪一根草回来，或者绕着大街跑四十圈，孝子不去也得去。病急乱投医嘛，对不对？要是主意不灵，回来再去找那大夫算账，那就是另一回事儿了。但是人家出主意你必须信。

狄大人点点头，询问道："这个法师姓杨？"

"对，杨法师。他有个师妹姓马。他两人搭配着干活。就好比说相声的，两人就一个逗哏的，一个捧哏的。"

"那行吧，你们哥儿俩去一趟，好不好？代表本县去请他。然后准备些礼物，别空手去。到那儿好好地说，虔诚一点儿。"

"是。"

俩班头儿——张头儿、李头儿，先到衙门的帐房支了点儿钱，打晋阳县出来就奔省城太原。两人一进太原城，就先去买东西，买了点儿水果、糕点，各种零碎东西，配了这么四样八样。哥儿俩提着包裹，进太原的衙门，找来认识的同僚一问，这儿衙门口的人就跟他们说：

"我们带您去吧。"

太原府的两个公差就带着这哥儿俩拐弯抹角，抹角拐弯，来到这俩法师的宅子门前。一瞧这宅子还挺大，一看就知道很有钱。来到这儿，门口有一个管家，也是一身的道袍。管家站在门口，一瞧衙门口来人了，迎了上去：

"您几位有何贵干？"

太原府的公差施了一礼，虔诚地问："这是杨大法师的府邸吧？"

"不错，您几位是？"

"我们哥儿俩是咱们太原府的。他们哥儿俩是打晋阳来的，奉县太爷之命，到此前来求杨法师有点儿公干，您给回一声吧。"

"哦，好好好。几位贵差，您先稍等一下，我马上就去禀告一声儿。"管家转身就进去了。

这会儿工夫，差不多是下午三点多钟。从前门进去，穿过一片院落，里面有一间大客厅。客厅正中央摆着一个大禅凳，藤子面，木头腿儿，椅面有书桌那么宽，椅背有半尺高。杨法师这会儿刚睡醒午觉，盘着腿在这个禅凳上面打坐，微闭着双眸，正醒盹儿呢。他可能是做梦了，直吧唧嘴。这时候，他的管家打外边进来了：

"法师。"

杨法师一睁眼："啊？"

"太原府的差人带着晋阳县的差人来,说是他们县太爷有事儿要求您。"

杨法师一听,当场挺直了腰板,这相儿大了,法相庄严哪!他略一领首:"叫他们进来吧。"

管家转身出去了。工夫不大,这几位就跟着进来了。往屋里一走,单看屋里的摆设,就看出讲究来了。这面墙上挂一个八卦,那面墙上又挂一个老虎脑袋,满屋子挂的都是这些法器。屋里的环境、气氛,使人无端觉得很庄重,人走在里面连大气儿都不敢喘一声。

这几位进来了,毕竟是来求人家的,所以先跟法师客气两句:"您好!法师,打扰您了!"

法师都没动弹,微微地睁开眼睛,点首道:"几位,请坐吧。"

"哎哟,谢座,谢座!"

客厅里还摆着别的凳子,几个人就挨着坐成一排。他们也不好意思大模大样地坐着,欠着点儿身子,屁股只有一半儿担在这椅子边上,双手摁在腿上,歪着脸看着法师。那意思就是他们随时能站起来,满脸的客气。

法师看看他们:"几位上差,到此有何见教啊?"

"哦,法师,不敢!只因我们晋阳那儿今年大旱,黎民涂炭,生不如死。奉我们狄大人之命,特来请法师,前去给我们求雨,解救黎民。"

法师神色凝重:"唉,你们这场大旱可是不轻啊。"

"是是是,您知道啊?"

"咳,天下的事儿哪有我不知道的。"

"哎哟嗬!您是活神仙哪!那法师您看这个雨能求来吗?"

法师把手上的拂尘一挥,抚须大笑一阵。

几个人心里高兴,乐了:"太棒了!那咱们走吧?"

"不去。"

几个人讪讪道:"您怎么乐完了不去呀?"

"按说你们这个雨很难求,因为你们此地的百姓作恶多端,这是上天的警示。"

晋阳县来的哥儿俩央求道:"哎哟,您别呀!我们都知道错了。更何况我们是奉大人之命来请您,要是不能把您老人家请回去,我们这吃饭的家伙都守不住了,这屁股上还得挨四十板子。您哪,救苦救难,大慈大悲,我们求您了!"

法师眼珠一转,点了点头:"好吧,既然如此,我慈悲为本,方便为怀。念在天下苍生的面上,明日咱们一同启程。"

"哎哟!谢谢您!"这几个人齐刷刷地撩衣裳跪下来,"谢谢您呐!您真是大慈大悲呀！活神仙哪！"

当天这几个人出去先找了个地方住下。太原府的这哥儿几个，把他俩照顾得不错，晚上一块儿喝了酒。转过天来，车辆、马匹都安排好了，他俩驾着车直奔天师的宅子，请大法师跟着他俩一块儿走。来到这儿一瞧，早有两位法师在门口等着他俩。一位是昨天见到的杨法师，还有一位就是他的师妹，马氏。昨天来的时候，几个人没看见这个师妹，今天瞧见了。

这师妹有点儿神仙样。那个大脸蛋子有脸盆那么大！大眼珠子骨碌骨碌转，戴了一脑袋花。红的、绿的、紫的，离远了看就跟个花圈似的。这两位往门口一站，俩班头儿撩起车帘子，远远地就瞧见了，心里有数："罢了，这就是神仙！"

张头儿捂着嘴小声地嘀咕道："哥哥，你看见这个女神仙了吗？说实在的，要是我媳妇儿捯饬成这样，我就得打死她。但是你看人家神仙，这就是不一样啊！"

李头儿拿胳膊肘捅了他两下："少说话，少说话！"

"对对对。"

马车停在法师门前，他俩翻身下车，冲两位法师作揖："请吧。"把两位请上车来，"咱们走，一块回山西晋阳，两位神仙给我们求雨。"

"嘚驾！"车把式[1]一扬鞭，载着四个人就走了。

离开太原城，回到了晋阳县。路上没什么可说的，咱们就不说了。这就是说书的嘴呀，唱戏的腿。一句话，说到就到，一行人来到了晋阳县，得马上找个地儿把人安顿下来。因为什么呢？这不是普通的人哪！他们是法师，而且还是见过皇上的法师，那身份就不一样。俩班头儿把两位法师安排进了一所馆驿，又找来人在这儿伺候着。办妥这些之后，再回去向老爷禀报。

狄大人闻信儿，挺开心："接来了？"

"接来了，接来了。我们去了之后就感觉确实不是一般人！那个天师，人家说话是那样的！"

"哪样的？"

"我说不出来那个样儿，反正看着就挺可怕的，挺好！还带了一个女法师，是他师妹。嗬！好家伙，大圆脸，大眼珠子，大厚嘴唇子，嗬！这个女天师，要是丢了可好找了，她长得这样好认。"

狄大人说："这叫什么话呀？不可亵渎神灵！"

---

[1] 车把式：驾驶马车的人。

张头儿点头如捣蒜:"是是是,我们也没念过书,我们俩不懂,就跟您说一下这个意思,这两人真挺厉害的!挺好!"

狄大人点点头:"好,人在哪儿呢?"

"已经住在馆驿那儿了,您什么时候去看看?"

"好好好,今天有些晚了,咱就别过去打扰了。你去说一声儿,明天上午咱们见一见。"

"那好,那好。"俩班头儿就从衙门里出来了,直奔馆驿。馆驿,按现在话说就是招待所。当然,有的高档一点儿,有的普通一点儿,就看这个县里有钱没钱了。这家馆驿还是不错的,干干净净,院子也挺豁亮。

他俩来到这儿一瞧,人家两位正在屋里坐着。于是他俩走到跟前说:

"两位法师,今天太晚了,天都黑了,我们老爷就不打扰了。您两位呢,先休息,有什么事儿咱们明天上午见面再说。"

法师就点点头:"哦,好的好的。"

他俩退出去之后,就安排人给法师准备吃的、住的,一应俱全。

一夜无书,次日天明,张头儿、李头儿先来到馆驿,接两位法师到衙门去见大人。他俩来到馆驿,问候一声:

"您二位休息得可好?"

杨法师点点头:"还可以。"

"哦,太好了,那咱们走吧?"

"去哪儿啊?"

"县衙,见我家大人。"

杨法师意味深长地一笑:"你们错了吧?"

"我们怎么错了呀"

"得让他上这儿来见我们呀。"

俩班头儿就愣了,这个情况着实是没想到,他俩想的是到这儿接着两位,一块儿去衙门。敢情人家是让狄大人上这儿来瞧他们啊,这俩班头儿做不了主。

"哦哦哦,是是是,那您稍等,我们回去回禀一声儿。"

"快去吧。"

"哎哎哎。"两人出来了,"哥们儿,怎么着?"

"这谱儿摆得真大!让大人瞧他们来?"

"其实也对,是吧?毕竟是咱们请人家来的呀。"

"那咱大人能来吗?"

"那我哪知道！咱回去说吧。"

"那走吧。"

两人又回来了，回到衙门口。狄大人很早就准备好了，冠袍带履都换齐了，跟衙门里等着呢，一瞧俩班头儿自己回来了。

"大人，跟您说点事儿。"

狄大人往他们身后看了看，疑惑道："怎么就你们俩回来了？"

俩班头儿谁也不敢先提这茬儿，扭扭捏捏，互相谦让起来了。

"大人，是这么回事儿。"李头儿清了清嗓子，指了指身边的张头儿，"那个，来，你说。"

张头儿立马躲开了："别我说呀！"

狄大人说："你们俩怎么了？说呀。"

李头儿偷瞧了一眼大人的脸色，含糊道："人家说让您去，让您上馆驿见他们俩去。"

"哦。"狄大人了然，"咳，可以，可以可以。来的是客，咱们这就过去。这就怨你们两个人了。早说呀！早说我就不在这儿等着了。来呀，外厢顺轿。"

俩班头儿高兴，心里竖起大拇哥儿："嚯！看我们大人！"

张头儿跳出门槛，吆喝一声："顺轿！"

脚夫顺轿，狄大人出得门来，身后跟着三班六房的差人，一群人呼啦呼啦来到了馆驿。到了馆驿，俩班头儿赶紧跑到里面去传话。

"法师，我们大人来了，您快出来吧。"

那意思是："大人来了，你怎么也得从屋里出来迎接一下吧？"

没想到，杨法师微合双目："叫他进来吧。"

哟嚯！俩班头儿瞪大了眼睛，赶忙出来回禀，"大人，那个，人家请您进去。"

"哦，好好好，来呀，前面带路。"狄大人根本就没往心里去，什么叫迎不迎接不接的，都不重要。我请你来是求雨的，如果真把事儿办了，怎么都成。

"哎呀，好，好！"俩班头儿在前面带路，狄大人跟在后面。

俩班头儿进来先说："法师，狄大人到了。"

狄大人进来一瞧，客房里正当中坐着杨法师，坐在炕上撇着嘴，他旁边坐着他的师妹马法师。

杨法师稍微抬了抬眉毛："小狄来了？"

哎，列位，就他这表情、这状态其实就值一个大嘴巴。你别说什么身份不身份，你就是交个朋友，也不能这样啊！

狄大人听完一愣，就乐了："不错不错，是我，我是此地的县令，我叫狄维乾。法师，一路风尘，辛苦辛苦！"

人家跟他俩这么一客气，这两人也就配合着："不辛苦！不辛苦！您坐，您也坐。"

旁边的李头儿搬了把凳子过来："大人，您坐吧。"这算是正式开始说这事儿了。

狄大人叹了口气："唉！有劳两位法师金身至此。我们这儿天降大旱将近一年了，老百姓的日子都过不下去了！我也是万般无奈，才疏学浅，能想的办法全想了，实在是没辙了！听他们提起您两位大法师，有通天彻地之能。所以请您两位来，帮我们求点儿雨。"

狄大人看着两位法师，只见杨大法师把手伸出来了，撩起眼皮一看，掐指巡纹，算了一阵。屋里鸦雀无声，没有敢说话的，都紧紧闭着嘴巴，看着他在那儿算。

杨法师算了半天："来，小狄，你也把手伸过来。"

狄大人赶紧把手递过去了，杨法师接过狄大人这只手：

"哎呀！真好，怪不得你做官呢！"

"哦，大人，您看这里面有什么说道吗？"

"这要是别人我就不能告诉，我跟你有缘分，你看见了吗？一个簸箕、一个斗、一个斗、一个簸箕……"

哎呀！把狄大人气得，把手抽了回来！

狄大人心里骂道："哪儿的事儿？我跟你玩儿呢？一个簸箕、一个斗的？"

但他嘴上该客气还得客气："是是是，谢谢大人，谢谢大人！这个求雨的事儿……"

"不忙。"杨法师站起来了，整了整衣角，"来呀，吩咐人，咱们出去看一看，我要看看你们此处的风水如何。"

"哦，好好好，来，伺候着。"

狄大人说了声伺候着，大伙儿就都过来了。

这两位法师大模大样地就往外走，狄大人也在后面跟着，全出来了。

街上都是人，为什么呢？原来大名鼎鼎的杨法师来到晋阳县的消息，早在街头巷尾流传遍了，众百姓在馆驿门前挤来挤去，要一睹杨法师的真容。

杨法师往出一走，众百姓哗然，议论纷纷：

"咱们这儿来神仙了！"

"嚯！这下咱们可有救了！"

"神仙还是闭着眼走道儿的，真厉害！"

"你看后面那个，那是女神仙？"

其中有一个孩子，被抱在他妈妈怀里，半睁着眼，懵懵懂懂。

他妈妈指着给他看："看那儿，看那儿！神仙，神仙！"

这孩子看着这女神仙，看她脑袋上的颜色太鲜艳了，哇的一声大叫道："妈妈，我要吃切糕！"

他妈妈照他的嘴巴打了一下："去！别闹，快看神仙吧！"

再看这两位，掐诀念咒，嘴里边念念有词，说的什么，老百姓也都不知道。他俩在前面走，大伙儿后面跟着，绕着大街一顿转。好些老百姓也跟着他们转来转去，百姓们心里很开心：

"来神仙了，终于来神仙了，我们这个地方有救了！"

一群人乌泱泱地转了一大圈，又回到了馆驿，重新落座。

狄大人问道："二位神仙，您也看完了，您觉得我们这儿怎么样？还能不能求下雨来？"

杨法师呵呵一笑："要是别人来呀，你这个事儿就够呛了。因为你们这儿的人哪，确实是造孽，为非作歹的太多。上天惩罚，所以你们这儿应该有三年大旱。"

狄大人登时紧蹙双眉，痛心道："哎呀，天哪！可别三年大旱了，三年大旱就都饿死了！"

"是啊，这不我就来了吗？我来的话，你们还有救。"

"哎哟嚯！谢谢您，那么法师您看，咱们怎么才能够把雨求下来？"

"我刚才看了看，在你们西门外有一块空地。"

"对对对，很大的一块空地。"

"好，就在那个地方高搭法台。这个法台呀，要三丈三，法台上边准备一张供桌。预备香炉、纸马，我要在那儿踏罡步斗，给你们求雨。"

狄大人高兴地直拍大腿："哎呀！谢谢您，谢谢您！听您这么一说，我心里就踏实多了！太好了，太好了！"

道过谢，狄大人又问："这几天您住在这儿，还需要我们给您安排什么吗？"

杨法师连连摆手："不用，不用，粗茶淡饭就可以。你就全心全意地去搭法台，法台什么时候搭好了，我们就什么时候求雨。"

"好嘞！好嘞！"

狄大人高兴坏了，一回到衙门，就马上安排人手，让他们按照法师的要求高搭法台。三丈多高的法台，是个不小的工程。狄大人又吩咐了一句：

"抓紧，越快越好！法台搭好了，咱们就能求神仙了。"

回过头，他又安排先前的俩班头儿去了馆驿，贴身伺候这两位法师。

俩班头儿又回到了馆驿，鞍前马后地伺候着人家。快到饭点儿了，两人进房来问："二位神仙，您刚才说粗茶淡饭，我们也没听明白。因为知道神仙不是一般人，您看您吃什么，有什么讲究，有什么说法，您言语一声？我们好安排厨子给您做，您吩咐下来吧？"

杨法师闭着眼："粗茶淡饭就可以，不要太复杂。"

"是，您说粗茶淡饭，怎么算是个粗茶淡饭呢？您得赏下题目来呀，是不是？您想吃点什么呀？"

旁边那女神仙过来了，皱着眉头道："哎哟！天师是见过皇上的，能随便点菜吗？没跟你说吗？粗茶淡饭，是不是？"

"是是是，那个您看着安排一下吧？"

"好嘞，你把厨子叫来吧。"

"哦哦哦。"

厨子进来了，心里也直打鼓。因为素斋素饭不好伺候，修道之人的讲究多呀！

厨子就问："二位神仙，您吩咐一下，给您准备什么菜式，吃什么呀？"

女神仙乐了："咳，粗茶淡饭呗。简单一点，也不外乎是鸡鸭鱼肉，是不是？煎炒烹炸、焖熘熬炖。别太复杂，凉菜四个、酒菜四个、饭菜四个、汤菜四个。完事儿各种主食看着来，也别太复杂。因为这个早点哪，不能吃得太多。中午饭呢，在这个基础上翻一倍就行。晚饭翻两倍就可以了，油大着点儿。行了，快去吧！"

"哦。"连厨子带这俩班头儿出来，都直吐舌头，"这叫粗茶淡饭哪？"

那也得预备呀，馆驿里天天都按这个标准给两位法师准备饭菜。

三天之后，这法台就搭好了，东西也都预备齐了。

这天，狄大人特意地又到馆驿里来请两位法师：

"您看看这法台行不行？"

"啊，好说好说，我去看一看。"

杨法师到了法台，东看看，西看看，又算了算方位，交代了一遍桌子上应用之物，无外乎是香炉、蜡扦、纸马之类。都交代完了以后，衙门的人按他说的给他准备齐。他眼珠子又一转，又让人在桌子上摆上供品——整猪、整羊、整鸡、整鸭，大盘的水果鲜货。整个桌子都摆满了。

最后定了下来，明日正午开始求雨。

转天中午，这法台底下跪满了老百姓。干吗呢？等神仙呢。没过多久，百姓们就瞧见狄大人陪着俩神仙过来了。到这儿一看，嚯！老百姓都跪在地上磕头。俩神仙很满意，撩袍迈步上法台，他俩都上去了。

大伙儿就跪在法台底下翘首以待，心说："今天就要求雨了。"

法台上的这俩神仙，先拿起笔来，在黄纸上写表。不知道具体写的是什么，无外乎是求老天爷下雨之类，最后再加一句："太上老君急急如律令！"唰的一声，拿桃木剑插进黄纸，用火折子点着，来这么一下，就代表太上老君能收到信儿了。

黄纸烧完之后，好戏才开始了。只见这两位掐诀念咒，在法台上面是连蹿带蹦，又唱又跳。底下人也听不懂，张着嘴巴干瞧着，心说：

"好家伙，这二位真不容易呀！有钱得让人家挣，多热的天啊，捂得那么厚！两人在上面挥着长袖子，又唱又跳的。"

俩法师声情并茂地跳了得有一个钟头，跳得差不多了，他俩便前后脚下来了，累得口干舌燥。

狄大人赶紧迎上去："二位法师，辛苦辛苦辛苦！天意如何？"

杨法师点点头："三天之后下雨。"

"哎呀！太棒了，太棒了！谢谢两位神仙，谢谢两位神仙！哎呀！真是辛苦了！快请，快请，快请！"

狄大人大喜，冲不远处招招手，有人过来给打着伞，有人过来给捧来茶水。百姓们跪在那儿一个劲儿地磕头！

俩法师由一帮差人护送着回了馆驿。

三天后下雨，那就等着吧！大伙儿都等着，三天转眼即过。等到了第三天，狄大人上午就早早地出门了，站在外面看着天。前两天还有点风丝儿[1]，到了今天，赤日炎炎，万里无云，大太阳地儿，温度还升上去了。这是怎么回事儿？问问神仙吧。狄大人就来到了馆驿这儿：

"二位神仙，您看今天怎么还没下雨呢？"

"是吗？我再试试。"

---

[1] 风丝儿：指微风。

俩法师又上了这法台，把那天表演的节目，又连耍带蹦地来了一遍。下了法台，杨法师抹了抹头上的汗珠，解释道：

"那天算错日子了。老天爷说呀，还得三天。"

"行，三天能等。不要紧的，快回去吧。"狄大人点点头，又派人把俩法师送回馆驿去了。

那就再等三天，都已经旱了快一年了，也不差这三天。众人就接着等，三天一眨眼就到了。狄大人再次出得门去，抬头一瞧，依旧是晴空一片，没有要下雨的意思。

狄大人急得都不行了："哎呀！这两位法师，他们到底行不行呢？"

旁边站着的李头儿、张头儿，也是直嘬牙花子。人是他们请来的呀，万一不灵，不就是他们办事不力吗？

"大人，要不咱们再过去问问？"

"行啊，那就去问问吧。"

狄大人又来了馆驿，他是真的爱民如子，替老百姓着急。换作别的地方官，不会这样的。

"二位神仙，此事怎么样了？"

杨法师正闭目养神，一听，双眼登时睁开，抓着狄大人的手说："我们给你算了。你们这个地方啊，有旱魃作祟！"

旱魃，是过去民间传说里的一种怪物。据说，黄帝有一位义女，名唤女魃，她就是旱魃的前身。她原本是司火的神明，但是在后来黄帝和蚩尤的一战中，因为帮助黄帝战胜了蚩尤，沾染了人间的浊气，坠入魔道，无法再回到天上，从此流落民间，成为了能带来旱灾的怪物。相传只要她在哪儿出现，这个地方就一定会大旱。老百姓只有请高人作法把她抓出来，这事儿才能解决。

狄大人虚心请教："那旱魃作祟，该怎么办呢？"

"你们哪，出去给我捉旱魃去。"

"我们上哪儿给您捉旱魃去？"

"不要紧的，旱魃一般都藏在双身子人的身上。"

双身子，就是怀孕的妇女。

杨法师撸起袖子："你们别担心，我带你们去，今天开始咱们找孕妇。"

这可真是缺德缺大了呀！消息一传出来，谁家有孕妇还不得跑啊？谁知道他们要干吗呀？那些提前收到消息的人家，能跑的就都跑了。有些人家晚些听见信儿，被蒙在鼓里，家里的孕妇就让他们逮着了。杨法师就领着一群差人，一口气儿逮了六七个孕妇。这些孕妇一个个挺着大肚子，被捆到了县衙门门前。

狄大人见状气坏了："怎么回事儿？怎么把人家绑成这个样子？"

杨法师不知道从哪儿冒了出来，说："这，就旱魃。"

狄大人觉得好笑，便客气地回道："神仙，此言差矣！旱魃只有一个呀，这里有六七个，到底谁是旱魃啊？"

"不要紧的，让她们站到太阳地儿里拿凉水一泼。谁受不了，谁肚子里边就有旱魃。来，赶紧！"

真是缺大德了！不由分说，把这几个人扯到太阳地儿里，杨法师端着水，一盆一盆地往孕妇身上泼，泼得这些弱女子连哭带叫。

这一片惨叫声，给狄大人听得心中如捣，他索性叫停：

"这不行，拉倒吧，这不像话！人家真有个闪失，咱们怎么对得起人家？让这几位赶紧走，仗着天儿热啊，但凡天凉点儿可怎么弄啊？"

把孕妇们放回去之后，到了晚上，狄大人坐在屋里想这事儿，越想越不对，吩咐人把这几天伺候俩法师的厨子、奴仆，都叫来挨个儿问了一遍。这一问完了才知道，敢情这俩法师呀，晚上在一个被窝里睡觉。明面上说是师妹，天一黑就是两口子。而且一问厨子，好家伙！来这儿不到半个月，这两人吃的饭比狄大人一年吃的东西还多。

听他们这么一汇报，狄大人心里咯噔一下，不动声色道："行了，我知道了。不要紧的，明天还请他们两位来，咱们求雨，通知一下全县百姓都出来，一起看看。"

到了第二天，俩法师来了，全县百姓也都来了，法台底下丫丫叉叉，跪了一大片。

狄大人姗姗来迟，拱手道："二位，今天又得求雨了。"

杨法师摸了摸胡子："是啊，今天是得求雨了。"

"您给个准信儿吧，到底几天能下雨？"狄大人目不转睛地瞅着他。

杨法师被盯得心里发毛，转眼看向了别处："这个，这个不好说。我是这么认为的，地方上如果出现这种事情，一定是地方官有问题，所以说这个毛病在你身上。"

见他言辞闪烁，狄大人立刻点了点头："是，是在我身上，下官我才疏学浅，我已经嘱告天地了。如果是我的错，就让老天爷来惩罚我。但是，这不是请来您二位了吗？您来的这些日子里，我们对您是件件依从，您到底什么时候能求下雨来？"

"是这样的，我认为呀，我们俩得先回去一趟。然后我回去作法，等到七七四十九天，请我的老恩师从天而降。到时候我们一起再飞过来，再给你们求雨。"

一听这话，狄大人笑眯眯地望着他："原来是这么回事儿，好，那要这样的话呢，您也别走了，好不好？因为您回去作法，还得七七四十九天，我们等不了。到那天我估计老百姓又得多死好几位。所以，今天我有一个偏方。"

"嚯！小狄，你还有偏方呢？"

"是啊。"话音刚落，狄大人变了脸色，高喝一声，"来人哪！捆上！"

只听后边呼啦一声，跑过来一帮人，差人们拿绳子，抹肩头，拢二臂，喊咔咔嚓就把这俩法师捆上了。

狄大人拿手指着他俩的鼻子，骂道："你们少来这套吧！你们要是法师呀，那遍地都是神仙了。请你们来是为了拯救黎民百姓，你们可倒好，竟然上这儿坑蒙拐骗哪！"

俩骗子都被五花大绑上了，还不忘装腔作势："咳，小狄，你不能这样对待我们，我们是神仙！"

狄大人瞪着他俩："好，你飞给我看哪！你现在要是能挣脱了绳索，脚底下起了云烟，站起来就飞，我就承认你是神仙，你来一个？"

俩骗子欲哭无泪："我们今天吃早点了，来不了。"

"你少来这套！你来不了，我能来。来呀！将他二人杖毙！"

什么叫杖毙？就是拿棍子打死。

差人们应声道："是！"

几个五大三粗的差人走过去，把他们摁到地上，拿起棍子，啪啪啪，一顿打。这会儿倒快，一会儿的工夫，这两位就升了仙了。

周围老百姓全吓傻眼了，纷纷站了起来，伸长脖子想要一探究竟。

有人惊呼一声："哎哟！了不得了，狄大人怎么能打神仙呢？把神仙都打死了！"

另一个搭他的茬儿："你糊涂啊！能打死的还叫神仙吗？"

这个不服气，顶了回去："那谁知道啊！"

狄大人吩咐一声："两具死尸，拉到法台之上。"

俩死尸就被扔到法台上面，大太阳底下晒着。狄大人登上法台，一撩衣裳就跪倒了：

"老天爷呀！老天爷！下官在此叩拜天地，如果是我的过错，那么请惩罚我，请老天爷天打五雷劈了我！如果不是我的问题，那么请老天爷开天地大恩，为我的儿女百姓普降甘霖！"

狄大人泪流满面，伸手就把乌纱帽从头顶上摘了下来，啪啪地磕响头，脑门儿都磕破了，哗哗地往外流血。百姓们很是感动！

说来也巧，正磕着头呢，就看天空，云生西北，雾长东南，紧跟着咔啦一声，天边接连落下了几个炸雷。哗啦！雨如倾盆，大雨就下来了。百姓们一瞧，皆是痛哭出声，一个两个，咕噔咕噔全跪进了水里，跟着磕头。

"狄大人！我们谢谢您哪，我们谢谢您！您才是活神仙哪，您是清官哪！"

狄大人求雨这个故事，就在民间传开了。漫说一个小小的晋阳县，就是整个山西，就是整个朝野也是无人不知，无人不晓，最后就连皇上都知道了这件事儿。皇上惊诧道：

"还有这样的一个官儿啊？这可是民之父母啊，调他进京！"

立刻下诏书，把狄大人调进京来。皇上就是前文书咱们讲的唐武宗，他最信神仙。

某天夜半，皇上召他入宫，问道："爱卿，你给寡人讲一讲，你是怎么成为神仙的？"

狄大人哭笑不得："我不是神仙哪，就是赶巧了。"

皇上说："不对，你这就是想卖个关子。寡人也知道规矩，法不传六耳。眼下深更半夜，殿中只有咱们君臣二人，你给寡人讲一讲，怎么才能够做神仙？"

"陛下，我真不会啊！当时的真实情况就是……"狄大人急得眼泪都快下来了，给皇上把事情的前因后果全讲了一遍。

皇上搓着手，急不可耐地说："是是是，好好好，寡人很开心！你做得非常对，你还得升官发财换纱帽。你得告诉寡人，怎么能够做神仙？"

这可真是要了亲命了！殿上人紧着追问，殿下人吞吞吐吐，半天说不出来。

问到最后问不出来，皇上退而求其次："这样吧，你可能是觉得寡人不够虔诚。不要紧，咱们做一个小游戏，你告诉寡人，哪天还会下雨呀？"

狄大人犯难道："我又不是算卦的，我哪知道哪天下雨呀？陛下，臣——"

皇上摇摇头："你看，你必须得跟寡人说。难道说寡人这么虔心地问你，你都不告诉寡人吗？"

狄大人也是被皇上缠得实在没办法了，于是点点头："行，陛下。请您赏下笔墨纸砚，我给您写一个条儿，告诉您哪天下雨。"

"好。来呀，笔墨伺候！"

不一会儿，小太监从殿外举着笔墨纸砚进来了，给狄大人拿了一张二寸宽的纸条儿。狄大人提笔就写，谁都不让看，写完之后把笔搁下，把纸条卷好，找来一只锦盒装到里边，给锦盒扣上扣子。

"陛下，这个锦盒给您，里面写着下一次下雨的时间。但是您不要让任何人动这个锦盒。"

皇上如获至宝，双手捧接过来："快给我，快给我！太棒了！寡人这不就离成仙又近了一步吗？太好了！传旨下去，狄爱卿加官三级，赐蟒袍玉带。好了好了，你没事儿了，去忙你的吧，寡人就守着这个宝盒。对了，寡人什么时候才能打开看呢？"

狄大人说："陛下，什么时候下雨，您什么时候打开。"

"哦，好好好，寡人记住了。"

狄大人给皇上磕了个头，就退出去了，殿里就剩下皇上一个人了。

等着呗，过了半个月，这天下大雨了。皇上很高兴：

"哎，今天下雨了！太好了，快把那盒子给我拿来！"

太监就把小锦盒拿来了。这只锦盒里外裹着好几层，一层层打开，最后把这条儿拿出来。皇上轻轻地捻开纸条儿，一看上边写着字：

今天有雨。

皇上吃惊地瞪大了双眼："哎呀！太灵了！"

十三 良人福

刚刚驾到

纯良人命途多舛　泰运至天不藏奸

> " 太阳一出红似火,二八佳人把胭脂抹。越抹越红,越红越抹。"

　　这么几句定场诗,有的时候就是四六八句,正经的唐诗宋词。有的时候就是民谣俗曲,小孩的儿歌都可以。随便来这么几句,这就是一个程式化的东西。

　　要说起来,祖师爷研究的这玩意儿挺讲理。无论到哪儿,山南海北地去说书,说书的拿这大褂一卷这扇子、醒木就走了。今天有这桌子跟凳子,就坐着说。明天没有,就站着说,怎么都能开工。要不怎么过去曲艺界有句老话呢,这是行业内部的术语:"相份一包,空子一挑。"

　　有人说:"您说这是外国话吧。"这是正经的中国话,但是很难听得懂。这是过去艺人们、跑江湖的人,为了生存研究出来的行业内部用语。你说它是行话也行,你说它是黑话也行。江湖春典,绿林黑话。甭管是什么吧,就是行业的隐语。

　　什么意思呢?相份一包,就说你要是明白人呢,行家人哪,你要想干活,有一个小包你就干了。你看说书这个行当就这点玩意儿,把各类工具拿包袱卷好了,满盘搁到一块儿,连半斤沉都没有,这就出去开工挣钱去了;空子一挑,说你要是不懂,或者是外行,配再多设备,买卖还是稍微笨一点儿。过去老先生老拿这个拉洋片的举例。拉洋片你都看过吧?大木头箱子,底下垫着板凳。六七个大小伙子一出去,拉着洋片匣子,拉着板凳,到那儿去敲锣打鼓。他们跟那儿挣的钱,还没有说书的一个人站在墙根那儿挣得多了,犯不上。

　　当然了,咱们也没有说瞧不起人家拉洋片的。艺术不一样,活法也不一样。只能表达说书这个行业,稍微地省心一点。

　　但是越省心呢,它越难!说书的关键就是,不是所有人都能坐那儿说书,也不是所有说书的都能指这个吃了饭,难就难在这儿了。说那个我要说书,那个没人拦着。我找张报纸，我买本《锅炉修炼》《怎么装暖气管子》，我坐那儿说书，我非说这个是说书也可以。但是我是否能指它卖了票，能指着它养家糊口，那是另一回事儿。现在的人想说书谁拦得住呀，网络也发达，对不对呀？就跟家弄个手机摆好了，也来个桌子，坐那儿随便说去吧。捧着外国词典说书，或者捧着一份路边小报说书，随便说，但是有没有人听，有人愿意不愿意花钱来听，那就是另一回事儿了。不能以此为业的话，那还是一个爱好。我也是啰里啰唆，净说点儿人家不爱听的话。

闲话少说，书归正传。咱们这篇要讲的故事，是乾隆年间发生在嘉兴的事情。嘉兴是个好地方，不知您哪位去过呀。嘉兴的粽子很好吃。当然人家的粽子是南方的粽子，跟北方的粽子不一样。北方的粽子是什么样呢？就拿我来说，我生在天津，十六岁到北京，这么多年来，在我的脑海当中，我一直认为粽子得吃甜的。粽子里面可以放豆子、可以放枣、可以放豆沙，也可以是素的，就是什么都不放，只放江米。完事儿煮熟了，蘸着糖吃，这就是我们北方人心目中的粽子。

到了人家南方，那个粽子的吃法就不一样了。就像喝豆腐脑，有的人喝豆腐脑的必须带卤子，有的人喝豆腐脑就觉得搁点儿蒜末、点点儿酱油就行了。人家南方的粽子里边有咸鸭蛋黄、有腊肠、有肥猪肉，什么都有，人家吃得挺过瘾。隔河不下雨，十里不同风嘛，对不对？而且在一众的南方粽子里，嘉兴的粽子还是挺有名。

但我们今天说的这个故事，主人公不是卖嘉兴粽子的，当然他可能是吃过嘉兴粽子。主人公姓沈，叫沈灿，是个念书的人，父母很疼爱他。但是，天有不测风云，他爹身体不太好，常年吃着各种药。到最后很不幸，他爹就去世了。

去世之后料理完了后事，家里就剩下他和他娘一起过日子。那会儿他还小，他娘呢，本来可以往前走一步，再嫁个人家，但又舍不得自己这儿了，老怕孩子跟过去受委屈。当娘的就狠了心："我呀，不嫁人了，就守着我儿子了，我们娘儿俩过日子。"但没过几年，他娘的身体状况也是急转直下，也去世了。

哎哟！这孩子可倒了霉了，年纪轻轻就父母双亡，这下可怎么弄啊？功名也没成，而且也没成家。好在他有一个很好的舅舅，也就是他母亲的哥哥。咱们过去有这么句话："娘亲舅大。"过去的人家一说，要分家了，分家的当天必须有亲娘舅在场。家里边三叔、二大爷来了，这都不管用，那都是有歹心的人，必须是娘舅主持分家。小辈们把舅爷请来之后，舅爷就一个个指着他们：

"这是你的，这是他的。房子归你，地归他。你拿这些钱，他拿这些钱。来，咱把这块白薯掰开了，大块儿给你，小块儿给他。"

分家一事，得舅舅说了算。

沈灿就有个亲娘舅，这个舅舅很好，眼看着病榻上的妹妹撒手人寰，心中百感交集：

"我这个妹妹也是没福啊！得了，外甥我得管。我不光管，还得让他好。要不然，他父母死在九泉之下，不放心。"

沈灿就搬进了舅舅的家里，跟着舅舅长大。

舅舅对他好吗？好，天地良心，这个舅舅没毛病！舅舅疼自己这外甥，跟疼亲儿子是一样的。舅舅家里也有儿子，但是有好吃的先尽着外甥。他偷偷跟自己的几个儿子交代过：

"你们不许抢，得让他先吃。"

孩子们问："为什么呀？"

"他爹妈没了，咱们得高看人家孩子一眼。"

这句话一说出来，就足以证明舅舅的良心。所以沈灿的父母虽然不在了，但是他的童年、他的少年时期，还都是非常美满的。不像有的孩子，天天受委屈，遭人欺负，他从来没有经历过这些。

舅舅对他很好，还请来先生教他念书。教书先生很喜欢他，因为跟街坊邻居同年龄段的孩子相比，沈灿在念书方面是数一数二的。这个孩子头脑又聪明，而且很早就立志要考功名：

"我得好好念书。念书之后进京城求取功名，倘若拿个一官半职的，第一，对得起父母老家；第二，对得起我舅舅对我的这份心思。"

这孩子有良心，很好！

眼瞅着，沈灿就长大了。舅舅就考虑起了一件事：

"时候也差不多了，该给他娶个媳妇儿了。"

在过去人的眼里，成家比拿功名还重要。况且沈灿也老大不小了，十七八了，得给他娶个媳妇儿，让他好好地过日子。至于说以后拿不拿功名，做不做官，那不重要。他这一辈子即使不做官也没事儿，一是爹娘留下来的财产都在，二是他舅舅一直往里边贴补，根本就不愁吃穿。

舅舅把这想法和他一说，他还不好意思："不不不，我不找，我还小呢。"

"咳！男大当婚，女大当嫁的，该娶媳妇儿就得娶媳妇儿，怕什么，是不是？记住了，你要是娶了媳妇儿，舅舅心里就踏实了，要不我老揪着心！"

听舅舅这么一说，沈灿也就理解了这份苦心。后来舅舅再跟他说这个事，他也就默默地答应了。

嘉兴的那些媒婆一听说沈大相公要娶媳妇儿，呼啦呼啦都往舅舅家来，把人家的门槛子都踏破了。媒婆给他们家介绍了各式各样的姑娘，这个那么好，那个这么好。嗬！把三街六巷的姑娘说了一溜够儿[1]。

舅舅亲自上阵帮他把关："这家这姑娘还行，但是，她爸爸好耍钱，不行，这以后惹事儿。"

"这家这姑娘呢，长得也挺好，但是她妈是非多，好传闲话，以后要是因为这个闹别扭，咱犯不上。"

舅舅就这么先给他过了一遍箩，接着再仔细筛选，筛来筛去，最后挑中了街坊老王家的一个闺女。这闺女真是太好了，第一，长得好，漂亮，要多好看有多好看！第二，家境好，父母的名声非常好，有口皆碑，人人都夸她父母老实、厚道，是个正经人家。

舅舅对这个姑娘很满意："这个家庭咱们知根知底呀。"于是他就找个日子提着聘礼，跑去王家帮外甥提亲，王家也很开心。因为王家二老对沈灿这孩子早有耳闻，有礼貌、懂事儿、爱念书，从来不跟外边的坏小子们一块聊、一块玩儿。闺女嫁给沈灿，他们放心。尤其是他舅舅这个人名声也好，周围人都说那是个善人。王家那边同意了。

择良辰，选吉日，双方按照结婚的流程，放定、批八字，然后定下成亲的日子。简断截说，沈灿就把这媳妇儿王氏娶过来了。结婚之后，两口子相处得特别好，可以说四个字来形容，叫琴瑟和鸣。舅舅看着他们小两口儿相敬如宾，心里也高兴：

"嗬！看着这小两口儿和和美美的，我也就放心了，踏实了。"

有一天，舅舅说："外甥。"

"舅舅。"

"行了，接下来你得琢磨琢磨，是要求取功名，还是要经商做买卖？你要是愿意做买卖的话，舅舅再给你拿出一笔钱来。赔了也不要紧，你就先练练手。你要是说还想继续赶考、求功名的话，那么我就继续供你念书。你想怎么选，咱们家这个条件都是没问题的，你自己想想吧。"

沈灿心里想的是赶考。老话说："学会文武艺，货卖帝王家。"封建社会里，念书人唯一进步的道路，就是赶考。

---

[1] 一溜儿够：北京方言，有尽、全的意思，此处可以理解为："把三街六巷的姑娘全给提了一遍。"

科举考试从隋朝开始就有了，一直到光绪三十一年被废除。算下来，中国科举考试的历史应该有一千三百多年。这是读书人往上爬的一条路。读书人小的时候没有办法考取功名，这个阶段叫童生。长大以后，童生就要开始参加考试了，先参加县试和府试，如果考中了，再参加院试，这就更进一步了。院试考完就不一样了，考中之后就有功名在身了，人们管考中院试的人叫秀才。再过三年，各省的秀才在省城的贡院里参加乡试。乡试很了不得，规模之大，就好比如今的全国高考似的。考完之后发榜，如果考中了就是举人。举人是一个更高的功名，秀才考中举人之后，他就是正式的国家公务员了。

这一年，眼瞅着乡试时间就到了，沈灿要去省城赶考了。几个跟他关系不错的哥们儿来喊他一起去：

"咱们一块儿去吧？打小一块儿念书，现如今县里的考试咱们都考过了，都是秀才了。接下来咱们要到省城杭州去考，一起走吧？"

沈灿其实很愿意去。但是走之前，他媳妇儿病了。前段时间，王氏突然感觉浑身没劲儿，觉得哪儿都难受，沈灿就赶紧找来大夫给她看病。

大夫来了，也说不出个所以然，就说："可能是有火，开点儿药吧，开点儿药往下打一打。"但是王氏吃了药，半月有余仍不见好。沈灿又找了一个大夫，这个大夫说："不行，下寒太多了。这得赶紧补一补。"给王氏开了好些人参。王氏吃了还不见好，沈灿又请来一个大夫，大夫说："这不行，这就是脾的问题。"王氏把各种药都吃了，还是不见好，不光不见好，王氏的身体还逐渐地塌下去了。到最后，好端端一个媳妇儿，躺在病榻上动也不能动。

沈灿就跟朋友说："我不去省城赶考了。"

朋友问："怎么了？"

"我媳妇儿病成这样了，我还赶考去？我不走！"

他媳妇儿听说了以后，强挣扎着说："夫君哪，你得去，学会文武艺，货卖帝王家。你从小读书为的是什么？不就是盼着考试吗？你这次不去，还得等三年，人生能有几个三年，是不是？我呀，没事儿，我还年轻呢。你踏踏实实地去赶考，我等你回来。"

沈灿把媳妇儿扶了起来，看了又看，眼眶红了："我不放心哪！这些天你没少吃药，但一直不见好，我看你这么难受，这到底是什么病呢？我这一走得好长时间才回来，我放心不下，我舍不得你呀！我不去了，心里实在是不踏实。"

"你去吧，你得听我的。你要是不去，我心里一着急，身体就更好不了了。你听我的，去吧。"

家里人都劝他，连他表兄弟带舅舅都说："你去吧。你也不是大夫，留在这儿也不管用。你走你的，你媳妇儿这儿我们给你照应着，该请大夫请大夫。咱们家里边丫鬟也很多，该照顾就照顾着。你别担心，没问题。"

大伙儿都劝他，沈灿斟酌了良久，便说："要这么说，那我还是去吧。"

第二天要去省城杭州，头天晚上，他拉着媳妇儿的手叮嘱了一夜："你可千千万万地照顾好自己！你得等我回来，按时吃药，好好歇着，听见了没有？"

媳妇儿点头道："没事儿，你放心吧，你走你的。你明天走，我今天有几句话要和你说，你要记在心里。"

"你说吧，你有什么要跟我说的？"

"虽说我嫁过来的时间不长，但是，我觉得特别满足。你看你这人，为人处事、脾气秉性都好，你对我父母也好，我都特别地满意，真的很好。这辈子能跟你做两口子，我觉得是我的福分。这次你去省城赶考，也是大事情，应该去。千万不能因为儿女情长，耽误了你男子汉的大事儿。我想跟你说的是，我就说个闹着玩儿的话吧。比如说我有一天要是死了……"

媳妇儿越说越伤心，说到最后，咬着被子，哭得泣不成声。

沈灿拿袖子替她擦着眼泪："哎呀！你这叫什么话？哪有拿这个闹着玩儿的？"

媳妇儿摇了摇头："你别着急！你听我说，万一我要是死了，你可得答应我一件事儿。"

"什么事儿啊？"

媳妇儿看了他一眼："我要是没了的话，你可得续弦呀。"

在过去，媳妇儿死了，好比是琵琶的弦断了，这把琵琶就不完整了，得再续上一根。媳妇儿让沈灿续弦，也就是让他再娶个媳妇儿。

沈灿心里咯噔一下："哎呀！妻呀妻，你说的这叫什么话呀？你别说话了，怪丧气的！"

"你记住我的话就好了。当然，我没事儿，你就踏实地去吧！我不要紧的。"

沈灿眉头紧锁，忧心忡忡地说道："唉，你说得我都不想走了。"

"哎呀！你这人真是，逗着玩儿你也信，快去。"媳妇儿把眼泪擦干了，翻身睡了。

转过大来，早晨起来，家里的下人们伺候着沈灿吃了早饭，行囊包裹都收拾好了，关系不错的这哥儿几个也都找上门来了：

"沈兄，咱们走啊？"

"哦哦，你们都来了？"

"都来了。"

"咱们走，咱们走。"沈灿冲哥儿几个点点头，又进去看了看媳妇儿，"你可得等着我呀！你一定要等着我，等我回来！你没事儿的，好好吃药，好好歇着。"

媳妇儿虚弱地一笑："好，我没事儿，你看我，可能就是前些日子着凉了，我过两天缓过来就好了。我等你回来，赶紧走吧！"

"哎哎哎！"沈灿洒泪而别。

打嘉兴到杭州，路途不算太远。但是这一路上，沈灿的心里不是滋味，他老是提心吊胆的，心里老揪着一块儿，总有一种不祥的预感，不知道有什么事情要发生。跟他关系不错的哥儿几个，有张相公、李相公、王相公，他们就轮番劝他：

"没事儿，嫂子不要紧的。"

"是，我知道没事儿。但是你们越这么说，我心里就越犯怵。"

"咳，别瞎琢磨了！能有什么事儿？咱们到那儿考完之后，没什么事儿就回来了。"

"行行行，那咱们去吧。"

几个人到了杭州参加乡试。来到考场，该登记登记，然后等着进号房。

号房就是拿砖墙隔出来一间一间的小屋，丫丫叉叉的，按照天地玄黄、宇宙洪荒来排的号，所以叫号房。那号房建得就跟马蜂窝似的，都没多大，一个小号房大概就几平米的。也不高，差不多有一个人坐在凳子上，从脚底板到脑瓜顶上边的高度。小屋里面呢，有一个长板凳式的座儿，座儿前面有一块板。考生坐在这座儿上，在板儿上面写东西。到了晚上，把这板儿拿下来，拼好了就是个床。就这么大的一间小屋，也不能到别处去，就在这屋里边。

一进考场，考生们大约在里面待三天，有的时候是两天。这期间不许出去，要是想出去，比如写了半截，跟考官说要出去上厕所，考官手里有一个戳子，这戳子是黑的，考官拿戳子在考生的考卷上盖一戳。这叫什么呀？这叫"屎戳子"，说明考生出去拉屎去了，那么这篇文章即使写得像锦绣一样，写出了花来，朝廷也不用他了，他就白考了。因此，在这期间，考生的吃喝拉撒睡都在这小屋里边，所以说过去赶考可不容易。

沈灿进了考场，埋着头奋笔疾书，写东西对他来说不叫事儿，老师出的卷子这都不难。他写完了就开始想他媳妇儿，心里边急得跟什么似的，归心似箭！好不容易三场都考完了，哥儿几个也都出来：

"嗬！太棒了，走吧，咱们喝酒去吧，咱们玩儿去吧？"

他心里则恨不得赶紧回去，这几天就等着贡院发榜。

一发榜，几个人的成绩都很好，大伙儿一路说笑着回了旅店，正谈天说地，旅店的伙计打外面进来了：

"哪位是沈大爷？嘉兴的沈相公？"

沈灿一回头："我是。"

"您家来人了，赶紧出去瞧瞧吧。"

"谁呀？让他进来吧。"

"哎。"伙计出去了。

工夫不大，门外进来一人，风尘仆仆。谁呢？舅舅家里的管家。管家打外边进来了，穿着一身素衣裳，表情很严肃。

沈灿立刻屏住呼吸，指着他这一身的打扮，慌得都说不出话来了："你！你！"

"少爷！"管家走到跟前，咕噔跪下了，"您赶紧回家吧！"

"怎么了！"

"少奶奶没了！"

"哎呀！"

一听说媳妇儿没了，沈灿"哎呀"惨叫一声，眼珠子往上一翻，整个人咣就躺下了。还好跟前人多，把他扶住了。众人把他抬到屋里，放到床上捶打前胸、摩挲后背，又给他掐人中，这才缓醒过来。

沈灿一坐起来，泪如泉涌，一个大老爷们儿，趴在床上嚎啕大哭："我说不来呀，非让我来！媳妇儿，你怎么就没等我呢？早知道我就不出来了。功名算个屁呀！"

看着沈灿顿足捶胸的可怜样子，周围的人也跟着难过，一个劲儿地劝他。好在都考完了，沈灿收拾收拾东西，连夜赶回嘉兴。

回到嘉兴老家，沈灿隔着老远，就瞧见家门口挂着挑钱纸[1]，家里确实是正在办白事儿。进了家门，家里伙计出来，一把架住了沈灿。沈灿脚底下都拌蒜[2]了，被人搀到了灵堂里边。沈灿只觉得眼前白花花一片，再仔细一瞧，媳妇儿的棺材正在那儿停着呢！沈灿登时便扑了过去，抱着棺材放声痛哭，此情此景，即使是铁石人目睹了也得掉眼泪。旁边的人都偷偷地抹眼泪，人家是恩爱的夫妻

---

[1] 挑钱纸：一种挂在门上的纸钱。过去北京一带的人家，家中若有人过世，便拿纸钱系在竹竿或者糊在秫秸秆上，此为挑钱纸，人们将此挂在大门上。

[2] 拌蒜：指旧时人家为了方便晾挂蒜头，会将蒜瓣交叉绞拧成一股，后引申为两腿扭在一起，走路磕磕绊绊。

呀！沈灿哭得是撕心裂肺，哭罢多时，大伙都过来劝慰。舅舅也上来了，老头儿的眼睛肿得如发面馒头一般：

"孩儿啊，孩儿啊，我对不起你！舅舅没帮你留住她啊！"

沈灿一回头，扑到舅舅怀里："这不怪您哪！这是她的福薄啊！唉，好可惜，我们是恩爱夫妻，我俩的日子都没过够啊，她怎么就离开我了呢？"

大伙儿就不停地劝着，跟他处得不错的朋友们也都过来吊唁。

简断截说，棺材停够了日子，家里就把这新丧的少奶奶抬出去入了坟茔。三天圆了坟，这棚白事算是完事儿了。

大伙儿把沈灿从坟头搀回来的时候，家里人坐在屋里一瞧，谁看谁难受，看着腌心哪！怎么回事儿呢？都脱了相了！沈灿是远近有名的美男子，原本长得很标致，这些日子里被折磨得都不成样子了！饭也吃不下，觉也睡不着，想起媳妇儿来就哭。大伙儿就劝他，他表弟也急着劝道：

"哥哥，您别这样！说句不该说的话，这恰恰是我嫂子欠您的，您别想她。她过了奈何桥，喝下孟婆汤，想都不会再想您了！您还想她干吗呀？有句老话说得好，大丈夫何患无妻，是不是？您以后还可以再找个好的，女人有的是。"

沈灿一听，气得双肩发抖，眼泪止不住地顺着两腮往下流："你别跟我说这个，我听不下去！我这辈子谁也不娶，我就一个人过日子。我娶谁我都对不起你嫂子！"

大伙儿一瞧，这会儿还是别劝了，这个伤心劲儿还没过去呢。最后只得一顿安慰：

"只能往开处想，多保重身体，还能怎么着呢？"

"舅舅把您养大的，您以后不还得孝敬他吗？您不能这样，您难过老头儿也难过。"

日子过得挺快，一晃三年就过去了。

这三年里不少人来给他说亲，统统让他回绝了。最开始的时候，人家跟他说这个事情，他就鼻子不是鼻子，脸不是脸的，当场就不乐意了！过了一年，还稍微好了点儿，知道跟人客气客气：

"我谢谢你。得了，现在心思不整，也没这心气儿，以后再说吧。"

大伙儿就猜，他可能就是没碰见合适的，那就算了吧。

这一晃，三年就过去了。

这一年，应该到北京城去赶考了，家里人就问他：

"去不去呢？"

他自个儿倒是满不在乎："无所谓的事儿，心思不整，还考什么考呢？"

舅舅叹了口气："你不能这样，对吧？我这个岁数，见过的事情多了。舅舅跟你说，咱们顾死的也得顾活的呀。你不也没跟她走吗？是不是？你得活着，你还得好好地活着。你过得好了，我外甥媳妇儿在九泉之下才能放心。要不然她死了也不放心，知道吗？"

老头儿劝他，跟他挺好的那哥儿几个也来找他：

"你得去，不去还行？咱们哥几个一块儿做个伴。你在家待的这三年可够瞧的了，哪儿都没去过，差不多得了。人生能有几个三年？是不是？走，咱们进北京，一块儿赶考去。成与不成，玩儿一趟怕什么的？对不对？就当散心了，走走走！"

舅舅在旁边支持这哥儿几个，立马招呼来下人："好！收拾东西，让他出去赶考去！你们大伙儿都跟着一块玩儿去！"

他舅舅、哥儿几个这么卖力，其实就是为了哄他开心。

挑了一个好日子，沈灿跟几个朋友就一块儿从嘉兴出发，直奔北京城赶考。这一出来，换了个环境，沈灿整个人就不太一样了。之前他老在屋里看着那些家具，看着媳妇用过的东西，不论看着哪个都会触景生情，天长日久，就害了相思病了。但是出来换换环境，重新接触一下新的人和事，他的精神头儿便稍微有了些起色。尤其是到了北京城之后，天子脚下，大邦之地，顿时觉得眼前焕然一新：

"外面的世界原来是这个样子的，真挺好！"

而且，全国各地的举子这时都到了北京，他又认识不少朋友：

"您是哪儿的？"

"我是山西太原的，您呢？"

"我是浙江嘉兴的。"

跟人家一聊天，他挺高兴的。

大伙说："你看看，早就应该带您出来，是不是？"

他自个儿也叹了口气："唉，怎么办呢？如果我那会儿跟她一块儿走了就好了。我这不是没羞没臊吗？活到现在了，得了，我就凑合活着吧。你们大伙儿劝我的也对，她都没了，还能怎么办呢？我就好好儿的吧。"

"哎！这就对了，挺好。行，咱们多认识点儿朋友，一起温习功课、念书，没事儿咱们也出去喝点儿酒。"

他们一行人住在哪儿呢？北京有一条鲤鱼胡同，鲤鱼胡同里边有好几家客店。他们就住在这条鲤鱼胡同里面。为什么要住在鲤鱼胡同呢？不是有这么句老话吗？鲤鱼跳龙门嘛！过去北京赶考的地方在崇文门那儿，叫贡院。贡院里面有三道龙门，三道龙门进去之后里面还有一副对联：禹门三级浪，平地一声雷，都是吉祥词儿。

一般来说，举子们都爱住在鲤鱼胡同。沈灿也住在那儿，一来二去地，他的朋友就多了，大家互相请吃饭。

今儿山东的哥儿几个："走！跟我们吃饭去。"

明儿山西的也来了："走！我们一块吃饭去。"

连着吃了几天，这天又有人来约，沈灿就不太想去了，为什么呢？

"我也不是那个喝酒的材料，不像你们那么能喝酒。今天这个饭局，我就不去了，我自个儿出去逛逛街吧。我逛逛前门大街，也不远。"

朋友们说："行，那你去吧，晚上回来再说。"

他一个人出来，直奔前门大街。前门大街热闹啊，买卖铺户很多。他就沿着街逛一逛，散散心。

他一边走一边叹气："唉！媳妇儿啊，你要是活着该多好，咱两人就能一块儿逛前门大街了。唉，谁让你没福气呢？唉！算了吧！"

走着走着，就到中午了，他打算吃饭了。抬眼一瞧，旁边有一个小饭馆，还是二层楼的。一楼卖些包子、饺子、面条什么的，二楼是雅间。他往里一走，伙计一瞧他这一身穿着打扮，就知道不是一般人，多半是个秀才。而且这个时节，三四月份，正是全国的举子进北京的时候。

"相公，您二楼请吧？"伙计就知道他不会坐在一楼吃大碗面。

"好的。"

他跟着伙计来到楼上，二楼还挺清静，只有俩桌子上坐了人，其余都是空板桌。其中一张桌子在众桌子当间，有五六个人吃饭，另一张靠着窗户，单独有一个人在那儿坐着。

他挑了个桌子就坐下了，点了俩菜，也烫了壶酒。给自己倒了杯酒，喝一口酒，吃两口菜，坐在那儿犯愣。旁边那桌的五六个人在划拳，喝得高兴。他点点头，心里就想："人是得交朋友，如果是我一个人，这一天到晚的，肯定得憋闷死。"回过头来再看这边，就瞧见靠着窗户的那人。那人大概有四十多岁，正一个人坐在那儿喝酒。那人真是爱喝酒，酒量也真大，桌上摆的杯子有拳头大，一杯接一杯，咚咚地喝着。沈灿也自斟自饮，顺带看那人喝。他一看那人，那人也瞧他。

那人就把杯子举起来了:"走一个?"

他就乐了:"您请!您请!"

两人素不相识,隔空就喝上了。

喝了两三杯之后,那人端着杯就过来了。他已经喝得有几分醉态了,晃晃悠悠地走了两步,一屁股坐在这儿了:

"您就一个人出来喝啊?"

"是,我就一个人,一块儿来的哥儿几个都有事儿,我今天一个人。"

"哦,赶考的吧?"

"是是是。"

"哪儿的人呢?"

"我是嘉兴人。"

那人一拍脑门:"哦!嘉兴,我去过。来,走一个,走一个!"

两人端着杯子,接着喝酒、聊闲天。

"头回来北京吧?"

"我头回来。"

"你们嘉兴那儿有什么好玩儿的呀?"

他就顺嘴搭着话,嘉兴有什么好玩儿的,两人聊得都挺开心!聊到最后呢,两人谁也没问对方姓什么,叫什么,没人提。那人喝得差不多了,最后站起来,摆着手说:

"不行,我喝太多了,我得走了!回见,回见,改天见!"

那人晃晃悠悠就出去了。

沈灿哭笑不得,心说:"改天见,改天上哪儿见呢?我也不认识你啊!得了,萍水相逢,这个人还挺豪爽。"

不过这也算是个奇遇,他心里还挺高兴,又吃了两口菜,就回去了。

回到住处之后,一起赶考的哥儿几个一瞧:

"嚯!您今儿自个儿喝酒去了?独饮哪?小酌两杯?"

沈灿哂笑道:"我也是出去逛逛前门。闲着没事儿饿了,本来说随便吃点儿,结果坐在人家饭店的一楼,不点几个硬菜也不合适,索性就顺便烫了壶酒,所以也喝了一顿。"

"哎,这就对了!人生在世,该喝就得喝,挺好!"

这一晃,又过了三四天。这一天晚上,哥儿几个脸上带着点儿坏笑,过来找他:

"走，咱们出去玩儿去？"

"这大晚上上哪儿玩儿去？"

"你看你，老在屋里念书，脑瓜子不疼吗？走走走！带你逛街去。"

"大晚上逛街？"

"跟我们走，跟我们走。"

哥儿几个拉着他就出来了，他们奔哪儿啊？前门大街。前门大街大伙儿都熟悉，那个年头里，前门大街是繁华所在，烟花院尤其多，留下了有名的八大胡同。

几个人缕缕行行就奔这儿来了，站在门前一抬头，拿手一指：

"走！带你玩儿去。"

沈灿打眼一瞧，见是妓院，惊得变了脸色："我的妈呀！不不不！"

"你害羞什么，我们带你呀，见几个小娘子去。"

"我不！我不要小娘子！"沈灿抬脚就想走。

"你跟我们来，跟我们来。"哥儿几个拽着他的胳膊，愣把他往妓院里边拉，"来来来，快来快来！带你见个小娘子，可好看了！"

他们一进门，老鸨子就迎出来了。这老鸨子的脸长得跟判官似的，大腮帮子，大脸蛋子，擦着一脸的怪粉，嗑着瓜子，一扭一扭地走出来了：

"哟！让我瞧瞧是哪个小相公呀？"

沈灿正挣扎着，听到老鸨子的声音就瞧了过去，吓得辫子都直了，惊呼一声："我不要这小娘子！"

他两下就把几个哥们儿顶开了，扭头就跑！

"哎！这？"这几个就愣了，回过头一瞥，猝不及防地瞥到了门口的老鸨子，"哎呀！这哪是小娘子？这是老奶奶啊！"

其中有个爱俚戏的，捂着嘴偷笑道："你瞧，你看，你把我们吓跑了一个。"

老鸨子也跟他调笑起来："哟！我哪知道哇，得了，您几位爷先进来吧，我们先伺候伺候。"

这几位站在门口一瞧，人都跑远了，于是都纷纷扭头钻进了妓院。

沈灿逃命也似，跑得飞快，噔噔噔，跑到前门大街上，吓出一身冷汗来。他不放心，回头看看没有人追，这才踏实下来：

"天哪！我的天哪！北京城里的人真会玩儿。我的天，没见过这个，这小娘子长得跟庙里那泥胎似的，多亏我跑了！"

他正往前走着，突然看见地上趴着一个人，这主儿正趴在路边打呼噜，呼哈呼哈。他再走近一闻——好家伙！酒气冲天，一看就是喝多了。

沈灿见状摇摇头，心想："这人睡在地上，万一被碰着怎么办呢？这还过车呢，而且也容易着凉啊。"

于是他就伸手扶起这人："哎！这位先生……"他一瞧这脸，愣住了。怎么回事儿呢？认识。正是前两天他在酒楼喝酒的时候，跟他萍水相逢的那人。看样子，今天那人是又喝多了。

"哎哎哎！快起来！"沈灿愣是把他扶了起来，然后把他扶到墙边儿，"你醒一醒，醒一醒，醒一醒！"

沈灿连喊了几声，那人睁眼了。

"哎呀嗬，睡得太香了！"那人定睛观瞧，乐了，"哎！是你？"

"是我呀，您还记得咱们那天在那个酒楼的二楼喝酒？"

"对对对！你看看，那天我就说，咱们有缘分再见，今天这不就见着了吗？"

"您可别再在地上趴着了！"

那人手脚并用地爬了起来："我没事儿，我一会儿就好。我是刚才喝多了，出来被风一拍脑袋，我就吐了。走了几步，又觉得难受，就晕在这儿了。现在行了，我眯瞪完这会儿就醒了。嗬！跟你有缘分，送你点儿东西。"

那人一伸手从怀里掏出一个巴掌大小的手巾包来，手巾的四角系成一个疙瘩。

那人解开这个疙瘩，从包里拿出一个纸卷儿来："给你，送你一份富贵！"

说着话，那人就站起来了，用手巾一擦嘴："走了走了！"

沈灿扶了他一把，问道："哎！您上哪儿？"

"你甭管我，我从这胡同进去就到了。"

沈灿就愣了："送我的这是什么东西？纸卷啊？"

他打开一瞧，上面写着从《四书》和《五经》上挑出来的十四个问题。他有些纳闷，这是怎么回事儿呢？

书中代言，那人不是别人，正是今年科考大主考家里的管家。大主考的书房归他管，他得近身伺候着。今年科考的题目出来了，他就抄了一份。他家里有一个本家侄子，这本家侄子本来要赶考的，他是准备把这题给侄子的。可万没想到，那小子不学好，惹了祸了，让人追着杀，他就跑了。所以说管家也就没辙了，这阵子老爱出来喝点儿闷酒。结果今天恰好碰见沈灿，得了，就当交个朋友。就这样，把题目给了沈灿。

沈灿回去看着这些题目，心里想这些题目倒是不难，但那人送这些题目给他究竟是什么意思呢？到半夜，他那些哥们儿喝完花酒、逛罢妓院，尽兴而归。

大伙儿指着他就一顿乐："你跑什么呀？给你找小娘子。"

"去你们的！那是小娘子吗？多寒碜哪！"

有人问道："哎，你去哪儿了？"

"我上街了，碰见一个人给了我一张纸条。你们看看这是什么东西，好像是一份试题。"

大伙儿坐在各自床边，各忙各的："那谁知道呀？人家给你了，你就写呗。"

沈灿坐在椅子上，放下纸卷儿，往后一仰："我写什么写？这出题也不出这个呀。"

其中一个正解着衣领的扣子，随口应道："你待着也没事儿，就当复习功课了，写呗。"

沈灿点点头："那也确实是，离赶考还有好几天呢。反正我也没事儿干。得了，我就按照他这题呀，一样做一篇。有的是时间，想得也周到，不明白的地方，还能查查书。"

这几天的工夫里，沈灿就把这十几道题完完整整地来了一遍。

这一天，到了春闱的正日子，要开始考试了。天下举子都来到了贡院。举子们进门前先得搜身，从头上到脚下，该脱的全都得脱。为什么呢？怕考生有夹带。沈灿在门口被搜过身后，就进了号房。坐在号房里，没一会儿题目就下来了。

沈灿把题目拿过来一看，眼珠子都快掉出来了："这不正是我最近复习的那些功课吗！那还客气什么呀？写吧！"

刷刷点点，点点刷刷，沈灿写得这个快呀，比谁写得都快！写完之后，他就安安静静地坐在号房里等着，也不能聊天，聊天算犯规，功名就取消了。三天一过，贡院开门放人。这些赶考的举子们，就全都缕缕行行地出来了。

大伙儿心花怒放，都松了一口气："咱们可算是熬出来了！"

其中一个提议道："咱们应该出去放放风去。"

"可以呀，让那个开店的给咱找几匹马来，咱们去齐化门外踏青、散心、玩儿去！"

齐化门就是现在北京的朝阳门，当年叫齐化门。好家伙！这个人一提议呀，二三十个都附和着要去：

"走走走！咱们走，咱们走，趁着还没发榜呢，咱们出去走走。"

沈灿也跟着去了。这二三十位骑着高头大马，浩浩荡荡，顺着朝阳门往外走，那会儿朝阳门外就是郊外。天青水碧，鸟语花香，大家赏着风景，心情非常舒畅！

有几个胆子大的靠过来："咱们赛马怎么样？看谁跑得快，好不好？"

沈灿立马晃脑袋："我就不跟你们赛马了，我没怎么玩儿过。你们赛，我一个人在这儿慢慢地溜达会儿。"

"那行。"人家就点点头，调转马头去吆喝别人，"来，咱们看谁跑得快？看看咱们能一去多少里。"

"咱们来，开始！"

话音刚落，众人纷纷把缰绳一抖，马儿就在官道上开跑了。

沈灿一个人跨着马，信马由缰，突然间一回头，看见沿着路边来了一个女的。多大岁数呢？二十出头，穿得还挺素净，头上戴了朵白花，正骑着小毛驴往前走。沈灿无意间一回头，正好和这个女的打一对脸儿。

沈灿激灵了一下子，暗暗吃惊："怎么长得这么像我媳妇儿啊？哎哟！我得瞧瞧去！"

他就骑着马跟了上去，心里犯纠结："我和这个人说不说话呢？"

那个女的骑着驴，时不时地回头看他一眼，看一眼还噗嗤一乐。她一笑，把沈灿这魂儿算是给勾走了。沈灿跟着她走了一段路，慢慢也清醒过来了——这不是自己媳妇儿。怎么呢？因为离近了看，确实不是。但是她回头那么一笑，却能让沈灿心里边怦怦直跳。这么多年了，他从来没有过这个感觉。他就这么无意中一直跟着这女的。那些赛马人早都跑远了，唯独他一个人下了道了。

沈灿下了大道之后，就顺着小道儿往前走。没走多远，就见前面有两间房子。这女的下了驴，把驴拴到门口，转身进去了。

沈灿也跟到了门口，心里正犹豫："我进去不进去呢？"

就这会儿工夫，打屋里出来了一个男的，岁数在三十左右。这男的一出来，张嘴便问：

"哟嚯！您找谁呀？"

"哦，我是赶考的举子。"

"哦哦哦，念书的啊，什么事儿啊？"

"我刚才，那……"沈灿吞吞吐吐，用手一指那驴。

这男的恍然大悟："哦，你瞧见我妹妹了，是吧？"

"哦，她是您妹妹？"

"对喽！那是我表妹，我是她表哥。"

"哦哦。"沈灿翻身下马，"哎呀！失敬失敬！您贵姓？"

"我姓张。"

"怎么称呼呢？"

"咳，没个大名儿，平时干事儿很豪爽，他们都管我叫顺溜。"

"哎哟嚯！张顺溜先生。"

"哎，是我是我。您有什么事儿哪？"

沈灿哂笑道："我就是无意中跟到这儿来，正好看见您表妹在这儿。"

"哦，您是想问我这表妹啊？咳，我表妹可不容易，她丈夫刚死，憋着想再嫁个人，这不就找我来了吗？让我这当哥哥的帮着拿个主意，准备嫁人。"

"嚯！这是准备要嫁人啊！"沈灿心里一翻腾，立刻追问，"但不知道她打算嫁个什么样的人呢？"

"她打算嫁个念书的人。"

沈灿立即眉开眼笑："好，我也不怕您笑话。我是嘉兴人，到这儿来赶考。方才看见令妹，我十分喜爱！不揣冒昧[1]，我是否能够娶您的表妹？我这里有一茶之敬。"

一茶之敬，就是见面礼。说着，沈灿就掏出了点儿散碎银子来。

张顺溜推辞道："不不不！这个不能拿！"

沈灿再三劝道："您拿着，您拿着！"

"哎呀！这怎么好意思呢？得了得了，那我们就爱财了！"人家笑眯眯地就把银子接过来了，"那这样，明天您再来一趟。我呢，得跟我表妹商量商量，好在她刚才看见您了。明天还是这个点儿，您来一趟，我在这儿等您。咱们再说这事儿，成不成？"

"好好好！我明天来找您来，谢谢顺溜哥！"

"不敢当不敢当！明天见，明天见！"

张顺溜便扭身进去了。

沈灿骑着马往回走，心里还说："你瞧，天下的事儿上哪儿说理去？我之前咬定牙关，发誓再不娶媳妇儿了。没想到，今天看见这个娘子，我怎么突然间就动了心了？哎！看来这就是姻缘有份，情义该当，这都是该着的事儿。"

沈灿这一路上挺高兴，就回去了。

当天晚上，大伙儿都回来了，个顶个累得跟孙子似的，回来以后倒头就睡。怎么回事儿呢？这哥儿几个刚赛完马回来，都累得不行了，也没人过来管他的闲事。他就自己一个人躺在被窝里偷乐。转过天来，他盼着到了昨天的那个点儿，一看差不多了，赶紧往外走。

---

[1] 不揣冒昧：谦辞，客气话，用于谦称自己没有经过慎重考虑就仓促做事。

简断截说，沈灿又到了昨天的那个地方。

到门口一瞧，张顺溜正在门口等着："嚄！就等您了！"

"哦哦。"沈灿翻身下马，"大哥，怎么样？"

"成了，我给您道喜！"

沈灿心里一阵狂喜："哎哟！这太好了！那个，那个，我就……说得我都不会说话了！"

张顺溜哈哈大笑："您别客气，我跟我妹妹一说您的想法，我妹妹说挺好，她在路上看见您了。而且看您文质彬彬的，是个念书人，她很喜欢！可有一样，您是外省来京赶考的，您在北京城没有家呀。您得在北京城租个房子，三五天也行，一个月俩月也行，您租好了房子，归置归置，像个人家了，您就过来娶我表妹。"

"那个简单哪！我回去就安排，三天后我就来。我谢谢您！我这里还有一茶之敬！"

说完，沈灿又掏出一些银子来。

张顺溜再次推辞道："不是，咱实在亲戚，以后你对我妹子好就行。"

沈灿硬是把银子塞进他手里："哎呀！你放心吧！"

给完了银子，沈灿赶紧回来跟大伙儿一说："各位，我要结婚了！"

大伙儿一听，一时没明白过来："哪儿的事儿啊？怎么你就要结婚了？怎么回事儿？"

"你们也别问了。我得先找个房了。"

那个年头里，在北京城找房子是一件很简单的事情，开店的伙计就能帮着找房。工夫不大，伙计就帮他找到了一处房子，跟他一说：

"您过去看看吧。"

沈灿过去一瞧，进门就是挺格局的一个小院子，屋里面干干净净的，家具什么的都有，按照现在的话来说就是拎包入住。

"您看合适不合适？您要是愿意的话，我把这个房东叫来。"

房东也不错，要价也合适，沈灿点点头，就它了。于是他把租金一交，跟房东签了契约。伙计又帮他找来俩杂工，擦擦地、洗洗刷刷，把房子里里外外又拾掇了一番。

"您定日子接家眷吧。"

"好嘞！"

房子预备好了，沈灿回去见了张顺溜一面，双方定了个好日子。正日子一到，他打发了一乘花红小轿,把新媳妇儿抬过来了。

白天的时候,这两口子和大伙儿见了一面,一起吃了饭。到了晚上,红烛高挑,屋子里就剩下他两人了。床头坐着沈灿,床尾坐着新媳妇儿。谯楼上鼓打二更,两人对坐着,沈灿很害羞,新媳妇儿不转眼珠地看着他。

两人沉默半天,谁也没好意思说话。

突然间,新媳妇儿问他了:"你是来赶考的吗?"

"对,我是来赶考的。"

"你的朋友靠谱吗?"

"我们都是赶考的举人,都有功名。这一科要是开了,我这些哥们儿、兄弟,估计个顶个都是做官的,所以说我们这帮人还都挺靠谱的。娘子你放心,你跟了我,以后我好好地疼你。咱们好好地过日子,你放心!"

"行,你要是这么说的话,那我就真嫁给你了。"

"啊?什么叫真嫁给我了?刚才闹着玩儿呢?"沈灿惊出一身冷汗,"娘子,我没听明白这话。您细说一下吧?什么叫真嫁给我了?"

"唉!你认识张顺溜吗?"

"我认识,那是我大舅子。"

"别瞎说!他是你的前辈。"

"什么叫前辈呀?"

"他是我丈夫。"

"这我又没猜着,您再说一个吧?"

"唉!"新媳妇儿叹了口气,"我呀,也是家里父母没长眼,把我嫁给他了。他是京城里有名的拐子手、诈骗犯,净拿我骗人钱财了。我跟你说句实话,等天亮他就会带一帮人来,进门就说你拐骗妇女,连打带骂,把你的钱财抢光了,再把我带走了。实话实说,我跟他这日子也过不下去了,这哪是正常人过的日子?我刚才为什么问你呢?如果说你没有三亲四故,你挨不住他的厉害,我就开门放你跑了。但是你说你的哥们儿都是来赶考的,以后都会做官。我估摸着,你能扛得过去,所以,我就决定了,真真正正地嫁给你了。以后我跟你好好地过日子,好不好?"

"哎哟!我的天哪!我才知道娶个媳妇儿那么麻烦呢!好吧,娘子,你能跟我说这个实话,我觉得真是太好了!你是真拿我当你丈夫,那你看咱们怎么办?"

"这没有什么,咱们走就是了,你之前住哪儿?"

"我之前住的客栈。"

"好，你带着细软，带着东西，咱们还住客栈就行了。他也不能上客栈闹去，对吧？咱们把这儿一关门，走了就行了。"

"哦，那行，咱们走吧。"

还没等入洞房呢，两人就收拾收拾，归置归置，趁着夜色从屋里出来了。

出来之后，沈灿说："咱们长个心眼儿，得换个客栈。万一他捯根儿找着咱们呢？麻烦！"

媳妇儿说："我听你的，现在我是你的人，你说什么就是什么，咱们走。"

沈灿正欲提脚离去，想了想："我呀，得给他打个马虎眼儿，我给他写个条吧。"于是他重新绕回了屋里，拿起笔来找了个纸条，给张顺溜放了个假消息：

我们两口子往山东去了，你也不用找了。

沈灿写完，就把纸条搁在了桌子上，带着媳妇儿开门就跑了。

果然，还没到天亮，张顺溜就带着人来了。

他进门一瞧，只见屋内空空如也："完了，打一辈子雁让雁把眼啄了，今天的这个生意没有成功。"

张顺溜目光往屋里一扫，桌子上还有张纸条，上面写了他们两口子去山东了。这些人里面有几个是活土匪，他们就是山东人，一听两人去山东了，立刻嚷嚷起来："走啊！咱们追呀，走走走！能赶到哪儿是哪儿，走走走！"

这帮臭贼就奔山东方向追过去了。

等了两天，朝廷发榜，好家伙！沈灿拔得头筹，皇上在殿试上一考他，察觉沈灿才华出众，于是龙颜大悦，夸他是栋梁之材！吏部经过一番考核，也觉得沈灿不错，马上就给他放了实缺。过去给新科进士放实缺可不容易，有的人一等就是十年、二十年。到他这里，朝廷当下就给放实缺了，把他放到山西太原府做知府。

他媳妇儿也算是苦尽甘来，一下子就飞上枝头变凤凰，做了官太太了。哎呀！两口子都很高兴！

沈灿安排好一切，走马上任，带着夫人到山西上任。

到了山西，地方官接待完了，拜了印，沈知府就直接开始办公了。过了一个来月，突然间有差人禀报：

"请大人升堂，咱们今天拿获了一伙江洋大盗、拐子手。"

"好，升堂。"

沈知府升堂理事，往堂上一坐，一瞧堂下跪着一堆人犯，看见中间跪的那个人，沈知府就乐了。堂下跪着的是谁呀？正是张顺溜，他被抓着了！

沈知府拿手一指："你可是拐子手啊？"

"大人，我不是，我不是啊！"

"那你是强盗啊？"

"大人，我不是，我不是啊！"

"你是好人吗？"

"大人，我是好人哪！"

"嘟！抄手问事，量尔不招！看来要不打你，你今天是不说实话！你们这些强盗，怎么人人说谎呢？"

沈灿说完之后，张顺溜觉得声音有点耳熟，于是抬头：

"您说得不对！"

沈灿问："我说得怎么不对？"

"我们说谎是迫不得已，你一个当官的也说谎！"

"我什么时候说谎？"

"你说上山东，你怎么跑山西来了呢？"

十四 一钗二凤

刚刚驾到

连理枝花开两朵 命中缘死生同衾

> "伤情最是晚凉天，憔悴斯人不堪言。
> 邀酒摧肠三杯醉，寻香惊梦五更寒。
> 钗头凤斜卿有泪，荼蘼花了我无缘。
> 小楼寂寞心宇月，也难如钩也难圆。"

来这么几句定场诗，咱们这一篇的故事又开始了。这是一个多么让人开心的工作呀，一个人往这儿一坐，跟真事儿似的，写故事，讲道理，挺好，我也是废物，我也干不了别的，你让我去给人当个会计去，我也不识数，我这个人可能天生不是上大学的材料，我记得上学的时候，英语，数学，可怵头了，到后来这个出国演出的时候，隐约觉着要是会几句英语挺好，但是呢也没成功过，因为一出去，身边这人呢，好些个都会英语的，也不用我学，后来我就说要是真有这么一个机会，给我扔到一个陌生的环境，跟前儿也没有会说英语的人，我估计我也就成了，但是也没这么一机会啊。其实咱们中国话是最难的，因为我偶尔也学几句外语，学人家几句俗语，我学得还挺快，一学就会。但是我翻来覆去一琢磨，咱们的中国话可不容易，人家外国人也承认，说你们那字，变化也大，各种的组合，一个字多少种说法，多少种解释，学好了不容易。就这样吧，我也这个岁数了，我也不指望成为一个出色的外语教师了，大家多原谅，我能把中国话说好呢，就对得起说书的祖师爷了。

闲话少说，书归正传，这一篇要讲的这个故事，叫什么名字呢？四个字，叫《一钗二凤》。

一钗，您见过古代女人头上戴的钗子吗？有金钗、银钗、玉钗、铁钗之类，反正就是首饰，这就叫一钗。二凤，两个凤凰，其实指的是两个姑娘。究竟是什么意思呢？别着急，咱们得慢慢地说。

故事发生在元朝大德年间，故事的所在地是扬州。扬州是个好地方，天下三分明月夜，二分无赖是扬州，我觉着扬州是个好地方，风景如画，吃得也好，我去过扬州很多次，一般是去演出、做节目，我挺喜欢扬州的。

元朝大德年间，扬州城里有一户人家，这家姓吴，老两口子过日子，跟前儿有俩闺女。

大闺女叫兴娘，二姑娘叫庆娘。老两口子非常疼爱这俩闺女，把她俩视为掌上明珠，要什么给什么，人家家里头有钱，站着房，躺着地，家财万贯，是花不尽、吃不绝、享不完的人间富贵，家里日子在当地过得是数一数二。

逐渐地，俩闺女就长大了，姑娘长大之后其实才是最让父母操心的时候。怎么回事儿呢？得给孩子找婆家了。尤其是吴家的大闺女，年纪不小了，已经十五了，得给孩子找个婆家了。那个年头里，女孩到了十五六岁就该嫁人了。

许给谁呢？老两口子就凑在一块儿商量这事儿。

一般的人家，他们不愿意给，因为舍不得让闺女嫁过去吃苦受罪。老两口子合计，先别说让姑娘嫁给什么官宦人家，最次得跟他们吴家的家底儿差不多。这老两口子想来想去想起来了，他们邻居崔家就不错，崔家离得他们家不远，就住在胡同的另一头。两家同在一条街上，吴家住这边，崔家住那边，老两口子觉得崔家挺好。

崔家的祖上就是官宦人家，现如今老崔家是一家三口，老两口子带着一个儿子，这儿子年方十六，名字叫作兴哥。无巧不成书嘛！吴家的姑娘叫兴娘，崔家的儿子叫兴哥。兴哥的爹之前也做过官，两年前由于种种原因，从任上下来了，就回到了老家扬州。但是说不定什么时候，朝廷还会重新启用人家，这一家三口还得走。

老崔家的兴哥不错，文质彬彬，知书达理，出来进去街坊四邻没有不夸他的，大伙儿都爱他。吴家要是能跟他家结亲倒是很好。

吴家老两口子给姑娘物色好了对象，接下来就找媒人帮他们保媒拉纤。那个年头不比现在，现在搞对象很简单，男孩女孩走到街上两人一对眼，瞧上了，就过去加个微信认识认识。或者大姑娘小伙子出去排队买个汽水、奶茶的工夫，三两句话就能聊上。最不济的在网上聊天还能认识呢。两人一聊天，一看照片，小伙子看姑娘挺好看，三聊五聊，一见面才知道这姑娘是个男的，报警吧，那是上当了。

总而言之，现在搞对象提倡的是自由恋爱，但在那个年头不行，那个年头必须通过媒婆。这叫什么呢？父母之命，媒妁之言。大姑娘小伙子要是自个儿找对象，自己去跟人来往，那传出去还了得？当时的社会接受不了，认为中间就得有个媒人。一般来说，媒人都是老太太，对这一片地方很熟悉，张家长，李家短，三个蛤蟆五只眼，谁家是什么样的家世，谁家姑娘，谁家小子，谁跟谁合适不合适，她都知道。

过去的媒人也能挣不少钱，只要说成了，男女双方都得答谢媒人。一般来说，羊腿、猪腿得各送四对，让她足吃足喝，这叫谢腿。为什么要谢腿呢？结亲人家把猪腿、羊腿一送，意思就是："为了我们家这点儿事，您可辛苦了，跑来跑去，腿都跑细了，赶紧拿着猪腿补一补您的腿吧。"大概是这么个意思。

媒人这个行业，一年到头都在忙，但是一进腊月，媒人们就休息了。咱们有个老规矩嘛——"正不娶，腊不定"，意思就是："正月里边没有娶媳妇的，腊月里没有定亲的。"所以说一进腊月，媒人这行业就休息了，得到什么时候开工呢？得等到正月十六之后。

有人就说了："完了，你看一进腊月媒婆就失业了。"不会啊，列位，赶到这会儿她挣得更多，她比那几个月还挣钱呢。这些媒人精明会来事儿，一进腊月就开始忙活了，把身上的衣服收拾得干净利落，买点儿栗子、红枣还有花生，花不了多少钱，再弄点儿红颜色的带子，拿剪子剪成一节一节的。媒人把这些东西揣在身上，出门发财去了。不管认识不认识，推门就进，一瞧这屋里边坐着一个新媳妇儿，这媒人就来劲了，一伸手从身上掏出一把，往炕上一扔，有栗子、红枣、花生，还有那个红带子。

她嘴里还得念叨着："给你把栗子，给你把枣儿，来年生个大胖小儿。"有栗子有枣，按过去的说法，这叫"早立子"；花生，花搭着生。什么叫"花搭着生"呢？意思就是又有姑娘，又有小子，什么都有，儿女双全。红带子往那一扔，媒人嘴里又开始念念有词："带子啊带子，我给你带儿子来了！"别人一听就高兴，能让她白来吗？人家就给点赏钱。往近了说，在民国那会儿，即使是一般的家庭，人家都能赏出一块现大洋来，有的人家被哄高兴了能给两块。两块现大洋什么价？一整袋白面钱。她这点儿东西连仁子儿都用不了。

过去的媒人们专爱串大杂院，这屋出来，转身推门就能进那屋。比如说进这屋一瞧，好家伙，被单、枕头、窗帘全是红的。甭问，炕上坐着的准是刚过门的新媳妇儿，那正好了——"给你把栗子，给你把枣儿，来年生个大胖小儿。"小媳妇儿高兴，现大洋掏出来给媒人。这屋出了，再进那屋："给你把栗子，给你把枣儿，来年生个大胖小儿。"这家俩嘴巴把这媒人打出去了，因为这家是寡妇。

这也是来之前没问明白。

反正结亲就得找媒人呗，吴家老两口子就找了一个媒婆，跟媒婆一说：

"没别的，我们姑娘大了。老话说得好，姑娘大了不可留，留来留去结冤仇。您受累，您看着给我们说一下。"

"哎哟，没事啊！瞧上谁家小子了，您说一声吧。"

"实不相瞒，咱们街口老崔家，我们觉得他们家的兴哥，那孩子好。"

媒婆一拍手，挑起大拇哥儿："嗬！不是我夸您，真有眼力！兴哥那孩子是真好，又聪明又伶俐。那天写字让我瞧见了，你说人家孩子写的那个字，怎么就那么黑呀！"

这媒婆也是废话！墨可不是黑的吗？

"那得嘞，您多费心吧，给我们说说这个事，事成之后必有重谢。"

媒婆满脸堆笑："哎哟，可别客气啊，不是为了钱哪！不是钱的事，我给你们两家说成了，我这不也是积德吗？"

这是客气话，能不给钱吗？您就记住了，人跟人之间打交道，他只要一说咱们这可不是钱的事儿，那就是钱的事儿，准是这样。打吴家出来，媒婆就直奔崔家，崔家老两口子也正商量这事儿。

老崔跟老婆说："你看，之前咱们在外边做官，后来朝里有了变化，咱们就回家来了。在家待了两年多了，儿子眼瞅着也越来越大了，这也是个事儿，因为我有可能会被朝廷重新启用，到时还得去做官，咱们孩子怎么安置呢？他一天比一天大了，这小子以后是接着念书啊，还是干点别的呢？要不要给他先完婚呢？"

老两口子正琢磨着这个事儿，这么会儿工夫，媒婆来了，跟他们一说吴家老两口的想法，崔家挺高兴。

"知道知道，他们家有俩姑娘。"

"是是是，俩闺女，大的叫兴娘，二的叫庆娘。"

"知道知道，哪个要跟我们结亲呢？"

"说是那大闺女。"

"哦哦哦，好，十几了？"

"十五了。"

"好好好，我们家小子十六，两人差一岁，很合适。"

媒婆得了准话，马上回去给老吴家放消息。天下的事情就是这样，要合适就都合适。两家就赶紧见面，安排人给合婚批八字，得看看属相合适不合适。一切都合适了，崔家给出一份聘礼，其中有一只金凤钗，是黄金打造的一个钗子，让女孩戴着。这钗子值钱不值钱先搁在一边，崔家还特意说："这是祖上一辈一辈传下来的，所以这个拿出来，就是表示我们家的一片诚心。"

这个凤钗给过去，就给了兴娘，兴娘很开心，为什么呢？因为她耳朵里早都灌满了崔兴哥的名字。平时没事跟街坊的小姐们儿聊天儿，跟亲戚家谈闲，就有人跟她提过这个兴哥，大伙儿都说以后是个状元的材料，这孩子太棒了，长得也精神，小伙子白白净净的。

事已至此，吴家跟崔家这门亲事就算成了。两家安排好了一切，刚准备定日子，给俩孩子完婚。

结果就这么巧，朝廷来消息了，要让崔兴哥的父亲上任做官去。上哪儿呢？云南。现在一提到云南，大伙儿都说这地儿可不错，物华天宝，人杰地灵。

但是有一点，列位，这故事发生在元朝，道儿可不近。打扬州去云南，好家伙，山高水远。但这是朝廷的命令，不去不行，走之前两家大人见了个面。

崔家就跟吴家说："要不您家再等一年吧。现在我们要去云南，得赶紧去上任，因为上任是有期限的，不能耽误，得赶紧走。我们到那儿之后给您来信，咱们再商量这个事。到时候看看是让小子回来呀，还是接姑娘过去，我们到云南也看看，待得长久不长久。咱们随时联系，这个没办法，朝廷有王法，公事耽误不得呀。"

两家在一起吃了顿饭，崔家全家就奔云南当官去了，扬州城里就剩下了吴家。

别人没往心里去，可兴娘心里头别扭。怎么个别扭法儿呢？她心里是这么想的："我已经许配人家了，我就是人家崔家的儿媳妇了，我的丈夫就是崔兴哥，现在他们一家人走了，我要做的事情就是等他回来。"列位，等人是天底下最难的事情。而且在那个年头儿里，一来，交通不便，哪像现在似的，她要是想去探个班，坐飞机一下子就到云南了。在那个年头儿里，她就只能坐在屋子里干等；二来，她也没办法联系崔兴哥，不像现在无论上哪儿去，即使崔兴哥跑到南极冰窟窿里边了，他俩也能视频一下，她还能看到崔兴哥在哪个冰窟窿里边。那个年头儿里只能是老虎吃鹿——死等。兴娘心里边就郁闷，就别扭，等着吧。

一开始，家里人也不往心里去，因为在那个年头儿里，这是很正常的事情。老两口子偶尔想起来了，就劝她一句："行了，说不定什么时候就回来了，别往心里去。"

这一晃就是一年，一年下来，兴娘就大变样了。怎么变样了呢？兴娘明显变憔悴了，咱们现在知道这叫相思病，日复一日地苦等着，日子瞧不见头儿啊，谁也不知道崔家什么时候回来。要是之前没定婚，没有这么回事，那无所谓。但是现在不行了，她已经许配给人家了。

兴娘没事就拿起金凤钗擦一擦，看一看，捧在手里越看越难过，感慨两句："这是我丈夫留给我的，我不知道什么时候才能戴上它嫁过去。"

兴娘心里这个难受劲儿，但是再难受也得等着。一连等了四年，兴娘十九岁了，精神头儿一年比一年差，到后来，都起不来炕了，就天天在床上歪着。家里人让她下地溜达两圈，她也走不了，一走道儿就头晕眼花，也不怎么吃饭。家里人着急了，这可怎么弄啊？赶紧找大夫给她看病。

大夫一来，说："她这是心病，心病不好治，心病还需心药治。我们的手艺治不了心病。你要说腿砸折了，上火闹肚子，这都有办法，能对症下药，怎么都能治。她现在不是，我们来不了这个。"

大伙儿都着急，老太太也哭，过来劝她："闺女，你要是这样的话，实在不行咱们换个人家吧！娘再给你找个人家，好不好？咱们也能嫁过去，以后他们家回来，咱们也能讲理，谁让他们走那么长时间没消息的？是不是？这不是把我闺女坑了吗？"

兴娘摆摆手："娘啊，您可别说这话，我活是他们家的人，死是他们家的鬼啊。如果今生今世我不能够跟他成亲，那是我的福薄呀！我不能，您也别再说这话，你要是说这话我就更活不了了。"

老太太也不敢多说，妹妹庆娘就天天守在姐姐兴娘旁边，开导她，劝她，哄她开心。但是兴娘的身体还是一天不如一天，有一天，终于坚持不住了，兴娘一闭眼，死了。

家里人哭得都不行了，老头儿、老太太、庆娘趴在床边哭得泣不成声。活活地把人坑死了，十九岁的一大姑娘，人就这么完了！兴娘的死讯传开后，家里的亲戚邻居也都来了，都劝他们：

"别哭了，这白事得办啊，人得发送啊。"

老头儿心疼闺女，挑最好的木料给闺女打了棺材，忙里忙外给闺女搭棚办白事。在尸体入殓的时候，老太太特意把那只金凤钗拿出来，把它放在棺材里边，放在了兴娘的手边上。

"孩子，你把它带走吧，到阴曹地府想着说一声，你是他们家的人。"

老太太把金凤钗放在棺材里，把棺材盖盖上，挑个日子发送了闺女。到坟地里弄一大坟头，大伙儿一烧纸，亲属们一哭，吴家就把兴娘发送走了。

埋完之后半个月，兴哥回了扬州城。你瞧瞧，天下的事就是这么巧，无巧不成书嘛。崔兴哥回来了，回来一进门，他的岳父岳母眼泪止不住地流：

"孩子,你还知道回来?你回来晚了!"

兴哥就愣了:"啊?岳父岳母,怎么了?"

"怎么了?孩子,兴娘没了!"

"哎呀!"

说了一声哎呀,小伙子腿一软,咕噔一声就坐到地上了。

怎么回事儿呢?兴哥父母的身体本来就不是特别好,自从他们一家到了云南之后,父母就老得病,一晃四年的光景过去了,父母染疾身亡,兴哥没办法,该料理料理,该发送发送。

完事之后,兴哥就想着要回扬州:"扬州那儿还有我媳妇呢,岳父岳母在那儿,我也有地儿投奔哪。"

就这样,兴哥从云南回到了扬州,结果一进门就听说媳妇也死了,兴哥顿时哭得泪人一般,捶胸顿足,恨天怨地。

他一哭,勾得吴家老两口子也难受:"快起来吧,别难过了。"

老两口子就劝他:"这也是我们家姑娘没福,要不然嫁给你,你们小两口子好好地过日子多好啊!唉,得了,别哭了。孩子,你现在有地方投奔吗?"

兴哥擦擦眼泪:"岳父岳母,我是没处投奔了,我父母双亡,我是投奔您二位来的。"

"好好好,太好了,虽然说我们兴娘没了,你不是我们女婿。但是,我们老两口子是真的疼爱你,从现在开始,你就跟我们儿子一样。别走了,你就住在这儿。"

老两口子吩咐人,把跨院打扫出来,跟兴哥说:

"你就住在这儿,这个跨院,干干净净的,都收拾出来了,给你换的新被子、新枕头、新褥子。你就在这儿念书,一日三餐有人给你送饭。你就在这儿住着吧,以后咱们一家人一起过日子。"

简断截说,崔兴哥就住下来了。没过多久,赶上清明节,家里边安排去上坟。早在头两天,兴哥就准备着要去了,心说:"我得给我媳妇儿上坟去,烧纸去。"到了清明节这天,他早早就起来了,要跟着一起去。

老头儿拦着:"你别去。"

兴哥道:"不是,我得给她上炷香……"

"行了,听我说。你这些日子也没少哭,我都瞧在眼里了,你也别难过了。孩子,你的心意我们都收到了,你听我的,就别去了,你这一去再哭个好歹的,我这心里也受不了。我们老两口子也不去,家里边有你妹妹去,还有几个别的亲戚，他们一块儿去，他们到那儿烧烧纸，然后上个供，一会儿也就回来了。人都没了，上那儿去也没有什么意思。你别折腾了，孩子听话，你别去了。"

大伙儿都劝他别去了，就把他留下来了，吴家派了庆娘跟着亲戚们去上坟。一大帮人坐着轿，直奔坟地。到了坟地，没有别的，烧纸、插柳、祭奠，哭一通，上坟就是这么回事。完事之后，这帮人往回走。

兴哥虽说没有去上坟，但是心早跟这些人一块儿飘走了。他在屋里心思不整，书也看不进去，索性就一直在门口站着，等这帮上坟的人回来。等了很长时间，远远一瞧，这十几个人陆陆续续地都回来了。前面有几个人是走着的，在后边跟着一乘轿子，里面坐着二姑娘庆娘，轿子跟着这帮人一起回来了。

这些人走到门口时，还跟他打招呼：

"崔少爷，您在这儿站着呢。"

"我站着，烧纸了吗？"

"烧纸了。"

"那坟都培了吗？"

"都培了，您放心，杂草也都拔了拔，都挺好，你放心。"

"哎哎，好好，你们受累了，受累了。"

崔兴哥不放心地问了几句，心里还是挺难过，人家几位就从他身边过去了，往院子里边走。走在前面是这些亲戚，后面跟着庆娘的轿子。

这轿子打兴哥跟前儿一过，他无意中就听见"当啷"一声响。轿子就晃过去了，所有人都进了院子。

兴哥站在门口若有所失，看着轿子，心里想着："其实应该跟着去，怎么着我也得自己到那儿上个坟去，有什么心里话，我得跟她念叨念叨，不让我去，就改天吧。这两天清明节上坟的人也多，过几天，我怎么也得去一趟。"

正这么想着，他一低头，发现地上有个东西，什么呢？金凤钗。

他捡起来一看，就愣了，心里疑惑道："我认识这钗子，这是我们家祖传的金凤钗呀。奇怪，怎么会在这儿呢？"

前文书咱们说过，这钗子被老太太放在棺材里，跟兴娘一块儿埋了，今天突然出现在他的脚下，很古怪。

兴哥把金凤钗揣进怀里，进了屋，一会儿的工夫，老头儿、老太太过来叫他吃饭。酒席宴前，互相劝酒，老头儿一个劲儿地让他喝酒：

"喝两杯，喝点儿解解乏。"

"是是是，我也敬您。"

"吃着喝着，吃着喝着。"

吃完饭，大伙儿各回各屋，兴哥就回他的跨院了。小伙计进来把屋子里收拾收拾，把床上的被子给他铺好。过一会儿就该睡觉了，小伙计又打来了水，伺候着他洗脸，烫脚。

都完事儿之后，小伙计就问："您还需要什么？"

"我什么也不要了，你出去吧。我看会儿书，一会儿我就睡觉了。"

"哎，好，您早歇着吧。"小伙计就闭上门出去了。

兴哥一个人坐在灯前，拿起一本书，又放了下去。因为他心里有事儿，看不下去，就站起来溜达了一会儿，又坐下了。他坐在那儿，思绪就飘了，开始胡思乱想。想什么呢？他想自己的媳妇儿。他们俩见过吗？见过。之前媒婆把亲事说定之后，他来过吴家见过兴娘，对兴娘的印象特别深，自己这媳妇儿不仅好看，而且跟他特别地投眼缘，他就看了一眼就爱上了。

兴哥无精打采的，心中悲怆："人生怎么能这么残酷，没等拜天地入洞房，她就没了。唉，我回来晚了半个月，我要是早回半个月，就能见到她，估计她也就死不了，怨我。"

他正念叨着，耳听得谯楼之上，鼓打二更天，叹了口气，心说："想这个也没用，还不知道自己这后半生怎么办，还是睡觉吧。"

他就把帽子摘了，放在桌子上，解了衣裳扣子，把身上的文生氅脱了，挂在墙上，端起杯子要喝口水，要喝没喝之间，耳边厢听得有人叠指弹窗。

叠指弹窗，就是俩指头叠在一块敲纸窗。能这么敲窗的人，一般都比较雅致。敲门敲窗，这些在过去都是有规矩的。敲门的时候，应该先敲一下，门先响一声，让屋里人知道有人在敲门，接着再连敲两下，这是敲门的规矩。一上来就"咣咣咣"砸门，这是报丧，按过去的规矩来说，死了人来送信，就顾不得礼仪了，来人啪啪砸门，意思是："快点儿吧，死人了。走啊，吊孝去。"

一般来说，往往念书人或姑娘们爱叠指弹窗，显得比较雅致。

他正端着杯要喝水，一听有人敲窗，就把杯子撂下了：

"谁啊？"

"是我。"窗外传进来一阵冷冷的姑娘声音。

"你是谁啊？"

"我是庆娘。"

"哦，妹妹来了？等我一下。"

兴哥就把衣服又穿上，再把帽子一戴，穿好戴好了，把门打开，门外站着二姑娘。

"哎哟，妹妹来了。"

"哎，我来了。"

"哦，您有事啊？"

"屋里说吧，把门关上。"庆娘一边说，一边就进来了。

他就愣了，心说："夜静更深的，这孩子是干吗呀？"

但是人家已经进来了，他就把门关上了，也过来坐下："妹妹你没睡觉啊？"

"没有，您也没歇着呢？"

"正准备睡觉呢。不瞒您说，刚才帽子都摘了，这是听见妹妹叫门，我这才穿戴好了。夜半更深，贤妹至此，有何见教啊？"

庆娘叹了口气："唉，我今天给我姐上坟去了。"

"是，我看见了。"

"我还挺难过的，我们是一母同胞的亲姐妹，她怎么就这么走了呢？姐姐心是真狠。但是我还是想劝劝您，这也是您二位的缘分浅，您可千万别太难过了。"

兴哥掩面而泣："我谢谢你，妹妹。我自个儿知道，都怨我，我要是能早回来些日子，她也可能不至于此。"

庆娘柔声劝道："你也别太难过了，这也是我姐姐的命。"

"是是是，谢谢妹妹。你不用劝我，我自己劝自己，以后我就没事儿了。这夜半更深的，贤妹到此，所为何故啊？"

"第一，我是想来劝劝您别难过。"

"哦，谢谢。"

"第二，我也劝劝您，您这个岁数，也不可能一个人孤孤单单过一辈子。我还是希望您早日完婚，得有人照顾您。"

"贤妹，我谢谢你的一片好意。可这哪是这么简单的事情啊？过几年再说吧，现在我也没那个心思。"

"唉，您还是得往宽处想。我来就是想给您保个媒，说一个姑娘，您看您愿意吗？"

"哎呀，妹妹，你这是逗我玩呢吧？我哪有那个闲心，再说了，现在哪有合适我的呀？"

"有啊！"

"谁呀？"

两人聊到如今，兴哥的嗓子眼有点干了，桌上的那盏茶水还没喝，他端起茶杯来，仰头就干了。

庆娘这时发话了："您看我怎么样？"

兴哥一听这话，差点儿被茶水呛死，心里头回过味来："这都什么跟什么呀？怪不得她黑更半夜来找我呢。"

他猛咳了一阵，边咳边摇头："不不不！"

庆娘担忧地站起来，伸手过去，想帮他摩挲后背顺顺气。兴哥局促地笑了笑，往后一撤，让开了庆娘的手。

"不行不行，千万不行。咳咳咳！可不能这样，这是玩笑了，我是你姐夫呀。咳咳咳！我哪能这样？姐夫娶了小姨子，这传出去不好听啊。咳咳咳……"

"那我问您，过去有没有姐姐去世之后，姐夫娶小姨子的？"

"有是有吧？反正我没听说过。"

"这也不是什么大不了的事情，是不是？不管怎么说，咱们两家结亲，已然是一家人了呀。"

"不是，咱们是不是一家人，它这事也不能这么……"

兴哥坐在灯下，一张俊脸臊得通红。

庆娘瞧着他，莞尔一笑："姐夫您真行，你别这么担惊受怕的，我又不是大老虎，还能吃了您？是不是？我是一片好意，我就问您这事儿成不成吧？天儿也不早了，咱们也别说那些没用的话了，好不好？我就问您一句话，我替我姐姐嫁给您，您愿意不愿意吧？"

兴哥拿袖子擦了擦汗，搪塞道："不不……我这，你让我，你让我想想，咱们找机会再说。"

庆娘摇头："没有别的机会了，就是今天。您看这夜半更深的，我一个黄花姑娘跑到这儿来找您。有个词不好听，叫私奔。您要是同意，那么接下来的事情就顺理成章，我自有办法。您要是不同意，我也不难为您，我站起来就一头磕死在这儿。我就死在你这屋里，你看这事怎么办，你挑一个吧。"

兴哥越听越怕，高呼一声："哎呀！你真是要了我的命了！妹妹，你可不能这样啊！这已经死一个了，你要是再死，咱们家这日子就过不了了。"

庆娘斜斜地盯着他，问道："那你说吧，我嫁给你，你愿意不愿意？"

"我，我……"

庆娘看他这副样子，眼神一凛，点点头："你不必多言了，我死就是了。"

说着，庆娘铁青着脸，唰地站了起来，兴哥赶紧揪住她，生怕一个不留神，让她寻了短见。

"别别别！我答应你。"

庆娘抿嘴一笑，眉眼弯弯："好，这就太好了，以后我就是你媳妇儿。"

兴哥松开了她，捂着脸说："唉，怪害臊的。"

"有什么害臊的？咱们都是两口子了。"

"一会儿我见着你爹娘，我怎么说啊？我得臊死，我是上你们家投亲来的，媳妇儿死了，住在这儿本来就够害臊的了。大半夜还和小姨子成了亲了，我没法见人哪！你说这怎么办呢？"

庆娘乐了："我来之前都替您想到了。您要是不答应，我就死在您这屋。您要是答应了，咱俩一起走。"

"咱俩能上哪儿去啊？"

"我要是没猜错的话，你在镇江是不是有熟人呢？"

"镇江？"

"对呀，你想一想。镇江离这儿不远。"

"是不远，镇江不远。打扬州走，奔瓜州，打瓜州走，就是奔镇江。"

"对，你想一想，镇江你有没有熟人呢？"

"镇江，我认识谁呀？"

"好多年前你们家有一个老管家，姓金，叫金荣。你还记得吗？"

"搞金融的？"

"什么搞金融！姓金，荣华富贵的荣，金荣。他一直在你们家当管家，打你爷爷那会儿就有他，伺候你们家三辈人了。后来岁数大了，说跟着你们家这跑那跑的，他受不了，所以就不干了。老两口子回镇江养老，你有印象吗？"

"对对对，有有有，金大爷，我们家金大爷对不对呀？"

"对。"

"是有，你怎么知道的？"

"你不用管我怎么知道的，有吧？"

"有哇！"

"收拾东西，咱走。"

"上哪儿去？"

"上镇江，找金大爷去。"

"哎呀，要了亲命了，我听你的。"

"收拾。"

兴哥本来就没什么行李，就这几件衣裳，把零钱细软和书卷在一块，包了一只大包袱。

庆娘说:"咱们走啊?"

"咱们走。"

"跟我走。"

推开门,两人就出来了。一前一后,趁夜偷偷摸摸地来到大门前,庆娘一开门,冲兴哥招招手:"你出来。"

兴哥踮着脚出来,庆娘一转身把大门带上。

他四下张望一番,街上夜色浓重,眼前雾虚虚的,于是问庆娘道:"咱们去哪儿?"

"码头。码头有船,咱们奔瓜州。"

"夜半更深,怎么会有船?"

"你跟我走就行了呗。"

"不是,你还提前安排了?"

庆娘没搭茬儿,扯着他往外走:"你甭管了,走走走。"

两人互相扶着,打吴家出来,赶奔码头。果不其然,码头上有一艘船,船上坐着一个划船的,好像等了很久了。

庆娘冲兴哥一点头:"上。"

等两人上了船,划船的一声不吭,站了起来。只听噌的一声,划船的麻利地打着桨,小船像飞一样,离开了扬州。

半道儿上,兴哥就问:"妹妹。"

庆娘白了他一眼:"什么妹妹,喊媳妇儿。"

兴哥便改口问道:"媳妇儿妹妹,这船是谁安排的?"

"你甭管,跟你有什么关系!"

兴哥犹豫了半晌,又问道:"是,你原来是不是当土匪的呀?"

"什么叫当土匪的呀?你甭管了,你就听我的吧。"

"我听你的,我听你的……"

"别担心了,有我呢。"

兴哥欲哭无泪道:"有你我才更担心啊!"

"行了行了,你眯瞪会儿吧,到了瓜州咱们换船。"

说话之间,两人就到瓜州了,打瓜州又倒了一趟船,直奔镇江。

简断截说,这天两人就来到了镇江的码头上,小船一拢岸,庆娘伸手一指,指着东边的一个路口说:

"就这儿了。相公，我先别去，因为这个金大爷不认识我。你先去，你下船之后就奔东走，从那个路口过去。你问问这个老头儿住哪儿，你问明白了再来接我。"

"行，我去吧。"兴哥撩起袍角，一边嘟囔着，一边下船，"这都哪儿跟哪儿？我这糊里糊涂跟做梦似的。"

他下了船，按照庆娘说的方向往前走，没走多远，就瞧见一帮人蹲在树下聊天。

他过去一问："几位，这儿有一位金大爷吗？姓金叫金荣，老两口子。"

话音刚落，有人立刻挥手往东边一指，头也不抬地回道：

"有有有，你找他？找他就再往东边走，前面有个路口，再这么一拐，路北第二个门就是，去吧去吧。"

"谢谢啊。"

他就按人家说的道儿去了，来到门前，门分左右，里边站着一老头儿，老头儿愣了："您找谁？"

"金大爷，您还认识我吗？"

金大爷想了半天："您是？"

"我姓崔，我叫崔兴哥，您原来一直帮我们管家。"

"哎呀，少爷呀！"金大爷一把就给他搂住了，眼泪哗哗地就下来了，"哎呀，真是没想到的事情，我老头子今生还能再看见您。老婆子快来呀，少爷来啦！"

金人娘打屋里边出来了，左瞧瞧右看看："谁呀？"

金大爷连忙把兴哥拉了过去："你快看看，兴哥都长这么大了。"

"哎哟喂！"

老两口子高兴，围着兴哥是又哭又笑，金大爷脸上老泪纵横，就要给兴哥下跪："哎呀少爷，我又看见你了，我给你磕一个。"

兴哥赶紧拦着："别别别，大爷您别了，您都这么大年纪了。"

"太好了，快进来，快进来。"金大娘看着这爷儿俩，也抹了抹眼泪，把兴哥让到屋里边。

坐在屋里，金大爷问道："怎么回事儿，怎么上这儿来了？"

兴哥就答："几年前，我爹去云南当官，我和我娘跟着一起去的。他俩已经死在那儿了，我现在孤身一人。"

听到这儿，老两口子又湿了眼眶。

金大爷疼惜道："哎哟！想不到的事情啊，可惜这个岁数，年纪轻轻的……

行了，没有别的，我们老两口子就是你的亲人，我伺候你们家三辈，现在我依然好好伺候你，这是我的福分哪。"

"是，大爷，我跟您说，我还娶了媳妇儿。"

金大爷大喜道："好好好，谢天谢地，少奶奶呢？"

"就在门口那船上呢。"

"老婆子，快接去，快接去。"

金大娘从家里出来，直奔岸边，到地儿一瞧，少奶奶正坐在船上等着呢。金大娘帮忙提着包袱，就把少奶奶接进家来了。

金家的日子还挺富裕，房子也挺大，老两口子单独收拾出来几间房子，干干净净的。

"就住这儿了，什么都不用管，我们老两口子就养活你们小两口儿，你们就住这儿吧。"

打这儿起，小两口儿就住下来了，金家老两口子就天天伺候着他俩，日子过得很好。

闲下来没事儿，兴哥就问庆娘："妹妹。"

"什么妹妹，喊媳妇儿。"

"媳妇儿妹妹，你把我从扬州拐到镇江，咱俩跑这么老远，你父母也不知情，咱们什么时候给你父母一个交代呀？"

庆娘眯着眼睛想了想："行吧，咱们在这儿住够一年，就回去，好不好？"

"那行，你跟我说实话，你是不是会算卦呀？怎么你安排的事，你说的话，我老觉得这么灵呢？"

"好了，以后你早晚都会知道的。"

兴哥倒也好打发，就也没再追问下去，点点头："我这媳妇是个半仙，挺好。"

一眨眼，一年就过去了。

这天，庆娘说："相公，一年了，时间差不多了，咱们得回去了。咱们跟金大爷说一声，就说回去看看我爹娘，之后安排人过来，把金家二老接到扬州。"

"哦哦，好好好。"

中午吃饭的时候，兴哥就跟金大爷说："我们得去趟扬州。"

金大爷愣了，停下筷子："啊？干吗去呀？"

兴哥解释道："这都一年了，她爹娘也没能看到她，我们得过去见见二老。"

金大爷点点头："对对对，那是应该的，那什么时候走呢？"

"我们这几天安排安排就走。"

"哦好，那我们帮您准备准备，买点儿镇江的特产，带回去好不好。"

庆娘说："甭买了，没事，也不远，我们先回去看看。我们还会回来，把您二老接过去，咱们一块儿过日子好不好？"

老两口子都是老实人，听了庆娘的安排，点头如捣蒜。

"好好好。怎么都行，您二位要是回来，我们就还守在这儿伺候您，要是您不回来，也不嫌我们麻烦，我们就上那儿伺候您去，都一样，反正咱们是一家人。"

"好嘞！"

又过了两天，兴哥归置好东西，叫了船。老两口子送小两口儿回扬州，没多久，船就到扬州了，船夫停住了船。

庆娘拉了拉兴哥的袖子："相公啊。"

"怎么着？"

"咱俩别一块儿走。你先走，你先到我们家去见我爹娘，咱俩要是一块儿去，我有点儿怕他们面子上过不去。"

兴哥点头称是："对，你说得非常有道理。我先去见过二老，给他们赔礼道歉，等他们不生气了——我估计也不生气了，这都一年了，还有什么可生气的是不是——完事之后，我再来接你。"

"行，你去吧。"

"好嘞，我先去了。"说着，兴哥动身就要下船，无意间一回头，只见庆娘坐在船上正凝眸看着他，于是冲她一笑，"我走啊？"

庆娘莞尔："走吧。"

兴哥打这儿下船，就往吴家里走，走到家门前，心里怦怦直跳。为什么呢？他老觉得亏心哪："我在人家里念书念了半截儿，却把人家闺女给拐跑了，甭管谁拐谁吧，是挺害臊的。"

正犹豫呢，只听院里有伙计喊道："哎哟喂，大相公回来了！"

兴哥忧心忡忡地问道："哎哎哎，是我回来了，那什么，你们都挺好的？"

哪知伙计就跟没事人似的，反而热情地招呼他："都挺好的，您回来了？您怎么不进来呀？干吗杵在门口啊？快来快来……"

兴哥一头雾水，被伙计拖进了家门，老半天没反应过来。

伙计把他让进来了，特意吩咐道："您等着，千万别走，我给您通禀一声。"

伙计赶忙进去跟老头儿说，老头儿正坐在屋里喝着茶，一听兴哥回来了，噗呲一下子，这口茶水就喷出来了，把茶杯扔下：

"哪儿了，哪儿了？"

"在门口呢。"

"快请进来，快请进来。"

老头儿老太太哆哩哆嗦地往外走，走到门口，一眼就看见了兴哥，老头儿眼泪就下来了。

"哎哟，儿啊，你可回来了，我对不起你呀，我对不起你呀。"

"啊？"兴哥不明就里，但还是一撩衣裳就跪下了，"那什么，我错了。"

老头儿赶紧把他扶起来："不不不，孩子，你可没错呀。都怨我都怨我，快进来吧。"

兴哥糊里糊涂地就进来了，往前厅一坐，瞥了眼老头儿。

老头儿嘴里还念叨呢："孩子，到底我哪儿错了呀？我得罪你了吗？你怎么不言语一声就走了？"

兴哥一听这话，觉得不对劲，解释道："您没得罪我呀！"

"我没得罪你，你怎么走了？"

兴哥支支吾吾道："不是，您还不知道呢？一年之前，二妹妹庆娘半夜里找我，她说要替兴娘嫁给我，然后我们两人就，就就，就私，私奔了。我们跑到镇江住了一年，一年后觉得您可能也快消气了，就回来看您了，是这么回事。"

老头儿诧异道："啊，庆娘？孩子，不能啊！"

兴哥不解道："怎么不能啊？"

老头儿压低声音说："你走的第二天，庆娘就病了，在床上躺一年了。"

"怎么可能……"兴哥大惊失色，"躺一年了？"

"躺一年了呀！我还说呢，我的命怎么这么惨，俩闺女死了一个，这个又躺下了。孩子你说的是胡话吧？"

"不能啊，您带我看看去！"

"走，咱们瞧瞧去吧。"

老头儿老太太领着他去了后宅，直奔二姑娘的绣楼，进了绣楼，俩丫鬟在床边站着，老太太往床上一指：

"孩子你看看，那不正躺着呢吗！"

隔着一层青纱帐，只见一个女子正昏迷在床榻之上。

"哎呀！"兴哥心里边咯噔一下子，"不对呀，这是怎么回事儿？"

他往前紧走两步，一瞧，果不其然，床上躺着的，正是二姑娘庆娘。

兴哥惊呼道："啊！"

就这么一"啊"的工夫，庆娘就伸展着腰肢坐起来了。这一坐起来，屋里的其他人差点没吓趴下。为什么呢？庆娘在床上躺一年了，中间顶多也就撬开嘴给喂点儿水，灌点儿粥，虽说也喘气，但是不睁眼也不出声，今天突然间坐起来了，一旁的老头儿老太太吓一跳。

众人惊呼："嚯，这是怎么了？"

再瞧庆娘，已然打床上下来了，走到爹娘跟前飘飘万福："爹，娘，事到如今，我跟您二老是不得不说实话了。"

"哎呀，孩子你？"

"您听我这声音怪不怪？"

老两口子对看一眼，不对呀！老头儿揉揉眼睛，虽说眼前跪着的确实是二闺女，但从二闺女嘴里发出的声音，却是大闺女的声音。

庆娘跪在爹娘脚边，泫泣道："爹，娘，我是大闺女，我现在是附在庆娘身上，那年我死了，死了之后，一直怨恨自己的身世，死得有点不甘，而且也惦记着兴哥，所以就一直没舍得转世投胎，一直等着，终于把他等回来了。我心里边挺难过，也不希望看见他这样孤孤单单冷冷清清地过日子。所以，后来我就附在庆娘的身上，借着庆娘的躯壳，跟他过了一年的日子。我也知足了，现在时辰已到，我也得转世投胎了，没有别的，求爹娘把庆娘许配给他，咱们还是一家人，望爹娘福寿安康。"

满屋子的人都惊得说不出话来，兴哥尤甚，他实在是没料到，庆娘竟然不是庆娘，而是兴娘。

兴娘一转身，又看了看兴哥，流下了两行热泪："夫啊夫啊，这一年来咱们住在镇江，我很知足。跟你在一块儿，哪怕是只有一天我都觉得很幸福，何况是一年，今后希望你对我妹妹好一点，她跟我是一回事儿。好了，时辰已到，相公啊，我也该走了。"

说完之后，庆娘的身体突然间就软了，咕噔就倒在地上，大伙儿赶紧过去搀扶，这一搀起来庆娘又说话了：

"我怎么在这儿啊？"

这回的声音是庆娘，老头儿老太太一瞧，咱们家里边这故事是神仙世界，也没法跟外人讲了，就算说了，人家也不信哪。但是咱自己人明白，那也甭客气了："姑爷，你想好了没有？娶我这二闺女？"

"我也没什么想好想不好的，日子都过了一年了。以后我就是您的儿子，我好好地跟她过日子，我们好好地孝敬您二老双亲。"

那行了，这件事就算解决了，剩下的就是张灯结彩，大办喜事了。

吴家老两口子吩咐出去，跟外人说二姑娘病好了，而且要跟姑爷完婚，阖府上下那是热闹非凡，又打发人去了趟镇江，把金大爷两口子接来。

金家老两口子还纳闷呢："不是结完婚了吗？"

来人解释道："这是正式补一个婚礼。"

大婚当天，锣鼓喧天，鼓乐齐鸣，屋里边，院里边，道喜的人非常多，洞房里红烛高挑，床头坐着新娘子，旁边站着新郎官。新郎官过来，拿手一挑这红盖头，在灯光下观瞧着庆娘，艳若桃李，庆娘很害臊，恍然间就觉得有人拍了一下自己的肩膀，耳边厢传来姐姐的声音：

"妹妹，你好好地过日子，姐姐我呀，走了。"

十五 姚大控

刚刚驾到

亲诒佞万金散尽　落穷途悔醒前尘

> 赵钱孙李,周吴郑王,冯陈褚卫,切糕蘸白糖。

说书,全称是说评书。说书的种类很多,包括鼓书、坠子书等,连说带唱的,各种都有。在过去人的眼里,说书的有身份,他们管唱戏的叫老板,但管说书的就称呼先生。这就不一样了。先生,这两个字很尊贵。说书的坐在台上,必须能给人说出点儿什么来。不能胡说八道,不干不净,那个不像话!

据传说,说书的祖师爷是孔圣人。想当年孔圣人周游列国——当然了,孔圣人周游列国也没多远,也就是在河南、山东一带转悠,没上远处去过——被困陈蔡,有个名词,叫绝粮陈蔡。孔圣人和徒弟们没饭吃,怎么办呢?孔圣人就给老百姓们讲书,他的徒弟们各抱着一只斗,穿梭在席间敛粮食。老百姓听完之后,觉得有道理,就给点儿粮食。斗,就是竹子编的一个容器。有的斗编得很粗糙,有的就编得好看,还拴着铜环,上了大漆,反正就是这么一东西。过去咱们那个粜(tiào)粮,就是卖粮食的,他是拿一个竹筒一样的东西量米,那一竹筒大概能装一升,十升能装满一斗。十升是一斗,而十斗是一石,所以斗还是一个计量单位。孔子的徒弟们抱着个斗,老百姓听书挺高兴了,就把粮食装到斗里边。后来斗也装不下,粮食太多吃不完,就折成钱。

所以即使是孔圣人说书,也不白讲,得要钱。

到后来,说书先生在茶楼一说书,都是说着说着,就派伙计下去领赏钱。因为您一进茶楼听书,花个一毛五的茶钱,这个是人家茶馆的钱。说书先生的钱得另要。先生说着说着,说的差不多了,找一扣子,一摔木头,茶楼的老板、伙计,就下去找这些听书的主儿敛钱去。伙计怀里抱着的那东西就叫斗,他们就拿那个收钱。意思就是:"我们这个手艺是从孔圣人这支传下来的,依然得用斗来收钱。"

闲话少说，书归正传。在这一篇里，咱们说的这个书叫什么名字呢？叫《姚大控》。姚大控是个人名。有人说怎么起这么一名字？主要是家里边太有钱了，父母对孩子有一个美好的祝福。故事发生在明朝弘治七年，所在地是温州。

温州城里有一个首富，姓姚，老姚家。

姚大控就是老姚家唯一的儿子。父母给他起这个名儿，其实是有一个美好的愿望，姚家老两口子是这么想的：

"我们是这儿的首富啊，我们家站着房，躺着地，而且我们家不光在温州有地，我们家的田产都跨了府了，外府也有我们家的地。我们家多趁钱！我们老姚家有这么一个儿子，我们希望儿子以后把我们家的买卖越做越大，所以给起个'大'字儿。'控'呢？是希望这些万贯家财，我儿子都能够控制得了。"

因了如上种种考虑，所以姚家给孩子起名叫姚大控。

慢慢地，姚大控就长大了，娶了个媳妇儿。媳妇儿家是当地一个官宦人家，这家复姓上官。媳妇儿家里边挺有钱，跟老姚家门当户对。上官老爷原来是在朝为官，后来上了年纪，就退休了，在家待着。但是，上官家依然很有势力，又有势力，又有钱。两家在当地都是有身份的，平起平坐，上官家的姑娘就嫁给了姚大控。两家结亲的消息一出，立马轰动了当地。好家伙！姚大控娶媳妇儿，那还了得？热闹！花钱如流水，就差拿大盆舀起银子往外一泼。姚家请了不计其数的厨子，在门口搭起婚宴棚，摆下流水席，温州城里认识不认识的随便来，无论是谁，进门说声道喜，坐在那儿就能吃，一日三餐全包，花钱都不叫数！

完婚之后，小两口儿就好好地过日子。这个媳妇儿挺好，做事厚道，举止大度，为人处世也恰到好处，这媳妇儿是真不错。相反的，姚大控有点傻乎乎的。但是他心眼儿不坏。有些人家里趁点儿钱，就为富不仁，比如那些小说、演义、电视剧里的坏财主，有了钱就不得了，拿人当牲口，自个儿半夜爬起来学鸡叫，剥削穷苦老百姓。姚大控没有这些坏心眼。相反呢，他还爱花钱，归根结底就是拿钱不当回事儿，花起钱来大手大脚，于是招惹了一帮人吃他的肉、喝他的血。

一开始——因为他父亲终归是很精明，奋斗一辈子挣了这么多钱——他父亲就老告诉他，这个人不许交，那个人不许交，那些人都是憋着害你来的。他爸爸一说，他也听。

但是没过几年，他父亲就去世了。他父亲一没，他母亲天天想老伴，紧跟着没过半年，也去世了。家里边就没有父母老家了，万贯家财落到了姚大控一个人的手里边了。他媳妇儿也管不了他，家里的钱全由他一个人说了算。

好家伙，姚大控每天的生活就是以花钱为主，就会花钱。家里边养了一百来号门客，他自己还沾沾自喜，说想当初有一位孟尝君，家里边门客三千。冤家呀！他跟孟尝君没法比呀，对吧？他们的理念，为人处事，方方面面都不是一回事儿啊！

这帮门客也是一肚子坏水，没有别的，就是占他便宜，吃他喝他，都是吃人耍人的，就是一群坏蛋。这一百多号人，干吗的都有，地痞流氓居多。

其中有两个领头的，亲哥儿俩，姓贾。老大叫贾能文，老二叫贾能武。您听这名儿，能文能武。您也别说，贾能文哪，还真有两下子。你说对对子、作个诗、画个画，他是信手拈来；你说吹笛子，他也是拿起来就吹；你说抚个瑶琴，坐在那儿叮叮咚咚，就给你来一段儿。眉梢眼角里都是主意，这是哥哥贾能文。他弟弟贾能武呢，写字儿、画画差点儿，但是会几招花拳绣腿。比如来个猴拳哪、来个猿拳哪、来个猩猩拳哪、来个金刚拳哪，一招一式，有模有样的；骑上马也能跑一圈，射箭也成；他耍刀也在行，大刀、板刀、菜刀抡起来就能耍。贾能文、贾能武，这哥儿俩一个占文，一个占武，带领一百多号人，成天就赖着姚大控，吃他喝他。

哥儿俩在他背后还放话了："不吃他不像话，吃他这是替天行道。"

姚大控不仅没防着这哥儿俩，反而还很高兴，总是抱着一颗感恩的心："你看看人家这些人，都有家有业、有儿有女，人家一天到晚地也不经商，也不干点儿什么，天天陪着我这么玩儿。我再不让人家吃好喝好，我于良心有损，咱们可不能干那对不起人的事儿！"

他老这么想，那日子还好得了吗？这帮人天天架弄[1]他，给他出些不着四六的主意。他们就专盯着他喜欢什么，他一说，他们就开始出主意，满足他的愿望。

有一段时间，姚大控喜欢骑马。这帮坏蛋先胡乱奉承一顿：

"宝马良驹呀，对不对？宝马良驹，就得配您这样的大英雄啊，您是英雄！"

姚大控心里立马受用了："我是英雄？"

"太对了！您就是英雄，我们这些人，就没见过您这样的！"

是啊，上哪儿找这么缺心眼儿的去？可不是没见过吗！

"您太棒了！您就是英雄！您就是秦琼，您就是孟尝君，您简直了不起！您就是我们心目中的圣人！"

人哪，都爱听好话，哪怕是谎话、瞎话。哪怕他自己知道你在骗他，他也会很享受，这就是人最大的一个弊病。这帮人一夸他，您是英雄，他还真拿自个儿

----

[1] 架弄：撺掇，拱火。

当英雄。

大伙儿一说："英雄就得骑着宝马良驹，您得买宝马良驹。"

姚大控高兴了："好啊，买吧。"

"我们得给您找去，普通的马配不上您这大英雄。"

"哦，是是是，那得什么样的马？"

"我们给您找去，甭管了。但是有一点呀，好马得花钱。"

"那你们放心，这个我懂。有一首诗说得好嘛，'好马知时节，当春乃发生'嘛。甭管是不是，买去吧。"

过些日子，这帮坏蛋给他牵来了一匹马：

"您瞧这匹马，头至尾高丈二，蹄至背长八尺五。细蹄寸，大蹄碗，螳螂脖儿，吊肚儿，鞍鞴鲜明，一拽丝缰，稀溜溜暴叫一声！您看爱不爱？"

姚大控竖起大拇哥儿："太好了！这个马太棒了！"

"我们是打口外给您弄来的，您来一圈儿吧？"

"好嘞！"姚大控搬鞍认镫，飞身上马，刚打这边上去，立刻打那边下去了。怎么呢？这马野性太大了！啪一下，把他摔那儿去了。

大伙儿忙拥过来扶他："英雄！英雄！英雄！"

他跟这儿站起来，歪着膀子："没事儿，没事儿没事儿！英雄不怕这个，不怕这个！"

"宝驹"一抖搂马背，姚大控心里怵得慌："这马我骑不了！"

"刚来呀，还认生呢，骑些日子就行了。"

这帮人天天撺掇他，扶着他上马，每回都是一上去就摔下来。

他可不管这个："那也得留着，这个马我很爱！就拴在那儿吧，我天天看着它也很高兴！多少钱呢？"

"这马，八百两银子买来的。"

"好，好好好，不贵！咱别给人八百两，咱给人一千，凑个整。"

其实呢，二十两银子买的。

姚大控很高兴，给人钱。这马成了观赏马，拴在院子里，他就天天坐在旁边，沏上一壶茶，一百多人围着他，大伙儿跟看电影似的。

过了几天，这帮坏蛋又牵来了一匹马："您看这匹马，这匹马比那匹还好！"

"哎哟！这更好了，这个不得两千两银子吗？"

谁跟他说价钱了？自己往上愣涨价啊！你想啊，他自己往上涨价，这帮人还不都美疯了？

313

"对对对！您好眼力，好眼力！"

"这样吧，咱们这样，我们给您划了划价儿，便宜点儿，人家说少要一两银子。"

姚大控一听这话，还很生气："别介！什么话呀？我说值两千就是两千，什么叫少要一两银子？这是拿我不当回事儿！多给一百两！"

又多给一百两。

你这活得了吗？一天到晚跟缺心眼似的。嚯！这个出去给他买马，那个出去也给他买马。好家伙！

这一天，又拉来了一匹："您看这个吧，这马太棒了！这马比之前那些马高一头，而且长这么一块，您爱不爱？"

姚大控站在一边，越看越满意："哎呀！我也没想到我这一辈子，还趁这么一匹宝马良驹！你看这个大长脖子，你瞧它这大高个儿，比一般马还长，多棒啊！尤其这个马的后背上还有两个鼓包，这个马真是太好看了，威武雄壮啊！"

"是啊，大爷，您是英雄啊！您骑一圈儿。"

弄来几个箱子摞着，姚大控由大伙儿扶着，踩着上去，骑在上面。这回行了，稳当了，慢慢走吧。

他爱得都不行了："赏！谁办的这事儿？赏，赏钱！"

过了仨月，有人偷着跟他说："大爷，您这个马，这是骆驼呀。"

"啊？什么？什么骆驼呀？"姚大控被说蒙了，转身去问这哥儿几个，"这是什么？有人说是骆驼。"

"大爷，您外行了，您这马外号叫'赛骆驼'，知道吧？赛骆驼。"

"哦，我知道了，知道了，那就很厉害呀！又像马，又像骆驼。"

"嗬！英雄，您把人聪明死！世上还有您这么灵的人，真是了不起！这是老天爷对我们的眷顾！"

姚大控拍掌大笑："赏！赏，一人再给十两银子！"

傻小子姚大控天天拿大盆往外泼银子，他身边这帮人也是够坏的呀！碰上这种秧子，他们就得吃他呀！得给他出主意，得给他划道儿，得让他知道怎么花钱败家。

马也有了，接下来这帮人就给他出题了：

"英雄，大爷，您现在趁宝马良驹'赛骆驼'了，您要是不出去打猎，可就太委屈了！"

"对呀！像我这种英雄人物，得出去行围打猎，彰显一下我的武力。"

"对对对。"

"那咱们去吧？"

"咱别现在走啊，像您这个身份要想出去打猎，咱们还得招点儿人，得招点儿武林中的奇才来陪衬着您。不管他是哪一个武术门派的，得让他来伺候着您，傍着您。咱们一块儿出去打猎去，这才是英雄气概！"

"好！你们都说到我心缝儿里边了，太棒了！去给我请去，请天下的武术奇才。"

那就请吧，这哪是请啊，不就是花钱买吗？没多久，这帮坏蛋给他请来一位光着脑袋的：

"大爷，英雄，给您介绍一下。来了一位少林派的高人。"

"好好好，幸会幸会！"

这少林派其实是假的，事先都跟这帮坏蛋商量好了，就是过来演戏骗他。

"英雄，久闻您的大名啊！您的大名在武林界如雷贯耳，皓月当空，名驰宇宙，晃动乾坤哪！我们早就有耳闻了！都知道在温州有一位大英雄，坐骑赛骆驼，威震武林！"

姚大控瞪大眼，吃了一惊："武林中都知道我的名姓了？"

"知道，耳朵都听出茧子来了。"

姚大控笑得合不拢嘴："太好了，太好了！您是练什么的？"

"我啊，我是少林派，我会螳螂拳、螳螂刀。"

"嘿！光听人说过，可没亲眼见过。高人啊，你给我们来一趟吧？"

"好啊。"就在院子当中，这主儿耍了一套螳螂拳，甭管真假吧，摆出了一个螳螂的架子来，舞了这么几下。

他看了看，没瞧出好来："我也不太熟这个螳螂拳，这个怎么看好坏呢？"

这主儿说："这个东西它卖的是个内力，您知道吗？您要想看那种热闹的，得看这个螳螂刀。我得拿两把螳螂刀一耍，这个您才能看着过瘾。"

"好好好，哎呀！您带宝刀了吗？"

"哎呀！我来得太急，也没带螳螂刀。"其实是编瞎话儿，这主儿根本也不会。

"那不成，咱们给找两把吧。"大伙儿打厨房给拿出两把菜刀来，"您来这个吧？您拿这个样，做比成样。"

这主儿把刀搁在手里，假模假样地掂了掂："嘿！这可好，太棒了！我没想到您家里这刀，比我们的螳螂刀还要好。"

"那是，我是英雄嘛！"

你看，越捧越来劲儿。

姚大控又问:"高人,您怎么演练呢?"

这主儿一想:"那拿块肉来吧。"

下人打厨房拿来块五花肉,搭一案板,五花肉墩在这儿。这主儿抡起两把菜刀来,"噌噌噌"一通剁。剁完之后,又剁葱、又剁姜,最后找一大盆倒进去,搅在一块儿,晚上大伙儿一包饺子。这哪是螳螂刀啊?这就是包子铺剁馅儿的手艺呀。

他很开心:"好,收留一位英雄,以后陪着我出去打猎。"

这儿刚完事,打门口又来一位:"我也是武林中人。"

"您是?"

"我是武当派的。"

"哦,太好了!"

门口又来一个:"我是峨眉的。"

反正一帮人哄着他玩呗,谁来了都给钱。又来了这么二三十位武林中的英雄,一帮坏蛋们就起哄:

"大爷,英雄,咱去打猎啊?"

好家伙!列位,过去一说打猎,那可不是一般人家玩儿得起的。不是您想象的那个,随便扛个气枪就进山打猎去了。人家说的打猎,图的就是个气派。咱甭往远处讲,单说清朝八旗子弟。八旗贵胄一说打猎去,好家伙,连鹰带狗,赶着大车,大大小小的人跟着,百十来人出去,浩浩荡荡,威风凛凛。那不是简单玩儿玩儿,那是玩儿钱、玩儿身份。

他这回打猎也是如此,你别看不会他打猎,他可会摆谱。好家伙!这一弄就将近小二百人。下人们赶着大车,车上载着锅碗瓢盆,这意思是,出去要是打着老虎、狮子,就地就炖了。嚯!一帮人浩浩荡荡的,早上天蒙蒙亮就出发了,进山打猎,到半夜了才回来。

就这一天,二百多人才打了一只麻雀,都不够耽误工夫的。

姚大控很开心,他比较喜欢这个声势,大伙儿簇拥着他,捧着他,他就爱这个状态!打得着打不着东西,那都不叫事儿。

"明天还得去!万事开头难,今天咱们能打着一只麻雀,这就说明咱们可不是一般人哪!明天再去去,就更厉害了。"

转天又去了,转天运气好一点儿,打着一只兔子。嚯!他提着这只兔子,有点儿得意忘形:"这个太棒了!这要是能够找地儿把兔子烤着吃了,也很有趣味。"

正高兴呢,打远处来了一帮村民。有老的、有小的、有男的、有女的,呼啦呼啦地就来了，迎着马头全跪下了。

"哎呀！天哪，天哪！您是不是大英雄姚大控先生？"

他坐在他的赛骆驼上，左右看看："哦？这深山老林的谁会知道我呀？"

两旁的贾能文、贾能武带着众家英雄，指着为首的老头儿："欸？老头儿，你怎么会知道我们大英雄的名字呢？"

"哎呀！我们这耳朵都磨出茧子来了。早就听人家念叨了，咱们温州府顶天立地的头号大英雄，文武双全姚大控啊！今天能看一眼哪，我们就觉得这辈子没白活。不瞒您各位说，小老儿我今年七十九了。我这个眼睛从四十二就半瞎了，我刚才就这么一睁眼，看了一眼姚大爷，我这双眼睛立马看得透亮！"

几百人齐刷刷地鼓掌啊，纷纷涕泗横流，眼泪哗哗的。这些村民跪在地上咣咣磕头，姚大控感动得眼泪都下来了，号啕痛哭："我都没想到，我还有这么大的能耐了？快赏，赏！一人给十两银子！"

这些村民住在这深山里，一年的收入也就二两银子，说句瞎话就挣了十两银子。

那么，哪儿来这么多村民呢？全都是贾家哥儿俩安排的，哥儿俩是这么算计的："凡事要做到极致！你不是姚大控吗？你不是爱这个吗？爱这个我们就得满足你，让你开心！提前找点儿村民们表演一下，这个又不难。"

姚大控被哄高兴了，太开心了，一个字儿就交代下去："赏！"

他就天天这么折腾钱，瞧见什么高兴就花钱，给这帮坏蛋花钱，那钱花得都没边没沿了！家里就是有一座金山，也不能这么花呀！这样花哪受得了？

虽说姚大控的父亲去世了，但他们家里边还有一个三大爷，跟他爸爸是亲哥们儿，三大爷人很不错。

外边人就跟他说："你们家这孩子要了命了！你得劝劝，不劝不行！"

"哦对，我去。"老头儿到家来了，姚大控没在家，就问侄媳妇儿，"我那侄子哪儿去了？"

媳妇儿红着眼圈，低声为难道："我管不了啊，出去散钱去了。谁也拦不住，天天有这一百多人架弄着，我这么跟您说，早晚有一天，我们得是锵子儿[1]皆无，没有安身之处！"

老头儿听了，直龇牙花子："侄媳妇儿，你得说说他呀！"

"三大爷，我说他，他也得听啊。我是管不了他了。我一说他，他就瞪眼！

---

[1] 锵子儿：指微薄的金钱。

他老说是怕对不起朋友们，他可没想到是不是对得起他自己。那什么三大爷，有工夫您多来，您来劝劝他，拦着点儿。要不然，这样下去，早晚是一场大祸！"

"哎哎，得了，闺女，得了空儿我就来，我帮你劝劝。你捡着合适的机会了，你也说说他。"老头儿就起身准备回去了。

"哎，我谢谢您！"媳妇儿把三大爷送出了门。

有人问姚大控干吗去了呢？他能干吗？出去花钱呗。

这天，他带着这帮人又上街了，骑着他的赛骆驼，走到郊外，路边是老百姓的庄稼地。他骑着骆驼，后面乌泱泱跟着一群人，这人一多了，肯定就有踩到庄稼地的。

贾能文过来叫住他："慢点儿，慢点儿！大爷，您慢点儿！"

他一勒这骆驼："干吗呀？"

"您这骆驼踩到庄稼了，踩了个边儿。"

"怎么了？"

"我得给您好好儿说道说道，因为像您这种英雄啊，必须要修德。"

"嗯嗯嗯，我爱听我爱听，你说说吧。"

"咱们出来玩儿，是显一显大爷您的文韬武略，让天下人知道知道，温州有这么一位大财主。但是呢，咱们不能扰民哪。"

"对对对。"姚大控点头如捣蒜，"什么意思？"

"您听我说呀，您的坐骑踩着庄稼地了。我想起一位古人来。想当初三国的时候，有一位曹操曹丞相，带着兵攻打宛城，他要拿张绣。传完将令之后，大兵发动，突然间眼前有斑鸠飞起来了，曹丞相的马就惊了！出了这么一个岔子，马就下了庄稼地了，马踏青苗。但是临出发的时候，曹丞相就说了：'不能扰民，要是有马踏青苗的，马上就杀。'曹丞相马踏青苗了，满营将官都看着了。曹丞相说：'没别的，我得死，我把我的人头砍下来以应军令。'周围的大将就说：'那不成，别人都能死，您不能死！三军不可一日无帅！'曹丞相说：'要是这样的话，我呀，割发代首。'他就把自己的头发揪下一绺，拿刀切下来，意思就是如同把他的脑袋切下来了。老百姓闻知之后，都十分佩服，满营将官也都心惊胆战，谁也不敢违背军令。所以说曹丞相马踏青苗，割发代首，人人赞扬。今天您这赛骆驼踩了庄稼地了，咱们也得有一个说法。"

姚大控都快魔怔了："说得好啊！说到我心缝儿里了！好，那我死吧，你们把我杀了吧。"

"别别别！您不能死啊！"

这帮坏蛋心说:"你死我们吃谁去?"

"那我把头发切下来?"

"也不必,我刚才替您想了。老百姓慑于您的这个威风,肯定不敢直接来找。我打发人问问他,踩了这庄稼地,应该赔人家多少钱,然后咱们多给一点儿不就行了吗?"

"好好好!你快去吧,我们在这儿等你。"

"好嘞!"贾能文就奔那边去了,问这是谁家的地,一会儿工夫问着了。

来了一个相貌憨厚的庄稼汉:"哎哟嗬!那个是我们家的地。"

"那个,我们是跟着大爷姚大控出来的。"

"是是是,听说了。"

"这个庄稼让我们那牲口给踩了一点儿,你看看……"

"不要紧的,我们跟这儿就瞧见了,趟了点边儿,那能怎么着?没事儿,您走您的,不要紧。"

"别别别!别介,你多少要点儿钱吧,我们赔你。"

"您别!这根本也没踩着什么呀!又没有损失,我们不能讹人。"

"你这就不对了,什么叫讹人哪?是不是?我们大爷仁义,你们得接着,知道吗?那你看,给你二两银子怎么样?"

咣当一声,庄稼汉跪下了:"哟!我谢谢您!二两银子,好家伙,二两银子够我们一年吃喝!"

"那行了,我去给你说去。"

庄稼汉跪在地上千恩万谢:"哎!谢谢您,谢谢您!"

贾能文回来了:"那什么,大爷,给您问了。人家说了,一听说是您,人说不要钱。"

"别介呀!不要钱这不是看不起我吗?"

"是是是,后来我跟他一说,他说便便宜宜的,给您打一半价,说这点儿地不要紧的,有一百两银子就得了。"

"我用他给我打一半价?对不对?不就是应该给二百吗?给他四百,给他四百。回来跟他说,那是我赏他的。因为他会说话,我很开心,等完事儿之后你们给他送银子来吧。"

"哟!谢谢您,谢谢您!"

这帮人就回去了,到了晚上,贾家哥儿俩找着这庄稼地的本主儿:

"给你这二两银子。"

二两银子给他了，剩下的那几百两呢，哥儿俩自己就留下了。这帮坏蛋天天都这样，变着法地从姚家拿钱。

这些事儿传出去以后，三大爷都听说了，终于有一天堵着姚大控了。彼时姚大控正要上街，三大爷来了。

"大控！大控！"

"哦，三大爷来了？您快坐。"

"这是要出去吗？"

"这是要出去，出去看看有什么好玩儿的，彰显一眼。"

"行了，别彰显了，快坐下。这个，我跟你爸爸是亲哥们儿，咱们都是自个儿家的爷们，我说点儿话你可别不爱听。"

"三大爷，您说，我爱听。我父母老家都没了，您就是长辈，我们听您的。"

"好孩子！你这么花钱可没谱啊！我这耳朵都灌满了，一天到晚的，就这个贾能文、贾能武，就这几个坏蛋，天天架弄着你，撺掇你这儿花钱、那儿花钱。小子，这不行啊，这什么时候是个头儿呢？是不是？听我的，别搭理他们，你自己干点儿什么也好。咱家这么有钱，你做个买卖，干个生意，怎么着都行。你要照这样发展，我很担心！孩子，你也别不爱听，三大爷也是为了你好。"

"行行行，我知道了，您甭管了，我心里有数。"

三大爷瞥了他一眼："行吧，希望你真的有数。"

姚大控满嘴答应道："哎！有数有数，您放心，没事儿。"

他把三大爷送走了，扭过头来把贾能文、贾能武这些狐朋狗友都叫了过来，给大伙儿讲，刚才他三大爷是怎么说的，他是怎么回绝他的，邀功似的问这群人："你们看我做得对不对？"

这帮人吓出一身冷汗，心里恨透了这三大爷："这个老家伙，差点儿把我们的饭门给关上。"

贾能文赶紧道："哎哟！姚大爷是英雄呀，您是圣人！没您不圣明的！我们也不该说，您这三大爷其实啊，就是因为占不上您的便宜，所以他才来说这些没用的废话。依着我说，像这种亲戚，您少来往，对您没有好处！"

姚大控一点头："我也是这么想的嘛，你们都说到我心缝儿里边了！"

你说他都糊涂成这样了，这日子还能好得了吗？他每天这么往外扔钱，扔来扔去的，终于有一天，他拿不出这么多银子来了。

他坐在屋里正犯愁："这可怎么办呢？我还有拿不出来钱的时候吗？"

贾家哥儿俩打门外进来："您怎么面带忧愁啊？"

"拿不出银子来了。"

哥儿俩哈哈大笑："这要是旁人哪，是真拿不出来，这要是您，根本就不叫事儿啊！"

"这怎么就不叫事儿，你说给我听听？"

"没有现银不要紧的，您不是还有地吗？"

姚大控的眉头立马舒展开来："对呀！对呀！我怎么就忘了呢？我们家有地呀。那么多田地，那么多庄稼都是我们家的。"

"对呀！大爷，您今天种地，还是明天种地？"

"我哪天也不种地呀。"

"您不种地留它干吗呀？您不种地，别人种地呀，谁种地卖给谁呀。"

"哎哟喂！你们俩这主意太棒了！我真是缺心眼儿，我怎么就没想到呢？好好好！那咱们就卖地。"

他就带着一帮人上街去了，见人就问："要这块地吗？"

他们家的田地都是良田，都是他爸爸、他爷爷攒下来的，都是肥田。一说要卖地，有的是人要。

人家一说："那我要这块。"

姚大控立马指了指贾家哥儿俩："你跟他们谈去吧。"

这帮坏蛋就给他谈去，您想，他们能原价跟他说吗？这帮人从这些钱里边先吞下一半，把剩下的一半给他，然后再撺掇他把这些银子花了。

打这儿开始，姚大控每天一上街，开口就问："这块谁要？那块谁要？"

转眼间，他就把良田卖了不少了。这天吃饭的时候，端起酒杯来，刚喝了一口，他就把杯撂下了，长叹一声。

这几位就赶紧凑上来问："怎么了，大爷？怎么直喘大气？难不成是心里别扭？"

"累呀！"

"怎么累了？"

"最近咱们出去，虽然也是该玩儿玩儿，该闹闹的。但是我还得兼顾着卖地，累就累在这个卖地上了。那个地卖完之后，我还得拿过地契来，得给人家签字，还得写日子，都快把我烦死了！"

这几位就笑道："大爷，您要是这么说，那这事儿其实不难。咱们把您家里那个地契，都单独印上日期。完事儿呢，您刻一个图章，到时候，谁要是来买，只要您一点头，我们拿图章一摁，不就省得写字了吗？"

姚大控登时眉开眼笑："哎哟喂！我敬你们一杯吧，这主意忒棒了！"

321

列位，这位大爷连签字都嫌累，那还了得吗？那来吧，更简单了。他的图章、地契，都在这帮坏蛋手里拿着。这些人也没别的事儿，每天就是想尽办法给他卖地，他们也是为了发财啊。

简断截说，大概又过了一年，终于把家里的地卖干净了。卖地都卖了一年，您就知道他家得趁多少地。当然了，很多好地压根没卖出去，都被那些坏蛋偷偷昧下了。贾家哥儿俩为首的这些人成心压价，真真假假，仨瓜俩枣的，把好地就骗走了。

卖完了地，姚大控坐在屋里又犯愁了："没有地了，这可怎么办呢？"

贾能文又给他出主意："大爷，您别发愁。您还有房啊，对不对？广厦万间，卧眠七尺，这是老话。你们家趁一万间房子，晚上你躺下睡觉那地儿，七尺都用不了。您用得了那么多房子吗？"

"我用不了。"

贾能文两只眼睛都发光了："卖呀。"

"好，好！卖吧！"

一开始，媳妇儿也拦着，但是拦不住，媳妇儿一拦他，他就矫情，就打架，就吵。

后来媳妇儿也死心了，就说："拉倒！你爱怎么着怎么着吧！豁出去了。"

简断截说，家里的大宅子、小宅子、老宅子、新宅子又卖了半年多。到最后，连他们住的这套宅子也卖了。怎么办呢？两口子租了一间小房子，搬出去住。

打他们搬出去这天开始，这一百多号人就不来了。贾家哥儿俩呢，也不来了。因为贾家哥儿俩现在已经是富可敌国了。人家哥儿俩现在是温州首富了，人家没工夫捧着他玩儿了。人家趁那么多地、那么多房产、那么多买卖，得在跟前照料着，没人找他来了。

屋里边就剩下他们两口子了。他跟他媳妇儿抱着肩膀坐在门口，今天已经没有饭了。

媳妇儿看着他："大爷，别看您过日子一塌糊涂，您这米缸倒是挺干净的。"

"不是，你这叫什么话呀？"

"什么话呀？好话！该让我说句话了吧？自打我过了门，这么长时间了，无论我跟您说什么，您都不听。到今天呢，听也是它，不听也是它。事到如今您告诉我，咱两口子今天的饭在哪儿？咱得吃饭啊！"

姚大控蹲在那儿，埋着脑袋，四下看看，恹恹地道："真是，人怎么还得吃饭呢？不要紧，我有朋友。别人不敢说，贾家这哥儿俩跟我是过命的交情。贾能文、贾能武，我找他们去。当年他们跟咱这么好，现在不能不管，我去。"

媳妇儿白了他一眼："哟！大爷，那您早去早回，我还等着您呢。希望您旗开得胜，马到成功！"

"行了！你也甭说这酸话，我一会儿就回来。我先去那个贾老二家，他们家离咱家近。"

他从家出来，拐弯抹角，抹角拐弯，到了贾能武家。

一进门，贾能武看见他了，赶紧笑脸相迎："哎哟！好家伙，大爷，您来了？我的大英雄您来了！"

姚大控搓着手道："行了，别英雄不英雄的了。那什么，我今天没饭吃了，我跟我媳妇儿还饿着呢，您看这个事儿？"

"咳咳咳，这不叫事儿，走！我带你上我哥那儿去。"

多缺德！他就把姚大控领到了他哥那儿去。两人打大门口出来，后头就是贾老大的家。

把姚大控领到这儿来，他没进去，站在门口吆喝了一声："大哥，来客人了！"

把姚大控留在门口，贾能武就走了。

贾能文满脸堆笑地走出来了："哎哟！我说怎么左眼一个劲儿地跳，刚才喜鹊一个劲儿地叫，昨天晚上灯花报喜。我还说呢，今天准有贵人来了。刚才一刮风，我打鼻子一闻，喷香！哎呀，贵足踏贱地，蓬荜生辉，大爷，您来了？"

"我来了，我进屋说去。"

"哎呀！那您请进来吧。"贾能文就把他请进来了，"您有什么吩咐？"

姚大控已是饿得眼冒金星，有气无力道："没有什么吩咐，还没吃饭呢。"

"哎呀！大爷，我呀，其实日子过得很苦。别人来的话呢，我真是就推出去了。您来了不行，您是我的恩公。这样吧，我给您吹个笛子吧，好吧？"贾能文把笛子拿起来一吹，吹完了，"您回家吧？"

哎哟喂！缺了德了，姚大控擦着眼泪就回来了。

回来一进门，媳妇儿问他："大爷，咱的饭呢？"

姚大控支支吾吾道："我，我，我听了个笛儿，那笛儿是这么吹的……"

"行行！别学那个了，饭呢？"

姚大控哭丧着脸："没有了，没饭了。"

"大爷，咱们原来靠什么吃饭呢？"

"原来是靠卖地呀。"

"后来呢？"

"后来是卖房啊。"

"那现在呢？"

姚大控红着眼圈："现在呀，现在我就得卖媳妇儿了！"

媳妇儿点点头："嗯，行吧，你倒是有做买卖的潜质。哎呀！你要是卖媳妇儿，你得好好地想一想。"

"我想什么想？哎哟！"姚大控站起来，跑出去站在门口，他刚才当着媳妇儿的面没好意思哭，现在站在门口，趴到墙上号啕痛哭，心里边五味杂陈，一阵儿一阵儿犯难受，正哭着呢，三大爷过来了。

"欸！欸！小子，小子。"

姚大控噙着泪回过头："啊？"

三大爷眼神儿不好，眯着眼打量了他老半天："你这是乐什么呢？"

"大爷，我这是乐吗？我这不哭呢吗我？"

"哦，你这是哭呢？大爷眼睛花了，我还纳闷儿你怎么笑得出来，怎么回事儿啊？哭什么？"

"大爷，我现在落魄了。房无一间，地无一垄，现在连饭都没有。我刚才在屋里跟媳妇儿说话，说得我心里难受。我实在没辙了，我说现在只能卖媳妇儿了。您说我一大活人，我都到了要卖媳妇儿的地步了，我还是人吗？"

三大爷点点头："咳，行了，你也别哭了！当初我劝你你也不听，是不是？卖媳妇儿其实是个道儿。"

姚大控抹着眼泪："大爷，怎么还是个道儿？您怎么还撺掇我卖媳妇儿呢？"

"你等我一会儿，好不好？等我一会儿，我给你找个买家去。待会儿回来咱们再说，好不好？"

"您还有这道儿呢？"

"你等着我，不要卖给别人啊！"老头儿转身就出去了。

过了老半天，三大爷回来了："行了，说妥了，有人买你这媳妇儿。"

说这话的时候呢，三大爷冲着侄媳妇儿挤了一下眼，侄媳妇儿点点头没说话。

"是这样的，我刚才找了一家财主，这家财主正好想买个媳妇儿。人家给四十两，咱们现在趁没人注意，悄摸地把她给人家财主送去就得了，你看行不行啊？"

姚大控哭得泣不成声："哎哟！我怪舍不得的！"

"舍不得管什么用啊？你也养不了她！四十两银子给你，一分不少啊。"三大爷说着，递给他一只装银子的包裹。

姚大控把包裹接过来拆开，点了一遍银子："是，是这个数儿。"

"侄媳妇儿收拾收拾东西吧，我送你走。"

"哎。"侄媳妇儿回屋归置东西，背着一只包袱走了出来，"大爷，您自个儿好好照顾自个儿，回见吧。"

三大爷领着侄媳妇儿就出去了。

屋里边就剩下这个姚大控了，号啕痛哭，什么都没有了，就剩这四十两银子。哭罢多时，揣着四十两银子从家出来，找贾家哥儿俩去。

"贾能文、贾能武，你们哥儿俩出来，出来！我有钱了，咱喝酒去！"

他就改不了这副德行。不过四十两银子哪够花的？带着贾家哥儿俩出去吃了一顿饭，四十两银子全花了。

花完之后，那哥儿俩一拍他肩膀："您回去歇着吧，我们还忙着呢。"

姚大控自己一个人回来了，坐在屋里又哭了一通：

"哎哟！我这四十两又花完了，可见我当年是个正经人哪。我要是三妻四妾，还能多卖一点，就这一个媳妇儿她不禁卖呀，都没有卖的了。现如今，只能是卖我自己个儿了。可是谁要我呀？这玩意儿出去没法吃喝呀？"

他就去找三大爷："三大爷，您看看还有要买人的吗？把我卖了得了。"

三大爷问："买你有什么用啊？"

"您给问问吧。"

"我问问吧。"

三大爷出门问去了："有要那个姚大控的吗？他要自卖自身。"

大伙儿问："他有什么手艺呀？"

"他会花钱、会请客、会卖房、卖地、卖媳妇儿。"

大伙儿说："这人没用啊！"

"你们就凑合着用呗。"

最后有一家说："来吧，我们家缺干活的长工，让他来吧。"

姚大控还真去了，一开始还不错，头天也没什么事可干。他挺高兴。

到了第二天早上，天刚亮人家就叫他："起来！起来！"

"我还没睡醒呢。"

"滚蛋！起来！没睡醒？你上这儿充大爷来了？扫地去！"

人家给了他把笤帚让他扫地，光从屋前扫到屋后就挨了六个嘴巴，因为他不会扫地。扫地都不会，这个笨蛋哪！

到最后，人家咣咣几脚，就把他踢了出去。

后来就没人要他了。于是这位姚大爷沦落街头乞讨为生，要了饭了。可是要饭他也要不好。为什么呢？您想啊，那些要饭的是有自己组织的，有丐帮啊。在城里要饭，这块路口是归谁，那条胡同归谁，人家都是有说法的。愣要哪行啊？他只能到边边沿沿的地儿去要去。他脸皮又薄，人家其他要饭的都会说好听话：

"大爷！大奶奶！爷爷奶奶，给口饭吃吧，求您了！"

他又张不开嘴，站在门口磨蹭半天。

人家出来问："你干吗呀？"

"我没事儿。"

"没事儿你还不走？"

"走了！"

就这样，他饥一顿饱一顿，将近有一年的光景。熟人跟他走一对脸，都认不出来他了，这人走榫子[1]了，变了样了。

终于，这天走在街上，碰见三大爷了。三大爷看了他半天：

"大控啊，是你吗？"

"三大爷，是我呀。"

"哎呀！我的儿啊，你都没有人样了！"

"是，三大爷，我知道我是咎由自取，全怨我自己！我这一年多活下来，我想起来都抽自个儿啊！我抽了自己一百多个嘴巴了，我不是人哪！我到今天这个地步，都是报应啊，我知道我错了！"

"哎呀！孩子，你堂堂一个首富，现如今竟然沦落成这个样子！我也不能不管你，我给你找个活儿吧，看看谁家用人。"

"哎呀！那我得谢谢您！您看看吧，让我干什么都行，当个牲口我都乐意！"

"咳，你别说这话，你住在哪儿呢？"

"我就在那边的破庙里忍着呢。"

"你等着我吧。"

过了半天，三大爷来了："快来快来！有一个财主，人家招一个门房，看大门的，能干吗？"

---

[1] 走榫子：比喻人消瘦脱形。

"可以呀！可以呀！"

"走吧，你先回咱家洗个澡吧。"

三大爷把他领回家里，给他洗了个澡，换了身衣裳，再给他喝了点儿热水。他洗完澡喝杯热水，幸福得都不行了：

"天哪！这个热水怎么这么好喝呀！我也能洗澡，我也能换身干净衣裳了！这就是人间富贵呀，太棒了！"

"行了，我带你去吧。"

三大爷就带着他来到这户财主家，见过人家的大管家。

大管家指着门前的一间小平房："没别的事儿，这儿就是门房，这间小屋归你住。出来进去有人没人的，晚上你盯着点儿。有事儿通禀一声，跟我说一声，我再跟老爷说就成了。"

"好，太好了！"

"这屋就是你的。"

姚大控推门进来一看，里面就一张小床铺，紧挨着有一张小桌子，有把椅子，能吃饭。

他坐在那儿，眼泪哗哗的："太幸福了！我也能在一个有门的屋子里待着了，我也能睡在床上了，人生太棒了！"

三大爷说："行吧，你就在这儿好好地待着，可得听话。"

"您放心！我现在什么都行，扫地呀、干活呀、喂狗呀，我都会。我好好儿的，我重新做人，我后半生就愿意这样了。"

管家看看他："行吗，这小屋？你在这屋住可以吗？"

"哎呀！管家，我死这屋都行！我跟您说，我愿意！"

"那就行了呗。"

这一晃，一个多月下来了，阖府上下都夸他。怎么呢？人人都夸他为人勤谨，干活有样儿，不偷懒。夜里无论听见什么声音，他第一个起来，他比狗还警醒。他闲着没事儿就干活、收拾屋子，整个人完全变了一个样儿。这天起来收拾完了，他坐在那儿，正等着要活儿干，管家来了。

"米，那个，一人给一钱银子，这是你的一钱银子。"

"怎么还给银子？"

"这是老爷赏的。"

"哦哦哦。"

他把这一钱银子搁在桌子上，看了半天，心说："原来我也有过银子，现如今我也没想到,银子还能是这个样子的。但是现在给我也没用,我也不会花。得了,留个念想吧。"

他拿手绢包好了银子,塞在怀里边。

等到下午,管家又来了:"那什么,再给二钱银子,拿着。"

"怎么又给二钱银子呢?"

"咳,今天四月初八,我们小姐的生日,阖府上下吃大碗面。老爷最疼姑娘了,大伙儿跟着一块儿庆祝庆祝,每个人都有赏。"

他小心翼翼地接过银子来:"哦哦,谢谢,谢谢!哎呀!又给,哎呀,又给!"

他又把这银子放在桌子上,突然间就愣住了。怎么呢?今天这日子,让他想起一件事来:

"我媳妇儿也是今天的生日啊。哎呀!我混蛋!挺好的媳妇儿,挑不出毛病来。白跟了我一场,最后还让我给卖了,我可真不是个人哪!想当年,我一天到晚地花天酒地,出去这儿疯,那儿疯去,我都没正经地给她过一回生日。老天爷呀!我是天大的罪孽呀!"

唉,他把这银子包起来,揣在怀里边,坐在这儿自个儿发愣。

他正愣着,管家进来了:"哎!快起来,快起来!"

"管家,什么事儿?"

"站起来!老爷来了,老爷在院里边。快点!低着点儿头!"

"哦哦哦。"他赶紧跟着出来了。

管家、奴仆、院工,所有干活的,都站在院子里边,规规矩矩地低着头。一大帮人簇拥着老爷从门口走过来。

老爷近前有几个人给低声汇报着。

"您看咱们最近这儿归置得怎么样?"

"您看咱这花开了。"

说话间,老爷可就到了跟前,姚大控也不敢抬头,低眉顺眼的,就低着头。

猛然间,老爷说话了:"你抬头啊。"

姚大控一听,这声音怎么这么熟啊?

老爷让抬头,不能不抬头。他这么一抬头,眼泪就下来了。只见这老爷不是旁人,正是自己的岳父老泰山!

老岳父看看他:"大控,英雄,是你呀?"

姚大控都说不出来话来了!

老岳父问道:"你还认识我吗?"

"我认识您!岳父,我对不起您!"咕噔一声,姚大控就跪下了。

老岳父眼泪也下来了:"好小子!我闺女呢?我当年喜欢你呀,孩子。你小的时候多聪明!我跟你爸爸是好哥们儿,好交情,我才把我闺女许配给你呀。少爷,你把我闺女弄哪儿去了?"

"岳父啊,我不是人哪!我不是人哪!我一天到晚的,吃喝玩乐,不务正业,万贯家财都叫我给糟践了。我沦为乞丐,我要了饭了。我对不起您,我把我媳妇儿给卖了。我实在是对不起您,我不是个人哪!现如今我没想到还能看见您,您打死我得了!"姚大控羞愧难当,跪在老岳父脚前,咣咣地磕头。

老岳父也擦擦眼泪:"唉!行了,一晃也这么长时间了,你知道错了吗?"

"我知道错了!我太后悔了,我肠子都悔青了!要是能再活一回,打死我也不能那样啊!老岳父,我不是人哪!"

姚大控咣咣磕头,磕得脑门都破了,血都下来了。

老岳父给管家递了个眼色,管家过来扶他:

"哎哟!起来起来!英雄,英雄!"

"别闹了!谁是英雄啊?"

管家把他搀起来了,老岳父看着他那满脑门血道儿:"哎呀!给他擦擦那脑门,到屋里说话吧。"

老岳父带着他回到客厅,来俩丫鬟,帮他把脑门给擦好了。

"坐在那儿。来人,给他给倒杯茶。"

姚大控迟疑道:"我不敢坐!"

"你坐下吧,坐下吧。唉!看来你是真有悔改之心哪!"

"岳父,我是真的悔改!都是我的错!我现在也不知道令爱,我媳妇儿被卖到谁家去了。我要是能见着她,我跟她好好道歉!我给她磕一个,我知道错了!"说着说着,姚大控痛哭出声。

老岳父叹了口气:"唉!来呀,请小姐出堂。"

姚大控愣住了。老岳父说了一句请小姐出堂,工夫不大,打后边环佩叮当,一瞧,一帮丫鬟簇拥着自己的媳妇儿出来了。怎么回事儿呢?这一想就知道,准是当初三大爷跟他岳父两人定的计。老岳父把姑娘先接回了家,又在外边故意安排了这一切。直到今天,看他有悔改之心,才让他夫妻团聚。

媳妇儿打后边 出来,姚大控就泪如泉涌,咕噔就跪下了,趴在自个媳妇儿脚边,呜咽道:"我错了!媳妇儿,我不是人哪!我知道我不应该这么做,你能原谅我吗？"

媳妇儿也哭，跟前的丫鬟婆子们也哭，老岳父也直掉眼泪。

哭罢多时，老岳父就跟自己的姑娘说："得了，事已至此，他也知道悔改了，姑娘，你还是回去跟他过日子吧。"

姑娘说："我不跟他走。"

"怎么呢？"

"我怕他再把我卖了。"

"哎呀！他都改了呀，哪儿能再卖呀？"

姑娘说："最要紧的一点，我们没有家呀！我们回哪儿啊？对不对？大房子早都卖了，后来租了一间小房子。这小房子也是人家的，早收回去了，我跟他去哪儿啊？"

老岳父乐了："不要紧的，我早有安排。"

前文书讲过，这老岳父原来是做官的。虽说现在退隐了，但是势力还在。他跟地方官谈过女婿这个事情之后，知道他是被人骗了。老岳父早就把他那些被骗的房产田业给收回来了。原来的家产大概要回来三分之二，所以，姚大控两口子现在又有家又有房子。

"你们两个人回去好好过日子。姑爷，咱可说好了，就这一回，你要是再把我闺女卖了，咱们可就不是亲戚了！"

姚大控磕头如鸡奔碎米："岳父！我谢谢您！我要是再起不良之心，天打五雷轰，我就不是个人哪！"

小两口子回家了，又重新过日子。

这消息一传开，可了不得了！温州首富大英雄姚大控又回来了。贾能文、贾能武，带着各路高人一百多号门客，呼啦呼啦又回来了。

怎么呢？

贾家哥儿俩说了："吃秧子呀！有这个缺心眼儿的，咱们不能放过他，对不对？咱们吃他这就是替天行道！"

这一百多号人站在府门外，嚷着要见姚大爷。姚大控让管家出去传话，就说不在家。管家一说不在家，这帮人呼啦一声全跪下了。

"不对！一定在家了，一定在家了！请大爷出来见见我们吧！"

喊了半天，姚大控出来了。

"哟嚯！列位，列位，哟嚯！哎呀，一年不见，怎么都矮了半截儿啊？"

"哎呀！大爷，您低头看看吧，我们都跪着呢，我们找您来了。"

"你们来得不凑巧啊,现如今我是浪子回头金不换。"
"大爷,那您原来呢?"
"我原来呀,原来是出门就上当,当当都一样!"

十六 啼笑姻缘

刚刚写到

事无常姻缘难定　人性幽翻手阴晴

> 难难难，道德玄，不对知音不可谈。对了知音谈几句，不对知音枉费舌尖。

  我觉得这个定场诗其实特别有意义，不对知音枉费舌尖，怎么呢？货卖与识家呀，对吧？我弄一挑儿，卖辣椒，那我最好就是奔成都啊、重庆啊，那儿的人喜欢吃啊，我非得弄点儿这个我奔上海。人家那儿一直说着吃不了，吃不了，我还给人卖，那就不对簧了。观众也是如此，不是说人都爱听郭德纲。人都爱听书，那不可能，痴心妄想。天下没有任何一种艺术形式，和一个演员能够被所有的人都认可，不会的。美国那电影明星，红得跟什么似的，是吧？打我跟前过，我也未必认识人家。我认识那俩唱梆子的，给他放到德国去，人家德国人也不知道他是谁，对不对？所以说最重要的就是这句话，知音不在多，一个胜十个。也就谢谢您各位，您就是我的知音哪。没您各位养活着，我估计早挑挑儿我卖辣椒去了，咱们就成都见了。

  闲话少说，书归正传。故事嘛，都是假的。但很多故事看完之后啊，您咂摸咂摸滋味，拿网络话说就是"你品，你细品。"你琢磨琢磨。故事背后或多或少，有一点儿对您有用的东西。在这篇里，给大家讲一个故事，叫《啼笑拉郎配》。这一竿子又撑远了，故事发生在明朝正德年间，浙江台州府天台县有一个秀才，姓韩，叫韩子文。小伙子人有人才，文有文才。你要说写字，拿起笔来刷刷点点，撇撇如刀，点点似桃，栽花种柳一般，那个字写出来漂亮！而且人家打小就遍观群书，什么四书五经，《大学》《中庸》啊、《论语》《孟子》啊、《郭德纲相声选》哪，人家都念过。很厉害！有人说这里边怎么还有《郭德纲相声选》呢？您原谅，我念书少。反正您就这么想吧，他是一个出色的秀才，文采出众，人品也非常棒！但是呢，天下的事情没有十全十美的。这孩子这么好那么好，但家境不好。小时候父母双亡，家里就剩他一个人了。

韩秀才很年轻，十八九岁，也没有别的技能，就是会写诗、会念书、会作文。他就盼着有朝一日进京赶考，得中个一官半职的，为国家效力。这是他的人生目标。但是往现实一点儿说，他得活着。家里没有什么进项，手里边归了包堆，也就只有二三十两银子，就这点儿存项。怎么办呢？好在他跟前有俩不错的朋友，也是念书的秀才，一个姓张，一个姓王，时常接济他点儿。

哥儿俩没事就跟小韩说："兄弟，我们觉得你应该说个媳妇儿，你也老大不小的了，总是一个光棍过日子，这也不像话。"

一说到这个，小韩就害臊了："哎！别别别，我还年轻。"

"别介！还年轻呢？这男子汉大丈夫，你怎么着也得找个媳妇儿过日子。有人跟你搭伙儿过日子，也是个好事。"

"不不不，我有志向，功名不成，誓不娶妻。"

这哥儿俩都拿他当好朋友，就劝他："兄弟，你这就有点儿偏激了。娶媳妇儿并不耽误你念书啊，是不是？谁规定考状元必须是光棍，不可能啊！你记不记得咱们后街的老郝，人家五六十岁都有孙子的人了，人家还赶考去呢！很正常，对不对呀？所以你别这样。"

一开始说这事儿，韩秀才还不往心里去，但架不住他们老是说来说去的。最后，他也活动心眼了：

"行吧，你们哥儿俩老这么说，也有道理。可有一样，我家境一般哪。人是不是得特别有钱才能娶媳妇儿？"

这哥儿俩乐了："看你说的，你就踏踏实实的，咱们找一媒婆，给她点儿钱，让她找去。两口子过日子，穷不穷，富不富的不重要。穷有穷的过法儿，富有富的过法儿。万一明年赶考，您中了头名状元呢？她摇身一变，就成官太太了，对不对？这个东西都两说着。"

哥儿俩就帮他找媒婆，可无论跟哪个媒婆一说，媒婆都龇牙花子，为什么呢？没有油水。他俩要是替此地首富找媒婆，哪怕这首富一百四十二岁了，媒婆也愿意去说。人家是在做生意啊，得多挣钱哪！韩秀才家里有点儿穷酸，媒婆都不爱来。到了最后，有一个媒婆，跟他们住在同一条街上，还算是好心眼，勉勉强强地答应了。

"行吧，小韩哪，我给你试试，看看谁家愿意把闺女许给你。但是你可别催我，因为这也不是催的事，我还得看看人家乐意不乐意。当然了，人家要是乐意了呢,还得你乐意。两家都成这才叫娶媳妇儿呢,好不好?"

"哦,是是是。来,我这里有一茶之敬。"说完,韩秀才从怀里掏出点儿散碎银子,递到媒婆眼前。

媒婆说:"咳,得了,这个,您自个儿留着吧。"

"别别别!您跑腿也怪辛苦的,您一定拿着。这点儿钱买饭不饱,买酒不醉,全是我一个心意。"

"得嘞!那我就愧领了吧。"接过这点儿散碎银子,媒婆就走了。

要说起来,这个媒婆就算挺厚道的,还真上心了,满处帮他问去。好家伙!费劲费大了!但是跟谁家一说,谁家大人都龇牙花子:

"秀才?小韩,韩子文?听说是文才不错,可是家里太穷了,对吧?我们闺女嫁过去也不是整天跟他对诗啊,对吧?我们闺女又不是找同学,是找人过日子呀。我们闺女跟了他,两人喝西北风啊?这不成!"

问了很多家,都不许。这一天,问准了一家,当地有一个老秀才,姓许,许秀才家里有一个闺女,闺女岁数不大,十九。但是,正守寡呢,这闺女十八岁那年就嫁人了,嫁过去一年,丈夫死了,回家守寡了。

媒婆眼睛一亮,觉得这家挺合适,跟人家老秀才一说:"你看这多好,他们家就是家境贫寒一点。您也是念书人,他也是念书人,您这闺女要是嫁过去,错不了。那孩子文质彬彬,挺会疼人。"

老秀才还挺犹豫:"小韩啊?"

"是啊。"

"你别看我闺女守着寡,嫁过一回人,但是差一点儿的人家我还真就舍不得给。"

媒婆笑道:"哟!那您说怎么着呢?"

"咱们这样,他穷点儿我也不在乎。这不是到年底了吗?府学考试,你让他去考,如果他能考一个优等,我就把闺女给他。要是考末等,你也不用再来了,咱们就拉倒了。我们家就是这点儿小要求。"

"哎哎!成,成,我跟他说去。"

媒婆找到韩秀才说:"小韩,我跟你说呀,许老秀才有一闺女。之前嫁过人,才一年,丈夫就死了,现在守着寡。但是呢,人家还有要求,说年底府学考试的时候,你要是考了优等,人家就把闺女嫁给你,到时候你们就成个小两口儿了。"

"哦,好好好,谢谢您了!大婶儿,让您费心了!我好好儿地念书,我争取考试的时候拿一个优等。"

韩秀才真是用功啊！天天不出屋，没别的事，就在屋里边看书。除了看书就是写东西，没有别的业余爱好。这一晃就到年底了，县里的秀才们都聚在一块儿，准备参加府学考试。

府学考试的时候，打上边会来一个监考的官员。这届派来的考官姓梁，外号叫"梁半截"。您一听这名儿，就知道这事就算完了。怎么呢？梁半截这个官儿，他对文字不是特别理解，但是对数字特别理解。你要问他什么东西值多少钱，一两银子换多少铜子儿，一个铜子儿能买什么东西，他喝多了闭着眼都能给你算出来。他是个数学家。他不爱别的，就爱钱。有一次，他得病昏过去了，最后病得都不行了，家里人弄来一只大口袋，里边装着铜钱，两人站在床头一抖搂这袋子，哗啦哗啦一响，啪的一声，他就坐起来了，这个人视财如命。

台州府这一届的府学考试，朝廷把梁半截梁大人派过来了，由他来监考。

他一来监考，财主们纷纷带着儿子找上门来。

"梁大人，这是犬子。"家里大人一顿点头哈腰，转过身来，把孩子拉上前，"孩子，这是梁大人，你们的主考大人。"

梁半截看看孩子："多大了？"

孩子答："十八了。"

他又问："去年多大呀？"

孩子掰着指头，愣数了半天："去年四十五。"

梁半截都愣了："去年四十五？"

家里大人赶紧拿出一只银元宝来，搁到桌子上。

梁半截赶紧拿手捂住了，一乐："哎呀！这个孩子幽默诙谐，看着就可爱！哎呀！这考试必定是优等，必定是优等！"

拿人钱财，与人消灾。

这对父子走了，门外又来一对："梁大人，这是我儿子，您看看吧，过两天也是参加考试的。"

梁半截就问这孩子："你姓什么呀？"

"不知道。"这孩子呆头呆脑地看着他，直摇脑袋。

梁半截又问："叫什么名字？"

"不知道。"

他再问："多大了？"

"不知道。"

梁半截看了看大人，再看看孩子："谁是你爸爸呀？"

孩子被问急了，哇的一哭："我是你爸爸！"

你瞧这玩意儿，来了这么一个傻货！他爸爸赶紧拿出一只兜子，咣当一下子扔桌子上了。梁半截拿手往这兜子上一搭，心里踏实了，里面都是银子块儿。

"哎呀！这个孩子是很可爱！他说他是我爸爸——"梁半截咯咯地笑，一指这钱袋子，"要是有这个的话，他都可以是我爷爷。"

这几天来找他的都是这些玩意儿！

眼瞅着考试了，台州府的秀才们都来了。真的、假的、认字的、不认字的，一脑袋浆子、一脑袋面茶、一脑袋豆浆的全来了，良莠不齐。这些人就聚在一块儿考试，考完得发榜。

一发榜，韩秀才差点儿没气死！

怎么呢？那些明摆着缺心眼儿的都排在前边，都是优等。他们这些文采好的都是末等。为什么？他们没花钱哪。

韩秀才仰头看着这榜，顿足捶胸，恨骂连连！他的朋友，张秀才跟王秀才，就拦着他：

"得了得了！回家，回家。没用啊，那有什么用处，是不是？"

哥儿俩就扶着他回家了，劝他说："咳，咱们不以一时成败论英雄，以后还有机会呢。这回就是赶巧了，我听人说了，这梁半截是贪官污吏，排在前面的那些人都花了钱了。咱们无所谓，别往心里去，甭别扭了。"

韩秀才哭丧着脸："我能不别扭吗？"

哥儿俩推推他，问道："怎么回事儿？"

韩秀才从袖子里掏出一沓纸来："一个是我自己要强，你们看，我在考场里写的那卷子，我回来又默写了一遍，你们瞧瞧吧。"

哥儿俩接过来一瞧，频频点头称善，写得真好，字字珠玑！但是这次的主考大人亏了心了，他看的是银子，看的不是文字，满纸锦绣文章全如废纸，一点儿用也没有啊。没有银子，文字再好，不中。

韩秀才往榻上一倒："这一下算是完了。"

什么完了？婚事完了呀！人家许老秀才还等着他的消息呢。

媒婆过来一问："怎么样啊？"

"不怎么样，考了一个末等。"

"哦，那就拉倒了，这事就别再提了。"

他再走到街上碰见那媒婆，人家媒婆也不提这事了，客客气气地问候他一句："出去呀？吃饭了吗？"

"哎，吃了吃了，回见。"

韩秀才也不好意思再提，就知道娶寡妇这事儿黄了，心里边别扭。

但是他还是很乐观："只要我一门心思跟屋里边好好儿地念书，我一定会出人头地的！"

这一晃，过去了三个多月。这三个月里边国家有了变化，怎么个变化呢？正德皇帝晏驾了。先皇死了，新君继位，就是嘉靖皇帝。

新皇上继位挺复杂。首先说得选秀女，充实后宫。皇上娶媳妇就复杂了，不像民间老百姓娶亲，普通人家简简单单就娶一个，再往上走走，大财主三妻四妾，那就已经算了不得了。皇上可不一样，三宫六院，七十二嫔妃，底下才人贵人无数，统共一百零八个媳妇儿，还得有三千秀女充实到后宫里边去。

州城府县把皇榜一刷，地方官到处找秀女的人选。年满十六，待字闺中，凡是满足这些条件的闺女，都登记在册，到时候全往京城送，送进皇宫。

消息一传出来，老百姓都吓坏了！为什么呢？有人说这不是好事吗？列位，皇上选秀，那些秀女也未必见得着皇上。宫里满盘就那几个娘娘呀！大部分的姑娘到了皇宫里边就是使唤丫头、宫女，挨打受骂，弄不好把命都扔到里边，这一辈子就算糟践在那儿了。出宫以后再想像普通人家小两口儿似的过日子，这是不可能的了！家家都吓坏了，怎么办呢？那赶紧吧，家里有闺女的，赶紧打发嫁了。只要闺女一嫁人了，皇上就不要了。举国上下拉郎配。什么叫拉郎配呀？家里有闺女的，满大街找小伙子，给闺女配夫婿。

家里大人一上街，逢大小伙子就问："有媳妇儿没有？"

"没有。"

"把我这闺女给你，赶紧！"

过些日子又传来消息，说秀女要是进宫，每十个秀女得由一个寡妇押着走，一起进皇宫。好家伙！寡妇也炸了庙了：

"了不得啦，皇上连咱们都要啊！"

寡妇也赶紧踅摸着嫁人。有人说不能吧，要这么些寡妇干吗？据传说，路上一个寡妇看着十个姑娘，进京之后，这十个姑娘就给皇上了，寡妇就分给太监了。那玩意儿谁受得了啊？寡妇也满处找人去。一时间，街上这些老爷们儿都不够用的了，乱了套了！

外边怎么闹，韩秀才不知道，他也不喜欢掺和这个。他天天自个儿待在屋里，就是写字、看书。

跟他关系不错的张秀才、王秀才那哥儿俩又来了："你别老在屋里待着呀，光念书不念傻了吗？是不是？你也出去散散心，咱俩一块儿去。"

"我先不去了，这篇文章还没写完。你们甭管我，我写完之后上街活动活动，遛个弯儿，见见太阳，喘喘气。"

"对对对，你可千万别老在屋里这么圈着啊，读书读得都傻了。你看你脸色都不好看了，该出去逛逛就逛逛，愿意一块儿咱们就一块儿。"

"成成成，改天咱们一块儿吧？"

"成。"哥儿俩勾着肩就走了。

到了中午，他写得差不多了，吃了点儿饭，喝了点儿热水，还眯瞪了一会儿。按现在的钟点来说，下午两点半他就起来了，活动活动，也确实得出去散散心。因为他老是在屋里待着，看书的时间太长了，眼睛都有点儿花了，就打算上街散散心去。

他换好了衣服，从家出来上街了。

刚一上街，打对面过来一位，这主儿直奔跟前，抱腕当胸：

"哎呀！这不是韩先生吗？"

他一抬头："哎哟！"

认识，谁呢？这人姓金，是一个开当铺的徽州人。过去开当铺的徽州人特别多，人家善于理财。过去来说，当铺的老板有一个官称叫"朝奉"，就是掌柜的意思。姓张，就称张朝奉，姓王，就称王朝奉，就是张掌柜、王掌柜的意思。这人姓金，别人就称他金朝奉。

金朝奉这厢一抱拳，韩秀才赶紧还礼。

"哎呀！金朝奉，您挺好的？"

"我挺好的，韩秀才最近干吗呢？"

"在家念书呢。"

"哎呀！真棒，有识之士！问你点儿事，娶媳妇了吗？"

韩秀才没反应过来，这都不挨着呀，哪儿挨哪儿啊？刚问完你挺好的，下一句就问娶媳妇了吗？

"我？没呢。"

"哦，好好好，没娶媳妇可好，可好！可好！"

韩秀才就愣了，这叫什么话？我这光棍一个人怎么好呢？

金朝奉急忙开口："我有一个闺女，今年刚十六，貌美如花。我这个家境你也知道，虽然不敢说趁多少钱，但是瞧得过去。没有别的，把我闺女给你吧。我求您！给您当个媳妇儿，好不好？给您添麻烦，您受累，受累受累！"

韩秀才丈二和尚摸不着头脑:"怎么天底下还有这个事儿?我仨月没出门,世道变了?之前我说娶个寡妇,人家还提了很多要求。现如今这家挺有钱,还上赶着让我娶他闺女,还一个劲儿跟我客气?"

韩秀才迟疑了半天:"哎!这个……"

"那什么,我说话有点莽撞。"金朝奉有点儿尴尬,四下瞧了瞧,凑到韩秀才耳边,压低声音解释一番,"这不是嘉靖爷选秀女吗?天下的闺女都得进宫。我们是不愿意让闺女远离故土、远离父母,就想让她在咱们这儿找个好人家嫁了得了。所以说,这两天也一直想这个事儿,没有合适的主儿。跟前差不多的光棍,都让别人家给瓜分了。这是正好看见您了,我真是喜从心头起啊!您看,您能不能答应我这个冒昧的请求?"

韩秀才这下恍然大悟,天下还有这个事情?

"那什么,金朝奉,您这是一片好意。但是我得跟您说清楚,我是个穷秀才,我家里归了包堆就二十来两银子。令爱过得门来,怎能受此贫寒?"

金朝奉摆摆手:"不要紧的,不要紧的,我心甘情愿!什么钱不钱的,那不重要,不重要。只要你赶紧娶我闺女,这事就成了。"

"您说得我脑子现在还嗡嗡的!你说这是真的吗?"

"我能拿我闺女开玩笑吗?我闺女可是貌美如花,如花似玉呀!如爆米花似烤山芋……不是,这词儿不对。就是特别好看,你一定会满意的。"

"唉,您这一说我当然很开心!我一个穷秀才,谁愿意把闺女许配给我呢?是吧?承蒙您老人家不嫌弃,但是我得问问您,您这是真的,还是说着玩儿啊?"

金朝奉急得眼都红了:"哎呀!我能闹着玩儿吗?这是真的!"

韩秀才眼珠一转:"好,那我有句话不知当讲不当讲,说出来您可别恼我!"

金朝奉立马道:"你说,你说!只要你肯娶我闺女,怎么都行,你说吧。"

"那个,要是真的话,咱们两家得立个字据。咱们得找保人,把这事立到文字上,千年的文字会说话。写完之后,我才能相信这个事情是真的。"

金朝奉一拍手,哈哈大笑:"好好好!我还怕你跑了呢!你找保人吧,你一会儿就找我来。今儿也行,明儿也行,抓紧,听见了吗?"

"好,明天吧,好吗?明天我上当铺找您去?"

"好,好!哎呀,实在是添麻烦!谢谢!谢谢!"金朝奉千恩万谢,转身走了。

他一走,韩秀才站在原地琢磨了半天:"还有这个事呢?天底下真有这个半悬空中掉馅饼、醋碟、牙签儿的好事儿?我得问问我那俩哥们儿去。"

前文提到,他有俩朋友嘛,张秀才、王秀才。

他想定之后，就回去找这哥儿俩，哥儿俩乐坏了：

"好啊！你犯什么糊涂啊？这就是真的呀，一定是真的呀！你这些日子不出门不知道，最近嘉靖爷选秀女，这天底下鸡飞狗跳，乱了套了！这事闹得，我跟你说，你是不知道我们家，我舅妈吓得都躲起来了。后来我舅舅骂她：'跟你有什么关系？'她才跑回来。这是好事儿，明天我们俩跟你去，咱们到那儿让他写个字据，好不好？咱们就算把这婚事定下来了。"

"好，那明天有劳二位！"

"好，咱们一块儿。"

转过天来，哥儿仨聚齐了奔当铺。到当铺一瞧啊，金朝奉正站在门口押着脖子张望，一边张望，一边嘟囔：

"怎么还没……哎哟喂！老天爷耶！你可来了，就怕你反悔！快来吧！"

哥儿仨过来，先施礼，都认识，因为都街里街坊的嘛。张秀才、王秀才哥儿俩也高兴：

"金朝奉，给您道喜！令爱嫁给小韩，我跟你说，日后啊，他要是功名得中，你享不尽的荣华富贵！"

"哎哟！谢谢两位，谢谢两位，借两位的吉言！进来吧，来屋里说吧。"

众人进屋里坐下，丫鬟在一边给沏茶，把新洗的水果端上了，在桌上摆了几大盘子。

金朝奉扭头道："二柜，给拿点儿纸来。"

什么是二柜呀？一般来说，当铺里有严格的任务分配，盯着柜台的有头柜、有二柜、有三柜，各自管辖的物什都不一样。头柜盯着的有顶级的玉器、古玩瓷器、老字画这些镇店之宝；二柜盯着的就是些一般的服装、首饰等稍微值点儿钱的东西；再往后，旧衣裳、破毯子这些乱七八糟的东西就归三柜了。

"二柜！二柜！二柜，把咱那笔墨纸砚拿来，我们得用。"

"哎。"二柜的先生姓陈，陈先生把笔墨纸砚给捧过来了，都搁在桌子上。

"好好好。"金朝奉接过纸来，开门见山，"咱们也别磨烦了，昨天把这事儿也都说明白了。我有一闺女，十六岁，我准备许配给韩秀才，他也答应我了。咱们今天这一趟就等于是合婚批八字，换了帖了，就如同把这事定下来了，好不好？来来来！我先写，我先写。"

金朝奉提起笔来，一气呵成：姓什么，叫什么。闺女多大，生辰年月，许给韩秀才为婚，如何如何。

写完之后，他把笔又递给韩秀才："来来，该你了，该你了！"

韩秀才也得写，无外乎是立个合同，跟金朝奉刚才写的一样：姓什么，叫什么，出生年月日，跟金家做亲。

韩秀才写完了，两人又签字摁上手印，俩家一边一张，各自收好了。

收好了之后，张秀才、王秀才哥儿俩说："您两家是不是得换个信物啊，对吧？"

韩秀才连忙点点头："对对对，这个很重要！我想了半天，我是应该给姑娘买点什么的。但我也确实是家境贫寒，没什么能拿出手的，我就剩这二十两银子，今天把它包出来了。"

韩秀才打怀里掏出一包来，包得很严实，里边是二十两银子。

韩秀才不好意思地笑笑："确实少了点儿，但这是我的全部家当，表一表我的一片诚心，岳父大人，请您笑纳！这是我给姑娘的一份聘礼。"

接过这银子包，金朝奉直嘬牙花子。怎么呢？确实是少了点儿，他们金家太有钱了，他们家开当铺的呀，这点钱都不算什么。但事已至此，他也没别的可说了。

"哎，行吧，你等我上后边去，找我闺女给你要点儿信物。"

说完，他就到后边找闺女去了。

因为头天晚上，金朝奉跟老伴儿也说过这事儿："事到如今情况紧急，咱也是万般无奈，我就把闺女许配人家了。许配给那个念书的小韩了，小韩人还行，有点儿文才，小模样长得也挺精神的，挺好。就是有一样，家里太穷。"

老太太说："那怎么办呢？现在也不是考虑穷富的问题呀，是不是？得了，看闺女乐意不乐意吧。"

老两口儿就把闺女叫出来了，跟闺女一说，闺女脸都臊红了。那个年头儿里的人不像现在似的开放，爹娘一说这事儿，闺女捂着脸小声说：

"我倒听说过有这么一人，人好就行，钱不钱的不要紧。咱家不是有钱吗，是吧？到时候爹您把咱家的钱给他点儿。"

听闺女这么说，金朝奉心里一哆嗦："哎哟，我的天哪！赔了闺女还得给钱。"

到了今天，韩秀才跟闺女要交换信物了。

他又奔后院，把闺女叫出来说："人家给了这么一小包，这包里是二十两银子。虽然说不多，但这是他的全部身家了，也是表一表诚心。闺女，你有什么东西给他吗？"

闺女转身回后屋，抄起一把做女红的剪子，把头发解开，剪下一绺来，拿红线在头儿上挽了一个同心结，然后找了块绸子一包，拿出来了：

"爹，您把这个给他吧。"

"这是什么呀？"

"这是我的一绺头发。"

"哎呀！闺女，怎么给这么多呢？给两根就得了吧。"

"不像话！"

"哎，我给他拿去吧。"

打后院出来，他就奔前铺，韩秀才还等着呢。

金朝奉来了："给您这个，这是我闺女的头发，挽了个同心结，这是一份心意。这就算行了，贤婿，你接过去吧。"

韩秀才就捧着双手接过去了："哎哟嚯！行了，我回去安排安排，归置归置。然后等差不多了，择个好日子，咱们商量商量什么时候把人娶过去。"

金朝奉说："好，那等你消息吧。"

从当铺里出来，韩秀才捏了捏那只绸缎包，心里高兴，心说："这是我媳妇给我的定情之物。"

张秀才、王秀才也替他高兴："喝酒去，喝酒去！现如今，我们的好哥们儿有媳妇了，太棒了！你甭说请客，我们花钱，我们有钱，喝酒去。"

哥儿仨坐在小饭馆里边，要了几个菜，烫了两壶酒，吃着喝着。刚开始还挺高兴，但是吃着吃着，韩秀才就陷入了沉思。

哥儿俩问他："怎么了？不是挺好的吗？"

"是挺好的，我是想，这事是定下来了，什么时候迎娶呀？"

"那得看日子呀，翻翻黄历，挑个好日子，咱们好迎娶呀。"

韩秀才为难道："不是啊，要是想找好日子，哪天都是好日子，问题是我没有钱哪，对吧？家里就那二十两，我还都给她了。我总得收拾收拾吧，得给屋子重新糊糊顶棚，四白落地，再添点儿被子、褥子，家具什么的。这要是我一个人过日子，怎么凑合都行。但咱娶人家过来了，人家家里还挺有钱，人家姑娘也是娇生惯养的。我现在什么都没有，这可怎么弄呢？"

哥儿俩说："不要紧的！那什么，你算算账，看看你还需要多少钱，我们哥儿俩给你添。"

"哎！不不不！我不能！"

"客气什么呀？都是哥们儿，你就先拿着。"

"不不！我想想吧，我有办法，我琢磨琢磨。实在不行了，我再跟你们俩张嘴。"

三人吃完饭了，都很高兴！那哥儿俩把他送回了家，就各自回去了。

晚上，韩秀才自己坐在屋里琢磨，上午他说回来想办法，哪有办法啊？只不过是不好意思找朋友张嘴要钱。他回到屋里关上门，一个人冷冷清清、孤孤单单地坐在这儿，心里可就犯难了，真是没辙呀！

他心想："把婚事再往后推一推吧，反正也定了亲了。过去定完亲之后，两三年没迎娶的也都有。万一哪天我赶考得中了，或者遇见贵人有钱了再提这事。反正他也不催，我们都立了文书了。"

一晃，仨月过去了。这些日子里，世面上算是太平了，嘉靖爷选秀女的这阵风刮过去了。可能是皇宫里边也没那么多房，用不了那么多秀女，这事就拉倒了。州城府县的差人也不下来催了。

后来老百姓找人一问，衙役们说："这事结束了，之前说是要人，现在不要了，也就没事了。"

一听说没事了，金朝奉就直抽自己嘴巴，心里叫苦不迭："早说呀，你说没事就没事了，我这儿有事啊！我们家里如花似玉的一个大闺女，许配一穷鬼。哎呀！这可怎么弄呢？"

金朝奉后悔了，跟自个儿老伴儿吃饭时就说这事："真后悔了！那会儿也太仓促，怎么就许给他了呢？"

老太太也发愁："那你说怎么办呢？那会儿那么着急，家家害怕，那也不怪你，是不是？这不就一时糊涂，才把闺女许给他了。"

金家老两口子坐在屋里一筹莫展。

过了两天，他正在屋里坐着，家里边管家进来了：

"那什么，大爷，来串门的了。"

"谁来串门了？"

"那个，您舅爷来了。打外地来的，说是从老家徽州来的。"

"哦哦哦，快快！让他进来！"

来人是谁呀？是金朝奉的小舅子。他们都是同乡，也是徽州人。这小舅子是在徽州开当铺的，姓程，叫程云。他一吩咐，程云就打外边进来了，还带着自己的儿子，儿子叫程寿，程家爷儿俩进来了。

"姐夫！姐夫！"

"哎哟嚯！内弟，你来了？"金朝奉满脸堆笑，站起来招呼自己这小舅子，"哟嚯！爷儿俩都来了？快坐快坐！哎呀！来呀！给你们舅老爷沏水，洗水果！

345

你俩吃饭了没有？"

"吃过了吃过了。"几个人就坐着聊会儿天。

金朝奉就问小舅子："你这是想起什么来了呢？怎么来这儿了？"

这一问才知道，敢情他这小舅子是憋着上这儿来做生意的。他小舅子家里也挺有钱，一直在徽州当地开当铺。后来听说姐姐、姐夫，在浙江这儿的生意好干。他就活动心眼了，就也来浙江了。一来，他能跟姐姐、姐夫在一个地方，互相有个照顾。二来，他听说这儿的人挺有钱，生意也好做。就这么着，这父子爷儿俩就奔这儿来了。

这一瞧见了姐夫，程云挺高兴。

一会儿的工夫，老太太也乐呵呵地出来了："哎哟！兄弟，你来了！"

两家人就坐在一块儿聊天，程云爷儿俩就住下来了。

程云来这儿是想做买卖的，接下来就得找地儿啊，找门面什么的，他就经常来找姐夫商量。

两人闲下来说闲话，程云挺聪明的："姐夫，我怎么看你有时老愣神啊？你是不是有心事儿啊？"

金朝奉抹了把脸："唉呀！如果是别人，我都不好意思说，现在是你问我，我就得跟你说实话，我干了件错事。"

"怎么了？"

"前些日子呀，嘉靖爷选秀女，我愁得没办法，普天之下拉郎配呀！我就把闺女许配给了我们这儿的一个秀才。后来才知道，他们家太穷了！家徒四壁。咱家这个家景，我把闺女许配给他了。我真是干了一件混账事，所以现在我真是进退两难！跟你说实话，真是没办法！"

"哎呀！姐夫，你糊涂啊！你这么聪明的人，怎么会犯这个错误呢？我那天还想说呢，谁跟我一说话，打岔给岔过去了。你家闺女也老大不小了，你要把她嫁外人的话，还不如嫁给我儿子呢，咱们亲上加亲！"

咱们现在说近亲不能结婚。但在那个年头儿里，姑表结亲很正常，人家认为这叫亲上加亲。表姐、表弟配一对儿，您看评剧《花为媒》，讲的就是这个事儿。所以说在当年，姑表结亲是很常见的。

"哎哟喂！"听程云这么一说，金朝奉顿时恍然大悟。怎么呢？太棒了！第一，两家是亲戚，第二，小舅子家又有钱，闺女嫁过去也不受罪。

金朝奉点点头，转而为难道："这个，还来得及来不及？现在还有办法吗？"

"姐夫，要是别人，这事儿就没办法。要是我，这个事儿就不叫事儿。"

金朝奉压低声音："不是，你得想明白了，我给人家写过文书。如果咱们一定要赖婚的话，他得上衙门告我去。"

"告你能怎么着？对吧？让他到天台县告去。要是他不满意，再往上，到台州府告去。他要是还不满意，再往上告到浙江。浙江不行就进京。我还告诉你，不怕他进京，他上哪儿告都没事，要是闹到京城，他就算死定了！"

金朝奉问道："怎么呢？"

程云冷哼一声："怎么呢？京城咱有朋友啊。我有一个朋友是做大官的，你这官司打来打去打到京城，最后让大官来裁定这个事情。无论是什么事，到最后只要大官裁定，浙江省的官员也没有办法。"

金朝奉激动得直搓手，赞叹道："唉哟喂！兄弟，你还真有两下子！你还认识大官呢？你要早说大官裁定，那还说什么呀！那你说，这事咱怎么办吧？"

程云胸有成竹道："姐夫，这事儿简单！我呀，上衙门告您去。"

金朝奉咽了口唾沫："这是为什么呀？要给我来个大官裁定？"

"不是，就说咱们两家当年给孩子订过婚。我这次回来呢，就是要让孩子完婚。我没想到，你把闺女直接许配给了小韩，所以说我告你一状。说你一女二聘，你看怎么样？"

"嘿！大老爷准得传我呀。上得堂去，大老爷一问我这事，我说是有这么回事，老爷要是说：'那得了，你们两家成亲吧。'哎呀！那就太棒了！可是，这官司万一闹大了，可……"

"我不跟您说了吗？大官裁定嘛，这都不叫事！"

"好，好好好！你听我的，你别上天台县告我去，你直接奔台州府。你到那儿去踏踏实实的，因为什么呢？府里边要把这事儿打回来了，也就成了。打不回来再往上报，咱们就京城闹去，咱们就大官裁定了。"

"好好好。"

当天两人就把这事设计好了，转过天来，程云又来找金朝奉：

"姐夫，你打算让我什么时候告你呢？"

金朝奉说："我呀，先去小韩那里探探口风，看他是什么意思。如果小韩也说家里穷娶不了了，同意解除婚约，咱们也就省的跑趟衙门。如果说他翻脸的话，咱们就照计策行事，这样的话也不至于以后见面尴尬。"

他小舅子说："那也无所谓，你去吧，我听你的信儿。你今天去小韩那儿一趟，我等你消息，不行我就奔府里告状去了。"

"好嘞！"

金朝奉兴冲冲地出门去，走着走着，有点儿泄气了，到了小韩家门口，转了两圈没好意思拍门。怎么呢？亏着心呢！

他转念一想："我呀，别跟他说，我找他那俩朋友去。先和那俩朋友垫一句话，让那两人帮我说和说和。"

到了那两家一问，邻居说："今天两位秀才呀，在诗社写诗呢。"

诗社，是过去文人秀才聚集的地方，就像现在文化沙龙似的。拐弯抹角，抹角拐弯，他就到了那诗社门口，啪啪一砸门，门一开，秀才们都在里面。

"哎哟嚯！金朝奉啊！快请进来，请进来！"

为什么客气呢？众人都认识他，都知道他是韩秀才的岳父啊，秀才们都高看他一眼。

他就进来了，满脸堆笑道："各位秀才都在这儿呢？"

"都在呢。"

"好。"

"您坐呀！怎么今天有空来这儿呢？"

"是啊，这不是我也想跟你们学学写诗嘛。"

其实他这是胡说八道，他有那个心思吗？

但是张秀才、王秀才一听，心里挺高兴，就跟众人说："看见了吗？挨金似金，挨玉似玉。他现在是小韩的岳父了，他也憋着写写字、念念诗，这是好事。"

诗社里就有那朋友们跟着起哄，其中一个拿过笔来："来吧！您给我们留个墨宝吧，也作个诗。"

他是真不灵啊，但是胆子也是真大，真把毛笔接过来了：

"哎呀！有日子没写了，献丑，献丑！"

头一句话——

　　春天真挺好。

大伙儿都傻了！这叫什么诗啊？但是谁也不好意思说什么："写得不错，写得不错！"

金朝奉来劲儿了，提笔写下第二句——

　　比冬天暖和。

大伙儿迟疑了一阵，稀稀落落地问道："您这第三句？"

一落笔，金朝奉得意扬扬地写下第三句——

再等些日子你看。

"哦，那您最后一句？"

只见金朝奉大笔一挥——

是夏天啦！

写完了，大伙儿互相看看，一个个皱着鼻子，拱手道："嚯！这真棒，真好！这个，要是拿去卖，得卖老些钱了，挺好挺好。"

张秀才聪明，看着他，心说："今天来这儿是有事啊，要不他不能上这儿来。就写这个，丢人现眼的。"

张秀才就问："您有事吧？"

金朝奉满脸堆笑："是有点事儿，有点事儿麻烦你们。"

"您说吧，咱不是外人。"

"来，您二位过来。"他就把这俩保人叫到边上，"我这闺女啊，原来许给我小舅子的儿子了。现在我小舅子带着孩子来了，说要完婚。我现在一女二聘，所以说我很为难！我求您二位给帮个忙，能不能把我闺女跟小韩的婚事给说和着退了？"

一听这话，王秀才一伸手，把他刚才写的那首春天诗抄了起来，欻欻两下撕碎了，啪，扔到了金朝奉脸上。

金朝奉浑身一激灵："嘿！你这什么意思？"

张秀才把毛笔接过来，毛笔在砚台上搽饱了，走到金朝奉跟前，朝他脸上欻欻连画了几下，给他画了一脸的墨。

金朝奉这下可是洋相百出，跌倒在地："这个什么意思？"

哥儿俩气得发抖，指着他鼻子骂道："什么意思？你呀，不要脸！你少来这套！你这就是反悔了，知道吗？"

"不是，你们，你们也不能这样啊！哎哟，弄我这一脸哪！"金朝奉胡乱抹了一把脸，开门就往回跑。

金朝奉灰溜溜地一回家，小舅子还在家里等着，见姐夫这副狼狈样子，小舅子半天说不出话来：

"这，哎，你这是怎么回事儿？"

"什么怎么回事儿？咳，我上他们那儿去作诗对文。没想到他们太爱我了，都要在我脸上题诗留念，他们给我签了点儿字。行，这都不重要，内弟，打官司！告去吧！这事啊，非得大官裁定！"

"行嘞！"小舅子程云收拾好东西，直奔台州府。

台州府的知府老爷是新官上任，福建人，姓吴，叫吴庭毕。这位大人年轻的时候，就名震八闽大地，小的时候被称为"闽中神童"。人品也是一流，爱文才不爱钱财。他刚上任没几天，就听有人来打官司，立刻吩咐升堂。

大人上堂来一问，程云往堂下一跪，把提前准备好的说辞跟大人一讲，最后说："我们两家本来说好了，准备结亲，亲上加亲。现如今他背着我，把闺女许配给了韩秀才。大老爷，您一定要给我们公断。"

程云把这事说了，大人问明了个中详情，这里边都涉及了哪些人，立刻吩咐差人前去拿人，三天后再次升堂。

这个案子简单哪，满盘也没几个人，不是什么大案子。差人来到金家当铺，告诉这个金朝奉："有人告你，你打官司去吧。"

"好好好，我去。"

"看看你该带的该准备的。"

"好好好。"

走之前，金朝奉留了个心眼儿，心说："小韩那边有俩保人，我也得带个证人。我哪有证人呢？"

想来想去，他把当铺里的二柜陈先生叫来了："你跟我去衙门一趟，你都知道。"

陈先生傻了："我什么也不知道。"

"你去了就知道，你就说我跟程家有亲，这事你说你知道就行了，编个瞎话。"

陈先生哆哆嗦嗦快哭了："我害怕。"

"你不用害怕，回来之后有赏！"

"那行，那去吧。"陈先生就跟着他去了。

通知过金家之后，差人又奔韩秀才的家，把这事一说。

"好，我跟你们走。"韩秀才不怕跟他们对簿公堂，他有凭有据，他把他跟金家立的文书，金家闺女给的头发都带着，去了台州府的衙门。

三天后，众人来到了衙门口。大人依次把他们叫上来，把每个人都盘问了一遍，把这些人都问完之后，大人心里边就明白个八九不离十了。

"好，所有人下堂，单留金朝奉。"

"给大人叩头。"

"你姓金哪？"

"小人姓金。"

"好，你说你把闺女许配你内弟的儿子，这个事情是什么时候定的？"

"好多年前我们一块儿定的。定完之后，我们当天还一块儿喝酒庆祝。"

"哦，喝酒那天是什么时候啊？"

"五月节呀，端午节的时候，我们一块儿喝酒庆祝说成了这事。"

"行，你下去吧，下去听审。"

"是。"

金朝奉就下去了，大人接着把程云叫了上来：

"你儿子娶金朝奉闺女这个事情，你们是在什么时候定的啊？"

"我们很早以前一块儿定的，定完之后我们就亲上加亲嘛。"

"完事有没有一起喝个酒，庆祝一下？"

"有有有，喝酒了。"

"喝酒那天什么日子呀？"

程云愣了一下，吞吞吐吐地说："八，八月十五啊，中秋节。"

大人笑着把他送下去了："好，你下去吧。来呀，带证人。"

差人又把二柜陈先生叫上来了。

陈先生往那儿一跪："给大人磕头。"

"他们两家结亲这事，你知道吗？"

"我知道，我知道。"

"他们说还一块儿喝了酒，这里面有你没有啊？"

"有我有我。"

"哦，是什么时候？"

"是个春节吧。"

三人说的时间都不一样，人人冷笑一声：

"好，来呀，全案人等上堂。"

全案人等上堂，刚才大人审案的时候，旁边的师爷都记下来了。

大人一拍桌子，怒道："大胆的狂徒啊！一个定亲的时间，你们三个人说得都不一样，分明是要欺骗老爷！你说的是端午、你说的是八月节、你说的是春节。

抄手问事，量尔不招啊！来呀！"

差人们齐声喊道："有！"

"每人重打三十大板！"

好家伙！堂上就乱起来了。只听咕噔一声，韩秀才撩起衣裳就跪倒了：

"大人，大人！我求您，我求您！我给我岳父求情，他老人家一时糊涂，您可千万别打他！"

怎么呢？要是在堂上咣咣咣真这么一打，以后这亲戚都没法儿做了。见韩秀才给岳父给讲情，大人乐了：

"好，你看见了吗？你无有翁婿之义，他倒有父子之情。看在小韩的面子上，减你二十板，打十板，那二十板加在那两人的身上。"

大人的意思就是金朝奉挨了十板，那两位每位四十。差人们把他们拽下去，在堂口褪下裤子来，乒乒乓乓一顿打，三人喊得跟杀猪一样。

打完再拽上来，大人问："有招无招？"

金朝奉连连叩首："大老爷，我招了！我错了！我们是说瞎话，一块作了弊，我改了，我改了！"

大人点点头："程云，还有这二柜，你们俩有什么说的？"

"我们没有什么说的，我们错了，我们改！我们今天来是给韩秀才道喜，祝你们两人白头到老！"

大人再一点头："来呀！具结画押。我命你三日之内，送你女儿过去跟韩秀才完婚。如若不然，你再上堂来，咱们可不是十板能解决的！"

"老爷！甭三天，我回去，今天就把人给他送过去。"金朝奉再三叩首，扶着腰就回去了，"我得回家养伤去。"

大人把堂上众人全轰下去，单把小韩留下。其实之前，吴大人看过韩秀才的文章，就知道这个人。所以说今日亲眼见到韩秀才之后，非常喜欢他！

"很好！今天你完婚了，老爷我呢，赏你二十两银子。希望你完婚之后，不要贪恋枕席，好好地用功，听见了没有？"

"谢大人！愿大人公侯万代！"韩秀才磕头道谢。

"好了，回去吧。"

韩秀才回去了，一会儿的工夫，衙门口来人了，带来了大人给的二十两银子随礼。那就成了吧，哥们儿朋友都来了，帮着他一块儿张罗。大伙儿买点儿家具，买点儿被褥，屋里边张灯结彩，又摆了这么几桌流水席。韩秀才这厢都预备齐了，金朝奉那边雇的花红大轿也把闺女送来了。

闺女临走前挺高兴："行吧，我这个爹不丢一回人哪，也是不长进。今天成亲，丁是丁，卯是卯，今天日子就挺好。"

两个人拜天地入洞房，大伙儿跟这儿祝贺，喝酒，成了人间一段佳话。

另一头，金朝奉在屋里边也摆了一桌酒，桌子上四个菜，两壶酒。金朝奉坐在桌子的一边，他的小舅子程云坐在对面。两人对脸坐着，你看我，我看你。

金朝奉举起酒杯，开口道："来呀，喝一杯。"

程云不像金朝奉坐得这么踏实。为什么呢？他挨了四十板儿，金朝奉只挨了十板儿，就稍微好一点儿。

程云欠着身子，也举起酒杯："来，喝点儿酒，喝点儿酒踏踏实实地咱好睡觉。"

"这个，内弟。"

"姐夫。"

"咱俩可是实在亲戚，你这趟可是不白来呀！你孝敬我十板儿屁股，你有什么感想？"

程云一听这话急了，撂下杯子："姐夫，您怎么得了便宜还卖乖呀？您才十板儿啊，是不是？我这不还比您丰收了吗？我还替您挨了十板儿呢！我这四十板儿。好家伙！到现在，屁股都是木的。我估计睡觉我就得趴着，躺着不成。"

"行吧，事已至此，说别的也没用了。闺女也给人抬走了，她洞房花烛夜，咱两人这儿对脸谈心。我有一件事想问你，你跟我一定要说实话。"

"姐夫，你说吧，你打算问什么？"

"之前你跟我说打官司不怕大，最好呢，上府里头打，别上县里头，因为府里头容易把事闹大。闹大之后呢，就能闹进京。进京之后呢，就都有你了，这话是你说的吗？"

"姐夫，是我说的。"

"好，敢承认你就是英雄！你一直跟我说进京之后，大官裁定，大官裁定，你那朋友是大官。怎么个大官裁定，你给我解释一下？"

程云端起杯来一饮而尽："姐夫，大官裁定，不错，我是有一朋友在京城，他不是个大官，他是个木匠。这个不是大官裁定，他钉大棺材。"

"我去你的吧！"

353

十七 天降福财

刚刚驾到

炎凉轮转岂无意　几番浮沉皆有因

> "曲木为直终必弯，养狼当犬看家难。
> 墨染鸬鹚黑不久，粉刷乌鸦白不鲜。
> 蜜饯黄连终需苦，强摘瓜果不能甜。
> 好事总得善人做，哪有凡人做神仙。"

我发现我有一特点，我只要往桌子后边一坐，给大伙儿说书讲故事，我就发自肺腑地开心，因为我也实在是干不了别的，说书既是我的兴趣所在，又是我的工作，二者合二为一，这得要感谢祖师爷的恩典，多棒啊，我本身喜欢说书，爱这个，又能指着说书养家糊口，天下没有比这个更让人兴奋的事情了，所以得好好地干。艺人的德行其实都体现在舞台上，能发自肺腑地研究自己的艺术，就是艺人的德行所在。

过去老话说，说这就是买卖，一点都不假，这可不就是买卖吗？这世界上有卖黄金的，有修自行车的，那些都是买卖，我们这也是买卖呀，有买有卖，但是光卖不行，得有人买，你自己认为自己说得天花乱坠，要卖自己这身能耐了，有没有人买，那是另外一回事。所以说，身为艺人，要尊重艺术，这点很重要。人总得干点儿什么呀！不管说家里趁多少钱，人不都得出来干点儿什么吗？老话说得对，人待着也得吃饭哪！所以说呢，能给大伙儿说书还挺开心，尤其干这行，越上岁数越好，有一天我一百二了，我那胡子都堆在桌子上了，还能坐在桌子后头说书，那才快乐呢。

说书时候，我说出来的每一句话，承蒙观众们厚爱，各位也都信服。要是来一个三岁的孩子，穿一开裆裤，穿一屁股帘，坐台上说书，观众也不信他哪。说书人非得越上岁数越好，经验丰富，只要头脑不糊涂了，只要嘴里边这牙，别全掉干净了，就还能继续干下去，干这行是能养老的。

其实说一千道一万，是得谢谢读者观众对艺人的支持。老话说嘛，无君子不养艺人。什么意思呢？一个是各位读者观众花钱了，不管是剧场买票，还是在网站上充会员，抑或是买书来看，这都是真金白银，所以说我们不能骗人，逢老百姓花钱的事，你想骗他，难了。真的，要是主办方随便找个人坐在台上瞪眼胡说，不会有人睬理的，人都聪明极了。当然了，话又说回来，还是那句话，虽说玩意儿是假的，但卖出来的力气是真的。各位读者观众听书，听的也不单单是个故事，主要听的还是故事背后的东西。

咱们这一篇讲的这个故事，是一桩奇闻，离得现在也远了，发生在什么时候呢？发生在明朝嘉靖年间。嘉靖年间故事挺多，因为嘉靖皇帝本身就有些另类，比如他崇奉道教，把朝堂弄得跟道观一样，还给自个儿封了好多的道号，一心要求仙。最后不也没成神仙吗？当然这是自然规律。嘉靖皇帝的荒唐事儿不少，但是在嘉靖一朝，不管是朝廷上，还是民间，各种奇闻异事都奇多。

今天咱们所说的这个故事，就是一件发生在明朝嘉靖年间的民间轶闻。

话说明朝嘉靖年间，直隶保定有这么一户人家，两口子过日子，男的姓方，连个正经的名字都没有，就叫方老大。有人问，怎么没有正经名字呢？那会儿好多穷人家里边孩子又多，家里大人又没文化，就随便给孩子起个名，比如方老大、张老二、刘老三、孙胖子……那会儿老百姓认为贱名好养活，只有少数念书人的家里，家长是状元榜眼的，人家生下来的孩子有姓、有字、有名。所以说过去好多穷人都没有正经的姓名，反正有个记号就得了。

方老大，他家里穷吗？他家里是真穷，两口人过日子，媳妇儿家里也穷，但凡不穷能跟着他吗？两人饥一顿饱一顿，就凑合着过日子。其实方老大品行还不错，心地善良，你别看他家里穷，但他一点儿臭毛病都没有，邪的歪的一点儿不沾，而且愿意拿心去交朋友，对谁都坦诚。人是很不错。但是人好，跟过日子是两回事。

眼瞅着到年关了。

现在很少有人说年关了，过去一到过年就叫年关。怎么叫年关呢？过年就是过关，为什么呢？因为过去的人要是欠了钱的话，您记住了，一到年下必须得还人家，最晚是大年三十之前就得清账。因为大年初一账主子不能再要账了，所以说过去人拿过年就当过关。

你看北京过去有好些老茶馆，人称"避难茶馆"。什么叫避难茶馆呢？大年三十这天，凡是回不去家的，都出来上茶馆等着。因为家里没法回了，账主子都在家门口等着呢，你得还人家钱哪！还不上的怎么办呢？就找一个避难茶馆，窝在茶馆里忍着，哀声叹气，外边放着炮，他们有家不能回，就跟这儿等着。

等到五鼓天明，大年初一了，这几位欠债的算是活过来了，互相一拱手：

"各位过年好！"

"过年好。"

这几位就各回各家了，走在马路上，再碰见账主子也没事了：

"等今年给您吧，我缓缓手。"

但在大年三十过去之前，账主子能踢破了他们家的门槛子。

方老大家里就是如此，这天两口子凑在一起商量这事儿。

媳妇儿问："怎么办？现在已经是腊月二十多了，离过年就这几天了。对吧？咱们欠人不少钱呢，怎么还呢？"

方老大听后也很为难："是啊，家里边归了包堆，就剩这点儿零钱了。"

他思来想去，想去思来，上哪儿借去呢？亲戚朋友都借遍了，不能再借了，现在要还的账，都是原来欠了别人的，再找这些账主子借的，如今再去借可不容易了，他想着还是忍一忍吧。

但是他能忍，人家账主子可不忍，今儿也来，明儿也来，眼瞅着大年二十九了，方老大快忍不过去了。两口子急得像热锅上的蚂蚁，今儿大年二十九，明儿就是三十，怎么熬到后天初一？这是个事儿啊。两人愁得都不行了。媳妇儿坐那儿掉眼泪，方老大心里想：

"你说我一个大小伙子，大老爷们，欠这么些账还不上，媳妇儿都养不起，我怎么弄，愁死了！"

最后实在没辙了，他把身上所有的钱翻出来，翻出一点儿零钱来：

"媳妇儿啊，咱们这样，因为那些钱都是我借的，他们得找我，我把这些钱给你，你待会儿啊，买点儿粮食，买颗白菜，弄点儿柴火，你自己在家忍两天，我出去躲一躲，甭管我是找哪儿，找一山旮旯也好，找一荒郊野外也好，我去躲一躲。等大年初一早晨，我再回来。我回来之后，咱们不就挺过去了吗？对吧？要账的起码不能逼死我呀！咱们等过完年再想主意，这点儿零碎钱你拿着，买米买面。"

"哎哟，那你怎么办？你在外头吃什么，喝什么？"

"咳，没事，我一个大老爷们还在乎这个吗？我喝水喝三天四天的，也能活下来，死不了，你就等我大年初一回来，咱们也就挺过去了。"

媳妇儿的眼泪就下来了："哎哟，你瞧咱们这日子！"

方老大劝道："你别哭了，行了，就这样吧。"

说完，他就把这点儿零钱给自个儿媳妇了，转身出来，专门挑了一条小道儿走，为什么呀？怕账主子看见呀！他沿着这条小道，就奔荒郊野外走。

他能上哪儿去呀？出来的时候已经是下午，天也冷，他身上的衣裳也单薄，他抱着肩膀，一边走一边心说："我得找一个背风的地儿。"于是他就奔着郊外去了，越走越荒凉，眼瞅着天都快擦黑了，按现在这钟点来说，傍晚五点左右，一看旁边有几个小山包，四野无人，他点点头，暗道："这儿也行。我在山旮旯那儿找一个小山洞或大土堆，无论是哪儿，我得找一个能背风的地儿，我忍一忍，等忍过这两天去，就怎么都好说了。"正这么想着，就过去了。

他找来找去，瞧见了一个挺大的山包，山包底下有一窟窿，这山窟窿不小，刚好能进去一个人，心想："就这儿吧，也没人。得了，忍会儿吧，黑更半夜的也没人管我。"

他一低头，进了这山窟窿，一进去发现这窟窿还挺大，挺好，地上有土坷垃，他左右踢踢，拿脚尖划拉了两三下，把地给弄平了，然后抱着肩膀坐了下来，倚着块石头。

方老大挺可怜，身上无衣，腹内无食，坐在山窟窿里就想："马上就年下了，我过得这叫什么日子呀！"

他心里不是滋味，潸然泪下，擦了擦眼泪，坐的时间长了，他的两眼就适应窟窿里头的光线了，四下里瞧瞧："这儿居然还有这么个地儿，我以前也路过这儿，但就没想到这是个什么。哟，这窟窿里边还有一个窟窿呢？"

他定睛一看，只见身后竟然还有一个洞口，反正闲着也没事，就站起来了，往里边溜达，拐过弯去——

嚯！怎么回事儿呢？

里边的窟窿更大，窟窿顶足有两人高，方老大吃惊道："好家伙，这么大一山洞，哎哟喂，我瞧瞧吧。"他迈步就进去了，一转过身来，顿时吓得魂飞魄散。

怎么回事儿呢？里面还坐着一个人呢！只见里面隐隐约约有个大石墩，石墩上隐隐约约像是坐着一个人，这主儿揣着手，低头不语。

方老大连连摸着心口："吓我一跳，哎呀！"

里边这主儿也吓一跳，四目相对，两人都乐了。

为什么乐了呢？

原来这方老人有一个特点——眉毛长，他那俩眉毛都快长到颧骨上了，而里边坐着的这主儿，恰巧胡子长得出奇。两人愣了，你看我，我看你，扑哧一下子，

相视一笑。这主儿站起来了,拱了拱手:

"久仰,幸会。"

其实这两人能有什么幸会的呀?他俩都很尴尬。

见这主儿一抱拳,方老大也赶紧作揖:

"哟嚯,这位大哥,您早来了?"

这主儿哂笑道:"啊对,我早来了。"

"哦,好……"方老大点点头,四处张望了一番,良久问道,"您,您怎么在这儿呢?"

这主儿瞧瞧他:"可说的是呢,许你来就许我来,您怎么称呼啊?"

方老大回道:"我就是这儿的人,我姓方,方老大。您——怎么称呼?"

"我姓王,我叫王元尚。"

您记着啊,大长眉毛的是方老大,大长胡子的是王元尚。

"您是哪儿的人呀?"

王元尚道:"我,我是河南洛阳人。"

"这大年下您不回河南过年去,您在这儿干吗呀?"

"你还问我呢。"王元尚一屁股坐了回去,瞧了他一眼,"大年下的,你一个本地人,你们保定人过年都上山窟窿里过啊?"

方老大叹了口气:"唉,我要是有辙,我能上这儿来吗?"

"那怎么回事儿呀?"

这方老大一说话,眼圈都快红了:"我欠人家钱了,我有家也回不去,家里边穷得实在没辙了,我把我媳妇儿扔到家里边,我自己上这儿来躲一躲。"

王元尚听后点点头:"那得了,咱俩是一回事儿,我也是欠人家钱,没地儿去,就躲在山洞这儿。我也是有家不能回,咱们可是难兄难弟了。"

"可不吗!"

"欸?方老大,你欠人多少钱?"

方老大也坐下来:"我算了,归了包堆搁到一块儿,不得有个二两银子?得有二两银子差不多,没这二两银子我就过不去年!"

"咳,二两银子还叫事,真是的,来!"

这主儿一伸手,打怀里边掏出一块碎银子,就这么一掂,得二两多,递了过去。

"给你,你拿回家还账去吧。"

方老大赶紧推开:"哎哟!别别别,好家伙,那么些钱!"

"行了，什么那么多钱，不叫事。"

方老大奇怪道："您有这个钱，您怎么不还账？也好回家过年哪！"

这主儿苦着脸："我欠人家一千两银子呀！这二两解决不了问题呀！所以我才跑到这儿坐着，这不没辙吗？"

"哎哟，那这么说，这确实是，那我……"方老大瞧了瞧这主儿手里的碎银子。

这主儿再把银子递了过去："你拿着吧，这得有二两多，将近三两，你还完了账，剩下些钱，你们两口子还能吃点儿饭。"

方老大想伸手又不敢伸手，纠结了半天："这个……大恩大德，如何相报？"

这主儿摆摆手："咳，不重要，你要是实在觉着过意不去呀，我给你添个麻烦。你跟你媳妇在家要是做点儿饭，有富余的就给我送点儿来，我跟这儿吃点儿，这两天别饿死在这儿。大年初一呢，我就走了，你看行不行？"

"行啊，那有什么不行的，您跟我回家吧！"

"我别跟你回家，我一出去万一账主子看见呢？你就拿着银子吧。这银子我觉得快有三两了，你拿回去还账，足够了。"

"那您等着我，我回家给您做饭去！"

方老大很开心，揣着三两银子就回家去了，一路上心说："这玩意儿上哪儿说理去？平白无故地得了将近三两银子。"

刚到家门口，就听见媳妇儿正在家里边哭。进门一瞧，好家伙，院子里面黑压压的，站满了人，都是来要账的，您想他一共就欠这么点儿钱，他的账主子也都是穷人，不像那些有钱人，一借钱，开口就是几百两几千两。方老大欠下的都是仨瓜俩枣。

这些账主子催账催得正着急，媳妇儿被逼得大哭，一边哭一边喊："我不知道怎么办，没钱哪！"

就在这会儿，他回来了，拦住气势汹汹的账主子：

"别闹了，哥儿几个，别闹别闹别闹，还钱还钱还钱，我有钱我有钱！"

他把这那块碎银子掏出来，大伙儿一见银子，高兴了：

"哎哟嚯，财神爷财神爷，可看见钱了！"

方老大就开始还账，拿出夹剪儿，把碎银子铰成一块一块的，这个给点儿，那个给点儿。

大伙儿是皆大欢喜，互相抱拳："得了，过年好。"

没一会儿，这些账主子就都走了。他手里还剩了将近一两银子，媳妇儿战战兢兢地问道：

"你这是上哪儿抢去了？"

"没有。"方老大把事情的经过给媳妇儿讲了一遍，又嘱咐道，"待会儿咱们得给人做点儿饭，大过年的，别让他一个人饿死在那儿。"

媳妇儿听后，喜笑颜开："太好了！那什么，咱家有日子没开火了，咱那个灶里边的灰太多了，你找咱街坊借把铁锹，咱们弄一弄。然后你去买点儿菜，买点儿肉，买点儿米面回来，我好做饭。"

"好嘞。"

方老大出去借了把铁锹给媳妇儿，媳妇儿在厨房里往出铲炉灰，他出门上菜市去，买了肉，买了油，还买了面。等他赶回来，一进厨房，就看见媳妇儿跟那儿坐着犯愣。

方老大放下东西，看着她，问道："你怎么了，你不干活，收拾收拾？"

媳妇儿哭丧着脸道："我不是不干活，我惹祸了！"

"你惹什么祸了？"

"咱家那个灶年久失修，我刚才两铁锹下去，灶就塌了，这可真是倒了灶了！"

"哎呀，这玩意儿……我看看吧。"

方老大挠挠头，转身一看，果不其然，灶台年头太久了，有一半已经塌成一堆破砖烂瓦了。

"这玩意儿，你也是，你这劲儿使得也太大了，也搭着咱家这灶太酥了，来吧，咱们赶紧收拾收拾，咱得过年呀。"

方老大把锅先端出去，媳妇儿就往外铲这些碎砖、破土、炉灰，这是打算清理干净之后，再弄来点儿砖头，重新垒个灶。媳妇儿刚铲了几下，方老大回来了，说道：

"你给我吧，你没劲儿。"

方老大接过铁锹，噌噌几下，觉得不对，怎么不对呢？这一铲子下去，就感觉铲到一个东西，硬邦邦的，铲不动。

他奇怪地咦了一声，心说："什么东西这么硬？这是什么呀？刨刨看吧。"

于是他弯下腰三刨两刨，再一瞧，只见碎砖炉灰之中，露出了一口水缸的边沿儿，竟然刨出缸沿儿来了。

这下他更奇怪了："这是怎么回事儿啊？再刨吧。"

再一刨，果然是一口大水缸。

两口子看着这口大水缸，面面相觑。

方老大擦了擦额头上的汗："奇了怪了！灶底下怎么会有水缸呢？"

水缸上还有盖儿，把盖儿一撬，两口子惊得眼睛都直了，怎么呢？只见这水缸里边白灿灿一片，都是银子！

他盯着这满缸白花花的银子，来回喘着大气："哎呀，天哪！天哪，这是财神爷睁了眼了，老天爷这是疼咱们呢！咱两口子还有这个时候啊！"

两口子跪在地上抱头痛哭，哭罢多时，方老大说：

"媳妇儿，咱不能没良心，咱们从这里边择出些银子来吧，我得给山洞里那哥们儿送去，我得让他也能还上账，也能回家过年呢。"

"好好好，赶紧弄吧。"

媳妇儿从屋里拿出些包袱皮儿、粮食口袋来，抖搂开了往里边装银子，简断截说，这么一大缸银子，装好了一上称，得有两千两。两口子找街坊借了一辆小推车，把银子放到车上，打家出来，直奔山上给人送银子去。

两口子来到山窟窿这儿，山窟窿里那位还等着吃饭呢，听到动静，跑出来一问：

"饭得了吗？"

方老大低声说："别吃饭了，您还账去吧。"

"怎么回事？"

"我们刚才一刨地，刨出了一口水缸，水缸里有银子，我们留了一半，给您一半，您这一半也得有两千两，刨去还账的钱，剩下的钱也够您吃喝的了。"

"哎哟！"

见方老大两口子的这一义举，王元尚感动得都不行了，撩起衣裳就跪倒了：

"哎哟，我没想到，你们两口子对人这么好。"

"不不不，要是没有您给我们的那点儿散碎银两，我们不可能发现这些银子，这是老天爷给的，人不能吃独食啊！"

"这太好了。"

"你拿回去还账吧。"

王元尚心里热乎乎的，眼睛里掉出两行热泪来："我太感动了，我无功不受禄……"

"不说这个了，不说这个，咱们就跟亲哥们儿一样。"

有银子就好办事了呀，王元尚也不用躲在这个山窟窿里边了，下山住店，找到账主子，该还债的还债。方老大两口子也好了，把银子都倒腾出来，买房置地，接下来就是做生意。

人一有了钱，干买卖就好干了，越穷越穷，越富越富。就这么简单，为什么好多人抢着当岳父呢？就是这原因。当然这就是个谐音的叫法，当岳父不管用，得越来越富，这是两拨人。

简断截说，方老大两口子在保定把买卖也干大了，日子也过好了，而且方夫人还怀孕了。你看以前穷的时候吧，两口子没孩子，现在日子一好，还有了孩子。河南洛阳的王元尚回去之后，生意也兴隆起来，也娶了媳妇儿，王夫人没多久也怀了孕，天下的事就是这么凑巧。

某天，两家人坐在一块儿喝酒，一说起这件事，几人感慨万千，到最后，哥儿俩就说："咱们两家太好了，既然说两位夫人这都怀了孕了，咱们做个亲吧。"

过去民间有这个说法，指腹为媒，两家大人交好，两家夫人都怀孕了，得了，指腹为媒。

方老大就提议："咱们这样，要是都是小子呀，他俩就是把兄弟，要是都是闺女呢，她俩就是干姐妹，要是一儿一女，就让他俩做小两口儿。"

两家人就各自回去等信儿，十月怀胎，一朝分娩，方家生了一个儿子，王家生了一个闺女。消息传来，两家大人都高兴坏了，交换信物，许下婚约，就等着俩孩子长大了。

方家的儿子起了个名，叫方松，他爹的意思就是：像松树一样万古长青，冬天也不畏严寒，结结实实的，而且希望儿子像松树一样品格高尚。

孩子名字叫方松，寓意很美好，但是随着他一天天长大，大伙儿发现这孩子手也松，他这个性格随他爹妈。

老两口子就好心眼儿，但凡跟前谁一说："家里没辙了，过不下去。"

两口子立马掏银子："我给。"

儿子方松也是有样学样，跟他玩得好的小孩们一哭，他就凑上去："你吃什么，我家里有，我给你。"他的手也特别松，拿钱不当好的。

他们一家子都是这样，尤其这些年里，方家买卖越干越大，手更松，他爹老说："钱不是省出来的，该花就得花。"

无论谁来了他们家，一有点儿什么事，只要人家一说要钱，方大爷就大把地给，所以说也招了好些个骗子，上他们家骗钱来，编个瞎话，这个说他爹死了，那个说他娘改嫁，都需要钱。只要来方家要钱，方家就给钱。

方大爷因了这点儿好，也交了不少的朋友，不敢说像孟尝君食客三千吧，反正家里边是不断来人，老有朋友来，甚至有好些人都没见过他，也找上门来投奔他：

"我打外地来的，听说此地有这么一位方大爷，愿意跟您交朋友。"

方大爷就尽心招待他们："坐这儿，来，吃饭，给腾间房，住这儿。"

有人在他们家一连住了两年，他也不带轰人家的，人家没钱了，他就给钱，因此交了不少朋友。

在他这些朋友里边，有一个人很奇怪。这人姓张，旁人只知道这人姓张，谁也不知道这人叫什么，也没人问，也没人提，这人自个儿也不说。方大爷也想不起来这人是谁，反正就知道以前来过，好像是前几年因为家里的事来求过，方大爷给过人家钱，有这么一茬儿。

这两年这人又来了，来了之后就老说："方大爷对我不错，我得来报恩。"

方大爷早忘了，天天说不用提，不用提，其实就算这人提的话，他也想不起来是怎么回事儿，他就跟这人说：

"不用提，不用提，就跟这儿住着吧。"

天长日久地，大伙儿就给姓张的这主儿起了个外号，叫张大仙，就说他一天到晚神神叨叨的，也不知道是干吗的，他说的话大伙儿也听不懂。但是这人有一个特点，老爱跟方松在一块儿玩，相当于帮方大爷看孩子，哄这孩子玩，方松就跟他好。两人没事上这儿玩，上那儿玩，就玩一件事——捡石头子儿，有时候上河边捡鹅卵石去，有时候上哪个坡地上，捡些砖头、瓦块儿，他俩看准了大小差不多，就往回捡，一捡就捡好多。

家里人说："你们这是疯了啊？捡这个干吗呀？"

方松说："我喜欢，我爱跟这个张叔一块儿玩，他告诉我这是捡银子呢！"

好家伙，院子里堆得到处都是石头子儿，一疙瘩一蛋的，大砖头小石头的，后来家里的管家说：

"你们别捡这个，齁脏的，得处理处理呀！"

张大仙说："那没事，我给你们处理，我带着少爷慢慢处理。"

"真行！"

他们家房子也多，两人就在后院里找了一间房子，找着房子之后进去，一看这屋里没东西，他俩进来了，就撬地砖，把地砖撬开，把石头子儿都码到里边，再把砖扣上。他俩就把捡来的这些砖头、瓦块、石子儿，都藏在了地下，慢慢地，家里每一块地砖下都有他俩捡来的石头子儿，每间屋子里边都是，两人天天玩这个。

两人这一玩，就玩了好几年。有一天，张大仙突然间不见了踪迹，方松这个着急啊，逢人就问：

"那大仙哪去了？那叔没了！"

家里也没人把这个当回事，没了就没了吧，保不齐就是走了，张大仙本身就是神神叨叨的。另外，方大爷说：

"孩子，你也不能天天这么傻玩了，老大不小了，该念书了。"

老两口子就请来先生教他念书，让他识文断字。方松这孩子念书不赖，他聪明，先生爱得都不行了，天下爹娘就爱好的呀，都喜欢他。

所有人都说："这孩子以后长大了，一定是个中状元的材料，真棒，挺好。"

但是，天有不测风云。眼瞅着，方松十七岁了。这天，方大爷突然就得病了。他以前从来没得过病，这些年来，身体特别好，感冒咳嗽都没有。但是就在这天突然染上急病，眼看着人就要不行了。

天下的事就是这样，你瞧有些人打十六岁就喝中药，人家活到八十八都没事，但有的人一天到晚壮得跟牛犊子似的，结果有一天打一个喷嚏，人就完了，所以天下的事很难说。

方大爷就是这样，一躺下，就再也没起来，找大夫给他瞧病，家里有钱，把各路大夫都找了一遍，也不管用，躺了不到半年，人就没了。方松哭得都不行了，方夫人也难过，守着方大爷的遗体哭到半夜：

"咱们两口子，都过了大半辈子了，现如今你把我扔下就走了，剩下一个孩子，还未成人，你哪怕等他娶了媳妇生了孩子呢？好歹享一番天伦之乐，你也抱抱孙子，你这个没福的人哪。"

亲戚们也都来了，一个劲儿地劝方夫人："往开处想吧，怎么办呢？对吧，顾死的还得顾活的呢！是不是，你有儿子，守着儿子过，怕什么呢。"

一帮人帮衬着，给方大爷搭棚办白事，家里也有钱，好好地发送一番，就把方大爷就给发送了。回来之后，娘儿俩就好好地过日子。

方松说："娘啊，您别难过，有我呢，我一定好好地念书，我好好地孝敬您，让您跟着我享福。"

"好儿子，娘就指望你了。"

人心哪，其实是很歹毒的。自从方大爷去世之后，他们家里来了一帮要账的，净是方大爷原来结交的那些人。有些人说，老爷子活着时候找他们借过钱；有些人说，老爷在某个生意上面跟他们有往来，现在这个账他们得收回去了。

您想啊，方松年纪尚小，根本就没参与过这些生意上的事，方夫人也是过居家日子，也不管买卖上的事儿，根本就不知道，所以这些人一说，个个还都有字据，那就只能给钱。甭管真的假的，人拿得出来字据，千年文字会说话，那个年头儿里不像现在，还能鉴定一下，当年有人拿出字据来找您要钱，您就得给钱。打这儿起，一传俩，俩传仨，这些坏蛋们都组团儿到他们家敲诈要钱来了。

简断截说，大概过了一年的光景，方家就败落下来了。娘儿俩的日子也不像原来了，只剩下这套大宅子了，使唤人都用不起了。之前的买卖，也都兑出去了，之前买的一些地，也让人家给弄走了，整套宅子里就剩下他们娘儿俩了。这可怎么弄？

某天晚上吃完了饭，娘儿俩坐在屋里，方夫人擦擦眼泪："儿子。"

"娘。"

"我这两天想了又想，孩子你去趟河南。"

"我上河南干吗去？而且，我要是出去了，您怎么办？"

"娘还年轻呢，自个儿也能照顾自个儿。想当初，咱们跟河南王家定过亲，我不知道你有没有印象。那会儿你爹也说过，你那岳父是个美髯公，大长胡子，他那闺女也不小了，之前我跟你爹就一直说把那闺女娶过来。后来你爹一病，咱也顾不过来了。现在这时间也这么长了，我觉得不能再耽误了，而且现在咱家这日子也不好过，你去投奔你岳父。他家比咱家的日子好，让他周济周济。你顺便把婚结了，娘也就踏实了，好不好？"

"娘，我要是出门，您一个人怎么办？"

"你不用管我，跟你说了孩子，你去一趟洛阳，你见见你岳父，然后把我儿媳带回来也行，或者说到时候你们送个信儿，我过去找你们也成，好不好？"

"娘，咱们一块儿去。"

"我就别跟你一块儿去了，我一个妇道人家，不方便上大路，你自个儿去吧，一个大小伙子，也方便赶路。"

"行，娘，那我早去早回。"

"哎！"

定了个日子，方夫人给儿子准备了路费和换洗的衣服，告诉他到洛阳怎么找他岳父。

方松站在门口，跟娘道别时，两眼泪汪汪的："娘，您等着我，我很快就回来。"

"快去吧，没事。"

儿子走了，方夫人大哭一场，坐在家里等着儿子回来。

再说方松这边，十七岁的大小伙子，从来没一个人出过远门，之前出门也是有一帮人跟着，现如今一路上只剩他自个儿一个人，孤影伶仃的，那也得去呀。这一道儿上可受了罪了。

简断截说，终于这一天，方松来在了河南洛阳岳父王老爷的家门口。他站在这儿，望着王家的大宅门，心说："这就是我岳父的家呀。真好，当年我们家也是这么有钱，门前也是车水马龙，现如今我们家可真是落魄了。"

方松站在王家大宅的门前，感慨万千，门口的管家隔着他八丈远，大喊一声：

"那小要饭的，嘿，那叫花子！你在那儿干吗呢？要饭上后门去，还没到点儿呢！"

方松道："我不是要饭的。"

管家此时走过来，问道："你不是要饭的，要钱的？"

"不是，我是来投亲的。"

管家上下打量了他一番："投亲的？你谁呀？"

"麻烦您给我回一声，我是打直隶保定府来的，我叫方松，我是来见我岳父的。"

"好家伙，你还乔装改扮来的？等会儿啊，我进去给你回禀一声。"管家一扭身，就进去了。

王家前厅里边，他那岳父美髯公正坐着梳胡子。长胡子就得常打理，到了冬天还得做一个棉套，把这胡子套上，然后拴在耳朵上。每天还专门有人护理，得洗，得抹油。王大爷手里边老拿一把小梳子，没事就梳梳胡子，要是掉一根，他能心疼好几天。

这会儿，他坐在前厅里正梳着胡子，管家就进来了：

"老爷。"

"啊？"

"来人了。"

"谁呀？"

"说是您的姑爷，保定来的，叫方松。"

"哦？"王大爷放下梳子，探究地看向管家，"来了多少人马？"

管家回道："就是人，没有马。"

"坐轿来的吗？"

"没有轿，倒是跟咱家门口叫唤呢！"

"怎么叫唤呢？"

"他穿得挺破，跟要饭的似的。"

王大爷迟疑道："你上门口先问问他，怎么穿成这样来的呢？就说我准备准备。"

"哦。"

管家出来了，站在门口，见方松，招招手："来来来，少爷，快来快来。"

方松走过去问道："我岳父在吗？"

"在不在的不重要，你怎么这个扮相，为什么呀？"

"我们家落魄了，穷了，没辙了，所以说前来投奔。一来是投奔，二来就是想完婚。"

"哦哦哦，少爷，完婚可能够呛，你准备发昏吧。"

管家转身进去了，跑到前厅跟王大爷一说：

"跟您回，他们家落魄了。"

"啊？"王大爷一下就坐起来了，"怎么回事，落魄了？"

"对，他们家没钱了，所以说千里迢迢上这儿来，找您来投亲，还准备完婚。"

王大爷嫌弃道："这这这，这不知好歹的东西！你跟他说吧，他要是能拿出一千两银子来，我就让他进来，拿不出一千两银子，你就让他怎么来的就怎么回去，快去吧。"

"哎，是是是。嘀，老爷您这主意高了！"

管家跑到门口："少爷少爷，快来快来快来！"

方松正坐在台阶上歇息，一听管家的声音，立马拍了拍衣角，站了起来："怎么样，我岳父见我不见？"

"别着急啊，你岳父一听说你来了，高兴得都不行了，哭了一大抱，他说他想你想得不行了，盼你盼得不行了。老人家太激动了，然后说回屋躺一会儿。你呢，千里迢迢来一趟也不容易，也别空着手见你岳父，你听我的，拿出一千两纹银来，我带你进去见岳父。你现在要是拿不出一千两银子来呀，你怎么来的就怎么回去。"

方松结结巴巴地说："我，我没有一千两纹银。"

"那不就得了吗，您还客气什么呀，赶紧回去吧！山高路远的，省得你妈跟家想你，得了，滚蛋吧。"

管家转身就走了，方松站在门口就傻了。他是万没想到，之前老听人家说，人情冷暖，世态炎凉，一直没尝过，这下可知道什么叫人情冷暖、世态炎凉了。

"我们是实在亲戚，对吧，我是他的女婿，他是我老丈人，他闺女是我媳妇儿，他怎么能因为我穷，就这样呢？"

方松站在街口，望着来往的人流，哇哇地痛哭。

他正哭着，街那边，斜对过，门一开，走出来个老太太，看了他半天，问道："谁哭呢？那小孩儿，快来快来快来。"

老太太隔着街一喊，他哭着就过去了，擦擦眼泪：

"大妈。"

"孩子别哭，你怎么了？"

"我打保定来的，我来见我岳父，他嫌我穷，不让我进去。"

"哎哟，别跟街上说，你上屋里来。"

老太太热心肠，把方松让到屋里来，打水，拧了一张手帕：

"你先擦擦脸，孩子。"

"哎，我心里难受。"

"孩子你别哭，我们是这条街上的老街坊，你岳父这个人我们也知道，他这个人就是小心眼，而且爱财如命，他可能就是看你穷，看不上你。"

"大妈您贵姓？"

"我姓顾，都管我叫顾妈妈。"

"顾妈妈，您看我怎么办呢？"

"是啊孩子，你有什么想法吗？"

"我岳父说了，拿出一千两银子就让我进去，大妈，您借我一千两银子吧。"

在小孩心里边，一千两根本就不叫事，他从小就看着那么多人上他们家拿钱去，他爸爸几乎是拿盆往外泼银子给人家，谁一张嘴，只要说借钱，不问真假，说出理由来就给银子。他也不知道，别人都拿这玩意儿当成命啊，所以他觉得不叫事。

但是老太太一听这话，差点没坐地上："孩子，一千两，我连一百两都没见过。我跟你这么说，要是一千两银子摆在桌子上，我能吓死，孩子啊！得了，你吃饭了没有？"

"我还没吃饭呢。"

"别哭别哭，我这有烙的饼，有点粥，有点小菜，你要不嫌次，就凑合吃一口吧。"

老太太心慈，给方松热了粥，把饭菜都端上了桌。方松甩开腮帮子，撩开后槽牙，吃了一个沟满壕平。老太太瞧着他吃完，心说："这孩子是饿坏了。"

"这之后你有什么主意吗？"

方松放下碗："我没有主意，他要是不见我，我就得回家，我娘还在家等着我呢。"

老太太道:"回家吧孩子,听话,你要是在外面有个三长两短的,你娘更担心,你回去有路费吗?"

方松苦着脸道:"我没有路费,我来时把路费都花完了,我以为到这儿就行了呢。"

老太太赶紧站起来拍着背哄他:"别哭,别哭,别哭,我这有点儿。"

说着,老太太转身翻箱倒柜,从箱子根儿那儿,拿出一个小手巾包,里面有点碎银子:

"我就是一个孤寡的老婆子,老头没了,我一个人过日子,儿子给人卖苦力,也不挣钱,偶尔省下来点儿就给我送来,这么些年我就攒了这点儿钱。孩子,我也用不着钱,你拿着吧,拿着赶紧回家见你娘去。"

方松捧着银子包,眼圈倏地红了:"我怎么谢您呢,顾妈妈?"

老太太摆摆手:"不叫事,不叫事,赶紧回去好孩子,少在外头待着,快回家。"

"哎,我给您磕一个吧。"

方松泪流满面,跪在地上给老太太磕了个头。老太太赶紧搀起他来,临走又给他烙了两张饼,弄了点儿吃的,拿手巾包给包好了,让他留着在道儿上吃。

跟老太太道过别,方松咬着后槽牙,流着眼泪,打洛阳又回了保定,回去的路上又受了多少罪,按下不表。

方松一路风尘仆仆,总算回了保定,赶到门口一瞧,自个儿的娘正倚着门远远地望着。那年头儿也没有电话,她也不知道儿子走到哪了,只得天天守在门口盼着,眼看着终于把儿子盼回来了,当娘的喜不自胜:

"哎哟喂,儿子你回来了!"

方松耷拉着脑袋,怏怏地说:"娘,我回来了。"

当娘的一瞧儿子这状态就知道,没成功。为什么呢?第一,他身上穿的还是走时那身衣裳;第二,他眼瞅着更憔悴了。

"到屋里说,到屋里说。"

方夫人把儿子引进门来,把门关上,坐在屋里问道:

"怎么了儿子?"

方松流着眼泪,一五一十地把事情全说了。

"就是这么回事。最后我没办法,多亏那好心的顾妈妈,人家给了我一点儿钱，给我烙了饼，让我回来了。"

听完之后，方夫人低头无语，眼泪哗哗地往外流，心里说：

"老头子啊老头子，你在世的时候，你拿钱不当钱哪。你看看人家，人家拿钱都当命啊！"

难过了半天，方夫人拭泪道："行了儿子，咱长志气，知道吗？恨没有用，人活着得长志气，你好好念书，娘还年轻，我给人家缝连补绽做个衣裳，我挣点儿钱，养活你念书。等大比之年，你进京赶考去，你得个状元回来，到时候有的是姑娘，知道吗？你好好的吧。"

"哎，娘我听您的。"

虽然是这么说，但是这睁眼过日子，钱在哪儿啊？方夫人想了一宿，跟儿子说："不行的话，咱就卖房吧，这么大的宅子，前后多少进，就剩咱娘儿俩了，咱也住不过来呀！对不对，咱们可以把房子打个隔断，比如把后边两层院卖了，咱娘儿俩住前屋就足够了，以后万一发达了，咱们再买别的宅子。"

方松也没更好的法子，就点了点头。

方夫人道："行吧，咱们自个儿归置归置吧。因为这些日子咱家败落了，桌椅板凳乱七八糟，能卖的也都卖了，这房里也没什么了，咱们明天把房子扫洗干净，也好卖出去。"

转天天亮，娘儿俩就从后院起，开始归置房子。方松随手打开其中一间屋子，门一开，屋子里尘土飞扬，墙角结满蜘蛛网，娘儿俩个拿一笤帚，绑上竹竿，先把房上的浮土扫扫，接着又扫地，扫着扫着，娘儿俩就发现，这年深日久，屋里的地砖都翘起来了。怎么办呢？这得给人弄平啊！让人家高高兴兴地来看房。娘儿俩就打算把地砖抬起来，把底下的土铺平了，再把砖扣上。

一拿起砖来，娘儿俩就傻了，怎么呢？砖底下是银子！大块儿大块儿的银子垒在里面。这是怎么回事儿？娘也傻了，儿子也傻了！

"咱们家怎么会有这么多银子？"

方松揉揉眼，又去撬旁边的砖，稍稍撬开一角，就露出白花花的银子来，一块儿接一块儿地撬，都撬完了，满屋地砖下面都是银子。

突然间，方松就想起来了，说：

"想当年咱家来过一个叔，叫张大仙，小的时候他老跟我一起玩，我俩到处找石子块儿，他跟我说这是银子，我印象特别深，我们俩玩得可开心了，找来之后就搁在屋里边，他跟我说要藏银子，以后没钱花了，这儿就有，我小时候可爱玩这个了。没想到这张大仙，他真是个大仙啊！娘啊，咱有钱了！要这么说，咱每间屋子里边都是钱，咱找吧！"

娘儿俩推开这间上那间，一间一间撬开地砖，果不其然，底下全都是银子。娘儿俩一连忙活了五天，后院的每间屋子每块砖底下都是银子，关上大门，娘儿俩抱头痛哭：

"老天爷啊老天爷，这可真是苍天有眼，报应循环哪！我们家又有钱了。"

娘儿俩把银子都收好了，又雇了几个干活的伙计，该打扫打扫，把之前有些个铺户又兑了回来，生意逐渐地又恢复了。

方夫人对儿子说："这回行了，咱们可不能像你爸爸似的，手那么松，该给的咱就给，不该给的咱也不能够胡来了，那就这样，先收拾吧。"

方松有良心，念着顾妈妈当年的恩情，特意封了一个两千两银子的大红包，打发人去河南洛阳见顾妈妈。老太太不是说没见过那么多银子吗？那就让老太太好好看看。差人把两千两银子送过去，给老太太往桌上一摆，老太太坐在屋里都傻了："我的妈呀，这就叫两千两银子呀！我可开了眼了！"

老太太一高兴，就跟街坊说起这事儿："这老王家呀，人家姑爷来了，给人家孩子赶回去了。他做得不对啊，不应该呀。"

街里街坊传闲话很快，传来传去，这个闲话就又传回了老王家，传到谁耳朵里呢，传到方松的未婚妻、美髯公王大爷的闺女这儿了。

闺女一听就急了，找到自个儿的爹："您跟我说实话，方松来了，对吗？"

王大爷讪笑道："孩子，是来了。"

"人呢？"

"回去了。"

"为什么回去？"

"那谁知道啊！他来了就走了。"

"爹您说瞎话都不带眨么眼的，我这耳朵都灌满了，街坊四邻都知道，他们家落魄了，他上这儿来投奔，你嫌贫爱富，你把人家赶走了！"

"闺女，不能这么说，你是我的亲闺女，爸爸疼你，我哪能那样，我这不是怕你嫁过去之后受罪吗！"

"我受罪不受罪我愿意，对不对？何况您也得问问我呀！你哪能自己干这种事情啊，这真是岂有此理，忘恩负义，咱们家怎么能落人这样一个话柄呢！"

闺女噌噌两句，给她爹上了一课。她爹闭着眼睛用手胡撸着胡子，也说不出话来，本来就惭愧嘛。

过了两三天，闺女一狠心："我走，我去保定，我找我的丈夫去，我自己送上门跟人家完婚去。"

她下定了决心，叫来自己的贴身丫鬟：

"你陪着我，咱俩走！"

两人收拾好了东西，又买了两身男人的衣服，女扮男装，一个扮成书生，一个扮成书童，两人都捯饬好了，随身带上点儿钱，找一个节骨眼儿打开后门，借着夜色从家里溜出去了，直奔保定。

等到她爹发现的时候，人早走了，那个年头上哪儿找去？也不知道去了哪儿。

老两口子都着急，老伴儿王夫人天天数落他："你干的那叫什么事？缺德老鬼，当初你把姑爷轰走我就不愿意，你也不跟我商量。"

王大爷一挥袖子："你行了吧，现在人也走了。"

老两口子天天因为这个打架，家里上下鸡犬不宁。

再说王家闺女那边。王家闺女和丫鬟，两人一路上女扮男装，来到了保定。进了保定的城门，主仆俩就四处打听方家在哪儿。方家很好打听，两人一边打听，一边来到了方家门前，来到这儿一砸门，管家往里边一传禀：

"河南洛阳来亲戚了。"

方夫人跟方松正在屋里坐着，方松问道：

"来什么亲戚了？"

"来的是一位念书的公子。"

娘儿俩对视一眼："咱没有这亲戚呀！请进来吧。"

管家领命，把两人请进来了。

两人一进来，方夫人定睛观瞧，心里疑惑道："这书生怎么长得这么秀气，走这几步跟大姑娘似的。"

只见那文弱书生含着眼泪快步上前，扑通就跪下了：

"您是我的婆母啊，我不是男孩儿，我是您的儿媳妇。"

方夫人吓一跳："啊？你是我儿媳妇？快起来快起来，怎么回事儿啊？"

说着，这书生把头发一解，方夫人再看去时，眼前分明是那如花似玉的王家闺女。

王家闺女把事情的来龙去脉一说，方夫人感动坏了：

"我没想到，王大胡子还有这么一个闺女！罢了，儿啊儿啊，我该怎么承你这份情？太好了，今日里你们夫妻相见，这就是咱们家最大的喜事，闺女，你有什么想法？你说说吧。"

王家闺女说："我没有什么想法，我来就是投奔您来的，我要跟我丈夫完婚。"

方夫人道:"那太好了,那没别的事了,咱们就准备吧。"

方家也有钱了,办个喜事自然不在话下。方夫人命人把后边的院子收拾出来,买来一切应用之物,挑了一个好日子,张灯结彩,大排筵宴,给小两口儿完婚。

方松与王家闺女小两口儿的姻缘,在当地成了一段佳话,婚后夫妻俩相敬如宾,琴瑟和鸣。

河南洛阳的王家那头儿,可是要了亲命了。怎么回事呢?在闺女要走还没走的时候,她爹王大胡子起了歹心。当时有人上门提亲,是当地的一个大财主。这个大财主五十八岁,瞧上这姑娘了,上门来提亲,跟王家说什么条件都答应,花多少钱都愿意。

王大胡子一琢磨:"这个买卖合适。虽说是五十八岁了,五十八岁也行,比我才大个十二,不叫事,过得门去,只要我闺女能享福就可以。"

他就满口答应了,也收了人家给的聘礼,可万万没想到闺女跑了。人家老财主不干了。能花那么多钱娶一个小姑娘的主儿,您琢磨那能有善茬儿吗?

老财主派人催了好几次,让王家交人。

王家交不出来呀!

最后一次来王家要人的时候,对面的管家放话了:

"交不出来就打官司。"

第二天,人家就把他告到衙门口去了。衙门里的老爷冲着钱说话呀,人家那个衙门口冲南开,有理没钱别进来。大财主上下一打点,老爷给他判了三十大板。

他把钱退了回去,又往里赔了不少银子才把这事儿摆平。从衙门口回来之后,王夫人就天天骂他:

"缺德老鬼,活该啊!你还有心思捋你那胡子呢?真是的,闺女都没了!"

还不算完,王家的祸事是一波未平,一波又起。

这天夜里,王家闹贼了。打城外闯进来一帮强盗,把王家大门踹开,明火执仗地抢了进来。一进门,强盗们就把王大胡子两口子捆上了,摁在地上,举着火把问道:

"你们家钱在哪儿?"

王大胡子爱财如命,方圆十里无人不知无人不晓,死也不肯松口:

"哎呀!我们家没有钱哪!你们就是打死我,我们家里也没有钱。"

人家土匪还管他那个?火把往前一递,呲啦一声,把他那点儿胡子全燎干净了。

"哎呀!"王大胡子两眼一翻,咣当一下就躺那儿了。怎么呢?他最爱的就是自己那点儿胡子，一辈子心血都被毁了。

土匪拿凉水一泼，哗的一声，把他给泼醒了。

"说，钱呢？"

"行了，胡子也没了，我告诉你们钱在哪儿吧。"

现在不能叫他美髯公了，胡子没有了。这王大爷心灰意冷地站起来，往屋里四处一指，土匪们立马如风卷残云一般，把王家洗劫一空。

人家土匪是套着车来的，把他的银子财宝都装进箱子里边，一箱一箱全都搬上了车，临走时将火把往炕上一攮，铺也着了，被子也着了，紧跟着房子也着了，一时间火光冲天，这些土匪强盗们赶着大车扬长而去。

等天亮的时候，王家就剩下一堆破砖烂瓦了。王大爷的胡子也没了，闺女也没了，房也没了，钱也没了，身边就剩下老伴王夫人，老两口子坐在门前的石阶上发呆。

街坊们半夜就听到了动静，早起开门一看他们家的惨样，都过来劝他，有那个知根知底的就过来了：

"您也不用难过。"

"那怎么还能不难过呢？"

"您去趟保定，您那个姑爷现如今又发财了，而且跟您闺女已经结了婚了，是当地首富。他们家里有的是钱，知道吗？您去投奔吧。"

王大爷迟疑道："是真的吗？"

王夫人说："你都这个破落样儿了，还什么真的假的？你去一趟吧！哪怕去给人道歉去也好。"

"好好好，我去。那你呢？"

王夫人说："我先别去了。你先去打个前站，我在家收拾收拾，归置归置，好歹咱还有一窝呀！是吧？"

街坊里的几个老太太也说："您甭管了，您走吧，我们帮着她一块归置归置，等你的好消息。去吧。"

王大爷简单地收拾两件衣裳，弄了点儿零钱，直奔保定。

那么说这王大爷找着方家了吗？确实是找着了。不过虽说是找着了，但是他围着方家的宅子转了三圈，愣是不敢进去。这宅子太大了，而且出来进去的，看穿着打扮，一个个都是有钱的人，他低头瞧着自己衣服上的补丁，心想："我如今这个样子，加上我原来做的那个事情，怎么好意思进去呢？我呀，白天别进去，我晚上进去。晚上我也别走正门，我打后门进。"

他就这么瞎琢磨，后半夜他摸到人家的后门，往里一钻。

人家院里有家丁巡逻，大喊一声："有贼！"

众人三下五除二就把他捆上了，等到天亮，管家过来问情况。

王大爷捂着脸道："我走错门了。"

"那滚蛋吧！"家丁就把他给轰了出去。

王大爷在保定待了七八天，也不敢靠近方家，怕被人认出来。每天隔着两条街，远远望着方家的宅子，到底是没好意思进去，索性一狠心，又回到了洛阳。

王夫人问："你疯了，你怎么又回来了？"

王大爷摇摇脑袋："我不能去，要去你去吧。"

王夫人道："那我去吧。"

王夫人跟他就不一样了，来到保定方家门前，打正门光明正大地进去了，闺女一瞧见娘，亲热地迎了上来：

"我的亲娘呀！您可来了，我给您介绍，这是我婆婆。"

俩老太太彼此都认识，抱在一块儿哭了一场。

"太好了，咱们现在终于团聚了。"

几个人三说五说，说到最后，方松问道：

"我岳父呢？"

"快别提了，你岳父来过一趟，让你们给捆上了。"

"不能啊，没人说逮着过一个大胡子。"

"是，你岳父来之前胡子被烧光了，改变形象了。"

"那不成啊，那得派人去接我岳父去啊！不能让他受罪呀。"

王夫人道："要接还得我去接，你们去接，他不好意思来。他现在可要脸了，知道吗？我去吧。"

方松帮岳母派车派人，又给了些金银细软当作盘缠。王夫人乘着香车宝马，回河南洛阳去了。

王夫人一回来，下了车，往家里一走，一看正当中这屋里边，自己丈夫正撇着大嘴，盘腿坐在地上，神气十足。

王夫人瞧着他这个样子，都气乐了："你要死啊？你跟这儿干吗呢？"

王大爷得意道："我干吗？我告诉你，前些日子，我上保定转的那几圈可不白转。我问明白了，他们说咱姑爷发财有窍门。他捡了好多石头，都塞到他们家地板下面，然后他再把地板撬开了，石头都就变成银子了。我这些日子也没闲着，我回来之后每天都出去捡石头。别看咱家这房子烧得只剩架子了，但是咱的地板还是好好的，我把银子都藏在地板下面了。你这次回来正好，帮我归置银子，咱们要东山再起，知道吗？"

王夫人奇道："天下还有这个事吗？你真捡石头了？"

"欸！混账，什么叫石头？那叫银子！来来来，跟我到咱们银库看看吧。"

老两口子打前院出来，奔后院，把门打开了。

"你看这一屋……"王大爷拿手一指，自个儿也扭头看去，当场傻了眼，"怎么还是石头啊！"